„*Die größte Gnade auf dieser Welt ist, so scheint es mir, das Nichtvermögen des menschlichen Geistes, all ihre inneren Geschehnisse miteinander in Verbindung zu bringen. Wir leben auf einem friedlichen Eiland des Universums inmitten schwarzer Meere der Unendlichkeit, und es ist uns nicht bestimmt, diese weit zu bereisen.*"

Howard Phillips Lovecraft

Lektorat:
Janina Horstkötter
Philipp Riedel

Artwork:
Darkmoon Art (Cover)
Stephan M. Gert (Seite 1)
Eileen Grunert (Intermezzo)

Philipp Riedel (Hrsg.)

Lichtlose Tiefen

Eine Kurzgeschichtensammlung des „*Fantastic Aid Projekts*" zur Unterstützung der Deutschen Kinderkrebshilfe

„*Kein Vater sollte sein Kind zu Grabe tragen.*"

König Théoden von Rohan,
Der Herr der Ringe

mit Geschichten von:

Michael Aufleger
Heiko Birner
Alexander Blumtritt
Martin Braune
Robert Grains
Eileen Grunert
Stephan M. Gert
Johannes Harstick
Mora K. Joslyn
Philipp Knespel
Hagen Neumann
Philipp Riedel
Anke Säurig
Christopher Schmidt
Christopher Schuch
Ingo Spang

Herstellung und Verlag:
BoD - Books on Demand, Norderstedt
ISBN 978-3-7526-9162-7

Inhalt

Ein weiteres Vorwort und ein erneuter Dank

von Philipp Riedel

Hätte man mir vor zwei Jahren gesagt, dass ich nicht nur eine, sondern sogar zwei Kurzgeschichtensammlungen für den Kampf gegen den Krebs ins Leben rufen würde, hätte ich denjenigen wahrscheinlich für einen hoffnungslosen Optimisten gehalten.

Doch genau dies ist nun eingetreten. Nach der tollen Resonanz auf die erste Sammlung „Jenseits der Sterne", haben sich nicht nur einige neue Autoren bei diesem Projekt eingefunden, sondern auch viele Teilnehmer der ersten Runde sind auch dieses Mal wieder mit dabei.

Dafür möchte ich mich an dieser Stelle ganz herzlich bei allen Beteiligten bedanken. Ohne eure Kreativität, eure Hilfsbereitschaft und auch ohne eure Geduld wäre dies hier nicht zustande gekommen. Danke!

Aber was ist das Fantastic Aid Projekt eigentlich?

Im Kern verfolgt dieses Projekt zwei Ziele: Es soll jungen Nachwuchsautoren die Möglichkeit bieten, ihre Kunst einer breiteren Öffentlichkeit zu präsentieren, und dies soll zu einem guten Zweck geschehen, da ich mich nicht an der Kreativität Anderer bereichern möchte. Zudem liegt es mir besonders am Herzen, einen Beitrag zur Bekämpfung einer der größten Geißeln der Moderne zu leisten: Krebs.

Was für das Mittelalter die Pest war, ist diese Krankheit für die Neuzeit, und man kann gar nicht genug in Forschung, Pflege und Unterstützung der Patienten investieren. Besonders die Kinder haben unter dieser tückischen Krankheit zu leiden. Darum habe ich mich für die Kinderkrebshilfe entschieden.

Der Vorteil eines zweiten Teils besteht darin, dass die Kontakte bereits vorhanden sind. War die „Rekrutierung" der Autoren für den ersten Teil anfangs noch relativ mühsam, konnte ich bei dieser Sammlung nicht nur auf eine Vielzahl talentierter Autoren zurückgreifen, sondern hatte zudem auch schon reichlich Möglichkeiten gehabt, das Projekt zu bewerben, sodass auch neue Autoren rasch dazu stoßen konnten.

Auch dieses Mal war die sogenannte Creepypasta Szene, die sich unglaublich vielfältig auf Youtube tummelt, ein reichhaltiger Quell an tollen Geschichten.

´Mein besonderer Dank geht an dieser Stelle an *Yuggothian Records*, die *Lauschecke*, *Lucifers Dream*, *Johliest*, und natürlich Michaela und Gregor von der *GM Factory* für die großartige Unterstützung meines kleinen Projekts.

Zu der Sammlung selbst ist zu sagen, dass ich auch dieses Mal ganz bewusst auf ein enges inhaltliches und formelles Korsett verzichtet habe. Lediglich der Oberbegriff „Spannung" stand im Vordergrund, was ein Spektrum vom Krimi bis zur Horrorgeschichte umfasst. Dies führt dazu, dass sich in dieser Sammlung Geschichten aus vielen verschiedenen Genres in unterschiedlichster Länge tummeln. Da ist vom kurzen Essay bis zur mittellangen Novelle alles dabei, was das Herz begehrt. Da der thematische Schwerpunkt der Geschichten dieses Mal auf geographischen und menschlichen Abgründen liegt, ergab sich der Titel 'Lichtlose Tiefen' beinahe von selbst.

Wer sich in Zukunft über den weiteren Verlauf des Projekts, den Erfolg der Aktion und über weitere Projekte der beteiligten Künstler auf dem Laufenden halten möchte, dem lege ich die Facebook Seite des „Fantastic Aid Projekts" ans Herz, zu finden am Ende der Sammlung auf der letzten Seite. Dort stehen auch die Kontaktdaten der Deutschen Kinderkrebshilfe, so dass man sich auch beim Empfänger unserer Spenden über deren Projekte weiter informieren kann.

Wer möchte, ist an dieser Stelle auch herzlich eingeladen, dort einen zusätzlichen Beitrag im Kampf gegen den Krebs zu spenden. Ein entsprechendes Spendenkonto für dieses Projekt wurde bereits eingerichtet, womit an dieser Stelle auch noch einmal ein Dank an Frau Michelle Arck von der Deutschen Kinderkrebshilfe geht, die dies ermöglicht hat.

Im Gegensatz zur ersten Veröffentlichung, habe ich dieses Mal aus zwei Gründen auf eine genauere Vorstellung der Autoren verzichtet. Beide Gründe behagen mir nicht sonderlich, aber leider war dies nicht anders zu lösen. Zum Einen habe ich von manchen Autoren nicht mehr als einen Namen, zum Anderen würde eine genaue Vorstellung aller Autoren enorm viel Platz einnehmen, den ich lieber für die Geschichten nutzen wollte. Leider ist die Größe des Buches durch die Druckerei begrenzt, und ich wollte ungern auf eine der Geschichten verzichten. Bei den Autoren, die bereits in irgendeiner Form ihre Werke veröffentlicht haben, sei es nun in schriftlicher Form oder als Vertonung, habe ich sämtliche mir verfügbaren Informationen ans Ende der jeweiligen Geschichte gestellt.

Nun aber genug der Vorrede... Ich bedanke mich im Namen aller Autoren und aller Unterstützer bei Ihnen, lieber Leser, dass sie diese Sammlung erworben haben, und möchte nun die Bühne frei machen für sechzehn spannende Geschichten.

„Lange Tage und angenehme Nächte. Und mögen sie Euch doppelt vergönnt sein!"

Grußsegen in 'Innerwelt'
Stephen King, Der Dunkle Turm

Ingo Spang

Polyp

gewidmet Freya, Leif, Franziska und Matthias

Mein Verstand versinkt in tiefstem Grauen,
durch das Grauen, das ich in der Tiefe sah,
denn in jener grauenvollen Tiefe
sind es Höllenqualen, die mein Geiste mir gebar

Seitdem ich mich erinnern kann, habe ich denselben immer wiederkehrenden Alptraum, der mich bis aufs Tiefste verstört und allmählich in den Wahnsinn treibt. Jede Nacht erwache ich schweißgebadet und völlig benommen. Unfähig mich zu regen, unfähig mich zu bewegen. Ich kann dieses wirre Durcheinander aus Bildern und Farben nicht deuten, denn es ist vielmehr ein vor-existentes Gefühl meiner Selbst. Eine widerwärtige Ausgeburt aus dicken, wulstig pulsierenden Gedärmen und irr ineinander geschlungenen Hirnwindungen, die mich gefangen halten.

Jede Nacht umschlingen sie meine Kehle, klebrig aufgeblähten Tentakeln gleich, die sich langsam um meinen Hals winden, in mich eindringen und mir unerbittlich die Seele aus dem Leib pressen.

Doch heute weiß ich welches krebserregende, Abgas-geschwängerte Geschwür für all meine Qualen verantwortlich ist, nämlich jener düstere Ort, dessen

Namen ich nur unter äußerster Abscheu und größtem Widerwillen auszusprechen vermag.

Erneut kehren meine Gedanken an diesen Ort zurück und es führt mich unausweichlich zu jenen Tagen, an die ich mich mit Grauen erinnere, und an keinen Tag zuvor...

„Östlich von Arkham, dort wo der Flusslauf des Miskatonic sein nach Verwesung stinkendes Wasser in den Atlantik ergießt, befindet sich, unweit des schroffen, steil aufragenden Küstenstreifens, die alte stillgelegte Bohrplattform Innsmouth 1. Ein Bauwerk aus längst vergangenen Tagen, von dem heute keiner mehr sagen kann, wer es eigentlich erbaut hat.

„Sie war schon immer da.", sagten die Einen.

„Unsinn, Frank Fontaine hat sie geschaffen.", behaupteten die Anderen.

Einst war die Bohrinsel ein architektonisch gefeiertes Meisterwerk, doch heutzutage ist sie nur noch ein heruntergekommenes und bedrohlich wirkendes Eisengeflecht, korrodiert und dem Untergang geweiht.

Seit der Katastrophe vor knapp 50 Jahren traut sich niemand mehr auf der Bohrplattform zu arbeiten, die sich, aus der Ferne betrachtet, vor den gewaltigen, Blitz-zerfurchten Gewitterwolken und den schnell vorbeiziehenden fetzenhaften Nebelschwaden wie ein gigantisches, eisernes Monstrum in den düsteren, sturmgepeitschten Himmel erhebt.

Die unzähligen aus den stählernen Verankerungen gerissenen Leitungen und Schläuche, aus denen in unregelmäßigen Intervallen schmieriges Öl tropft, erin-

nern an aufgeplatzte Adern und abgerissene Sehnen. Riesige, verrostete Metallplatten hängen krumm und schief von den Verbindungsstreben herab und wanken bedrohlich im Sturm.

Der gewaltige Bohrturm, einst das Herzstück der Insel, mit dessen Hilfe das schwarze Gold aus den Tiefen des Atlantiks an die Oberfläche gepumpt wurde, ist auf halber Höhe abgeknickt, verbogen und droht nun über die Plattform hinweg ins Meer zu stürzen.

Ein unheimliches, metallenes Quietschen und Knarren liegt in der Luft und man spürt, dass das Konstrukt unter enormer Spannung steht, sich wie ein Ungeheuer reckt und streckt und bei jedem Wellenschlag auseinander zu brechen droht.

Die damalige Katastrophe ereignete sich völlig unerwartet.

Der abgesetzte Notruf des Kommandanten war durch den heftigen Novembersturm stark gestört, und die Worte, die man zu verstehen glaubte, brachten nichts als weitere Spekulationen hervor. Jegliche Bemühungen, erneuten Kontakt mit der Bohrinsel herzustellen blieben erfolglos, und alle Funksprüche, ebenso wie Morsezeichen oder Lichtsignale unbeantwortet.

Ein Aufklärungstrupp sollte die Lage vor Ort schnellstmöglich ergründen, und als der Sturm sich gelegt hatte, wagte man die Überfahrt. Doch zu aller Entsetzten musste man feststellen, dass die Katastrophe weitaus schlimmer war, als man zunächst angenommen hatte. Ein gigantischer Ölteppich schob sich schwerfällig stinkend auf den Küstenstreifen nahe Martin's Beach zu, seine schmierigen, Tentakel-förmigen Ölschlieren nach hilflosen Lebewesen ausstreckend.

Der gesamte Küstenstreifen wird wohl auf ewig unbewohnbar bleiben, denn das unterirdische Leck in der Ölleitung konnte nicht gestopft werden. Die austretende, todbringende Pest vergiftete die umliegende Vegetation über Monate hinweg, bis der zähflüssige Auswurf nach knapp einem Jahr langsam abebbte.

Vögel und Fische, Krebs-, und Schalentiere verendeten auf qualvolle Weise. Giftig, beißende Dämpfe wabern nach wie vor unheilvoll in der Luft und verursachen schwere Atemwegserkrankungen. Wenn die allabendliche Dunkelheit herein bricht, erstrahlt die gesamte Bucht in einem kalten, unheimlichen, Petroleum-farbenen Licht, das die Bewohner des nah gelegenen Küstenortes Nacht für Nacht aufs Neue erschaudern lässt.

Auf einer Länge von 30 Meilen wurde das Küstengebiet vollkommen kontaminiert, zum Sperrbezirk erklärt und abgeriegelt. Riesige, ins Meer eingelassene Betonklötze und davor gelagerte engmaschige Netze, die bis auf den Grund des Meeres hinabreichen, sollen eine Ausbreitung des Ölteppichs verhindern, da das Erdöl nach wie vor wie eine blutende Wunde aus dem Leck heraus suppt und seinen Weg an die Meeresoberfläche sucht.

Der Ozean rings um die Bohrinsel ist in einem Radius von einer Meile mit einer seltsam knirschenden, krustig rostfarbenen Schicht überzogen, die sich auf unerklärliche Weise in die See gefressen hat und mit *ihr ebenso verankert ist, wie das gesamte Konstrukt mit dem Meeresgrund.*

Doch was genau hatte zu der Havarie geführt und was war mit der Besatzung der Innsmouth 1 geschehen?

Überall an der Außenhaut der Bohrplattform, sowie an unzähligen Leitungen und Rohren klebte eine undefinierbare, leicht fluoreszierende Substanz, die stark nach Fisch roch, organisch zu sein schien und sich nicht von den Oberflächen entfernen ließ.

Zur Verwunderung des Aufklärungstrupps war die gesamte Bohrinsel vollkommen verlassen. Weder auf der Brücke, noch in der Kantine gab es eine Spur der Besatzungsmitglieder. Mit gemischten Gefühlen stieg man hinab in die wirren, eisernen Eingeweide dieses Stahlgeflechtes und je tiefer man stieß, umso fauliger und Würgereiz-erregender roch es. Als man schließlich die Mannschaftsunterkünfte erreichte, zeigte sich der Wahnsinn in Form eines verstörenden, Haschisch-rausch-artigen Alptraumes, dessen grausame Auswüchse sich schemenhaft materialisierten und zu schockierender Wahrheit erwuchsen, denn die gesamte Bohrinsel war...

Die Menschen hier in diesem Teil des Bundesstaates sind sehr abergläubisch. Sie glauben ein längst vergessener Fluch habe die Bohrinsel ereilt und die Seelen der Besatzungsmitglieder mit in die Hölle gerissen.

Seit dieser Zeit verwittert die Bohrinsel.

Das Miskatonic-Delta, einst ein wunderschönes und beliebtes Ausflugsziel für die Bewohner der umliegen-

den Dörfer und Städte, ist nun ein verlassener, trostloser Ort, von dem man sagt, es spuke dort.

Und über allem erwächst düster und Rost-gestählt der furchteinflößende, halb verrottete Leib der Bohrinsel, der nach wie vor seine unheilvollen Schatten bis weit an die Küste wirft."

Wir schauten uns an und mussten lauthals lachen.

Ich stand auf, lehnte mich über die Reling der alten Barke, die wir zu Ehren des Flusses, auf dem wir langsam entlang schipperten, die „*Miskatonic*" getauft hatten und genoss die letzten wärmenden, goldglänzenden Strahlen der untergehenden Septembersonne, die sich wie Millionen kleiner Diamanten auf der Wasseroberfläche spiegelten.

Die Vegetation stand in satter, voller Blüte und ein unglaubliches Farbspiel bot sich meinen Augen. Die Luft war rein und es roch nach Wildblumen und Gräsern, nach Einsamkeit und grenzenloser Freiheit.

Der Fluss plätscherte lethargisch erhaben vor sich hin und ich lauschte dem beruhigenden Klang der Natur, dem Quaken der Ochsenfrösche, dem Zirpen der Zikaden und den bereits vereinzelt einsetzenden Rufen nachtaktiver Tiere.

Langsam schloss ich meine Augen und wünschte mir nichts sehnlicher, als diesen Augenblick für immer festhalten zu können. Ich spürte den Sog des Miskatonic unter meinen Füßen und dass uns etwas Großes bevorstehe.

Wir waren vor knapp einem Monat aus dem kleinen Ort Fallin' Graves im Bundesstaat New York aufgebrochen und hatten uns zum Ziel gesetzt, dem Flusslauf des Miskatonic bis zu seiner Mündung in den Atlantik, östlich von Arkham zu folgen. Neben meiner Wenigkeit, Moose Mc Devlin, waren noch Peter Dermont, Steven Rhys und Jason Voorhees mit an Bord.

Mein Freund Peter stand in dem engen Steuerraum der alten Barke, navigierte uns den Miskatonic entlang und wirkte sichtlich gekränkt. Wir gaben nicht viel auf seine allabendlichen Schauergeschichten, mit denen er versuchte, uns Angst einzujagen.

Manchmal hatten wir das Gefühl, er würde diesen ganzen übersinnlichen Schwachsinn wirklich glauben, den er uns auftischte. Doch Peters Erzählstil konnte manchmal ziemlich mitreißend und überzeugend sein, und wenn man für Übernatürliches empfänglich war, könnte man meinen, seine Geschichten seien wahr.

Wie auch immer, uns ging es gut. Wir brauchten uns um nichts Sorgen zu machen, da wir jederzeit an Nahrung und frisches Wasser kamen, denn am Flusslauf des Miskatonic befanden sich zahlreiche kleine Siedlungen und Dörfer, in denen wir uns mit Proviant eindecken konnten.

Abends gingen wir vor Anker und saßen manchmal bis tief in die Nacht am Bootsdeck, unterhielten uns, lauschten Peters düsteren Geschichten, lachten und tranken.

Zu Beginn unserer Reise trafen wir viele andere Boote und Barken. Doch seit einigen Tagen war der Miskatonic wie ausgestorben und Peter erklärte, das dies daran läge, dass wir uns der Stadt Arkham näherten, denn die Landbevölkerung und Touristen mieden Arkham und die angrenzenden Gebiete.

Natürlich lachten wir ihn anfangs aus, doch als selbst die Einwohner des Städtchens Castle Rock, unserem letzten Stopp vor Arkham, davon abrieten dorthin zu reisen, beschlich mich zum ersten Mal ein ungutes Gefühl.

Je näher wir der Stadt kamen, desto nervöser wurde Peter. Zeitweilen wirkte er sogar geistesabwesend. Was für uns nur ein weiterer Durchgangsort war, schien für Peter der Höhepunkt unserer Reise zu bedeuten. Dachte ich zumindest…

Die Sonne war bereits untergegangen, der Anker gesetzt und die ersten Sterne fluteten den wolkenlosen Himmel, als Peter sich zu mir an Deck gesellte. Die Anderen hatten sich in die enge Gemeinschaftskajüte verzogen und waren dabei, sich umzuziehen, denn die Nächte hier in Neuengland konnten selbst im Sommer sehr kalt, unangenehm und vor allem mückenlastig sein.

Wir unterhielten uns eine Weile über banale Themen, tranken Bier, erzählten anrüchige Witze und versanken in den Weiten des Sternenhimmels, bis Peters vom Alkohol stimulierter Geist sich in okkulten Tiraden verlor und das Gespräch dadurch eine beängstigende Wendung nahm.

Der Sog unter meinen Füßen wurde plötzlich stärker. Solange ich denken kann, war Peter einer meiner besten Freunde gewesen. Der typische Außenseiter, etwas verrückt, aber dennoch ein gutmütiger und aufrichtiger Kerl. Doch in jener schicksalshaften Septembernacht wusste ich nicht mehr, wen ich da eigentlich vor mir hatte.

Unentwegt erzählte er mir Horrorgeschichten über Arkham und seine Einwohner, dass wir vorsichtig sein müssen, wenn wir in die Stadt einschippern, denn sie wäre nicht das, was sie einem vorgaukele. Arkham vergifte den Verstand und dringe in einen ein wie ein Parasit. Deshalb sei es wichtig die Stadt schnellstmöglich zu durchqueren und sich nicht von ihr blenden zu lassen.

Peters Augen funkelten unheimlich im fahlen Schein des Vollmondes, der in dieser Nacht unnatürlich groß und drückend am Himmel stand. Es lag etwas Morbides und Beängstigendes in seiner Stimme, und je länger ich seinen Erzählungen lauschte, umso mehr begann ich, ihnen Glauben zu schenken. Ich spürte förmlich, wie seine Worte in meinen Verstand eindrangen und meine bisherige nüchterne Weltanschauung zu infizieren begannen.

Er erklärte mir eindringlich, dass wir auf alles vorbereitet sein und uns vor dem Bösen schützen müssen. Menschen und Dinge verändern sich in Arkham, deshalb sei Vorsicht geboten.

Peter zog plötzlich einen Revolver unter seiner Kleidung hervor. Ich erschrak bis aufs Mark und wich einen Schritt zurück.

In diesem Moment hörten wir unsere Freunde an Deck kommen. Peter legte seinen Zeigefinger auf die Lippen und steckte den Revolver wieder ein, dann drehte er sich um und ging zu den Anderen hinüber.

Ich atmete tief durch, um das angestaute Unbehagen loszuwerden und meinen Kopf frei zu bekommen, doch stattdessen bemerkte ich zum ersten Mal den unterschwellig fauligen Geruch, der sich unbemerkt in der Luft ausgebreitet hatte.

Langsam ließ ich meinen Blick über den nächtlichen Uferstreifen schweifen, der von unnatürlich großen Farnen, Schilf und Röhricht überwuchert war und im seichten Wind bizarre Formen an nahm. In diesem undurchsichtigen Durcheinander aus Blättern, Stielen und Kolben glaubte ich, furchteinflößende Fratzen und böse funkelnde Augen zu erblicken, grausige Kreaturen, die nur darauf warteten, sich auf uns zu stürzen.

Die Wasseroberfläche kräuselte sich unheilvoll und eine zähklebrig, ölige Substanz durchzog den Miskatonic. Dort, wo sie mit Fischen und Pflanzen in Berührung kam, ging eine unheilvolle Veränderung mit ihnen vor. Dieses Zeug schien in die Organismen einzudringen und sie zu assimilieren. Die Körper der Fische begannen zu zucken und führten widerwärtige Verrenkungen aus. Die Schling-, und Wasserpflanzen, die mit dieser schmierigen Flüssigkeit in Kontakt kamen, krümmten und bogen sich auf abartige Weise.

Und dann wich jegliches Leben aus den befallenen Lebewesen. Was dann wenige Sekunden später aus den Tiefen der Unterwelt zurück ins Leben kam, war wider die Natur. Die Leiber der Fische waren aufgedunsen, und ich erkannte im Zwielicht des Mondes ihre leblosen, milchig trüben Augen, mit denen sie orientierungslos umher glotzen.

…und plötzlich fielen diese fischigen Dinger übereinander her!

Mir gefror das Blut in den Adern, als ich dieses grausame Schauspiel verfolgte und zusehen musste, wie sie sich gegenseitig zerfleischten.

Doch was noch viel beängstigender war: die unheimliche, klebrige Substanz kroch unaufhaltsam auf unsere alte Barke zu.

Ein Schlag auf meinen Rücken holte mich in die Realität zurück. Ich keuchte auf und fragte meinen Freund Steven, ob er auch das grausame Schauspiel verfolgt habe. Doch dieser lachte nur und meinte, dass ich zu lange Peters Geschichten gelauscht hätte.

Als ich meinen Blick erneut über die nächtliche Umgebung schweifen ließ, konnte ich jedoch nichts Ungewöhnliches mehr erkennen. Mein Verstand schien mir einen bösen Streich gespielt zu haben.

Erleichtert, wenn auch etwas verwirrt, ging ich zu meinen Freunden hinüber, setzte mich auf die Holzplanken und versuchte mir mein Unbehagen nicht weiter anmerken zu lassen. Peter öffnete mit seinem Gasfeuerzeug eine Flasche Bier und reichte sie mir, dabei starrte er mir eindringlich in die Augen und nickte kaum merklich.

Am nächsten Morgen war das nächtliche Grauen fast verschwunden, und die wärmenden Strahlen der aufgehenden Sonne spülten den letzten Funken Unbehagen davon.

Nachdem wir uns gestärkt hatten, holten wir den Anker ein und ließen uns von der Strömung weiter den

Miskatonic entlang treiben. Dennoch war ich angespannt und fühlte mich verfolgt.

Der Vormittag verstrich jedoch ohne nennenswerte Ereignisse, und als die Sonne im Zenit stand, verspürte ich wieder innere Ausgeglichenheit. Lediglich ein anschwellender Geruch von vergammeltem Fisch bereitete mir Übelkeit.

Gegen Nachmittag schlug das Wetter unerwartet um. Dicke Regenwolken zogen in der Ferne am Firmament auf, und eine Stunde später verkündeten der lauter werdende Donner und vereinzelte Blitze das bevorstehende Unwetter.

Und wie aus dem Nichts heraus zeigten sich mit einem Mal riesige, dunkle Gebilde in der Ferne, drohend über den Horizont hinausschiebend. Sie zeichneten sich verwaschen und grob schraffiert vor den immer dunkler und immer höher in den Himmel hineinwachsenden Gewitterwolken ab, und wir alle wussten welch düsterer Ort sich dort vor uns erhob: Arkham.

Der Sturm traf uns mit voller Wucht und der zeitgleich einsetzende Wolkenbruch war sintflutartig. Wir reagierten geistesgegenwärtig und flüchteten uns in den engen Steuerraum.

Der Regen hämmerte auf das rostige Wellblechdach und das dünne Holz ächzte und knarrte bedrohlich bei jeder Windbö. Es war schlagartig so dunkel geworden, dass wir eine alte Petroleumlampe entzünden mussten, um halbwegs sehen zu können. Der speckige, wachsartige Schein der matt lodernden Flamme zuckte gespenstisch und warf diabolisch tanzende Schatten auf die hölzernen Wände. Die Glasscheiben beschlugen durch unseren feuchtwarmen Atem, so dass wir blindlings voran trieben, während die Welt da draußen im Chaos versank.

Die *Miskatonic* schwankte wild auf und ab und schon nach wenigen Minuten hatte Jason die Kontrolle über das Steuer verloren.

Unsere Barke lief nun der Gefahr entgegen, zu nahe an das Ufer gedrückt zu werden und auf Grund zu laufen, denn an manchen Stellen des Flusses gab es scharfkantige, unter der Wasseroberfläche gelegene Steine, an denen sich die *Miskatonic* den Unterboden aufreißen konnte.

Steven beschloss, in den peitschenden Sturm hinaus zu gehen und den Anker auszuwerfen, so dass die Barke nicht havarieren konnte. Er legte den ölig grünen Fischermantel und den dazu gehörigen Hut an, riss die krumm in den Scharnieren hängende Holztür auf, die durch die Kraft des Windes seinen Fingern entglitt und mit voller Wucht gegen die Holzwand geschmettert wurde.

Während wir alle erschraken, schien Steven sichtlich unbeeindruckt von der unbändigen Naturgewalt zu sein die draußen tobte. Er zog den Fischerhut tief ins Gesicht und verschwand hinter einer dichten, herabstürzenden Wassersäule.

Die Luft hatte sich massiv abgekühlt und augenblicklich begann ich zu frieren. Mit vereinten Kräften gelang es uns die Tür wieder zu schließen, doch der kurze Augenblick hatte gereicht, um uns alle vollkommen zu durchnässen.

Jason wischte über die beschlagene Scheibe und wir blickten angestrengt in den Sturm hinein, doch der stetig anschwellende Regen verhinderte jegliche Sicht, und die hinab rinnenden Tropfen hinterließen bizarre Formen auf dem zerkratzten Glas.

Dann gab es plötzlich einen Ruck und die *Miskatonic* stoppte. Steven hatte es tatsächlich geschafft den Anker auszuwerfen.

Doch unsere anfängliche Euphorie schlug in plötzliche Ernüchterung um. Es gab einen kurzen Aufschrei und mit einem Mal war es totenstill.

Der Sturm, der Regen, der Donner, alles hatte mit einem Mal aufgehört zu existieren. Zurück blieb nichts weiter als drückende, niemals enden wollende Stille, die alles um mich herum auffraß und die Zeit zu Eis gefrieren ließ.

Die matt gelblich lodernde Flamme in der alten gusseisernen Petroleumlampe flackerte hektisch, bäumte sich auf und erlosch zwischen zwei schnellen, hart aufeinander folgenden Herzschlägen. Grafitfarbener Rauch kräuselte sich unheilvoll in dem engen Steuerraum, dessen hölzerne Wände mit einem Mal näherkamen und mich zu zerquetschen drohten.

Die Regentropfen an den Fensterscheiben gefroren zu Eiskristallen und der leblose, sterile Schein des gewaltigen Mondes, der plötzlich hinter den Wolken hervortrat, legte sich wie ein Leichentuch über die *Miskatonic*.

Draußen vor dem Fenster tanzten verzerrte Schatten in abnormen Bewegungen, und ich spürte mit einem

Mal, wie sich die Welt um mich herum zu drehen begann. Ich stürzte in einen gewaltigen, immer tiefer stoßenden Malstrom, dessen Inneres von schwerfällig rotierenden Bohrköpfen durchzogen war. Farben und Formen verschwammen vor meinen Augen und ich verlor mich in diesem immer schneller kreisenden Strudel meines, aus den Fugen geratenen, Verstandes.

Von irgendwoher drang der leise, blecherne Klang einer Stimme, dessen Intensität jedoch schnell anschwoll.

Dann wurde mit einem Ruck die Tür zum Steuerraum aufgerissen und Jason stürzte herein. Er schrie mich an, fragte, was mit mir los sei, ob ich nichts unternehmen wolle und begann mich wild zu schütteln.

Seine Worte drangen dumpf und gefiltert in meine Ohren. Er gestikulierte aufgebracht vor meinem Gesicht herum, wies mich an ihm zu folgen und verschwand draußen in den langen, gespenstischen Schatten.

Perplex schaute ich mich um und realisierte, dass ich keine Ahnung hatte, was gerade geschehen war?!

Benommen taumelte ich aus dem Steuerraum.

Die Gewitterfront war abgezogen und obwohl es nicht später als 5 Uhr nachmittags war, herrschte hier draußen eine unnatürliche Dunkelheit, deren Allgegenwärtigkeit mich verwirrte. Der abgestandene, intensive Geruch von Fisch drang in meine Nase und ließ mich mehrmals kräftig würgen.

Peter und Jason liefen panisch an Deck hin und her, tauchten aus der Finsternis auf und verschwanden wieder in den Schatten, riefen Stevens Namen und leuchteten mit ihren Taschenlampen den Fluss ab, von dem ein unterschwelliges Blubbern, Prickeln und Schmatzen aus ging. Die hohlen Lichtkegel huschten nervös über die Wasseroberfläche, über der sich ein kaum merklicher, Nebel-ähnlicher Dunst gebildet hatte.

Drückende Schwüle nährte die Luft und auf merkwürdige Weise fühlte sich die gesamte Umgebung ungemein feucht an, klebte und triefte vor Nässe.

Als sich mein Blick von dem Durcheinander auf der Barke löste und die Schatten meiner Neugier wichen, vergaß ich für einen kurzen Moment die missliche Lage, in der wir uns befanden, denn das, was jenseits des Flusslaufes des Miskatonics erwuchs, übertraf all meine Vorstellungskraft und war gleichzeitig Auslöser der ewigen Dunkelheit, die hier vorherrschte.

Die unzähligen, düsteren Wolkenkratzer, die bis weit in den Himmel hinein wuchsen, warfen gespenstische Schatten und waren gleichzeitig Projektionen noch größerer Wolkenkratzer und deren Schemen, die mit weiteren titanenhaften Abbildern morbide anzusehender Hochhäuser verschmolzen, so hoch und so dicht aneinander gebaut, dass sich niemals ein Sonnenstrahl in die finsteren Gassen verirrte. Altmodische Gaslaternen mit kunstvoll verzierten Fassungen, umfassten milchig angelaufene Glasgehäuse, aus denen diffuses Licht drang.

Mir gefror das Blut in den Adern, als mir bewusst wurde, wo wir uns befanden. Während die Stadt mit jeder weiteren Sekunde höher in den Himmel zu wachsen schien, fiel mir plötzlich ein, dass ich meine Freunde vollkommen vergessen hatte.

Ich löste mich von meiner Befangenheit und realisierte, was um mich herum vor sich ging.

Steven war bei dem Versuch, den Anker auszuwerfen, über Bord gegangen und die Suche nach ihm bis jetzt erfolglos verlaufen. Just in dem Moment, in dem ich mich besann und meine Freunde bei der Suche unterstützen wollte, stieß die *Miskatonic* gegen eine, mit dicken Muscheln und Seeigeln bewachsene, backsteinerne Kaimauer.

Der Zusammenprall fegte mich beinahe von den Beinen, und während ich versuchte das Gleichgewicht wieder zu finden, gerieten Peter und Jason in Streit. Jason kletterte über die Reling und schlug Peters Warnung in den Wind, der ihn mit allen Mitteln daran hindern wollte, einen Fuß in Arkhams Gassen zu setzen. Doch Jason hörte nicht auf ihn und warf Peter vor, ein Feigling zu sein, der einen Freund lieber ertrinken ließ, als Hilfe zu holen.

Mit diesen Worten drehte sich Jason um und verschwand in der von dichten Nebelschleiern durchzogenen Dunkelheit.

Peter trat mit voller Wucht gegen die Bordwand und fluchte lautstark. Ich hastete zu ihm hinüber und versuchte ihn zu beschwichtigen, doch er riss sich los und schubste mich weg. Um mich einer weiteren Eskalation zu entziehen, beschloss ich, Jason nachzueilen, um mit ihm gemeinsam nach Hilfe zu suchen.

Da durchbrach ein grauenvoller Schrei die Dunkelheit, der uns beide in höchste Alarmbereitschaft versetzte.

Wir kletterten die Kaimauer hinauf und riefen nach unserem Freund, doch die trügerische Dunkelheit blieb uns eine Antwort schuldig. Angestrengt lauschten wir in die neblige Finsternis, in der Hoffnung auf ein Lebenszeichen. Sekunden, Minuten des bangen Wartens verstrichen, ohne das sich etwas regte.

Mein Herz machte einen Sprung und die Hände begannen unkontrolliert zu zittern, als ein säuselndes, kaum merkliches, qualvolles Stöhnen die unheimliche Stille vertrieb und leises ungleichmäßiges Schlurfen auf dem harten Asphalt immer lauter wurde.

Zuerst war es nur ein geisterhafter Schemen, eine unförmige dunkle Kontur, die den Nebel auseinanderriss und wankend näher kam.

Eine scheußliche Vorahnung beschlich uns, die augenblicklich in blankes Entsetzen umschlug, als wir Jason in zerfetzter Kleidung, mit blutbesudeltem Gesicht und von unzähligen Bisswunden überzogen, ungelenk auf uns zu staksen sahen.

Ich wollte ihm zu Hilfe eilen, doch Peter hielt mich zurück, zog seinen Revolver und wies mich an auf die *Miskatonic* zurück zu kehren. Er sagte dies mit solchem Nachdruck, dass ich Angst hatte, ihm zu widersprechen.

Was sich dann abspielte, war ein wahnsinniges, Fiebertraum-gleiches Durcheinander aus verstörenden Bildern und Gefühlen, die ich nie wieder vergessen werde.

Jasons blutverschmiertes Gesicht blähte sich mit einem Mal unförmig auf, sein gesamter Kopf schwoll an und die Haut schien sich wachsartig zu verflüssigen.

Als er seinen Mund öffnete, entblößten sich messerscharfe Zähne, und ehe Peter Begriff, was geschah, rammte Jason auch schon sein tödliches Beißwerkzeug in Peters Hals hinein.

Unsere Schreie erklangen fast zeitgleich. Peters vor unbändigem Schmerz, und meiner vor blankem Entsetzen.

Ein Schuss zerriss die Dunkelheit und Jasons lebloser Körper sackte in sich zusammen, ein Teil von Peters Kehle aus seinem scheußlichen, ausgefransten Maul heraushängend.

Blut spritzte in unregelmäßigen Intervallen aus der klaffenden Wunde. Ich sprang von der Barke auf die Kaimauer und hastete zu Peter hinüber, doch er wehrte ab, richtete seinen Revolver auf mich und zwang mich erneut, auf das Boot zurückzukehren. Er versuchte zu sprechen und gab mir unter gequältem, blutsuppendem Gurgeln und Blubbern zu verstehen, dass ich sofort aus Arkham fliehen müsse, ohne jemals zurück zu blicken, um nicht dem Wahnsinn zu verfallen.

Dann legte Peter seine Waffe an die Schläfe und schoss sich in den Kopf.

Obwohl ich rund 5 Meter entfernt stand, besudelten Blut und Hirnteile meine gesamte Kleidung.

Ich werde diesen Moment niemals vergessen, als Peters Körper auf den harten Boden aufschlug und sich im nächsten Augenblick dutzende von stöhnenden, grotesk verrenkte Gestalten aus der Dunkelheit schälten und sich auf ihn stürzten.

Noch Stunden später fühlte ich mich völlig betäubt, wurde immer wieder von Panikattacken heimgesucht und brach ständig in Tränen aus. Ich stand am Steuer der Barke und navigierte sie durch niemals enden wollende Dunkelheit, vorbei an beängstigend anzusehenden Kirchen und Kathedralen, verfallenen Gebäuden, unheimlichen Friedhöfen und engen Häuserschluchten.

Die Zeit schien aus den Fugen geraten und ich glaubte, tagelang ziellos durch Arkham zu treiben.

Mir blieb jedoch nichts anderes übrig, als nach vorn zu blicken, um diesem Alptraum doch noch entfliehen zu können. Ich durfte die Barke nicht verlassen, denn dort draußen in den Straßen wandelte der Tod in Gestalt von lebenden Toten, die unweigerlich über mich kommen würden, sobald ich die *Miskatonic* verließ.

Ihr Stöhnen und Schlurfen war allgegenwärtig. Sie standen in Scharen an den dreckigen Kaimauern, sabberten, geiferten und streckten ihre abgenagten Arme nach mir aus.

Der Tod zog durch Arkhams Gassen, begleitet von dem Geruch verwesender Leichen und stinkendem, fauligem Fisch.

Und so trieb ich dahin, ohne ein Blick zurück zu werfen, bis irgendwann ein Licht am Horizont erschien, in das ich eintauchte.

Doch die Welt hatte sich verändert. Die satten Farben waren verblasst, Flora und Fauna verwelkt und alles versank in trister Schwermut. Ich traute mich nicht von Bord zu gehen, denn in der Ferne, zwischen trostlos anzusehenden Bäumen und Büschen, wandelten dunkle, furchteinflößende Schatten.

Die ersten Menschen, die ich zu Gesicht bekam, begegneten mir mit Hass und Argwohn. Sie beschimpften mich und bewarfen die *Miskatonic* mit Dreck und Steinen. Manche drohten sogar, mich umzubringen, wenn ich es auch nur wagte die Barke zu verlassen.

Ich wünschte mir nichts sehnlicher, als an den Ort zurück zu kehren, von dem wir aus gestartet waren, doch ich konnte mich nicht mehr daran erinnern, woher ich kam.

Orientierungslos und von plötzlicher Panik ergriffen drehte ich mich um und blickte auf Arkham zurück. Ein eiskalter Schauer lief mir über den Rücken und augenblicklich spürte ich den Wahnsinn in mir erwachen.

Noch Tage später war die Trauer über den Verlust meiner Freunde schier unerträglich, aber die Gewissheit, am Leben zu sein, überwog den Horror und alle schlimmen Erinnerungen an das bisher Erlebte.

Es blieb mir nichts anderes übrig, als meine Reise zu Ende zu bringen, in der Hoffnung irgendwo an der Mündung des Flusses von Bord gehen zu können, ohne dass man mir nach dem Leben trachtete.

Doch als das Morgengrauen des dritten Tages anbrach, wurden all meine Hoffnungen zerschmettert. Krampfhaft versuchte ich, die *Miskatonic* zu wenden, doch es war bereits zu spät. Ich war in den Sog von etwas Großen geraten; etwas, das ich am Anfang unserer Reise nicht deuten konnte. Und erst jetzt, da der Wahnsinn in mir zu erwachen beginnt, verstehe ich die Zusammenhänge.

Denn östlich von Arkham, dort wo der Flusslauf des Miskatonic sein nach Verwesung stinkendes Wasser in den Atlantik ergießt, befindet sich, unweit des schroffen, steil aufragenden Küstenstreifens, die alte stillgelegte Bohrinsel Innsmouth 1. Ein Bauwerk aus längst vergangenen Tagen, von dem heute keiner mehr sagen kann, wer es eigentlich erbaut hat.

Doch ich kenne die Wahrheit, denn das, was sich dort vor den Blitz-zerfurchten, Sturm-gepeitschten Wolkenbergen düster und zyklopisch in den Himmel erhebt, ist der Inbegriff des Wahnsinns, dem Arkham und seine Einwohner zum Opfer gefallen waren. Die gigantische Bohrinsel war die perfide oktopoide Ausgeburt einer Höllenkreatur, die sich aus den Tiefen der Erdeingeweide herausgeschält und hier verankert hatte.

Ihre dicken, wulstigen von tausenden Saugnäpfen überzogenen Tentakel reichten weit, sehr weit, und die Bewohner Arkhams hatten als Erste diesem Moloch Zutritt gewährt, der sich seit Jahrzehnten von ihnen nährt. Und von all jenen, die nicht stark genug waren, dem Sog des Polypen zu widerstehen. Auch wir waren diesem Sog gefolgt und der Bestie zum Opfer gefallen, die bereits dabei war, mit ihren Fängen das gesamte Land durchzuwuchern.

Alles was mir bleibt, sind wirre Bilder und fetzenhafte Erinnerungen, von denen ich nicht einmal weiß, ob es die Meinen sind.

Ich bin in einen niemals enden wollenden Kreislauf hinein geraten, in einen ständig wiederkehrenden Alptraum, eingepflanzt von diesem Krakengezücht, das mich aussaugt, mich auslaugt und als einer dieser lebenden Toten wieder ausspuckt, die nun seelenlos durch die engen, düsteren Straßen Arkhams wandeln.

Ich rieche den fauligen Auswurf von verrottenden Leibern und gequälten Seelen um mich herum.

Ich höre ihre Schreie....ihre Todesschreie.

Ich fühle den Wahnsinn in mir erwachen. Es ist der unbändige Drang nach frischem Fleisch und warmen Blut, der mich in eine ruhelose, grauenvolle Bestie verwandelt, festbeißend an die letzten Stunden meines Lebens, die nun in purem Hass umschlagen und wie eine Endlosschleife in meinem Kopf rotieren.

Ich sterbe, und wenn mein Körper wiederkehrt, wird er nichts weiter sein als ein weiterer, stinkender Kadaver, und plötzlich versinkt mein Verstand in tiefstem Grauen, durch das Grauen, das ich in der Tiefe sah, denn in jener grauenvollen Tiefe sind es Höllenqualen, die mein Geiste mir gebar…

Erschrocken fuhr ich aus dem Schlaf. Ich war schweißgebadet und völlig verstört. Unfähig mich zu regen, unfähig mich zu bewegen.

Seitdem ich mich erinnern kann, habe ich denselben immer wiederkehrenden Alptraum, der mich bis auf das Tiefste verstört und allmählich in den Wahnsinn treibt.

Heute weiß ich jedoch, welches krebserregende, Abgas-geschwängerte Geschwür für all meine Qualen verantwortlich ist, nämlich jener düstere Ort, dessen Namen ich nur unter äußerster Abscheu und größtem Widerwillen auszusprechen vermag.

Erneut kehren meine Gedanken an diesen Ort zurück und es führt mich unausweichlich zu jenen Tagen, an die ich mich mit Grauen erinnere, und an keinen Tag zuvor…

Veröffentlichungen:

Ingo Spang – Paints End (Roman)
ISBN: 978-3748182788

Ingo Spang – Es kam aus Arkham
(Kurzgeschichten)
ISBN: 978-3751998413

Stephan Maximilian Gert

Die rote Krone

"Bis morgen, König!"

Es war bereits nach 20 Uhr, als der letzte Kollege, Sven, das Büro verließ, und bis auf den Schein von zwei Straßenlaternen war durch die Fenster nur Dunkelheit zu sehen.

Über den dummen Königs-Scherz, der ihn jetzt seit Monaten begleitete, regte Sebastian sich schon gar nicht mehr auf. Weil er dazu tendierte, die Menschen manchmal ein wenig herumzukommandieren, hatte man ihm diese Amtsbezeichnung verpasst.

In seinen Augen hatte er es sich aber eigentlich auch verdient, die Leute ein wenig zu befehligen. Er arbeitete mit Sicherheit am härtesten in dieser Bude. Außerdem schien er hier beinahe der Einzige mit Ahnung zu sein. Auch heute würde er noch eine Weile hier sitzen müssen.

Nach einem sehr langen Tag voller Katastrophen in der IT mussten Dutzende E-Mails an Kunden geschrieben werden, um die aktuelle Situation zu erklären und eine baldige Lösung der Probleme zu versprechen.

Zumindest war es jetzt still in dem sonst lärmenden Großraumbüro, nur die Spülmaschine in der kleinen Büroküche war im Hintergrund zu vernehmen.

Sebastian nahm die Liste der Kunden zur Hand, denen er heute noch schreiben wollte. Er war noch nicht über das erste "Sehr geehrte Frau…" hinaus, als plötzlich mehrere E-Mails im Abstand weniger Sekunden eintrafen.

Normalerweise hätte Sebastian sich diese neuen Mails für den nächsten Tag aufgehoben aber da heute bereits so viel schiefgelaufen war, befürchtete er den nächsten Notfall.

Auf den ersten Blick handelte es sich dann aber doch nur um Spam, wenn auch sehr Merkwürdigen. Die Mails hatten weder einen Betreff noch einen Absender - was überhaupt nicht möglich sein sollte - und enthielten immer nur dieselben drei Worte.

"Er ist zurück."

Als Sebastian versuchte, die E-Mails zu löschen, tauchten jedes Mal sofort einige Neue auf, immer mit demselben Inhalt. Und ohne Absender konnte er sie auch nicht automatisch als Spam Mails markieren.

Erst jetzt fiel ihm auf, dass selbst die Empfängeradresse nicht stimmte. Da stand nicht seine Firmen Mailadresse, sondern immer nur "Der Erbe".

Nach diversen Versuchen, das Problem zu beheben und zu recherchieren, ob andere Menschen im Netz schon ähnliche Erfahrungen gemacht hatten, beschloss Sebastian trotz aller Bedenken, die Sache bis zum nächsten Tag liegen zu lassen. Es war einfach schon zu spät und er hatte Kopfschmerzen.

Die letzten paar Mails an die Kunden mussten dennoch fertig werden, dann würde er endlich Feierabend machen, sich zuhause in seinem großen Sessel niederlassen und zwei oder drei Bier trinken.

Dann sah er die Werbung. Alle Banner, Einblendungen und Pop Ups auf den geöffneten Websites zeigten nicht mehr Anzeigen für Autos, Kredite oder Videospiele.

Stattdessen immer dasselbe Bild, überall. Eine stilisierte, rote Krone auf schwarzem Hintergrund. Und darunter der Satz. "Er ist zurück."

In diesem Moment wurde der Bildschirm schwarz und das Surren des Rechners verstummte mit einem Schlag. Ein ungutes Gefühl breitete sich in seinem Magen aus, und Sebastian merkte, wie sich Panik in ihm breit machte.

Im ersten Moment verstand er nicht einmal genau, wieso eigentlich. Er hatte schon häufig Probleme mit seinem Computer gehabt, auch wenn dieses besonders ungewöhnlich erschien. Dann aber registrierte sein Bewusstsein, was sein Unterbewusstsein schon vor einigen Sekunden realisiert hatte:

Nicht nur der Rechner war still geworden. Auch das Brummen der Spülmaschine war verstummt. Selbst von der Straße vor dem Büro waren keine Geräusche mehr zu hören.

Die Stille war wie eine Explosion. Das Einzige, was Sebastian noch wahrnehmen konnte, war sein eigener Herzschlag und der zunehmende Kopfschmerz, der auf seinen Schädel zu drücken schien. Das Licht war jedoch weiterhin an, also konnte es kein Stromausfall sein.

Absolute Stille. Sebastian stand von seinem Schreibtisch auf und ging ans Fenster, öffnete es und blickte vom ersten Stock hinunter auf die Straße. Es war Freitagabend und das Büro lag in einem beliebten Ausgehviertel, aber da war nichts. Kein Mensch auf der Straße, keine Autos, kein Geräusch, nicht mal ein Windhauch war zu hören.

"Er ist zurück."

Der Gedanke stand plötzlich in riesigen, roten Lettern in seinem Kopf und ein Schweißfilm bildete sich auf seiner Stirn. Es war, als würde er es plötzlich glauben, ohne es zu verstehen. Etwas war jetzt da, war *wieder* da.

Dann sah er Sven, und Erleichterung durchströmte ihn, als hätte der Anblick eines anderen Menschen alles zurück in die Normalität gerückt. Direkt vor dem Bürogebäude stand sein Arbeitskollege mit ihm zugewandten Rücken und schien den Himmel zu beobachten.

Sebastian rief zweimal nach ihm, aber Sven reagierte nicht. Es konnte sich aber um niemand Anderen handeln, er erkannte das auffällig karierte Hemd, das sein Kollege heute getragen hatte.

Dann hob auch Sebastian den Blick gen Himmel und der kurze Moment der Beruhigung wurde ihm mit solcher Gewalt entrissen, dass er sein Herz aussetzen spürte.

Der Himmel war schwarz. Nicht dunkel wie in jeder anderen Nacht, sondern schwarz. Kein einziger Stern war zu sehen. Kein Mond. Als hätte jemand eine Decke über die Welt geworfen.

Dieses Mal *schrie* er den Namen seines Kollegen

aber dieser bewegte sich keinen Millimeter, und die Stille, in der sein Schrei sich einfach aufzulösen schien, dröhnte in seinem schmerzenden, immer schwerer werdendem Kopf. Dann hört er den Satz.

"Er ist zurück."

Die Stimme kam eindeutig aus Svens Richtung. Kalt und monoton; nur diese drei Worte.

Sebastian griff nach seiner Tasche und eilte mit schnellen Schritten, vorbei an verlassenen Schreibtischen und schwarzen Monitoren, auf die Bürotür zu.

Wie immer flackerte jede dritte oder vierte der Deckenleuchten im Flur, was die Kopfschmerzen weiter befeuerte, während er auf dem grünen, abgenutzten Linoleumboden durch die Gänge des Bürogebäudes hastete. Als er sich die Haare aus den Augen streichen wollte, merkte er, dass seine Handflächen nicht nur feucht, sondern klitschnass waren.

Als ahnte sein Körper bereits etwas, das sein Geist noch nicht zu erkennen bereit war.

Sein Finger legte sich auf den Knopf des Fahrstuhls, dann hielt er inne. Da war sie wieder. Anstatt dass die Digitalanzeige des Fahrstuhls wie sonst ein "E" oder eine Etage anzeigte, war da eine rot leuchtende Krone. Er wollte gar nicht wissen, was die Ansagestimme im Fahrstuhl sagen würde, also benutzte er die Treppe.

Sebastian riss die Türen vom Haupteingang auf und trat auf den Bürgersteig hinaus. Sofort gesellte sich eine überwältigende Übelkeit zu den Kopfschmerzen und Schweißausbrüchen - die Panik drohte jetzt völlig die Kontrolle zu übernehmen. Es waren einfach zu viele, zu falsche Eindrücke auf einmal.

Das Erste, was ihn beim Verlassen des Gebäudes traf, war eine Welle unglaublich schwüler, fast tropischer Luft. Dabei war es Ende Herbst. Heute Mittag waren es vielleicht 10 Grad gewesen.

Dann war da die Stille. Selbst hier draußen, auf der Straße. Kein Windhauch. Kein Fahrzeug. Kein Geräusch.

Ein Blick nach oben zeigte nur eine Tiefschwarze Decke, kein Stern, kein Satellit, kein Mond.

Und dann sah er die Anzeigen. Die Straßenseite gegenüber des Bürogebäudes, in dem er arbeitete, war seit jeher mit diversen, großen Werbetafeln gepflastert, auf denen zumeist Werbung für Bier, neue Filme oder andere Konsumprodukte gemacht wurde.

Aber nicht heute Nacht. Jede der großen Tafeln und auch die kleinen Plakate darunter, ja sogar die normalerweise politisch motivierten Aufkleber auf den Laternenmasten - Sie alle zeigten die rote Krone und sprachen diesen furchtbaren Satz.

Sebastian wollte nach Hause rennen. Er würde sich verkriechen, seinen bleischweren, schmerzenden Kopf aufs Kissen legen und einschlafen. Dieser ganze Irrsinn würde sich alles als ein schlechter Traum herausstellen.

Dann sah er, dass dieser schlechte Traum auch das nicht zulassen würde. Das Schwarz des Himmels war auch hier unten. Die Straße in Richtung seines Hauses hörte von einem auf den anderen Meter in einer schwarzen Wand auf, in purer Dunkelheit. Sebastian kämpfte mit den Tränen und gleichzeitig gegen das Gefühl an, seinen Verstand zu verlieren.

"Er ist zurück."

Erst jetzt fiel ihm Sven wieder ein. Er stand nicht mehr direkt vor dem Gebäude, sondern war einige Meter weiter nach rechts den Gehweg hinunter gegangen, in Richtung Stadtzentrum. Er bewegte sich schnell, aber ein wenig ruckartig. Mit jedem Schritt konnte man in der allgegenwärtigen Stille den Stoff seiner Jeans aneinander reiben hören. Und immer wieder murmelte er diesen Satz.

Sebastian rief erneut den Namen seines Kollegen, während er ihm hinterherlief, bekam aber keine Reaktion. Als er Sven erreichte, lief ihm bereits Schweiß in die Augen. Die Hitze war beinahe unerträglich.

Dann griff er nach Svens Schulter, dreht ihn zu sich um und schrie auf. Er blickte in ein völlig leeres Gesicht. Nicht ausdruckslos, sondern leer. Wo Augen, Nase, Mund hätten sein sollen, war nur ein schwarzes Loch. Da waren kein Blut und keine Verletzungen, es war, als wäre sein Gesicht einfach gelöscht worden. Aus dem Loch kam die kalte, monotone Stimme:

"Er ist zurück."

"Wer?" Sebastians taube Lippen hatten das Wort einfach geformt, ohne dass er darüber nachgedacht hatte. "Wer ist zurück?"

Was einmal Sven gewesen war, deutete langsam zuerst auf Sebastian, dann auf die Plakate mit der roten

Krone, und schließlich in Richtung Innenstadt und setzte sich wieder in Bewegung.

Er folgte dem Wesen. Er hatte jeglichen Widerstand aufgegeben, und wenn er nun wahnsinnig geworden war, wollte er zumindest wissen, was das alles zu bedeuten hatte. Wenn gerade die Welt unterging, ebenso.

Nach ungefähr fünfzehn Minuten waren sie der Stadtmitte bereits nahe, und Sebastian, der sich mittlerweile permanent die Schläfen massierte, betrachtete die in den schwarzen Himmel ragenden Gebäude. Sie alle waren mit riesigen Werbetafeln ausgestattet, welche die rote Krone zeigten. Auch auf den, in einigen Schaufenstern stehenden, Bildschirmen flimmerte das Symbol zusammen mit dem unheilvollen Satz:

"Er ist zurück."

Selbst die digitalen Anzeigen von verwaisten, auf der Straße stehenden Bussen zeigten die Krone.

Jetzt bemerkte Sebastian in den Seitenstraßen weitere Menschen, die sich auf dieselbe, abgehackte Weise wie Sven bewegten und alle in dieselbe Richtung strebten: zur Stadtmitte und damit Richtung Marktplatz. Auch diese Anderen murmelten den schrecklichen Satz, der jetzt wie ein Echo aus der Dunkelheit durch die Straßen der Stadt hallte.

Es wurden immer mehr und mehr dieser einstmaligen Menschen. Und als Sebastian sich noch einmal umdrehte, ein letztes Mal überlegte, einfach zurück zu rennen, musste er feststellen, dass die Dunkelheit ihnen gefolgt war. Die ganze Stadt war umgeben von einer pechschwarzen Kuppel. Es gab kein Zurück für ihn.

Dann wurde es wieder still. Stiller noch als vorher. Die Wesen verstummten. Nur seine eigenen Schritte und sein flaches Atmen waren noch zu hören, als sie den großen Marktplatz in der Mitte der Stadt erreichten.

Hier waren sie zu Tausenden. In einem riesigen Kreis standen sie schweigend auf den Pflastersteinen des antiken Platzes und starrten alle auf etwas in ihrer Mitte.

Dann bewegten sie sich. Sie bildeten eine Gasse. Eine Gasse für ihn. Natürlich war sie für ihn.

Als sie sich auseinander schoben, gaben sie den Blick frei auf das, was in der Mitte des Platzes stand: Ein riesiger, schwarzer Thron. So schwarz, wie nichts auf dieser Welt sein sollte.

Er zögerte nicht, sondern ging an den Tausenden von Wesen vorbei und blieb vor dem Thron stehen. Dieses Gebilde war nicht aus Holz oder Stein. Kein Eisen oder Basalt. Es war etwas, das lange Zeit nicht hierher gehört hatte.

Er bestieg den Thron. Er blickte über die zahllosen Kreaturen, in ihr schwarzes, entstelltes, einstmals menschliches Antlitz.

"Zurück."

Wie aus einem Munde sprachen sie dieses Wort und dann trat eines der Wesen vor und hielt Ihm das hin, was Ihm gebührte. Das, was sein Recht war. Die rote Krone.

Er hatte es endlich verstanden. Er war erwacht, hatte den Kokon aus menschlichen Gefühlen und einem unzulänglichen Verstand durchbrochen. Sich daran erinnert, dass dies seine Welt sein würde.

Er war zurück.

Martin Braune

Wächter des Abgrunds

Blindlings hastete ich den schmalen steinigen Küstenpfad entlang. Hinter mir verebbte gerade der sich langsam verfinsternde Wald, in dem ich seit Stunden umher geirrt war. Rechts von mir erhoben sich steile Felswände, zu meiner Linken brauste das fast zur Gänze geschwärzte Meer gegen die zerklüftete Brandung. In meinem Rücken türmten sich Gewitterwolken auf. Blitze zuckten in der Ferne. Ein Sturm zog auf, und mit den Schwingen eines dunklen Vorboten folgte ihm die, von Unheil geschwängerte, Nacht.

Ich wischte mir mit dem Ärmel meiner Jacke den Schweiß von der Stirn und verfluchte mich selbst. Es war pure Idiotie gewesen, noch zu so später Stunde einen Aufbruch zu wagen.

In dem Wissen, dass ich wohl völlig durchnässt die nächste Siedlung erreichen würde, gewahrte ich die letzten Strahlen der Abendsonne, wie sie vom Wasser der schwarzen See verschlungen wurden.

Windböen versuchten mich mit zunehmender Beharrlichkeit von meinem schmalen Pfad abzudrängen. Eines war mir klar: würde mich die geifernde Gischt zu fassen kriegen, wäre dies mein sicheres Ende.

Plötzlich jedoch erspähte ich Lichter in der Ferne. Es musste das kleine Fischerstädtchen sein, von dem man mir anderenorts mit zunehmender Zurückhaltung erzählte, je näher ich ihm kam.

Doch ich hatte keine Zeit darüber nachzudenken. Mit einem lauten Krachen versetzte mir das nahende Gewitter den nötigen Schub, um nicht wie ein Grashalm im Winde einzuknicken. Vom Donner getrieben und meine letzten Reserven zusammen raffend, kämpfte ich gegen die tobenden Böen an.

Jetzt setzte sintflutartig der Regen ein und nahm mir fast völlig die Sicht. Eine Ewigkeit, so schien es mir, rang ich mit dem boshaften Wetter, bis ich plötzlich das erste von Licht beschienene Haus erreichte.

Es war eine kleine Herberge. Ich wollte gerade aus dem Regen über die Schwelle treten, als ich im Augenwinkel etwas in eine Seitengasse huschen sah.

Wahrscheinlich eine Katze, dachte ich. Doch da war dieses merkwürdige Geräusch, ein leises Gurgeln... Oder spielte mir der prasselnde Regen nur einen Streich? Ich verharrte noch kurz vor der hölzernen Eingangstür, doch trat dann zügig ein.

Triefend nass betrat ich den Raum, schritt geradewegs zum Tresen und erzählte dem Wirt kurz und knapp von meiner misslichen Lage. Dabei fielen mir die missbilligenden Blicke der anderen anwesenden Gäste auf. Es irritierte mich, jedoch maß ich dem Ganzen in diesem Moment keine weitere Bedeutung zu.

Der stämmige Wirt gab mir den Zimmerschlüssel mit der Nummer 7 und äußerte wortkarg, dass seine Frau mir noch einen Korb mit sauberer Kleidung vorbeibringen würde, da meine ja augenscheinlich vollkommen durchnässt und schmutzig sei.

Ich schritt durch einen hölzernen Gang hinauf zu den Zimmern, fand die Tür mit der gravierten "7" und trat dann hinein.

Als ich mir nach einer ausgiebigen heißen Dusche die saubere Kleidung anzog, welche man vor meiner Zimmertür abgestellt hatte, betrat ich erneut die schmale Holztreppe im eichernen Gang, um mich dann erneut neben dem Tresen des Wirtes einzufinden.

Die alten Dielen knarrten unter meinen Sohlen, sodass man mich schon seit dem Betreten der Treppe vernommen haben musste.

Doch anscheinend stritt der Wirt mit einem seiner Gäste. Ich verstand mitnichten alles, konnte aber dennoch Folgendes vernehmen: Der Wirt sprach vorwurfsvoll:

"Was hätte ich denn machen sollen?"

Der Fremde antwortete darauf wütend und zugleich ängstlich:

"Sie werden es bereits wissen. Bei Gott, bete! Bete, dass Sie es uns nicht vergelten!"

Mit einem Krachen knallte die Tür des Wirtshauses in sein Schloss zurück. Ich schritt bedächtig die restlichen Stufen hinab. Der Gastraum war leer. Nur der Wirt spülte noch die letzten Gläser, um sie anschließend gedankenverloren in seinem großen Schrank aus dunklem, merkwürdig gemasertem Holz sicher zu verschließen. Dann seufzte er.

"Diese Gläser und Krüge sind schon seit etlichen Jahren in Familienbesitz. Auch dieser Tresen hier steht schon seit Generationen an selber Stelle. Ich kann dies nicht einfach alles aufgeben."

Ich wollte gerade etwas sagen, als er mir zuvor kam.

"Oh entschuldigen Sie meine geistige Abwesenheit junger Mann. Ich bin es nicht gewohnt so spät noch Gäste zu haben....besonders bei diesem Wetter." Er räusperte sich, doch darin schwang etwas Merkwürdiges . "Kommen Sie zu mir an den Tresen, junger Freund. Meine Frau hat wieder mal zu viel gekocht."

Ich nahm also auf einem der hohen Stühle Platz und aß das noch leicht dampfende Mahl. Mit jedem Löffel floss langsam Leben zurück in meinen ausgelaugten Körper. Als ich fertig war, bedankte ich mich recht herzlich für die Gastfreundschaft, die man mir entgegengebracht hatte.

"Alle nennen mich hier den alten Gerald. Ich bin der Wirt dieses Gasthauses hier... *Zum Küstennebel...* Aber das war auch schon so ziemlich alles Nennenswerte über meine Person. Früher war hier mehr los." Und wieder schwang ein merkwürdiger kaum wahrnehmbarer Unterton in seinem Reden mit. "Also, wie stehts mit Ihnen junger Mann?"

"Franz....ehm Gottlieb," sprach ich mit zögernder Stimme. Ich konnte mir dieses seltsame Gefühl mitnichten erklären. "Sagen Sie, Gerald, ihre Gäste vorhin haben schlagartig ihre Unterhaltungen eingestellt und die Krüge gesenkt, als ich herein trat. Sie mögen hier keine Fremden, was?"

Der Wirt erschien mir bei die Frage etwas blasser als vorher, jedoch bin ich mir nicht sicher, ob er sie überhaupt vollständig wahrgenommen hatte. Er schien geistesabwesend und auf irgendein Geräusch zu horchen. Ich vernahm nichts außer dem monoton prasselnden Regen vor dem alten hölzernen Eingang.

Verwundert über seine darauffolgende, fast schon etwas wehleidige Bitte, unsere Zusammenkunft für den heutigen Abend zu beenden, da ihn gleich die Müdigkeit übermanne, bedankte ich mich nochmals für die Bewirtung, sprach eine angenehme Nachtruhe aus und ging langsam die alte, knarrende Holztreppe empor, zurück durch den dunklen hölzernen Gang in mein Zimmer. Ich legte mich alsbald zur nächtlichen Ruhe und fiel ohne Weiteres in tiefe, von Alben durchwanderte Träume, welche mir die Genesung meines Geistes verwehrten.

Mit unbändigem Druck auf der Brust schnellte ich empor. Ich bemerkte einen fröstelnden Windstoß und blickte just darauf in Richtung des Fensters, welches vor dem Antritt zu meiner, von formlosen Schatten geplagten, Nachtruhe mehr als fest verschlossen war.

Doch....es war offen! Vom Wind gepeitschter Regen fiel auf das hölzerne Parkett und Böen trieben unentwegt die dunklen Vorhänge auseinander.

Aber da war noch etwas Anderes. Etwas saß im Rahmen des offen Fensters. Es war annähernd so groß wie eine Katze. Oberhalb war es traubenförmig, verjüngte sich zur Mitte und wurde dann wieder fast so breit, wie der obere Teil des Dings. Regungslos stand es da.

Plötzlich erhellte ein gleißender Blitz das Fenster und mit ihm das ganze Zimmer. Beim Anblick, welcher sich mir jetzt bot, entfuhr mir ein leiser gequälter Schrei. Im nächsten Moment öffnete das Ding seitlich zwei grässliche blutrote Augen, welche unverkennbar denen einer Raubkatze glichen. Weitere Augenpaare öffneten sich, und all jene Pupillen richteten sich auf mich.

Dann bewegte sich der untere Teil des Wesens, als ob es seine Glieder leicht strecken wolle. Ich erkannte Tentakel, doch sie waren mit einer Art Membran verbunden. Seine Haut glich in Farbe und Aussehen der einer Kröte. Der Kreatur entfuhr ein merkwürdiges leises Gurgeln, welches dann zu einer Art Knurren anschwoll. Reptilienhaft.

Dann sprang die groteske, medusenhafte Erscheinung auf mich zu und landete präzise auf meinem Bett. Tentakel fixierten sofort meinen Kopf und ein grässliche Szenerie fing an, sich in den widerwärtigen roten Raubtieraugen zu spiegeln.

Widerhaken, kleine runde Mäuler.....ein röhrenartiges Gebilde.......mein Kopf.....ich ersticke.

Nicht enden wollende Finsternis umfing mich und zog mich hinab zu unendlichen Alpträumen und chimärenhaften Schatten.

Aus Licht und Schatten wurde fabelhaftes Grau und dann verschwamm der Schmerz, die Zeit und jegliches Gefühl für Realität.

Das Licht des Mondes schien kühl und sanft durch ein offenes Fenster meines Zimmers. Schlaflos blickte ich dem leichenhaft blassen Himmelskörper entgegen, der mir zu dieser späten Stunde nur die Einsamkeit meiner Existenz verdeutlichte und mir den genesenden Schlaf verwehrte.

Alles schwieg. Konnte ich doch nur das Rauschen der Gezeiten vernehmen, welche beständig ihren Dienst verrichteten, während das Nachtgestirn in melancholischer Stille über dem Rhythmus der Wellen wachte. Irgendetwas trieb mich an, keine weiteren Versuche mehr zu unternehmen, der Irrealität meine nächtlichen Träumereien zu verfallen.

Wie in Trance stieg ich aus meinem Bett und kleidete mich an. Gelockt vom seidenen Schimmer des Mondes verließ ich mein kleines hölzernes Heim, versteckt hinter Dünen und Strandhafer, um langsam dem Rauschen der Gischt entgegen zu streben.

Ohne festes Ziel wanderte ich etwas oberhalb des Strandes entlang, wo den sanften Wellen die Kraft entrann. Kleine Krabben huschten im Schutz der Dunkelheit durch Tang und Treibholz.

Der Strand schien unendlich, ebenso wie mein Verlangen, das mich Diesen immer weiter entlang trieb. Eine sanfte Brise trug mir die leicht salzige kühle Luft entgegen, welche in ungezählter Zeit schon seit Ewigkeiten über die weite See zog. Sie war einsam und still, genauso wie ich, der ich hier durch diese Dünen schritt.

Das innige Verlangen in mir wuchs, mich der kühlen See zuzuwenden und meine ziellose Suche im seichten Wasser fortzusetzen. Geisterhaft sah ich beinahe am Rande meines Blickfeldes schemenhafte Lichter aufleuchten, die bei näherer Betrachtung in nicht ergründbarer Schwärze verschwanden. Meine Augen schienen mir einen Streich zu spielen.

Es war weit nach Mitternacht und meine Beine waren taub geworden. Ich rieb mir durchs Gesicht, als ich eine merkwürdige Anziehungskraft in meinem Leibe verspürte, deren Ursprung ich jedoch mit keinem meiner Sinne erfassen konnte. Ich wandte mich dem Strand zu, während sich Beklemmung in mir ausbreitete. Es plätscherte immer häufiger jenseits von dem, was meine Augen erfassen konnten. Hatte ich Angst? Aber wovor?

Es plätscherte abermals, und mit dem eindringlichen Gefühl von Beobachtung, welches mich endgültig aus meiner wandernden Monotonie riss, hastete ich in Richtung der Dünen.

Auf der ersten sandigen Anhöhe blieb ich abrupt stehen. Schatten hüllten meine Sinne ein und ließen mich frösteln.

Mein Blick fiel auf einen merkwürdig geformten Stein. Als ich ihn aufhob und ins Licht hielt, erschien mir das klare Bild eines sternförmig glatt geschliffenen Specksteins von mattgrüner Farbe. Dies war kein Werk der Gezeiten. Als ich mit dem Finger darüber fuhr, konnte ich zu je einer Zacke des Steines eine kleine runde Wölbung erfühlen.

Ich hatte so etwas noch nie zuvor gesehen. Irgendjemand musste dieses Stück hier beim Durchqueren der Dünen verloren haben. Den Stein in die Tasche steckend und weiterhin das beklemmende Gefühl verspürend, setzte ich meinen Weg Richtung Dünen fort.

Der Mond erhellte meine Sicht, als ich merkwürdige Spuren im Sand erspähte. Es sah von Weitem aus, als hätte sich eine uralte und schwere Meeresschildkröte behäbig ihren Weg durch die Dünen gebahnt. Doch irgendetwas sagte mir, dass es solche Schildkröten hier nicht gab und so erkannte ich schließlich bei näherer Betrachtung einen merkwürdigen Umriss im Sand. Ich bildete mir ein, tentakelartige Abdrücke unter jenen seltsamen Schleifspuren zu erspähen.

Von unbegreiflichen Gründen getrieben, setzte ich meinen Weg fort. Er führte mich durch eine tiefe Senke. Sie war gesprenkelt von einer dunklen Flüssigkeit, die stellenweise zu größeren Lachen zusammenfloss. Hier endeten auch die merkwürdigen Schleifspuren im Sand.

Ätzender Gestank fraß sich durch meine Atemwege. Äonenalte Schatten erklommen meine Eingeweide und legten ihre dünnen knöchernen Finger um jenen Muskel meines Brustkorbes, welcher nun unerbittlich gegen meine Rippen schlug. Kalter Schweiß floss mir den Nacken hinab.

Mein Unterbewusstsein zwang mich zur Flucht. Ohne zu wissen warum, rannte ich die Senke empor zur Spitze der nächsten Düne. Dann wurde es auf einmal still über den, vom Mondlicht verbrannten, Bergen aus Sand. Weder Wind noch den Klang der Gezeiten konnte ich vernehmen.

Jedoch maß ich dem Ganzen keine allzu große Aufmerksamkeit bei. Das konnte mein geplagter Verstand auch gar nicht mehr, denn wie gebannt musste ich auf das starren, was sich vor mir auftat:

Ein See aus tiefschwarzer Fäulnis. Schleimig ölige Blasen zerplatzten auf jener Oberfläche und gebaren auf ein Widerwärtigstes Schemen aus unauslotbaren Abgründen.

Inmitten seines Hortes thronte ER. Glänzend von Schleim und Mondlicht, seine Fühler nach mir streckend. Würmer mit roten Köpfen brachen aus seinem Rücken hervor, so, wie Tentakel mit kleinen Mäulern sich vor ihm wandten. Dieses Ding spotte jeder Beschreibung und so spottete es auch mir.

Es drang mit seinem Geist in den meinen, verhöhnte mich und meinesgleichen, doch sprach es kein einziges Wort. Umringt von kleinen, aufgedunsenen, rotäugigen Oktopoden, welche wahnhaft schnatterten und an obszönen Dingen nagten, welche mir Schleim und Schatten durch eine glückliche Fügung verbargen. Jedoch ließen mich jene Umrisse abgrundtief erschaudern.

Athklur Thar. Jener Name stach wie eine Nadel in mein pulsierendes Hirn. Er war der Herr der Tiefe, Wächter der Gräben und Schluchten weit unter dem, was der Mensch je an Tiefe gewonnen hatte. Schützend liegt seine Hand über der Totenstadt am Grunde jener Tiefsten aller Untiefen, um die Wiedergeburt des Einen zu bereiten, der dort in aller Ewigkeit scheintot ruhen sollte.

Ich werde ihm als Werkzeug dienen. Um seinen Fluch zu brechen, bedarf es vielerlei Quellen Energie und zwei davon könne ich ihm durchaus ohne Weiteres übergeben.

Sein Hohn stieg ins Unermessliche, als er würgend blubbernd mit hohler Stimme ein gotteslästerliches Gelächter entfachte, welches sich tief in meine Seele fraß.

Ohne diese grässliche Kakophonie zu unterbrechen, packten seine wurmartigen Ausläufer meine Gliedmaßen und zogen mich in den Mittelpunkt seines Seins. Die formlose schwarze, sich windende Masse sank in der Mitte ein, und jene roten zuckenden Würmer strebten an die Ränder des blasenschlagenden Spaltes, der nun so entstand.

Mit jedem Atemzug zogen sich die geifernden Mäuler ein wenig fester um meinen Leib. Das Herz drohte mir meinen Brustkorb zu zerbrechen. Paralysiert von der Aussichtslosigkeit meiner Lage, betete ich für die Ohnmacht meines Geistes, jedoch musste ich an einen gottlosen Ort gebannt worden sein, wie es mir schien, denn die erlösende Schwärze kam nicht.

Als ich die Augen wieder aufschlug, blickte ich in das chimärenhafte Maul einer ölig schleimigen Masse. Die Würmer zuckten in ehrfürchtiger Trance am Rande dieses bezahnten Wahnsinns. Die schlangenhaften Mäuler führten mich nun meiner jähen Bestimmung zu. Meine Seele und mein Fleisch für SEINE Auferstehung!

Im letzten Moment meiner Existenz fühlte ich die alles zerfressende Kälte des trügerischen Sternenhimmels, während *Athklu Thar* mit matschiger fast erstickender Stimme seine letzten Worte an mich richtete..

"Ich zeige dir die Ewigkeit!"

Sein Gelächter schwoll erneut auf das Grässlichste an. Jedoch vernahm ich kaum noch etwas davon, bevor sich mein Sein auflöste und die tote Stadt am Grunde des tiefsten Grabens mit etwas mehr Leben füllte.

Epilog

Am 13.11.2009 wurde unweit der Kreidefelsen, welche teilweise direkt in die Ostsee ragten, eine fast bis zur Unkenntlichkeit verstümmelte Leiche gefunden. Die speziell geschulten Ermittler der dafür einberufenen Untersuchungskommission, mit vorläufigem Sitz in Stralsund, konnten die Leiche nur durch einen mitgeführten Fahrausweis in der Brieftasche des Opfers bestätigen.

Es handle sich dabei um einen 25 jährigen Touristen der aus dem bayrischen Wald stammte. Merkwürdig fanden die Ermittler auch, dass sich im Reisegepäck des jungen Mannes diverse Manuskripte befanden, welche dem kalten salzigen Seewasser vermutlich tagelang ausgesetzt waren, jedoch weder verblichen sind noch auch ansatzweise nass waren. Dem Ermittlungsbericht zufolge konnte niemand die Schrift lesen, jedoch glichen einige Zeichen auf grausige Art und Weise Einschnitten im Nacken des Mannes.

Bevor die Polizei am Fundort der Leiche eintraf, scharrten sich die Bewohner eines nicht weit entfernten kleinen Dorfes um das Geschehen. Als sie die Schnitte im Nacken sahen bekreuzigten sich die Älteren unter ihnen. Als man daraufhin eine ältere Frau befragte, antwortete sie zurückhaltend und ängstlich:

"Wir sind das einzige Dorf hier weit und breit. Hier is nichts andres außer wir. Sehn se die Klippe dahinten? Auf der andern Seit ist ne Höhle. Die ist seit den 50ern schon da und seither komm diese armen

Seeln an unsern Strand. Alle mit dem selbn Mal am Leib."

"Und was genau hat es mit der Höhle auf sich? War denn schon mal jemand dort gewesen", fragte ein Beamter die ältere Frau.

"Dort wohnt der Teufel! Mein Mann hatse gesehn, als er nachts mitm Boot draußn war zum Fischn...rote Augen und knollige Köppe... und wie die auf den Felsn hocktn! Doch das Schlimmste kam aus der Höhle....ein irre machendes Lachen.....als ob jemand ersticken würde!

Hagen Neumann

Abfahrt Magdeburg

Er hätte aufgeregter sein müssen als er es war. Oh sicher, seine Nerven flatterten, aber es fiel ihm nicht so schwer, sie unter Kontrolle zu bringen. Diese ach so große Hürde, einen Menschen zu töten, eine Existenz auszulöschen, war kein so unüberwindbares Hindernis, wie man immer meinte.

Er fürchtete die Strafe, die ihn ereilen könnte, verspürte den Drang, davonzulaufen und sich zu verkriechen, das ja. Aber davon abgesehen, war es nicht so schlimm.

Ihn reute nicht, was er getan hatte, nicht um des Menschen Willen, den er auf Nichts reduziert hatte. Es war auch nicht so, dass ihn irgendein Kitzel gepackt hätte, der jetzt in ihm die Tür zum Serienmord aufgestoßen hätte oder so etwas. Es war schlicht und ergreifend keine große Sache.

Er setzte sich in einen der Korbstühle, der altersschwach knarrte, und bewies sich damit eindrucksvoll, dass er die pure Nervenstärke aufbrachte, sich in so einem Moment einfach zu setzen. Eben nicht dem Verlangen nachzugeben und wie ein kopfloses Huhn abzuhauen.

Aus der Innentasche seiner dünnen Wildlederjacke holte er die Schachtel Marlboro und klopfte sich eine heraus. Seine Hände zitterten, aber nur leicht. Kaum der Rede wert. Die Kippe anzustecken war kein Problem.

Würziger Tabakqualm rang mit dem Schmauch, der noch als feiner Nebel in dem kleinen Raum hing und dessen markante Note sich mit dem Brandgeruch gemischt hatte.

Er hatte ein Kissen vor die Mündung der Waffe gedrückt, so wie sie es in den Filmen immer taten. Eine denkbar beschissene Idee.

Der Knall des 38iger war tatsächlich etwas leiser, wenn auch nicht viel. Allerdings hatte sich das verdammte Füllmaterial des billigen Sofakissens im Raum verteilt wie Konfetti und ein paar der Fetzen hatten geglommen und gequalmt, so dass er sie rasch hatte austreten müssen.

Schließlich und endlich mischte sich der Geruch nach Scheiße in das Gemenge, dass den Raum ausfüllte. Der alte Dreckskerl hatte mit seinem Leben auch die Kontrolle über Blase und Schließmuskel verloren. So breitete sich die Dunstwolke um die Leiche sehr viel schneller aus, als die Blutlache, die zum Großteil von der abgewetzten Auslegeware aufgesaugt wurde.

Machte eigentlich nicht viel her, so ein Toter. Weder was Unheimliches, noch was Erhabenes dran. Nur ein Stück Fleisch oder in diesem Fall zum Großteil ein Stück Fett.

Stück Fett! Ein kurzes Lachen entkam seiner Nase als Schnauben, begleitet von blauem Rauch. Bloß der elende Gestank…

Er erhob sich und machte sich an dem kleinen Fenster zu schaffen. Eine vergilbte Gardine, das

Fensterbrett voller toter Fliegen. Endlich löste sich das festgegammelte Ding quietschend und er öffnete es weit.

Draußen ignorierte ein warmer Frühlingstag die Tat, die hier geschehen war und brannte sein gesamtes Feuerwerk ab. Zwitschernde Vögel, Pollen und Insekten, die im Licht schräg durch die Nadelbäume fallender Sonnenstrahlen tanzten. Hätte nur ein Reh oder ein Hase gefehlt, die durch die Szenerie sprangen, und man hätte es rahmen und über das Sofa hängen können.

Welch profane Gegenwelt bot da das Innere der Laube? Nicht einmal der Tote konnte dem Bild spießiger Tristesse etwas Interessantes, etwas Aufregendes beimengen.

Die Schrankwand, die schon vor dreißig Jahren von zeitloser Geschmacklosigkeit gezeugt haben musste, ein urhässlicher Schrein, in dem der Fernseher als zentrales Kultobjekt diente. Umstanden von den Devotionalien der Belanglosigkeit.

Überfüllte Glasvitrinen mit Spielzeug LKWs, die es zu irgendwelchen Bierkästen dazu gegeben hatte. Gläser mit plumpen Witzbildern und Sprüchen darauf oder den Logos von Fußballvereinen. In den Nischen, die zumindest vorgeblich für Bücher bestimmt gewesen waren, reihten sich braune Hüllen für VHS- Kassetten, die immerhin den Anschein von Buchrücken erwecken sollten. Diese brüchige Illusion wurde mit aufgeklebten, oder mit Kugelschreiber aufgekritzelten Nummern zunichte gemacht.

Auf den meisten Tapes waren Pornos, wie er wusste.

Das Beste aus den Achtzigern und Neunzigern. Einige andere enthielten geistlose Actionfilme, vom Fernsehen aufgenommen, die Werbung akribisch raus geschnitten.

Die Kirchenbänke, er entschied bei der Glaubensmetapher zu bleiben, auf die er sich etwas einbildete, waren zwei Korbstühle und ein durchgesessenes Sofa.

Auf Letzterem hatte der Alte auch geschlafen. Nur er durfte dort thronen, und wenn mehr als zwei Gäste kamen, mussten sie mit Gartenstühlen vorliebnehmen, um die das Ensemble dann erweitert wurde.

Drapiert waren die Stühle um einen Fliesentisch. Natürlich ein Fliesentisch! Dieser war stets und ständig mit Bier, für gewöhnlich Detmolder, und überquellender Aschenbecher geschmückt.

An den Wänden: aufgeklebte und gerahmte Puzzle, hauptsächlich Tiere und Züge. Diese verdammten Züge!

Wie er ihn damit gelangweilt hatte. Der Alte hatte bei der Bahn gearbeitet, in einem Stellwerk, wo er Hebel gezogen und Knöpfe gedrückt hatte. Lieber wäre er aber Lokführer gewesen. Dass er es nicht geworden war, war natürlich nicht seine Schuld. Als die Mauer fiel, waren so viel ostdeutsche Lokführer zu ihnen gedrängt, dass man ihn nicht genommen hatte. Obwohl er selbstredend der Qualifiziertere war.

Überhaupt waren die Ossis für den Alten an allem Elend dieser Welt, also Deutschland, Schuld. Sein Hass auf die neuen Bundesländer übertraf sogar den auf Ausländer und Frauen. Nur die Juden waren ungefähr gleichauf.

Um das Bild abzurunden, hatte er den Alten einmal gefragt, was dieser von Behinderten hielt. Die Antwort war überraschend gewesen, da er mit denen kein Problem gehabt hatte. Bei ihnen im Stellwerk hatte es ein paar gegeben. Er lobte ihren Fleiß und ihre Pünktlichkeit. Blöd, aber zuverlässig.

Ein richtiger Menschenfreund. Moralisch versifft.

Kurzum, den Alten wegzumachen war vielleicht kein Geschenk an die Menschheit, aber es machte sie auch auf gar keinen Fall ärmer.

Jetzt aber gab es Arbeit zu erledigen.

Er hatte seine Zigarette am Fenster geraucht. Etwa drei Minuten lang. In dieser Zeit war niemand aufgetaucht, um nachzusehen, was da so einen Knall verursacht hatte.

Polizei würde so schnell auch nicht hier sein, so sie denn jemand alarmiert hatte. Er war sich relativ sicher, dass der Schlag Menschen, der hier halb legal in den Gartensparten am Rande des Waldes hauste, nicht gleich die Polizei rief, wenn sie einen Knall hörten.

Er steckte sich noch eine an und machte sich ans Werk. Das hieß: den legendären Fliesentisch beiseite zerren, das Teil wog mindestens eine halbe Tonne, dann die Auslegeware hochklappen. Dass er damit den Leichnam bedeckte, der zwischen Tisch und Sofa auf dem Gesicht lag, war ihm nur recht. Das dämpfte den Gestank ein wenig.

Der Alte war neben all seinen anderen, bestechenden Eigenschaften geizig wie ein Schwabe gewesen. Schon zu Bahnerzeiten hatte er anständig verdient und kassierte jetzt obendrein eine saftige Rente. Na ja, bis sie fanden, was von ihm übrig war.

Vor etwa drei Monaten hatte ein Kollege ihn mit hierher geschleppt. Der trieb es eine Zeit lang mit einer Alten, die weiter unten einen Garten hatte und regelmäßig war in der Laube hier allgemeines Besäufnis angesagt gewesen. Wortwörtlich bis zum Umfallen.

Im Vollrausch hatte der Alte eine Bemerkung fallen gelassen, die ihn, selber alles andere als Herr seiner Sinne, doch hatte aufmerken lassen. Er sagte etwas in der Richtung, dass er keiner Bank der Welt trauen würde und seinen Zaster sicher in greifbarer Nähe verstaut hätte. Wo er ein Auge darauf werfen konnte.

Dann hatte der Alte eine Summe gebrummt. Da war er gefühlt mit einem Schlag nüchtern gewesen und eine Idee war in ihm aufgekeimt. Nein, wie ein Blitz in seinen Verstand geschossen.

Er hatte damit gerechnet, Dielenbretter lösen zu müssen, um nach dem Versteck zu suchen. Doch die Sache war sehr viel einfacher.

Der Tisch stand über einer kleinen Falltür. Eines dieser Kältelöcher, dass den Laubenbesitzern als Kühlschrank gedient hatte, bevor Elektrizität für Buden am Waldrand zur Selbstverständlichkeit geworden war.

Sein Kollege hatte sich bald wieder von seiner Tussi getrennt. Aber er war weiter hergekommen. Hatte den guten Freund gemimt, dem Alten Kippen und Schnaps mitgebracht und sich sein nicht enden wollendes Geseier über E-Loks und Diesel- Loks angehört. Hatte interessiert getan, nachgefragt, genickt und eingeschenkt.

Wenn der Alte dann, wie er es selber zu nennen pflegte, ordentlich "im Baller" war, hatte er vorsichtige zu bohren angefangen. Er hatte auf die Banken geschimpft, die ja alle von Juden kontrolliert wurden. Das war meist der beste Einstieg. Wenn der Alte sich in seinem Suff dann langsam in Rage geredet hatte, ließ er manchmal eine Bemerkung fallen. Gab damit an, wie viel er hatte und wie viel er den "Langnasen" vorenthielt. Trotzdem war er selbst halb im Delirium misstrauisch wie ein zu oft geprügelter Straßenköter gewesen. Dann aber hatte er sich verplappert. Das war letzte Woche.

„Auf den Kohlen sitz ich mit meinem fetten Arsch. Und wenn die mich mal tot hier raus tragen und der nächste Spinner sein Ferienhäuschen drauf klotzt, dann weiß er nicht auf was fürn teuren Fundament er da hocken tut."

Es war im Boden! Unter den Dielen vermutlich. Denn wenn es in der Fundamentplatte gewesen wäre, würde er ja nicht mehr drankommen, um seinen Schatz zu mehren. Natürlich hätte jemand, der ein neues Haus drauf stellt, so ein plumpes Versteck gefunden. Der Alte hatte seine Rache an der Welt nicht wirklich durchdacht. Sollte ihm aber nur recht sein. Das passte auch zu einigen anderen Bemerkungen, die er vorher von sich gegeben hatte, die jedoch zu schwammig gewesen waren, um sicher zu sein.

Er hatte den Alten gefragt, warum er seinen Reichtum nicht unters Volk brachte. Da hatte der ihn angesehen wie ein widerliches Insekt, wie jemand der so wenig von der Welt verstand, dass es schon abstoßend war. An diesem Punkt war seine vage Idee zu einem Entschluss geworden.

Die Klappe im Boden war mit einem Vorhängeschloss versehen, welches in einer Aussparung ruhte, so dass es keine Ausbeulung in der Auslegeware verursacht hatte. Also musste er doch mit Werkzeug ran. Es sei denn…

Sein Blick wanderte über die Vitrine und all dem darin angehäuften Kram, blieb an einem Tonkrug mit Deckel hängen. Auf dem Krug war das blauschwarze Banner des SC Paderborn 07 zu sehen. Er ging hinüber, und zog den Humpen, begleitet von einem Schauer aus Spielzeugtrucks und anderem Nippes, heraus. Er klappte den Deckel auf und grinste breit.

Der Alte war sich so schlau vorgekommen. Jetzt war er tot und sein Versteck so sicher, als hätte er alles auf dem Tisch liegen lassen. Mit dem kleinen Schlüssel aus dem Krug machte er sich an dem Schloss zu schaffen.

Als er hergekommen war, hatte er die Hand fest um den Griff des Smith & Wesson gekrampft, sich noch selbst damit täuschend, dass er den Alten nur überfallen wollte. Aber eigentlich hatte er es gewusst. Innerlich war ihm klar, dass es nur so hatte ausgehen können. Als sein Opfer aufgestanden war, um Bier aus der kleinen Küche zu holen, hatte er sich kurzentschlossen das Kissen genommen, den Revolver gezogen und durch das Polster auf den Alten gefeuert. Wie ein nasser Sack war der zusammengesackt. War tot, blieb tot. Ein Schuss hatte gereicht.

Erst jetzt wurde ihm bewusst, wie umständlich alles

hätte werden können, wenn der Alte nur verletzt gewesen wäre, wie am Spieß geschrien oder ihn mit der Wut des verwundeten Ebers angegriffen hätte.

„Hätte, hätte Fahrradkette." murmelte er, schloss das kleine Vorhängeschloss auf und hob die Luke an.

„Scheiße!" Wenn man dieses Wort überhaupt in Ehrfurcht aussprechen konnte, dann genau so.

Der komplette Hohlraum war mit Euroscheinen ausgefüllt. Einige in Plastiktüten, andere gestapelt oder mit Gummibändern zusammengehalten. Hauptsächlich Fünfziger und Hunderter.

Zweihundertfünfzigtausend, wenn der Alte mit dem Zählen keine Probleme gehabt hatte. Das musste ein halber Meter Geld sein.

Wohin damit? Diese Frage kam ihm nach dem Schock darüber, dass so viel Geld physisch existieren konnte.

Ein Tag der Offenbarungen. Einen Menschen erschießen war keine so große Sache, zweihundertfünfzigtausend Euro in kleinen Scheinen (sagte man bei Hundertern noch 'kleine' Scheine?) *waren* eine große Sache. Eine große Sache, die nun ihm allein gehörte.

Es fiel schwer, den Blick von dem Schatz, denn das war es, ein verdammter, vergrabener Schatz, loszureißen, um nach einer Transportmöglichkeit zu suchen.

Er hatte nichts mitgebracht. Sowieso war er furchtbar schlecht vorbereitet an die ganze Angelegenheit herangegangen. Das man ihn als Täter ermitteln würde, daran bestanden ohnehin keine Zweifel. Selbst wenn er Handschuhe tragen würde und ihn nicht jeder zweite Saufkumpan des Alten hätte identifizieren können. Mit dem ganzen CSI Scheiß, den die heutzutage veranstalten konnten, würden sie vermutlich sogar herausfinden, was er zum Frühstück gegessen hatte.

Nein, nein, hier gab es nichts zu verschleiern. Über alle Berge sein, wenn sie den Alten fanden, das war das Gebot der Stunde.

Er durchsuchte die Küche und das kleine Schlafzimmer der Laube. Letztere hatte sein Besitzer als Rumpelkammer genutzt, und er war zuversichtlich, dort etwas Brauchbares zu finden.

Das Glück verließ ihn auch jetzt nicht. Erst hatte er einen altertümlichen Wanderrucksack entdeckt, der jedoch nicht groß genug für all die Scheine war. *Nicht groß genug für all die Scheine!* Das musste man sich auf der Zunge zergehen lassen. Dann stöberte er einen Rollkoffer auf, der mit alten Bahnerzeitschriften gefüllt war. Hatte schon bessere Tage gesehen, würde aber seinen Zweck mehr als erfüllen.

Er schüttete die Hefte auf den Boden und begann das Geld in den Koffer zu schaufeln. Nachdem das geschafft war, gönnte er sich noch eine Zigarette.

Seit seiner Tat war etwa eine halbe Stunde vergangen. Zeit zu verschwinden! Er schloss das Fenster und zog die Vorhänge vor. Gleiches tat er mit dem Fenster in der Küche, wo er das Rollo zudrehte.

Der Schlüssel zur Laube steckte. Er schloss ab und brachte das Fahrrad des Alten hinter das kleine Gebäude, wo er es in den Büschen neben dem Komposthaufen verschwinden ließ. So würden etwaige Besucher vermuten, der Alte wäre unterwegs.

Dann machte er sich auf den Weg runter zur Feldstraße. Würde ihn jemand unterwegs bemerken, war das eben nicht zu vermeiden. Freundlich grüßen und weitergehen.

Aber auch weiterhin lächelte das Glück auf ihn herab. Nicht ein Laubenpieper ließ sich blicken. Irgendjemand da oben mochte ihn scheinbar.

Auf dem sandigen Weg, runter zur Feldstraße, überlegte er, was genau jetzt zu tun sei. Er konnte runter zur Hauptstraße gehen, mit dem Bus nach Hause fahren… und dann?

Weder hatte er ein Auto, noch einen Koffer, in den das Geld besser passen würde als in diesen hier. Wechselklamotten und so etwas. Aber das konnte er sich ja jetzt locker unterwegs kaufen. Vielleicht besser in Bewegung bleiben. Bisher war ihm das Glück hold, weil er 'on the run' war.

Er hielt an, wo der Sandweg zu den Waldgärten auf den Feldweg stieß und überlegte. Nach rechts ging es durch ein Wohngebiet und runter zur Hauptstraße.

Er ging nach links.

Der Feldweg wurde bald schlechter. Weiter vorn hatten die Gartenbesitzer ihren Schutt und ihr Schnittgut unter dem Vorwand in die Schlaglöcher geschüttet, damit die Straßenqualität zu verbessern. Bis hierher waren ihre Entsorgungsmethoden noch nicht gekommen. Er trug seine süße Last um die größten Schlammlöcher herum, während der Feldweg zusehends zum Waldpfad wurde. Er kannte sich hier gut genug aus, um zu wissen, dass er dem Pfad nur immer folgen musste, um bald die Brandung der A2 zu hören.

Drei Kilometer etwa, dann schimmerte das blau, weiße Logo einer Aral Tankstelle durch die Bäume.

„Alles super!" Oh ja, und ob.

Über einen Trampelpfad gelangte man von hinten auf das Gelände des Rastplatzes. Man musste nur den dichter werdenden Gürtel aus benutzten Kondomen und mit Taschentüchern garnierten, menschlichen Exkrementen durchqueren und durch einen löcherigen Maschendrahtzaun schlüpfen.

Als genau das getan war, steckte er sich noch eine an, um in der Tarnung des Raucherpäuslers die Lage zu peilen.

An den Zapfsäulen standen ein paar Autos, zwei weiße Transporter mit Arbeitern darin, die vermutlich auf dem Heimweg von der Montage waren. Eine Familienkutsche, an welche der Vater stoisch Diesel verfütterte, während die Mutter im Inneren ihren Nachwuchs auf der Rückbank zusammen nieste. Das sah in Ermangelung von Ton witziger aus, als es wohl für die Blagen auf der Rückbank war. Alles jedoch nichts, wo er Anschluss finden würde.

Er überlegte, in die Tankstelle zu gehen, sich einen Kaffee und ein neues Päckchen Kippen zu holen. Vielleicht waren drinnen noch andere Kandidaten.

Der Rastplatz erstreckte sich noch ein gutes Stück, bevor weiter oben ein NORDSEE den Leuten überteuertes Fischmehl in Stäbchenform andrehte. Dann fiel ihm ein, dass es nicht die schlauste Idee war eine Tankstelle mit einem Revolver in der Jackentasche zu betreten.

Seine Überlegungen zerschlugen sich, als durch die Schiebetür ein Bursche in Grün trat.

Ein Soldat. Ein Bundi wie er im Buche stand. Kein Posterheld, sondern Durchschnitt in taillenlose Uniform gepresst. Er war groß und dünn, fast schlaksig. Die Stiefel mit den darüber geschlagenen Hosenbeinen, verstärkten das Bild eines Storchs in Menschengestalt noch. Die Ärmel hatte er hochgeschlagen und offenbarte so sehnige Arme, an welche noch nicht genug Sonne gekommen war, um sie von ihrem käsigen Weiß zu erlösen.

Der Verteidiger des Vaterlandes balancierte einen Coffee to go und eine BiFi Roll in der Linken, während er mit der Rechten in der Beintasche nach etwas suchte. Vermutlich seinem Autoschlüssel.

Kurzentschlossen schritt er auf ihn zu und sprach den jungen Mann an.

„Entschuldigung!" Der Soldat bemerkte ihn nicht und er wiederholte sich etwas lauter. Jetzt drehte der Lange ihm das Gesicht zu.

„Ja?" Auf dem Kopf saß eine dieser Pizzabäckermützen, wie sie die Franzosen trugen, allerdings in grün. Auf seinen Schulterklappen waren nur ein paar Striche. Er wusste nicht viel von den Rängen bei der Armee, meinte aber, dass der kein sonderlich hohes Tier sein konnte.

„Wasn?" Der Soldat blickte hinter sich, ging vielleicht davon aus, dass er ihn darauf aufmerksam machen wollte, dass er etwas verloren hatte.

„In welche Richtung fährst du?" Er duzte ihn einfach. Der Kerl war sicher ein paar Jahre jünger als er. Die Akne auf seinem Kinn und seiner Stirn war gerade erst dabei das Schlachtfeld zu räumen.

„Magdeburg. Wieso?"

Wieso? Dämliche Frage. Aber der Soldat kam wenigstens selbst auf die Lösung.

„Willst du mitfahren?" Er zerkaute die Worte ein wenig zu Brei, machte „Willste" und „mitfahrn" daraus.

„Klar, wenn du mich mitnimmst!"

Der andere überlegte kurz.

„Hab gerade für Sechzig getankt, wenn du Zwanzig reintust, biste bei."

So viel hatte er noch in seinem Portmonee. Gut so, sonst hätte er an das Innere des Koffers gemusst. Das wäre umständlich geworden.

Er gab dem Bundi einen Zehner und zwei Fünfer und sie gingen gemeinsam zu der Stellfläche zwischen der Tanke und dem Imbiss. Warum stand das Auto nicht bei den Zapfsäulen? Aber vielleicht hatte er nicht hier getankt, sondern sich nur mit Wegzehrung versorgt.

Magdeburg war nicht schlecht. Ganz genau wusste er es nicht, aber das mussten fast 300 Kilometer sein. Kilometer, die zwischen ihm und dem Alten unter seinem Leichentuch aus Auslegeware liegen würden. Von Magdeburg konnte er nach Leipzig und von da mit dem Flieger irgendwohin.

Die Einsicht, dass das mit einem Koffer voll Barem vielleicht nicht so einfach sein würde, winkte seinem Denken aus der Ferne zu, aber damit beschäftigte er sich später. Jetzt war er erst einmal mit dem Umstand zufrieden, so schnell eine Mitfahrgelegenheit gefunden zu haben.

Was obendrein einen netten Beigeschmack erzeugte, ja sogar köstlichste Ironie war, war der Umstand, dass sein unwissender Fluchtfahrer einer der ach so verhassten Ossis war. Hätte das nicht schon der 38iger erledigt, hätte den Alten jetzt sicher der Schlag getroffen. Er lächelte dünn.

Inzwischen zeigte sich, auf was für ein Auto sie zuhielten. Einen silbernen Sportwagen, auch wenn die Bezeichnung mehr vermuten ließ, als dran war.

Ein Hyundai, eine Reisschüssel, Coupé hin oder her.

Das gefiel ihm nicht. Er hatte zwar kein eigenes Auto, in der Beziehung aber Prinzipien. Eine deutsche Marke oder wenigstens eine, hinter der Geld steckte. Diese Karre hier stieß ihn auf unbestimmte Weise ab. Sie wirkte gedrungen, die Fahrgastzelle zu klein, die Schnauze zu lang, außerdem zu tief am Boden. Irgendwie lauernd. Wie ein Haifisch oder so, irgendetwas dem man sich nicht freiwillig auslieferte.

Nein, das war ein alberner Vergleich. Der Wagen gefiel ihm nicht, weil es ein Arme – Leute Sportwagen war. Wie ein Manta, nur ohne Kultstatus. Ein Ding, das etwas sein wollte, was es nie sein würde.

Hätte er dem Bundi nicht schon seine zwanzig Euro gegeben, er hätte ein „Vergiss es!"gebrummt und sich etwas anderes gesucht. Aber jetzt war es zu spät und letztlich ein blödsinniger Vorbehalt. Er musste schließlich dankbar dafür sein, dass seine Glücksfee ablieferte.

Der Soldat stellte seinen Einkauf auf dem Dach des Autos ab und kam auf die Beifahrerseite. Dort öffnete er die Tür und räumte den Müll heraus, für den der Sitz als Ablagefläche gedient hatte. Eine leere Verpackung von Supermarktsandwitchs, Burgerpapier und im Fußraum rollte und – da musste er sich nun wirklich das Lachen verkneifen – eine halbvolle Glasflasche Vita Cola. Das war so klischeehaft wie der Fliesentisch des Alten und vertröstete ihn fast schon wieder mit dem Schicksal, in dieser Fitschigondel in seine Zukunft fahren zu müssen.

Der Soldat sparte sich den Weg zum nahen Mülleimer und deponierte erst einmal alles hinter dem Fahrersitz. Dann ließ er den so gereinigten Beifahrersitz zurückschnappen und trat zur Seite.

„Schmeiß dein Zeug hinten rein. Kofferraum is voll."

Außer Sichtweite hätte er den Koffer sowieso nicht gegeben. Ihn mit nach vorn zu nehmen wäre gleichsam merkwürdig wie unpraktisch gewesen, ihn direkt hinter sich zu wissen war jedoch okay. Der Koffer leistete einem großen Rucksack in Flecktarnmuster Gesellschaft. Auf der oberen Klappe des Rucksacks klebte ein Namensschild. *Gallu!* Ein komischer Name. Wie ein Glucksen.

Der Soldat selbst trug kein Namensschild, die Stelle auf seiner Brust zeigte nur das weiche Gegenstück zum Klett des fehlenden Schilds.

Bestimmt hatte der ausländische Wurzeln. Ostdeutscher und Ausländer. Das war die Sahnehaube auf der Cremetorte dieses Tages. Der Alte hätte sich im Grab umgedreht, wenn er eins gehabt hätte.

Der Soldat bedeute ihm, einzusteigen.

Man saß tief in dem Coupé, direkt auf der Straße sozusagen. Eine ungewohnte Position, für jemanden mit so langen Beinen wie dem Bundi, aber bestimmt die angenehmere Variante, lange Stecken zu fahren. Dieser stieg seinerseits ein, verstaute die BiFi in der Mittelkonsole zwischen gebrannten CDs, und schnallte sich an. Den Kaffee bugsierte er dabei um den Gurt herum, denn das Wageninnere hatte keinen Becherhalter. Vielleicht war den Koreanern das Konzept „to go" noch nicht bekannt. Der Soldat nippte mit einem Schlürfen durch das Trinkloch des Deckels und startete dann mit einem „Auf geht's." den Motor.

Eine ohrenbetäubende Kakofonie flutete den Innenraum und ließ ihn zusammenzucken. Ein lauter, schnell singender Mensch schrie ihn rhythmisch an. Sein Fahrer drehte das Radio leiser und der Lärm ebbte ab.

-*System of a Down, Revenga 3:48*- verkündete die blau durchlaufende Schrift auf dem Display des Radios. Hoffentlich drehte er das Geplärre nicht wieder hoch, wenn sie erst mal unterwegs waren, um auf diese Art dem schwächeren Männchen anzuzeigen, wer hier Alpha hinterm Steuer war. Ein Verhalten, dass er als ewiger Beifahrer leider nur zu gut kannte.

Gnädigerweise ließ er den Lautstärkeregler vorläufig soweit runtergeschraubt, dass der Krach zu einem kaum hörbaren Hintergrundschnarren wurde. Das war angenehm, verriet aber leider auch, dass der Bundi einer Unterhaltung nicht abgeneigt war. Na ja, das tat man dann wohl als dankbarer Fahrgast.

Während sie den Rasthof verließen und der Soldat mit der kaffeefreien Rechten lenkte, machte er den Anfang.

„Bist du in Unna stationiert?" Das war die einzige Kaserne in der weiteren Umgebung, die er kannte.

„Ne in Augustdorf. Panzergren." als bedingte das eine Wort das andere.

„Weit weg von zu Hause, was?"

„Das kannst du laut sagen."

„Bist du schon lange dabei?"

„Oh ja, ne Ewigkeit. Und du? Haste gedient?"

„Wollte, aber die haben mich ausgemustert, wegen meinem Rücken."

„Ah!" Schweigen. Der Soldat trank.

Er blickte sich im Auto um, auf der Suche nach irgendeiner Belanglosigkeit, mit der er eine Unterhaltung profan genug führen konnte, um ihr Ersterben für beide wie eine Belohnung aussehen zu lassen. Ging es nach ihm, hätte er ganz auf Konversation verzichtet. Aber er befürchtete, dass wenn er ihr Gerede nicht noch ein bisschen köcheln ließ, der andere vielleicht diese Schreierei von Musik wieder lauter drehte. Dann lieber noch ein paar Minuten Sprechblasen absondern. Dabei aber keinen Seelenstriptease von jemanden provozieren, dem man nie wiedersehen würde. Beichtstuhlsysndrom. Er hasste so etwas.

Sie schwenkten auf die Mittelspur und der Hyundai beschleunigte. Nicht so, dass man in die Sitze gedrückt wurde, nicht wie bei einem richtigen Sportwagen, trotzdem ganz anständig.

Je schneller sie vorankamen, umso schneller konnte er sich mit dem Beginn einer neuen Existenz auseinandersetzen.

Um den Rückspiegel war ein Stück rostiger Stacheldraht gewickelt.

„Hat das mit dem Stacheldraht da was zu bedeuten?" Der Blick des anderen zuckte kurz zu der martialischen Dekoration hoch.

„Kleines Andenken aus Falludscha. War zwei Nächte lang in meiner Stellung und der Stacheldraht auf den Sandsäcken war alles, was verhindert hat, dass die Hatschis mich überrannt haben. Da hab ich mir beim Abmarsch ein Stück rausgeschnitten, als Souvenir."

„Echt?"

„Nein Mann!" Der hagere Gefreite, Obergefreite oder was immer seine Striche da auf den Schultern anzeigen mochte, lachte, „is ein Stück aus nem Weidezaun. Hab ich mal irgendwo abgemacht und da drum gewickelt, weils cool aussieht. Seitdem fragt mich jeder was dahinter steckt und jedem erzähl ich nen anderen Blödsinn. In Falludscha waren die Amis."

Nun war es an ihm „Ah!" zu brummen.

Hatte ihn der Kerl indirekt einen Idioten genannt? Der Revolver lag plötzlich schwer in seiner Tasche. War freilich keine Option, aber eine Mahnung daran, dass man mit ihm besser keine Scherze treiben sollte.

„Bist du schon im Ausland gewesen?" Fragte er unvermittelt, um das Gespräch nicht auf diesem unglücklichen Punkt enden zu lassen.

„Ja. Wer länger macht, meldet sich automatisch freiwillig und hat dann das Vergnügen. Wir buchen, Sie fluchen."

„Kosovo?"

„Ja"

„Afghanistan?" Er wollte zeigen, dass er sehr wohl wusste, wo auf der Welt sich deutsche Soldaten herumtrieben. Auch wenn das verdammte Falludscha nicht dazu zählte.

„Sicher!"

„Was Krasses erlebt? Autobombe, Schießerei, mal einen umgelegt?"

„Du?" Reagierte der Bundi mit einer Gegenfrage und sah ihn direkt an. Sah ihn sehr lange an. Sah ihn an, obwohl seine Augen auf die Straße hätten gerichtet sein müssen. Zumal sie ziemlich schnell fuhren.

„Hey Kumpel, schau nach vorn." Ein LKW war vor ihnen um einiges langsamer unterwegs und näherte sich rapide, raste förmlich auf sie zu.

„Pass auf!"

Der Hyundai folgte im letzten Moment der abrupten Lenkradbewegung seines Herren und scherte auf die linke Spur aus, flog an dem Laster vorbei. Der Soldat verschüttete ein paar Tropfen Kaffee über seine Hand.

„Ach Scheiße!" Er lutschte sie ab und nahm dann noch einen Schluck in dessen Anschluss er „Und?" fragte.

„Und was?"

„Na, mal einen umgelegt?"

Der Ertappte, der unmöglich ertappt sein konnte, starrte seinen Fahrer an. Die Augen mussten ihm aus den Höhlen treten und der Kopf puterrot sein. So wie es schon gewesen war, wenn ihn seine Mutter bei einer offensichtlichen Lüge ertappt und ihm eine saftige Ohrfeige gegeben hatte.

„Was für eine Frage. Natürlich nicht!"

„Natürlich nicht…"

Was sollten diese Anspielungen?

Wenn es doch nur nicht so heiß hier drinnen wäre. Warum war es so heiß? Er konnte gar nicht richtig denken. Der Regler der Klimaanlage stand auf der blauen Anzeige, es hätte kühle Luft aus den Schlitzen kommen müssen. Tat es aber nicht.

Heiß und trocken. Ihm trat der Schweiß auf die Stirn, er spürte, wie Tropfen von den Achseln seine Seite herunter rannen. Hätte er nur die verdammte Jacke ausgezogen. Aber dann wohin mit der Knarre? Wie in der Sauna. Ob Hitze vom Motor irgendwie herein geleitet wurde? Schnell genug, dass die Maschine glühen musste, fuhr der Typ jedenfalls. Die Tachonadel zitterte immer irgendwo zwischen 160 und 200.

Der Soldat schien nicht zu schwitzen. Er lenkte mit einer Hand und trank dabei Kaffee.

Auf der A2 gab es in weiten Teilen keine Geschwindigkeitsbegrenzung, doch an einem Freitag, wo alles ins Wochenende drängte, so zu rasen war regelrecht lebensmüde.

„Hast du es eilig?" Er hatte den Haltegriff, über der Beifahrertür umklammert. Das internationale Zeichen für Zweifel an den Fahrkünsten eines Fahrzeugführers.

Der Hyundai fuhr dem nächsten LKW so dicht auf, dass man die Rostflecken auf der Stoßstange erkennen konnte. Links war kein Vorbeikommen, also rechts dran vorbei und haarscharf davor gesetzt.

„Ich nicht, aber du!" Der Soldat hatte seinen Kaffee jetzt so weit geleert, dass er den Becher in die Seitenablage der Fahrertür klemmen konnte. Eine zusätzliche

Hand frei zu haben verleitete ihn jedoch nicht dazu, diese auch zum Steuern zu benutzen. Im Gegenteil.

Er hielt das Lenkrad mit den Knien und klopfte beidhändig die Taschen seiner Uniform ab. Nachdem er fündig geworden war, fummelte er eine Packung Zigaretten aus der Brusttasche und ergriff das Lenkrad gerade rechtzeitig, um einem einscherenden Fahrzeug auf die linke Spur auszuweichen.

Lord Extra rauchte dieser Wahnsinnige.

„Wieso ich? Ich hab es nicht eilig." Rauchen, ja, das war eine gute Idee. Er zog sich eine Marlboro.

Diese scheiß Hitze. Der Rauch würde seine Kehle noch mehr ausdörren. Egal. Er zündete sie an. Ein Vorwand, das Fenster etwas herunterzulassen. Er versuchte es, aber nichts passierte.

„Deine Seite geht nicht. Ist im Arsch." Der Soldat ließ das Fenster auf seiner Seite ein Stück herunter. Das brachte irgendwie gar nichts. Der Rauch wurde abgezogen, die Hitze hielt sich. Immerhin schien die niedrige Straßenlage des Hyundai zu bewirken, dass der Lärm der Außenwelt auch draußen blieb.

„Wie gesagt, ich hab es echt nicht eilig. Kannst ruhig etwas gemächlicher machen. Und wieso ist das so heiß hier?" Die Luft über den Schlitzen der Klimaanlage flimmerte ein wenig.

„Klimaanlage spinnt. Ich hab mich dran gewöhnt. Frühling in Babylon."

Er drängelte einen Transporter von der linken auf die mittlere Fahrspur und zog vorbei.

„Hast es nicht eilig? Ich dachte gerade du musst ordentlich Kilometer schruppen."

„Nein, wieso? Was zur Hölle meinst du denn?"

„Sagt dir Anna Elisabeth Franzisca Adolphina Wilhelmina Ludovica Freiin von Droste zu Hülshoff was?"

Er blinzelte verwirrt. „Was?"

„War ne deutsche Schriftstellerin, die den netten Ausspruch geprägt hat: Der Schuldige flieht auch, wenn er nicht verfolgt wird."

„Wa… Was?" Seine Hand zitterte jetzt sehr viel mehr, als kurz, nachdem sich ihr Zeigefinger um den Abzug gekrümmt hatte. Asche und Glut fiel von der Zigarettenspitze und verbrannte ihn. Er drückte sie im Ascher aus.

„Die war auf dem zwanzig Markschein. Aber du bist ja mehr mit Euros gesegnet."

„Was?"

„Was, was, was?" blaffte ihn der Bundi mit nachäffender Stimme an. Ein einschüchternder Gegensatz zu dem Plauderton, in dem er bis jetzt geredet hatte. Brüllte man so Rekruten an? „Sprech ich Sumerisch oder was?"

„Bist du ein Bulle?" Eine alberne Frage und er hasste sich für den kleinlauten Ton, in dem er sie vorgebracht hatte. Natürlich war der kein Bulle. Wie sollte dieser Kerl nur irgendetwas von dem wissen, was er getan hatte?

Der Bundi lachte und stieß dabei Rauch aus.

„Was soll die Scheiße? Halt an. Ich muss mir so einen Mist nicht geben, Mann."

Der andere schüttelte den Kopf.

„Anhalten is nich. Wir müssen Kilometer machen. Ich muss nach Magdeburg."

So, jetzt reichte es. Er zerrte den Revolver aus der Jackentasche, zerriss das Futter dabei, bemerkte es nicht einmal, und richtete die Waffe auf den Soldaten.

„Du wirst jetzt langsamer werden und diese Dreckskarre auf den nächsten Rastplatz fahren."

„Sonst was?"

„Sonst blas ich dir den Schädel weg. Dann gehen wir eben drauf. Ist mir scheißegal." Er schrie jetzt.

„Dann lass ma sehen. Wir haben 180 drauf. Da hinterlassen wir nur nen Fleck aufm Asphalt. Den können se dann auch mit zwei mal zwei Meter Auslegware abdecken." Der Soldat trat weiterhin auf das Gaspedal, ließ die Welt draußen zu einem verschwommenen Tunnel werden.

Wenn jetzt ein anderer Wagen auf ihre Spur wechselte, war alles aus. Seine Panik davor zeigte ihm, dass es ihm eben nicht scheiß egal war ob er drauf ging.

„Woher weißt du das? Wer bist du, verdammt noch mal?"

Der Soldat lachte und intonierte mit theatralisch verstellter Stimme.

„Mein Brüllen ist Sintflut, ja, Feuer mein Rachen, mein Hauch der Tod. Man besteht nicht im Kampf um meine Wohnstatt."

Ein Irrer, ein komplett Irrer.

„Ist das so ein Bibelscheiß? Halt einfach an... ich bezahl dir auch was."

Auch wenn die Waffe noch immer auf den Kopf des

Soldaten gerichtet war, schien sie vollkommen belanglos zu sein.

„Du willst was aus der Bibel?" brüllte der andere und drehte am Lenkrad. Der Wagen schlingerte nach rechts, ächzte wie ein gequältes Tier. Dass er dabei in einer Lücke zwischen zwei anderen Fahrzeugen hindurch schoss musste mehr Zufall als alles andere gewesen sein.

„Du! Sollst! Nicht! Töten!" Er hieb bei jedem Wort auf das Lenkrad ein. „Das kriegt ihr nicht auf die Reihe. Dabei ist das ein Universalgesetz, wie: Du sollst nicht gegen den Wind pissen, nicht in die Steckdose fassen oder Rotwein zu Fisch trinken."

„Hör endlich auf damit!" Er feuerte nicht auf den Soldaten, aber in einem Reflex zuckte seine freie Hand vor und umschloss den Arm, mit dem der das Lenkrad hielt. Das war natürlich von seiner potenziell tödlichen Folge gleichwertig, doch er war in diesem Moment über den Punkt hinaus, wo er rationale Entscheidungen treffen konnte. Vielleicht hatte er diesen Punkt heute noch nicht einmal von Weiten gesehen. Eine Erkenntnis, die kurz, aber sonderbar klar durch das flatternde Chaos seiner Gedankten schnitt.

Ohnehin war die Aktion sinnlos. Der Arm, mit dem der Verrückte steuerte, war unbeweglich, als wäre er ein fest verschweißtes Teil. Er ruckte daran herum, ohne dass es auch nur die geringste Wirkung hatte.

Außer, dass sich die Haut an der Stelle ablöste, wo seine schweißnasse Hand die bloßen Unterarme des Soldaten berührten. Sie riss einfach ab, blieb an seiner Handfläche kleben, als er sie angewidert und erschrocken wegzog. Es floss kein Blut. Er musste an die spröde, trockene Haut denken, die man von Knoblauch entfernen musste, wenn man an die Zehen kommen wollte. Was darunter zum Vorschein kam war schwarz und rissig wie gebackene Erde.

„Du bist kein Soldat!" stammelte er und versuchte, so weit von dem Fahrer fortzukommen wie möglich. Natürlich waren das in der engen Fahrgastzelle kaum mehr als ein paar Zentimeter.

„In gewisser Weise bin ich das schon. Auch wenn ich nicht von Steuergeldern bezahlt werde."

„Bist du der Teufel?" Natürlich, die Hitze, die schwarze Haut, die merkwürdigen Sachen, die er sagte, die Stärke mit der er das Lenkrad hielt, die Dinge, die er wusste… die Sünde, von der er wusste.

„Ach Schwachsinn, Teufel. Hab ich etwa drei goldene Haare?" Er riss sich die flache Mütze vom Haupt und offenbarte, dass er sie nicht hatte. „Teufel!" Er betonte das Wort halb belustigt, halb abschätzig, als sei es eine Dummheit, mit der ein Kleinkind eine Sache falsch umschrieb.

„Nur nicht das Bauernhirn mit zu komplexen Zusammenhängen belasten. Der Teufel wars. Bescheidne Wahrheit sprech ich dir. Wenn sich der Mensch, die kleine Narrenwelt, gewöhnlich für das Ganze hält."

„Was?"

„Das ist Faust. Warst du nicht in der Schule? Schon mal was von Kulturgut gehört?"

Wie um seine Rüge zu unterstreichen, ließ er den Wagen so weit nach links driften, dass er die Leitplanke berührte. Nur für eine Sekunde, aber das genügte um den Seitenspiegel verschwinden zu lassen und die Flanke des Wagens in Funken zu tauchen.

„Scheiße ja… Kulturgut. Hab's kapiert. Aber bitte, bitte bleib auf der Straße ja."

Wo waren sie überhaupt? Er blickte nach draußen.

Das Seitenfenster war zerkratzt und mit Staub verschmiert, als hätte der Wagen sich lange Zeit irgendwo dreckig gestanden. Draußen konnte er ein Kraftwerk erkennen. Das musste Hannover-Stöcken sein. Aber dann hätten sie schon fast die Hälfte der Strecke zurückgelegt. Wie lang saß er denn schon in dem rollenden Glutofen, dieses… dieses… ja, was eigentlich?

Immerhin hatte sich der Soldat, bis auf Weiteres würde er ihn, aus Ermangelung einer besseren Bezeichnung weiterhin so nennen, soweit beruhigt, dass er sich aufs halsbrecherische Rasen beschränkte und innerhalb der Straßenmarkierungen blieb.

„Was wirst du mit mir machen?"

„Die Frage ist eher was du machst. Der Erfahrung nach müsstest du deine Pistole auf mich abschießen und entsetzt feststellen, dass sie keine Wirkung hat. Dann kommen Gebete, Flehen, Lamentieren und Relativieren."

„Aber das würde alles nichts bringen, stimmts?" Er starrte auf die Waffe in seiner Hand. Sie schien ihm ebenso nutzlos wie der Regler der Klimaanlage oder… oder das verfluchte Geld auf dem Rücksitz.

„Nein!" Der Soldat schnippte die Zigarette aus dem Fenster und nahm einen Schluck Kaffee.

„Warum ich? Jeden Tag werden doch Tausende getötet. Von eifersüchtigen Ehepartnern, Serienmördern, in Kriegen, bei Überfällen... warum ich?"

„Es fahren auch Tausende zu schnell, aber nicht alle werden geblitzt."

„Dann ist das alles nur ein beschissener Zufall?" Der Fahrer sagte nichts. „Weißt du überhaupt was das für ein Drecksack war? Was er von Negern, Türken und Weibern gehalten hat? Ein altes, verbittertes Stück Scheiße war das."

„Und doch sitzt du jetzt neben mir und nicht er."

„Er hat nichts Nützliches für diese Welt geleistet. Hat sich jeden Tag zugesoffen und sein Geld gehortet. Ich kann damit so viel mehr erreichen. Ich habe Potenzial, ich will was aus mir machen." Jetzt war er es, der sich in Rage redete. „Weißt du wofür er die ganze Kohle bekommen hat? Fürs Schalter ziehen in einem verfickten Stellwerk. Das macht heutzutage wahrscheinlich eine App oder ein dressierter Affe. Er hatte kein Anrecht auf das Geld. Er wollte es im Boden lassen, damit der nächste sein Haus darauf baut. Aus lauter Frust auf die Welt hat er das Geld sogar dem puren Umlauf nicht gegönnt. Er hatte kein Anrecht auf ein Leben, mit dem er nichts, aber auch gar nichts angefangen hat."

„Lamentieren und Relativeren." kommentierte der Soldat lakonisch.

„Fick dich doch! Wieso kannst du dir anmaßen zu entscheiden, wen du mitnimmst und wen nicht? Wer macht dich zum Richter?"

„Wieso kannst du dir anmaßen wessen Leben es wert ist, weitergelebt zu werden? Wer macht dich zum

Richter? Westentaschenmoral funktioniert in beide Richtungen."

Er hob die Pistole und zielte wieder auf den Kopf des Soldaten. Arroganter Bastard. Der schenkte ihm einen Seitenblick und lächelte.

„Na? Doch die Norm erfüllen?" Die Mündung senkte sich wieder.

„Was passiert in Magdeburg?"

„Wir nehmen die Ausfahrt."

Natürlich würden sie die Ausfahrt nehmen, sonst konnte sie schließlich die Stadt schlecht erreichen.

„Und dann?"

„Fahren wir ab."

Sinnlos, da eine klare Aussage zu erwarten.

Sie schwiegen. Der Soldat rauchte und trank Kaffee. Der Hyundai fraß die Kilometer in halsbrecherischen Manövern. Dabei zeigte sich, dass diese Fahrweise dem Wagen nicht guttat. Der Verschleiß ließ sich nicht übersehen.

Die Nadel des Tachometers sackte irgendwann auf Null, zuckte dann und wann wie im Todeskampf, war aber nicht mehr im Stande die Geschwindigkeit korrekt anzugeben. Der Motor machte merkwürdige Geräusche, Klopfen und unvermitteltes Jaulen, als liefe er für Sekunden im Leerlauf. Warnlampen blinkten hektisch und vom Fahrer unbeachtet, bevor sie flackerten und erloschen, als verlören sie die Energie oder Motivation. Der verbliebene Rückspiegel auf der rechten Seite war von einem Riss durchzogen, von hinten links ertönte ein schleifendes Geräusch.

An der mörderischen Geschwindigkeit änderte dieser

Verfall nichts. Allein, der Wagen ließ sich scheinbar schlechter kontrollieren, was sich in Schlingern und einem Zug nach links niederschlug, den der Fahrer immer wieder korrigieren musste.

Die Hitze im Inneren nahm ungeahnte Züge an und er wagte es seinen unmenschlichen Chauffeur zu fragen, ob er etwas von der Cola haben könnte. Fest rechnete er mit einer weiteren, zynischen Bemerkung, Unsinn oder einem dieser sonderbaren Halbweisheiten.

Doch der Soldat griff nur nach hinten, angelte die halbvolle Flasche Cola hervor und gab sie ihm. Er trank gierig, spürte erst jetzt, wie ausgetrocknet seine Kehle wirklich war. Als schütte man wenige Tropfen Wasser auf einen staubigen Weg und erzeugte dadurch keine Feuchtigkeit, sondern nur Stellen zusammengeklumpten Drecks.

Das Gesöff war warm und widerwärtig, klebrig und unendlich süß. Er musste würgen, zwang sich die Flüssigkeit aber weiter die Kehle herunter. War dem Zeug etwas beigemischt? Oder wenn nicht der Cola, gingen seine Gedanken weiter, dann auf andere Art. Durch die Klimaanlage, die Kippen die der Soldat rauchte oder sonst irgendwie. Vielleicht war der dagegen geimpft... ging das? Konnte man sich gegen Halluzinogene impfen oder ein Gegenmittel nehmen?

Wenn ihm das Denken doch nur nicht so schwerfallen würde. Die Cola hatte es nur noch schlimmer gemacht und dieses schnelle Fahren. Es war, als blieben seine Gedanken hinter dem Wagen zurück.

Wo waren sie jetzt? Durch das Seitenfenster konnte

man kaum noch etwas sehen. Er hatte keine Ahnung wo sie sich befanden.

Als er dann eine Landmarke entdeckte, erkannte er sie dennoch auf Anhieb. Zwei Betonsäulen, oben durch einen Ring miteinander verbunden, ein Wachturm, Flachbauten mit Wellblech verkleidet, kurz danach eine wulstige Skulptur ineinandergreifender, brauner Hände. Die ehemalige Grenze.

„Ich will nicht!" begehrte er zaghaft, wie zu sich selbst geflüstert, auf.

„Du sollst nicht töten!" entgegnete der Soldat mit der Endgültigkeit des Grabes.

Die Motorhaube des Hyundai flog auf, knallte gegen die Windschutzscheibe und durchzog sie auf der Beifahrerseite mit einem feinen Spinnennetz aus Rissen. Die komplette Sicht war aber nur kurz genommen, denn die Klappe riss ab und segelte davon, wurde hinter ihnen von einem Viehtransporter überrollt, ohne dass der Lastwagen Anstalten machte auszuweichen oder zu bremsen.

Der nun freiliegende Motorblock war ein qualmendes, brennendes Inferno schmorender Kabel, glühenden Metalls und kochenden Lacks.

„Es tut mir leid! Ich bereue, ich bereue. Ich brauch eine zweite Chance. Ich werde mich stellen, jede Strafe akzeptieren. Aber halt an… bitte!"

„Er hatte auch keine zweite Chance. Keine Chance zu bereuen, keine Chance die Schlechtigkeit mit Strafe auszubrennen."

Der Hyundai stieß gegen einen Tankwagen, was ihn

den rechten Kotflügel und den verbliebenen Außenspiegel kostete.

Der Motor erbrach jetzt Rauch. Stoßweise wie eine altertümliche Dampflok. *Und keiner der am Stellwerk sitzt und die richtigen Hebel zieht*, dachte er zusammenhangslos. Der Rauch drang in den Innenraum, ölig und beißend. Er musste husten.

Draußen blitzte ein blaues Schild mit der Aufschrift „Bornstedt" vorbei. Der Soldat saß inmitten des Rauchs, der ebenso durch die Lüftung, aus der Zigarette in seiner Hand, seiner Nase und seinem Mund zu kommen schien.

Auf der Fahrerseite wurde die Tür vom Fahrtwind herausgerissen und war fort. Durch den kleinen Ausschnitt, den der Vorhang aus Rauch und das Fehlen der Tür auf die Außenwelt gestattete, konnte er einen Frühlingstag erkennen. Grüne Felder, flaches Land. Eine beeindruckende Wolkenlandschaft, in der sich dunkle Regenwolken entgegen ihrer Fahrtrichtung anschickten, das Blau des Himmels mit melancholischeren Farben zu ersetzen. Unberührt von dem Kosmos aus Wahnsinn, der auf dem kleinen Raum herrschte, den der Hyundai einnahm.

„Das ist unsere Ausfahrt!"

Der Soldat riss das Lenkrad herum und zielte mit der Schnauze des Wagens auf die Stelle, wo die A2 den Wechsel auf die B189 gestattete.

Die geschundenen Räder versuchten dem Verlangen des Steuers nachzugeben und scheiterten. Zu marode war inzwischen alles, was dazu gedacht war den Belastungen entgegenzuwirken. Schreiendes Metall, Bersten und Brechen. Reifen platzten in einem Schauer aus Gummi. Wie Knochenbrüche ragten Gestänge und Verstrebungen aus schorfigem Rost. Silbern lackierte Haut zerriss und schürfte sich ab, Öl und Benzin bluteten als schillernder Regenbogen auf den Asphalt.

Der Wagen verlor seine Bodenhaftung, überschlug sich und schien für eine Sekunde die Ausgangsposition wieder einnehmen zu können, folgte dann aber den unerbittlichen Fliehkräften. In einem Schauer aus sich ablösenden Teilen reduzierte er sich selbst. In diesem eruptiven Prozess des Vergehens behielt er dennoch stur oder zufällig die befohlene Richtung bei, schoss als wirbelnder Komet die Ausfahrt entlang.

Im letzten Herzschlag seiner Existenz auf dieser Seite sah er die wahre Natur der Ausfahrt. Sein eigener Schrei schaffte es allerdings nicht, das Todesbrüllen des Autos zu übertönen.

Es begann zu regnen. Schade, dabei war es bis jetzt so ein schöner Frühlingstag gewesen. Sie zündete sich eine Vogue an, inhalierte den Rauch und blickte zum Himmel.

Obwohl... die Wolken sahen hübsch aus.

Ein schöner Frühlingstag, warm und sonnig, mit so einem melancholischen, ja feierlichen Ausklang.

Ein schöner Tag, um zu gehen.

Sie wusste nicht, ob es eine Macht gab, die über all dem Profanen und Schmutzigen dieser Welt stand, aber wenn, dann gab sie ihr zu verstehen, dass sie richtig gehandelt hatte. Es war an der Zeit gewesen.

Frau Lüdicke hatte es nicht wahrhaben wollen, hatte stur an dieser ach so unvollkommenen Welt festgehalten. Ein echtes Nordlicht eben.

Sie lächelte stumm und nahm einen weiteren Zug. Sie hatte es erkannt. Das tat sie immer. Sie wusste, wenn es Zeit war, und sie gestaltete es diesen lieben, alten Menschen, ihren alten Kindern, so angenehm wie möglich. Früher mit Nitroprussid, wenn das Herz schon akzeptiert hatte, was der Mensch noch nicht erkennen wollte. Aber das war ein paar Mal nicht so friedvoll gewesen, wie sie beabsichtigt hatte. Heute sorgte sie dafür, dass sie erst schliefen, ganz fest. Dann verabreichte sie Insulin oder spritzte Luft.

Sie schliefen auf ewig so friedvoll weiter. Würdevoll und mit Respekt.

Die alte Leitung hatte das auf gewisse Weise gewusst. Natürlich nicht genau, dafür war sie zu umsichtig vorgegangen. Aber manchmal, wenn wieder jemand in ihrer Schicht verstarb, dann hatte der Chef sie mit diesem Blick angesehen, da war sie sicher, dass er etwas wusste. Er hatte sie wohl ein Stück weit verstanden.

Die Neue war da ganz anders. Kategorie Weltverbesserer. Kaum die Unterschrift unter ihrem Pflegemanagement Diplom, Master oder wie auch immer das dieser Tage hieß, trocken und schon der Meinung sie wüssten, wie der Hase läuft. Da konnte die noch so sehr herum posaunen, wo sie überall schon für ein Jahr oder ein Halbes gearbeitet hatte.

Jetzt wollte man sie am Montag in dringender Angelegenheit sprechen. Ihr war natürlich klar, warum. Aber die würden nach dem Wochenende ihre bedeutungsschweren Mienen umsonst aufgesetzt, ihre wohl überlegten Formulierungen umsonst zurechtgelegt haben. Sie würde nicht da sein.

Frau Lüdicke war sozusagen ihr Abschiedsgeschenk an diese missgünstigen Karrieremenschen.

Sie war vorbereitet. Ihr ganzes Leben, oder besser gesagt das, was sie zum Beginn eines Neuen brauchte, passte in eine Reisetasche. Hauptsächlich Geld und ein paar persönliche Kleinigkeiten. Jemand Anderes zu werden war gar nicht so schwer, wie man in einem so durchbürokratisierten Land denken mochte. Im Gegenteil, es konnte sogar hilfreich sein.

Es würde auch dieses Mal gelingen. Man durfte nur nicht den Fehler machen, zu lange zu zögern. In den Neunzigern hatte es sogar mal einen Beitrag in „Aktenzeichen XY ungelöst" über sie gegeben.

Jemand fluchte leise und riss sie aus ihren Gedanken.

Auf der untersten Treppenstufe des Haupteinganges saß ein junger Mann, neben sich einen abgewetzten Rollkoffer stehend. Vermutlich einer der Praktikanten aus der Tagschicht. Sie kannte ihn jedenfalls nicht. Aber das musste nichts heißen. Sie hatten immer wieder Schüler und Studenten hier.

Er hatte eine Straßenkarte auf den Knien, schrieb davon etwas ab und murrte über die ersten Regentropfen, die seine Tätigkeit zu stören schienen.

Sie ging, einem unbestimmten Impuls folgend, die Stufen hinunter und holte dabei den Knirps aus ihrer

Handtasche. Als sie direkt über ihm stand ließ sie den Regenschirm aufschnappen.

Der Mann zuckte zusammen und sah erschrocken zu ihr auf. Sie lachte.

„Besser?"

„Oh ja, vielen Dank. Ich hätte es in der Lobby noch schnell machen sollen." Er tippte mit dem Stift auf seine Notizen, wo er sich eine Route zusammenstellte, indem er Abfahrten aufschrieb.

„Entschuldigung, wenn ich frage, aber warum nehmen sie kein Navi? Ist doch ein bisschen old school."

„Mein Handy ist leider hinüber und ich bin nicht der beste Straßennavigator. Schon gar nicht, wenn ich selber fahren muss."

„Haben sie einen weiten Weg vor sich? Die Freundin besuchen?"

Er verzog gequält das Gesicht.

„Schön wärs. Muss nach Bremen. Weiterbildung."

Wenn da nicht das Schicksal winkte. Die selige Frau Lüdicke, inzwischen müsste sie tatsächlich selig sein, stammte aus Bremen. Vielleicht wurde ihr dieser Pfad sogar von ihr selbst geöffnet. Magdeburg – Bremen, das waren gut und gerne 250 Kilometer.

Ein Anfang. Sie wollte schon immer mal in den Norden.

„Nein, das gibt es ja nicht! Ich muss auch nach Bremen." Sie deutete mit der Vogue auf ihre Reisetasche, die noch weiter oben auf den Stufen stand. „Und ich kenne den Weg sehr genau. Da könnte ich doch den Part des Navis übernehmen."

„Echt? Das wäre ja genial!"

„Total. Was halten sie davon, wenn wir uns zusammentun? Herr äh…" Sie suchte mit den Augen das Namensschild auf dem blauen Kasack, den er unter seiner braunen Wildlederjacke trug. „… Herr Gallu."

„Sehr gern." Er stand auf und offenbarte damit, dass er recht groß und sehr schlank war.

Tatsächlich schien er erleichtert darüber, jemanden als Beifahrer zu haben, der ihm die Route ansagen konnte. Er steckte die Karte in die Außentasche des Rollkoffers und brachte eine Schachtel Lord Extra zum Vorschein. Sie gab ihm Feuer.

„Welcher ist denn ihrer?" meinte sie mit einem Nicken zum weitläufigen Angestellten- und Besucherparkplatz auf der anderen Straßenseite.

„Der silberne Hyundai dahinten."

Christopher Schmidt

Lichter in der Nacht

Vorbemerkung des Herausgebers:
Wenngleich ich im Vorwort erwähnt habe, dass ich auf die
Vorstellung der Autoren aus diversen Gründen verzichte,
möchte ich an dieser Stelle eine Ausnahme machen. Diese
Geschichte liegt mir aufgrund der besonderen Umstände
sehr am Herzen, denn der Autor leidet unter einer – durch
einen Schlaganfall verursachten – Schreibschwäche, wes-
wegen ich es besonders bemerkenswert finde, dass er an
dieser Ausschreibung teilgenommen hat. Es erfordert Mut,
sich trotz dieser widrigen Umstände bei einem solchen Pro-
jekt beteiligen zu wollen, und ich finde, das Ergebnis kann
sich durchaus sehen lassen.

1

Wütend schlug sie die Autotür zu und fuhr mit leicht durchdrehenden Reifen davon. Feiner Kies spritzte gegen Samuels Beine, und er stand vollkommen fassungslos da. Der Wagen fuhr von der Lichtung, und er hörte noch eine Weile, wie er die Straße zum Tal langsam hinab fuhr.

Der Streit war für ihn aus dem Nichts gekommen. Sie waren ja schließlich schon seit vier Monaten hier.

Dabei hatte der Tag zumindest für ihn ganz normal angefangen. Er war zur Quelle heruntergelaufen, um die blauen Wasserkanister zu füllen, was relativ lange dauerte, denn dieses Jahr war es unglaublich trocken gewesen. Man sah es sogar dem Wald hier an, denn alle Bäume sparten dieses Jahr sehr am Grün, und das Unterholz war braun und trocken. Während er gewartet hatte, hatte er sich mit dem Rinnsal, so gut es eben ging, gewaschen. Dann war Samuel mehrmals zwischen der Hütte und der Quelle hin und her gelaufen, um alle Kanister wieder nach oben zu bringen. Er hatte den Holzofen geschürt und dann das Frühstück hergerichtet. Während er darauf gewartet hatte, dass sie sich aus dem Schlaf erhob, hatte er eine Liste mit den Tagesaufgaben erstellt.

Herr Schreiber ließ ihm regelmäßig eine Liste an notwendigen Arbeiten auf dem Land und an der Hütte zukommen, die Samuel dann in den Monaten, die er hier oben verbrachte, abarbeitete. Material oder sonstige Rechnungen bezahlte Herr Schreiber immer ohne große Komplikationen.

Dieser Job war einfach ein Traum. Vor allem in diesem Jahr. Normalerweise musste er immer die Holzfäller oder Jäger, die zur Hütte kamen, bekochen und dafür sorgen, dass es den anderen Arbeitern an nichts mangelte. Natürlich war das immer recht unterhaltsam, aber alle paar Jahre ließ Herr Schreiber niemanden in die Hütte, um nötige Reparaturen durchführen zu können und „Der Natur eine Atempause zu gönnen". Solche Jahre der Ruhe genoss Samuel ganz besonders, und dieses Jahr war es wieder soweit.

Als sie schließlich aufgestanden war, ging sie nach draußen, wusch sich ebenfalls und setzte sich zu ihm an den Tisch. Er ließ sich das Frühstück schmecken und bemerkte erst am Ende das sie noch gar nichts gegessen hatte. Sie schaute nur auf die Gasleuchte an der Decke

„Stimmt irgendwas nicht?" fragte Samuel.

Sie hatte ihn angesehen und dann gesagt: „Was tun wir eigentlich, wenn hier ein Unfall oder so etwas passiert?"

„Na wir holen den Rettungswagen." Hatte er geantwortet und dabei gelacht. Nun, da er die immer leiser werdenden Geräusche des Autos hörte, wurde ihm allmählich klar, dass dies scheinbar die falsche Reaktion gewesen war. Die ganze Situation war irgendwie absurd für ihn.

Sie hatte ihn angefahren, dass er sich doch jederzeit hier bei seinen Werkeleien verletzen könne. Er hatte daraufhin erklärt, dass sich in den acht Jahren, in denen er diesen Job nun schon machte, noch nie etwas Schlimmeres als eine Platzwunde am Kopf ereignet hatte. Dies war auch kein Unfall gewesen, sondern das Resultat von zu viel Alkohol und einer unbedacht geworfenen Aluminiumflasche. Außerdem seien sie hier oben doch nicht aus der Welt.

Sicher, hier oben gab es kein Telefon, und es war eine Strecke von einer guten Viertelstunde hinunter ins Dorf, aber sie lebten hier ja trotzdem nicht in der tiefsten Wildnis.

So ging es eine ganze Weile hin und her und er verstand im Laufe dieses Streits immer weniger. Wie er sich denn eine Zukunft vorstelle mit so einem Job? Ob er denn wirklich jedes Jahr hier herauf müsse? Und dass er aufhören solle, den Einsiedler zu spielen und endlich zugeben solle, dass er die Menschen brauchte.

Er hatte ihr erklärt, dass sie doch von vornherein gewusst hatte, welchen Beruf er ausübte, als sie vor vier Jahren zusammen gekommen waren. Außerdem verdiente er hier oben gutes Geld. 2500 auf die Hand im Sommer, und 1500 wenn er im Winter pausierte. Außerdem mussten sie auch keine Miete für die Hütte zahlen, und im Winter durften sie in einer der Wohnungen von Herrn Schreiber wohnen. Genau genommen war solch eine Entlohnung schon fast zu viel für einen derart ruhigen und angenehmen Job.

„Willst du denn immer von diesem Schreiber abhängig sein, Samuel?" hatte sie ihn spöttisch gefragt und daraufhin war auch er wütend geworden.

Herr Schreiber hatte so viel für ihn getan, und er war einer der Wenigen, die ihm nach seinem Aufenthalt im Gefängnis, überhaupt eine Chance eingeräumt hatten.

Herr Schreiber hatte ihn am letzten Tag seiner Haft abgeholt. Dies allein war schon eine Überraschung gewesen. Samuel hatte gedacht, er müsse mit dem Bus in die Stadt fahren, aber Herr Schreiber und sein Bewährungshelfer hatten vor dem Gefängnis gestanden und auf ihn gewartet. Es hatte ein kurzes Gespräch gegeben und dann war er zusammen mit seinem Wohltäter nach Hause gefahren.

„Du kannst den Job deines Vaters übernehmen, wenn du willst, Samuel." hatte Herr Schreiber nach zwei Stunden Autofahrt gesagt. „Aber nur, wenn du deinen Schulabschluss nachholst und eine Ausbildung machst."

Diese Bedingungen hatte er freudig angenommen und seitdem arbeitete er für Herrn Schreiber als eine

Art Wildhüter. Sogar den Jagdschein hatte sein Gönner, wie sie Herrn Schreiber im Scherz immer nannten, ihm finanziert.

All diese Argumente hatten jedoch nichts genutzt. Sie war sauer, wusste der Teufel warum, und am Ende war sie wutschnaubend davon gefahren.

Jetzt stand er ziemlich perplex da und starrte immer noch die Zufahrt hinunter. Wo wollte sie denn überhaupt hin?

Er zuckte mit den Schultern und beschloss seiner Arbeit nachzugehen. Sie würde schon zurückkommen, wenn sie sich beruhigt hatte. Jedenfalls hoffte er das. Ganz sicher war er sich dessen aber nicht.

2

Er hatte den ganzen Tag ziemlich planlos vor sich hingearbeitet und war am Abend entsprechend unzufrieden mit seinem Tagewerk. Trotz seiner Erschöpfung fand er erst spät Ruhe, was dazu führte, dass er den nächsten Tag mit Verspätung und schlechter Laune startete. Zu seinem Verdruss war er auch weiterhin allein.

Samuel saß gerade bei einer Tasse Kaffee auf dem Vordach, wo er gerade die alten Schindeln von der Wand der Hütte löste, als er die Geräusche eines näher kommenden Wagens hörte. Zuerst dachte er, dass es Mathilde sei, aber dann sah er den grünen Geländewagen und wusste sofort, dass es Schreiber war. Der

Wagen hielt vor der Hütte und der alte Mann stieg aus seinem Auto.

Herr Schreiber war schon weit über 90 Jahre alt, und trotz seines hohen Alters schien er ein Auswuchs an Agilität zu sein. Samuel hatte Herr Schreiber einmal gefragt, wie er denn so alt geworden wäre. Schreiber hatte geantwortet, dass es erstens an der guten Luft und zweitens daran läge, dass er aus einer extrem langlebigen Familie stamme. Schon sein Großvater sei über hundert Jahre alt gewesen.

Der alte Mann ging auf die Hütte zu. Im Dorf nannten sie ihn oft den alten Wiedehopf, weil sein Haar zwar mittlerweile schütter war, aber immer hinten vom Kopf abstand. Auch die schwarzbraune Farbe war ihm trotz der Jahre noch nicht ganz ausgegangen. Aber Samuel selbst dachte bei Herrn Schreiber nicht an einen Wiedehopf. Er dachte immer an einen Uhu, der mit hellen Augen durch die Nacht blickte.

„Guten Nachmittag, mein lieber Jung. Ich sehe, dass du dir einen Kaffee zu Gemüte führst. Hast du noch eine Tasse für mich übrig?" rief er mit seiner Märchenonkelstimme zu ihm hinauf. Samuel sagte, er solle kurz warten, stieg vom Dach herunter und organisierte Herrn Schreiber eine Tasse Kaffee.

„Ich habe deine Frau gesehen, Samuel. Sie fuhr gestern in Richtung Stadt aus dem Tal. Ist alles in Ordnung bei euch?"

„Sie ist noch nicht meine Frau Herr Schreiber und nein, leider ist nicht alles in Ordnung. Wir haben uns gestern heftig gestritten."

„Worüber denn?" Herr Schreiber blickte ihn besorgt an.

„Sie macht sich plötzlich Sorgen um die Zukunft, um meine Arbeit, und um eventuelle Arbeitsunfälle. Ich hab das zwar immer noch nicht so ganz verstanden, aber es scheint sie beschäftigt zu haben. Na ja, ich hoffe, sie kommt bald wieder, dann können wir das klären." antwortete Samuel und schaffte es mit Mühe ein fröhliches Gesicht zu machen.

„Machst du dir auch Sorgen um das alles?"

„Nein, ich verdiene doch super und hier oben bin ich noch nicht ganz aus der Welt."

Herr Schreiber blickte ihn an und sagte dann: „In einem Punkt hat sie Recht. Ich muss dafür sorgen, dass ihr hier oben eine Möglichkeit bekommt, um einen Notruf abzusetzen. Ein Telefon oder ein Funkgerät sollte kein Problem sein. Mir ein Rätsel, wie ich das bisher vernachlässigen konnte. Mach dir ansonsten aber keine Sorgen. Sie kommt bestimmt zu dir zurück. Ihr seid doch schon ewig zusammen." Er blickte sich um, dann hängte er an: „Brauchst du sonst noch was? Material, Werkzeug oder so etwas?"

Samuel überlegte kurz und sagte dann. „Regen wäre nicht schlecht. Die Quelle wird immer mehr zum Rinnsal. Aber ich glaube, sie können da auch nicht viel machen, oder?"

Herr Schreiber musste lachen. „Nein da kann ich nichts tun. Aber wenn es so weitergeht, schicke ich jemanden, der dir Wasser in Kanistern bringt. Wäre das in Ordnung?"

Sie redeten noch eine ganze Weile über die anliegende Arbeit und über die Trockenheit, dann verabschiedete sich Herr Schreiber von ihm.

Gerade als er in sein Auto einstieg, sagte er noch: „Merkwürdiges Jahr... diese Trockenheit... Na ja, genieße deine Zeit hier oben. Und mach dir keine Sorgen wegen Mathilde. Wenn sie zurück kommt, hat sie bestimmt gute Nachrichten. Wiedersehen, mein Junge." Er schloss die Wagentür hinter sich, setzte zurück und fuhr langsam vom Hof.

Von Herrn Schreibers Besuch ein wenig aufgeheitert, ging Samuel die Arbeit den restlichen Tag leichter von der Hand. Erst in der Nacht sollte wieder etwas passieren, was seine Stimmung ins Wanken brachte.

3

Er war in seinem Campingstuhl vor der Hütte eingeschlafen, als er von lauten Geräuschen im Wald geweckt wurde. Die Bäume ächzten und knackten, als ob ein starker Wind durch den Wald fegte, doch es war nahezu windstill.

Samuel holte seine starke Taschenlampe aus dem Haus und leuchtete in den Wald. Was er sah, überraschte und erschreckte ihn zutiefst. Von allen Bäumen in seinem Blickfeld stürzten Äste zu Boden, wie von unsichtbaren Händen abgerissen. Tiere, die in ihrer Nachtruhe gestört worden waren, irrten scheinbar orientierungslos umher.

Sein Verstand raste. Ein Sturm war es nicht, denn schließlich war es ja fast windstill. Da auch der Boden nicht zitterte, und auch das Haus keinerlei Geräusche machte oder Anzeichen von Zerstörungen aufwies, konnte er auch ein Erdbeben ausschließen. Noch während er darüber rätselte, hörten die Geräusche schlagartig auf. Totale Stille war die Folge. Man hätte die sprichwörtliche Nadel fallen hören können.

Samuel knipste die Lampe aus, als er über den Baumkronen ein helles Licht sah. Es erinnerte ihn an die Leuchtfeuerpatronen, die man abschoss, wenn man in Seenot geriet oder sich in der Wildnis verirrte. Allerdings hatte er keinen Knall gehört, und das Licht war auch nicht erst vom Boden aufgestiegen, sondern von einer Sekunde auf die Andere über den Bäumen erschienen.

Langsam sank das Licht herab, und Samuel versuchte einzuschätzen, wo es landete und, vor allem, wo es aufgestiegen war. Rasch erkannte er, dass sich das Phänomen nördlich von ihm abspielte. Wahrscheinlich irgendwo bei der alten Schwedenschanze, mitten im Wald.

Er eilte in die Hütte, holte das Gewehr und die Autoschlüssel. Vielleicht war jemand in Gefahr und brauchte Hilfe. Das würde zumindest erklären, warum eine Leuchtpatrone in dem staubtrockenen Wald abgeschossen wurde. Auch wenn dem nicht so war, musste er nachsehen, ob irgendetwas in Brand geraten war. Bei dieser Trockenheit konnte selbst ein kleines Feuer eine Katastrophe verursachen. Das Unterholz würde brennen wie Zunder.

Er stieg in den kleinen Geländewagen und fuhr los in Richtung Schwedenschanze.

Die Schwedenschanze war ein Ort tief im Wald, an dem einmal eine befestigte kleine Wehr gestanden haben soll. Das Einzige, was heute noch auf die Existenz einer solchen Feste hindeutete, war der quadratische Erdwall, der einen ebenen Platz umgab. In der Mitte dieses Platzes stand ein uralter knochiger Baum, der zwischen mehreren mächtigen Findlingen Wurzeln geschlagen hatte.

Er hatte die Schwedenschanze in diesem Jahr noch nicht besucht, und normalerweise fuhr er auch nicht mit dem Wagen dort hinaus, denn die Strecke stellte von der Hütte aus einen schönen Spaziergang dar. Dieses Jahr hatte er allerdings bisher zu viel zu tun gehabt. Außerdem hatte sich dort seit seinem letzten Besuch vermutlich kaum etwas verändert.

Als er schon die Hälfte des Weges zurückgelegt hatte, tauchten drei weitere Lichter über dem Wald auf, und dieses Mal war er sich sicher: die Lichter kamen von der Schanze her. Er beschleunigte den Wagen und blickte zum ersten Mal seit Beginn dieses Abenteuers auf die Uhr. Es war schon zwei Uhr durch. Wer zum Teufel war nachts hier draußen im Wald und verschoss Leuchtkugeln?

Schließlich hatte er sein Ziel erreicht. Er stellte den Wagen ab und stieg aus, und in diesem Moment leuchteten drei weitere Lichter genau über der Schanze auf. Verwirrt hielt er inne. Die Lichter waren nun sehr nah, doch er hatte keinen Knall einer Leuchtpistole gehört. Und die Dinger waren normalerweise ziemlich laut.

Die Lichter waren genau über den Bäumen erschienen, sanken nun herab und ließen den nahen Wald in beinahe taghellem Glanz erstrahlen. Schließlich gingen sie hinter dem Erdwall nieder und glühten dort weiter. Samuel packte das Gewehr und die momentan etwas überflüssige Lampe und begann, den Wall zu erklettern.

Gerade als Samuel seinen Fuß auf den Scheitel des Walls setzte, erlosch das Licht so schlagartig, als hätte jemand einen Schalter umgelegt, und er stand desorientiert im Dunkeln.

Mit dem Erlöschen des Lichts kehrten auch die typischen Waldgeräusche zurück. Irgendwo bellte ein Fuchs sein heiseres Bellen, eine Eule schrie ihren Ruf hinaus in die Nacht, und ein entferntes Rascheln im Unterholz kündete von einem Reh, das seiner Wege ging.

Samuel knipste die Lampe an und sah sich auf dem Platz um, aber trotz halbstündiger, intensiver Suche fand er weder einen potentiellen Brandherd noch einen möglichen Verursacher für das nächtliche Lichterspiel.

Als er zum Auto zurückmarschierte, blickte er sich nochmals um. Nichts war hier. Der Platz war vollkommen leer. Der alte Baum stand auf seinen Steinen und schien über seinen Platz hier zu wachen. Nein, er bewachte ihn nicht, er beherrschte ihn. Und Samuel erschien es, als handele es sich um einen überaus zornigen und boshaften Herrscher.

Dieses Bild prägte sich ein, und die Vorstellung wurde immer unangenehmer. Dieser Ort hatte jetzt genug von ihm, er spürte es immer deutlicher, beinahe so, als ob der Baum selbst mit ihm spräche.

„Geh nun, Mensch, lass uns allein. Es gibt Pläne zu

schmieden, die dich nichts angehen. Verschwinde von diesem Ort, denn mit dir befassen wir uns erst später."

Ein kalter Schauer überlief ihn. Samuel hastete zu seinem Wagen, startete den Motor und floh förmlich von der Schwedenschanze mit ihren unheimlichen Geisterlichtern und ihrem zornigen Wächter.

4

Die Arbeit ging ihm nicht leicht von der Hand. Jedes Mal, wenn er dem Wald den Rücken zuwandte, kam ihm das Bild des alten Baums in der Schwedenschanze in den Sinn und er fühlte sich von boshaften Augen beobachtet. Etwas lauerte dort, das wusste er.

Kein Tier, nicht mal ein Vogel oder irgendein Insekt, erhob heute seine Stimme. Das bedeutete aber nicht, dass der Wald still war. Immer wieder knackten irgendwo Äste und im Norden grollte ein leises, aber durchdringendes Donnern.

Ein Gewitter? Vielleicht würde es dann heute Abend endlich regnen, dachte Samuel. Doch tief in seinem Innern wusste er es besser. *Das kommt von der Schwedenschanze. Sie arbeiten an ihren Plänen, hecken irgendeine grässliche Teufelei aus. Und vergiss nicht, sie haben gesagt, dass sie sich um dich noch später kümmern werden.*

Das war doch Schwachsinn! Und wer waren überhaupt S*ie*? Da stand nur ein unheimlicher, alter Baum. Die Lichter konnten ein seltenes Naturphänomen gewesen sein, und diese Stimme in seinem Kopf hatte er sich nur eingebildet. Er war müde und durcheinander gewesen. Das war alles!

Er versuchte noch eine Weile vor sich hin zu arbeiten, doch er konnte sich einfach nicht konzentrieren. Immer, wenn er gerade anfing, in seiner Arbeit zu versinken, krachte es hinter ihm laut im Wald. Dann schreckte er hoch, und wurde von der unmittelbar darauffolgenden totalen Stille übermannt. Diese Stille war unnatürlich, der ganze Wald war unnatürlich. Bedrohlich...

Am Abend hielt er es nicht mehr aus. Er wollte Antworten. Wider besseren Wissens schnappte er sich sein Gewehr und fuhr wieder zurück zur Schanze.

Als er dort ankam und aus dem Wagen stieg, fiel ihm sofort der penetrante, süßliche Geruch auf, der in der Luft lag. Er stieg über die Wehr, und die Eindrücke überfluteten ihn.

Als ob jemand ein Radio angeschaltet hatte, ertönten plötzlich wieder alle Geräusche des Waldes. Die Vögel sangen, die Grillen zirpten und die Frösche quakten. Und tatsächlich... da waren sogar Frösche!

Denn anstelle des trockenen Waldbodens, der ihm gestern noch wegen eines möglichen Feuers große Sorgen bereitet hatte, erstreckte sich nun eine feuchte, modrige Sumpflandschaft innerhalb des aufgeschütteten Walls.

Samuel konnte es nicht fassen. Er stolperte den Hang zum Baum hinunter und sank sofort ein paar Zentimeter im feuchten Boden ein. Konnte es sein, dass im Laufe einer einzigen Nacht hier ein Moor entstanden war? Dabei hatte es ja nicht mal geregnet!

Nein, das war unmöglich. Vielleicht hatte sich eine unterirdische Quelle einen Weg an die Oberfläche gebahnt, überlegte er zweifelnd. Aber woher kamen dann diese Pflanzen? Diese feuerroten Blumen, die er nicht zuordnen konnte... Auch das Gras und vor allem der Baum hatten sich sichtlich verändert. Der stumme Wächter der Schanze wirkte zwar immer noch alt und bedrohlich, aber seine Rinde war rötlich geworden und neue, dünne Äste mit kleinen knospenden Blättern sprossen aus seinen alten Zweigen.

Nie und nimmer hatte sich solch eine Entwicklung nur in einer Nacht ereignen können. Gewiss, es gab Gegenden, in denen ein einziger Regenschauer binnen weniger Tage aus trockenem Ödland eine fruchtbare Ebene machen konnte. Samuel hatte da mal eine Dokumentation über die Savanne in Afrika gesehen. Aber *das hier* war vollkommen unmöglich.

Als er sich der ganzen Tragweite seiner verrückten Beobachtungen bewusst wurde, spürte er einen unglaublichen Druck auf seiner Brust. Sein Herz schlug schmerzhaft, schien immer wieder Aussetzer zu haben, und seine Gedanken verwirrten sich.

Ein Herzinfarkt in seinem Alter? Der pochende Schmerz nahm zu, raubte ihm den Atem und seine Sicht vernebelte sich. Er sank auf die Knie, keuchte schwer, und stützte sich ächzend an einem der Findlinge ab. Dann wurde ihm schwarz vor Augen.

Samuel schreckte auf.

Die Sonne versank gerade blutrot am Horizont. Er kniete immer noch vor dem Baum und sogar seine

Hand lag immer noch an dem Stein, der aber jetzt von Moos überwuchert wurde. Bei Gott, wie lange hatte er hier gekniet und um Atem gerungen? Es mussten Stunden gewesen sein. Aber wie konnte in so kurzer Zeit Moos gewachsen sein?

Schaudernd zog Samuel seine Hand zurück und sah, dass das Moos genau seine Hand umrahmt hatte.

Der Schock saß tief, und nur mühsam gelang es ihm, sich wieder aufzurappeln und von dem schrecklichen Baum zurück zu treten.

„Nun geh. Wir haben genug von dir." Er hörte es ganz deutlich in seinem Kopf. Keine Einbildung, kein falsch gedeutetes Rascheln von Blättern, das sein übermüdeter Verstand zu Worten umformte.

„Geh, Mensch! Du bist hier fertig!"

Er floh zum zweiten Mal von der Schwedenschanze.

5

Trotz der verstörenden Ereignisse an diesem Tag, war er beinahe augenblicklich eingeschlafen, nachdem er sich aufs Sofa gelegt hatte. Schon auf dem Heimweg hätten ihn Müdigkeit und Erschöpfung beinahe übermannt. Er hatte sich gefühlt, als hätte er drei Tage lang ununterbrochen schwer geschuftet.

Doch obwohl er sofort in tiefen Schlaf versank, der beinahe an Bewusstlosigkeit grenzte, blieb er nicht ungestört.

Mitten in der Nacht erwachte er in zwielichtiger Dunkelheit und sah, dass die Haustür weit offen stand, obwohl er sich sicher war, sie geschlossen zu haben.

Von draußen drang ein diffuses Mondlicht herein und in der Tür stand eine lange, dünne, graue Gestalt mit viel zu langen Armen und feurigen Augen, die ihn begierig musterten.

Samuel vermochte nicht, sich zu bewegen, als das Ding langsam und irgendwie unbeholfen die Hände hob, beinahe so, als imitiere es diese menschliche Geste nur, oder als habe es keinerlei Übung darin, sich wie ein Mensch zu bewegen. Die Bewegung wirkte auf groteske Weise rührend und entsetzlich zugleich, denn bei aller Unbeholfenheit näherten sich die langen, ausgestreckten Arme dieses schattenhaften Wesens immer weiter Samuels Hals.

Das Ding trat einen stolpernden Schritt auf ihn zu, und obwohl es nun beinahe direkt neben dem Sofa stand, konnte Samuel es immer noch nicht deutlich erkennen. Ein diffuser, grauer Schatten, eine grässliche und schemenhafte Karikatur eines Menschen.

Immer noch war er unfähig sich zu rühren. Er vergaß sogar zu atmen. Dann tasteten die langen, knorrigen Finger nach seinem Gesicht.

Samuel erwachte schweißgebadet. Er schrie gellend auf, schlug um sich und fiel mit einem dumpfen Aufschlag vom Sofa.

„Verfluchte Scheiße..." flüsterte er mit zitternder Stimme. Das war allmählich zu viel. Er beschloss, noch heute ins Dorf zu fahren, die Behörden zu informieren, und dann erst einmal dort zu bleiben. Mathilde würde er eine Nachricht hinterlassen.

Aber was willst du ihnen erzählen? fragte eine spöttische Stimme in seinem Kopf. *Dass der Wald dich an-*

greift? Dann stecken sie dich direkt in die Klapsmühle!
Der Ex-Knacki hat da oben seinen letzten Verstand
verloren, werden sie sagen.

Aber das war ihm egal. Sollten sie denken was sie wollten. Spätestens, wenn sie die Bescherung hier oben mit eigenen Augen sahen, würden sie ihm glauben.

Als er, noch in Gedanken, vor die Tür der Hütte trat, sank sein rechter Fuß in die Wiese ein. Überrascht keuchte er auf und verhinderte nur mit Mühe, der Länge nach hinzuschlagen. Auch sein linker Fuß sank nun tief in feuchten Boden ein, doch Samuel konnte das Gleichgewicht halten, indem er sich an einem der Stützbalken der Veranda festhielt.

Dann sah er sich verwirrt um und erstarrte. Die ganze Lichtung erblühte in einem üppigen Grün.

Der Wagen, den er gestern Abend direkt vor der Hütte abgestellt hatte, stand nun auf vier platten Reifen und ein widerlich anzusehendes Rankengewächs hatte damit begonnen, das Fahrzeug zu überwuchern und einzuwickeln.

Samuel war entsetzt, aber eigentlich nicht überrascht. Vielmehr fühlte er sich, als wäre er urplötzlich in einen Horrorfilm geraten. Vielleicht träumte er auch noch, und wenn er erwachte, war alles wieder ganz normal. Ja, sicherlich waren die letzten Tage nur ein vollkommen verrückter Traum gewesen, der immer noch andauerte.

Er trat wieder zurück ins Haus und sperrte die Außenwelt einfach aus. Während er versuchte, seine Gedanken zu sortieren, machte er sich völlig mechanisch und ohne jeglichen Appetit daran, sich ein Frühstück zuzubereiten.

Normalität, dachte er. *Er brauchte einfach wieder etwas Normalität, dann würde dieser ganze Irrsinn sich in Luft auflösen.*

Als er seine Kaffeetasse an den Mund setzte und den ersten Schluck nehmen wollte, zerfiel diese Normalität. Dar Kaffee schmeckte abstoßend.

Hastig warf er einen Blick auf die Wasserkanister und musste feststellen, dass all seine Vorräte braun und brackig aussahen, als seien sie schon monatelang abgestanden. Angewidert kippte er die widerliche Brühe aus dem Fenster.

Wie es aussah, wurde er belagert. Von einem Wald! So absurd das klang, es war die reine Wahrheit. Er konnte das Haus nicht verlassen und sein Wasser war verdorben worden. Über seine sonstigen Nahrungsmittel wollte er lieber erst gar nicht nachdenken, konnte die Vision von wucherndem Schimmel, der durch seinen Vorratsschrank kroch, aber nicht unterdrücken.

Herr Schreiber hatte ihm gesagt, dass er ihm einen Kerl schicken würde, der ihm Wasser bringen sollte, wenn es nicht bald regnete. Samuel vermutete jedoch, dass dies nicht heute oder morgen geschehen würde. Bald... aber was bedeutete „bald" in diesem Fall? Normalerweise hätten seine Vorräte noch beinahe eine Woche gehalten, und bis die Quelle ausgetrocknet gewesen wäre, hätte auch noch eine Weile gedauert. Unter normalen Umständen jedenfalls...

Aber die Umstände waren nicht normal. Fest stand: Er hatte kein Wasser. In einem normalen Haus wäre vielleicht die Toilette eine Option gewesen. Aber hier gab es nur ein Plumpsklo.

Obwohl er das Schlimmste vermutete, musste er sich Gewissheit über seine restlichen Vorräte verschaffen. Ein Blick in die Vorratskammer bestätigte jedoch nur seine düstere Vorahnung. Der ganze Raum war mit grünem, dichten Moosgeflecht überwuchert und sämtliche Nahrungsmittel waren verschimmelt. Die wenigen Säfte und die beiden Pakete Milch hatten das gleiche Schicksal erlitten.

Samuel resignierte. Keine Nahrung, kein Wasser und kein Ausweg. *Großartig*, dachte er. Was für eine krude und ausweglose Situation. Er würde hier verhungern, weil er von einem verdammten Wald belagert wurde und weil alles außer ihm selbst in eine irre Zeitschleife geraten zu sein schien. Entweder wuchsen die Dinge rasend schnell, oder sie vergammelten binnen weniger Stunden. Aussichtslos...

So verbrachte er den Tag mit sinnlosem Grübeln, während die Luft in der Hütte immer heißer und heißer wurde. Natürlich hatte er im Verlauf des Tages die Fenster öffnen wollen, aber als er die eindringende Luft roch, schloss er sie schnell wieder. Penetrant süß und faulig, ganz wie oben auf der Lichtung.

Als die Sonne schließlich wieder blutrot versank, war er ziemlich benommen und hatte begonnen zu dehydrieren.

Er warf einen Blick aus dem Fenster in Richtung

Einfahrt zur Hütte, und ihm wurde klar, dass er gestern Nacht nicht geträumt hatte.

Auf der Straße standen zwei graue Gestalten ,die ihre Arme unbeholfen zur Hütte ausstreckten, als ob sie versuchen wollten sie zu umarmen. Obwohl ihn dieser Anblick ziemlich verängstigte, war er auch dieses Mal nicht allzu überrascht. Sein Unterbewusstsein musste geahnt haben, dass die nächtliche Begegnung echt gewesen war.

Nacheinander trat er an jedes einzelne Fenster seiner Hütte und überall bot sich ihm das gleiche Bild. Stets erkannte er mindestens eine der seltsamen, grob-schlächtigen und irgendwie unfertigen Gestalten in schmutzigem Grau, die ihre viel zu langen Arme in ei-ner grotesken Geste dem Haus entgegen streckten. Ins-gesamt zählte er sieben Kreaturen, konnte aber nicht sicher sein, dass es nicht noch mehr waren.

Er war umstellt.

Als die Sonne endgültig verschwunden war und die Nacht über dem Wald hereinbrach, fingen die Gestal-ten an, sich hin und her zu wiegen, näherten sich dem Haus aber nicht.

Der Wald wurde wieder vom Geräusch berstenden Holzes erfüllt, als ob ein Sturm durch ihn hindurch fegte, und Samuel erblickte auch wieder die Lichter über den Bäumen. Doch es waren nicht nur eine Hand-voll, wie beim letzten Mal. Der Himmel war voll von ihnen, wie bei einem Feuerwerk.

Obwohl er versuchte, sich wach zu halten, forderten

Hitze, Flüssigkeitsmangel und Hunger schließlich ihren Tribut und er schlief ein.

Gegen drei Uhr schreckte er aus einem unruhigen, von diffusen Alpträumen beherrschten Schlummer auf. Etwas hatte ihn geweckt und panisch blickte er sich im Raum um.

Eine der Kreaturen blickte durch sein Fenster. Er packte das Gewehr, das neben ihm lag und zielte auf sie. Das Wesen rührte sich nicht, sondern starrte nur stumpf durch das Fenster zu ihm herein.

„Verschwinde von hier oder ich schieße!" schrie Samuel, obwohl er genau wusste, dass er natürlich nicht schießen würde. Nicht schießen *durfte*! Das Fenster war schließlich sein einziger Schutz vor der Außenwelt und vor dem, was dort draußen auf ihn wartete. Lauerte.

Die Kreatur trat noch ein Stück näher an die Scheibe, und zu seinem grenzenlosen Entsetzen erkannte er wie in einem Zerrspiegel seine eigenen Züge, die ihn angrinsten. Seine Züge auf dem Gesicht des Ungeheuers waren noch nicht ganz perfekt getroffen, aber schon so gut, dass man hätte glauben können, einen Zwilling zu betrachten.

Das gab ihm den Rest. Er schrie auf, schoss auf sein widernatürliches Ebenbild, und das Glas zerbarst mit lautem Klirren. Die Kreatur zuckte nicht einmal zurück. Er hörte nur ein dumpfes Klatschen, dann verschwand die Kreatur aus seinem Blickfeld.

Einige Augenblicke war er noch wie erstarrt, dann rannte er zum Fenster und leuchtete mit der Taschenlampe nach draußen. Das Wesen lag am Boden und versank im sumpfigen Boden. Gras wucherte aus ihrem Körper und innerhalb von Sekunden war sie einfach verschwunden, als wäre sie wortwörtlich im Erdboden versunken. Oder mit ihm verschmolzen. Aber hatte er sie nun getötet, verletzt oder nur vertrieben?

Samuel leuchtete in den Wald. Dort standen immer noch die anderen Kreaturen, sich mit ausgebreiteten Armen wiegend. Sie machten weder Anstalten zurückzuweichen, noch näherten sie sich dem Haus. Es schien, als kümmere sie das Schicksal ihres Artgenossen überhaupt nicht.

„Habt ihr gesehen was passiert, wenn ihr mir zu nahe kommt?" Es kam natürlich keine Antwort.

Der süßliche Gestank, der von Draußen herein drang, trieb ihn zurück ins Haus. Er setzte sich wieder an den Tisch, starrte auf das zerstörte Fenster und wartete darauf, dass sich wieder eines dieser Ungeheuer dort blicken ließ. Doch abgesehen davon, dass der widerliche Fäulnisgestank von draußen sich auch langsam im Haus verbreitete, geschah nichts.

Schließlich fiel er, auf der Bank sitzend, und das Gewehr mit beiden Händen umklammernd, wieder in einen unruhigen Dämmerschlaf.

Unter dem Haus war etwas.

Es kratzte und klatschte gegen die Bodenbretter. Samuel war vor wenigen Minuten von dem unheimlichen Lärm erwacht, hockte jetzt auf der Bank und starrte in die Ecke, wo die Geräusche gerade eben noch zu hören gewesen waren.

Der Schlafmangel, der Wassermangel und auch der Stress zeigten sich mittlerweile deutlich in seinem Gesicht. Das hatte er bei einem flüchtigen Blick in den Spiegel gesehen. In einen *richtigen* Spiegel, nicht in ein widerliches Abbild seiner selbst.

Seit er aufgewacht war, war ihm schwindelig, und vor seinen Augen tanzten bunte, flirrende Flecken in der Luft. Immer wieder drehte sich alles um ihn herum, und es schien, als würde sich das Gebäude selbst verzerren.

Die Kreaturen waren während seines Schlafes verschwunden, jedenfalls hatte er beim letzten Blick aus dem Fenster keine mehr sehen können. Vielleicht hatten sie sich in den Wald zurückgezogen. Aber dafür war nun das Geräusch unter den Dielen, und das war eigentlich noch schlimmer.

Er blickte zum wiederholten Mal die Auffahrt hinunter, und fragte sich, ob er schnell genug rennen konnte, um aus dem Wald zu entkommen. Bevor das Ding unter der Hütte reagieren konnte und ohne dass der Waldboden ihn verschlang, so wie er es mit der Karikatur seines Ebenbilds getan hatte.

Aber im Grunde hatte er keine Wahl. Er musste es einfach versuchen, denn sonst würde er entweder verdursten oder er musste noch eine Nacht mit den grauen Kreaturen durchstehen. Oder das Ding unter dem Haus würde ihn erwischen. Nein, das würde er nicht einfach so hinnehmen.

Also ein Sprint, dachte er und seufzte. Dann rappelte er sich auf, streckte den Rücken durch und spannte seine Muskeln an. Die bunten Flecken vor seinen Augen wurden noch zahlreicher und es schwindelte ihn kurz, aber er riss sich zusammen und wankte zur Tür.

Samuel stieß die Tür auf, atmete tief durch den Mund ein und setzte zum Spurt an. Sofort versank er im morastigen Boden, und blieb beinahe schon beim ersten Schritt stecken. Mühsam riss er sich los, doch es schien beinahe, als würden sumpfige Hände nach seinem Knöchel greifen und ihn in die Tiefe zerren wollen.

Auf Höhe seines mittlerweile zugewachsenen Wagens geriet er ins Stolpern, fing sich aber wieder und torkelte weiter. Er hatte den Weg beinahe erreicht, als sich ein spitzer Stein – jedenfalls glaubte er das - in seinen linken Fuß bohrte. Er schrie auf, geriet erneut ins Straucheln, verlor endgültig das Gleichgewicht und stürzte mit dem Gesicht voran in den Morast.

Öliges, widerwärtiges Wasser drang in seinen Mund. Er hustete, würgte und versuchte die ekelhafte Brühe wieder auszuspucken, doch es gelang ihm nicht, seinen Kopf aus dem Matsch zu ziehen. Er würde elendig in diesem Schlamm ersaufen, dachte er verzweifelt, während sich seine Lungen mit dem fauligen Wasser füllten.

Etwa Steifes, Hölzernes packte in seinen Nacken, und er hörte eine leise, wohlwollende Stimme in seinem Kopf:

„Trink ruhig, Junge. Wir haben doch gesagt wir kümmern uns um dich. Bald bist du Teil von uns."

Samuel wurde in das Wasser gedrückt, und kurz bevor er erstickte, begann er freiwillig zu trinken. Und plötzlich konnte er wieder atmen.

„Gut so. Trink! Wir erwarten noch Besuch, und du sollst sie in unserem Namen willkommen heißen."

6

Mathilde blinkte rechts. Natürlich hatte sie absolut überreagiert, das war ihr jetzt klar. Sie war einfach mit der Situation überfordert gewesen.

Außerdem wusste sie jetzt, dass sie schwanger war. Das hatte ihr Frauenarzt nach der letzten Untersuchung bestätigt. Danach hatte sie lange in dem Hotelzimmer gesessen und über alles nachgedacht. Sie liebte Samuel über alles, aber manchmal war er ihr einfach zu planlos, und das hatte sie am Ende so überfordert und aufgeregt, dass sie einfach von ihm weg musste.

Sie war in die Stadt gefahren, hatte sich ein Zimmer genommen und zwei Tage gekocht vor Zorn. Dann hatte sie sich das Telefon geschnappt und ihren Frauenarzt angerufen, um einen spontanen Termin zu machen. Dieser hatte ihre Befürchtungen dann bestätigt. Sie hatten zwar immer aufgepasst, aber die meisten Verhütungsmittel waren nun mal nicht ganz sicher.

Mathilde hatte lange überlegt, wie sie mit der Situation umgehen sollte, als das Telefon in ihrem Hotelzimmer angefangen hatte, laut und unangenehm schrill zu klingeln.

Es war die Rezeption gewesen, die ihr mitgeteilt hatte, dass ein gewisser Herr Schreiber in der Leitung sei, und hatten gefragt, ob sie den Anruf entgegen nehmen wollte.

Sie war mehr als überrascht gewesen, denn obwohl

Samuel ihr einmal gesagt hatte, dass Schreiber oft etwas mehr zu wissen schien als er hätte wissen dürfen, hatte sie ihm das nie so recht geglaubt. Sie hatte das Gespräch entgegen genommen und dann Schreibers ruhige Stimme in der Leitung gehört.

„Hallo Mathilde. Wie geht es Ihnen?"

„Hallo Herr Schreiber. Woher haben sie denn meine Hotel Nr.?" Sie war nicht zornig auf ihn gewesen, denn Herrn Schreiber konnte man nicht zornig sein, aber es hatte sie ungemein irritiert.

„Ach, Sie wissen doch, man kennt jemanden, der einen kennt, der einen kennt." hatte er gesagt und leise gelacht. „Wie ich höre, haben Sie und Samuel gestritten. Er macht sich große Sorgen, dass sie nicht zurückkommen und er hat mir erzählt, dass sie sich Sorgen um die Zukunft machten."

„Nein. Nein, ich glaube mir hat nur die Einsamkeit auf das Gemüt geschlagen. Es war das erste Mal, dass ich in einem Ruhejahr mit ihm komplett da oben war." hatte sie geantwortet und war überrascht gewesen, dass jetzt, wo sie es ausgesprochen hatte, das Problem tatsächlich so einfach war.

„Samuel ist ein guter Junge." hatte Herr Schreiber weiter sanft auf sie eingeredet. „Er hatte nur Startschwierigkeiten, was nicht überrascht, bei so einem Vater. Aber glauben Sie mir, er ist zuverlässig und auch eine Seele von Mensch."

„Ja das weiß ich doch, aber er ist manchmal so planlos und außerdem ist sein Job nicht sonderlich sicher, wenn man bedenkt wie alt…" Hier hatte sie gestockt, denn das konnte sie diesem netten alten Herrn doch nicht einfach so sagen.

„Ja ich gestehe ein... alt bin ich." Herr Schreiber schien wieder einmal gewusst zu haben, was sie hatte sagen wollen. „Aber für Samuel habe ich vorgesorgt. Glauben Sie mir, sollte ich sterben wird seine Arbeitsstelle sicher sein. Und auch alles Andere habe ich geregelt."

„So meinte ich das nicht, bitte entschuldigen Sie Herr Schreiber." hatte sie etwas kleinlaut geantwortet.

„Doch. Und sie haben durchaus recht damit. Aber weder Samuel noch Sie oder Ihre Kinder müssen sich Sorgen um ihre Zukunft machen."

An dieser Stelle hätte sie beinahe den Hörer fallen gelassen und plötzlicher Zorn war in ihr aufgestiegen.

„Woher wissen Sie, dass ich schwanger bin. Spionieren sie mir nach?"

„Sie vergessen, dass ich auch mal verheiratet war, nicht wahr? Wenn eine Frau sich Sorgen um die Zukunft macht, stehen fast immer große Veränderungen ins Haus, und da Samuel nichts von einer Hochzeit sagte, ging meine Vermutung in eine andere Richtung. Und wie es scheint, habe ich damit nicht falsch gelegen."

Mathilde hatte sich wieder beruhigt, denn dieser Argumentation war kaum etwas entgegenzusetzen gewesen.

„Ja, sie haben recht. Was soll ich jetzt tun?"

„Ach, das ist doch einfach. Sie sind doch eine moderne Frau. Sagen sie es ihm. Er wird sich freuen und dann können sie Pläne machen. In diesem Jahrhundert ist es doch bestimmt kein Problem mehr, zwischen Mann und Frau auf Augenhöhe zu reden. Sie hätten mal das Jahrhundert erleben sollen, in dem ich geboren bin. Da wäre so etwas ein fürchterlicher Skandal gewesen."

Er hatte leise gelacht und schließlich hatte sie eingestimmt, was die Spannung endgültig gelöst hatte. Danach hatten sie noch eine Weile geplaudert und sich schließlich voneinander verabschiedet.

Anschließend hatte sie noch eine Weile unschlüssig auf ihrem Bett gesessen, um sich dann ein üppiges Abendessen aufs Zimmer zu bestellen und der Rezeption mitzuteilen, dass sie am nächsten Tag abreisen wolle. Als sie um die Abrechnung gebeten hatte, war ihr von dem freundlichen jungen Mann am Telefon mitgeteilt worden, dass diese bereits beglichen sei. Als sie dies hörte, hatte sie lachen müssen. Samuel hatte Recht. Herr Schreiber wusste mehr, als er hätte wissen dürfen, aber er kümmerte sich um alles. Eines Tages würde sie ihn fragen, warum er den Wohltäter gab. Aber das hatte Zeit.

Und jetzt, am Tag nach diesem Telefonat, bog sie nach rechts in die Straße ein und fuhr langsam die Schotterstraße zu der Waldhütte hinauf. Sie freute sich schon, Samuel wieder zu sehen. Zwar würde sie sich bei ihm entschuldigen müssen, aber das war in Ordnung. Sie hatte definitiv überreagiert. Und wenn das erledigt war, konnte sie ihm die frohe Botschaft verkünden. Dann würde er auch mehr Verständnis für ihre heftige Reaktion zeigen.

Als sie in die Einfahrt fuhr und die Hütte in Sicht

kam, fiel ihr zuerst der ungewöhnlich dichte Bewuchs der Lichtung auf. Alles erstrahlte in einem satten, lebendigen Grün, obwohl es doch seit Tagen und Wochen nicht mehr geregnet hatte. Wie konnte das sein? Und wie waren all diese Pflanzen so rasch gewachsen?

Sie stellte den Motor ihres Autos ab und öffnete die Tür. Als sie mit dem ersten Fuß nach draußen trat, hörte sie ein saugendes Schmatzen unter ihren Schuhen, und sah, dass der Boden um die Hütte zentimetertief unter Wasser stand. Als sie ganz aus dem Auto ausgestiegen war, nahm sie auch den süßlichen Geruch wahr, der in der Luft lag. Nicht durchdringend, aber ziemlich penetrant, wenn er erst einmal in die Nase gekrochen war.

Sie blickte hinüber zur Hütte, und dort war Samuel. Er stand in der Tür, sein Gesicht lag noch im Schatten. Sie ging langsam auf ihn zu, wobei jeder Schritt obszöne Schmatzgeräusche erzeugte, und er trat aus dem Dunkel der Hüttentür, so dass sie sein Gesicht erkennen konnte.

Sie hielt inne. Dieses seltsame Lächeln hatte sie bei ihm noch nie gesehen. Es wirkte so, als ob er sich nicht wirklich freute sie zu sehen, oder als ob seine Züge noch übten wie sie ein Lächeln zustande bringen sollten. Wie bei einem Schauspieler, der eine Rolle probt, aber sich nicht recht hineinversetzen kann.

„Du bist also zurück?" sagte er mit einer Stimme, die irgendwie hohl und emotionslos klang. Ihr Gehirn, überfordert von all den Eindrücken die auf es eindrangen, schaltete mit einem, natürlich nur für sie hörbaren

Knarzen, schwerfällig in den nächsten Gang, und sie verstand.

Er war natürlich sauer auf sie. Kein Wunder, denn sie war ja auch für mehrere Tage weg gewesen, ohne sich bei ihm auch nur ansatzweise zu melden. Allerdings schien er diesen Zorn überspielen zu wollen, damit ihre Rückkehr nicht direkt mit einem Streit begann. Es gelang ihm nicht sonderlich gut, aber für den Versuch liebte sie ihn umso mehr.

„Es tut mir leid, dass ich so überhastet, und im Streit aufgebrochen bin. Das hat dir sicher Sorgen bereitet." sagte sie. „Ich hab dir viel zu erzählen."

„Ach das ist doch nicht schlimm. Jetzt bist du ja wieder bei uns. Wir können jetzt wieder aufeinander aufpassen." antwortete er.

Sie eilte auf ihn zu und umarmte ihn. Er legte nach kurzem Zögern seine Arme um sie, und sie weinte leise und bat immer wieder um Entschuldigung.

„Wie geht es dir und, vor allem, wie geht es unserem Kind?" fragte er nach einer Weile. Zunächst war sie perplex, aber dann musste sie lachen.

"Herr Schreiber hat mir offensichtlich den Spaß verdorben. Das werde ich ihm nie verzeihen." Samuel schaute sie nur fragend an, und das verwirrte sie nun wieder. „Er muss es dir doch erzählt haben. Sonst wusste es doch niemand."

In seinem Gesicht regte sich kaum etwas, als er antwortete.

„Ja natürlich. Stimmt, er hat uns von dem Kind erzählt. Wie dumm von mir. Das Gespräch hatte ich schon wieder verdrängt. Komm, lass uns in die Hütte gehen. Wir vertragen das Licht hier draußen nicht."

Er wandte sich ab und ging in die Hütte. Bevor sie ihm folgte, formte ihr überforderter Verstand noch einen undeutlichen Gedanken: Er hatte „wir" gesagt. Was meinte er damit? Auch vorhin hatte er schon in der Mehrzahl gesprochen, das fiel ihr jetzt auf.

Ach, das hat nichts zu bedeuten, sagte sie sich. Wichtig war nur, dass er ihr ihren Ausfall verziehen hatte und dass sie nun gemeinsam für die Zukunft planen konnten. Sie folgte in die Hütte und die Tür schlug hinter ihr ins Schloss.

Anke Säurig

Die Schatten des Herrn Kemali

Herr Kemali war ein kleiner Mann. Sein Gesicht hatte etwas von einem verschrumpelten Apfel. Alt und doch alterslos. Grau. Grau wie der Mantel, den er trug. Grau wie die Straße, in der er wohnte. So wie das Haus, aus dem er morgens trat und in das er abends zurückkehrte. Er hatte keine Familie, keine Freunde, und nie sah ihn jemand in Gesellschaft.

Seit die Bäckersfrau, bei der er jeden Morgen seine zwei Brötchen kaufte, denken konnte, kam er um dieselbe Zeit, und stets war es dieselbe bescheidene Bestellung. Manchmal steckte sie ihm noch ein Teilchen vom Vortag in die Tüte. Sie wusste selbst nicht so genau, warum sie das tat. Er bezahlte immer und war ihr nie etwas schuldig geblieben. Aber etwas an seiner Unscheinbarkeit tat ihr leid. Er sagte nie etwas dazu.

Hätte jemand Herrn Kemali beobachtet, würde er wissen, dass seine Runde ihn in der Früh zunächst an die Bushaltestelle führte und von dort mit der Linie 26 zur anderen Seite der Stadt in den Park, der zu jeder Jahreszeit voll von Menschen war. Dort setzte er sich auf eine Bank und beobachtete das Treiben um sich herum.

Nie unterhielt er sich mit jemandem. Manchmal las er eine der Zeitungen, die ein Anderer liegen gelassen hatte. Er hob dann die zerknickten Blätter auf, die wie die müden Schwingen eines Vogels auf der Bank lagen, und strich sie sorgsam glatt. Erst, wenn er sie so gut wie möglich wiederhergestellt hatte, las er.

Immer hatte er ein kleines, in schwarzes Leder gebundenes Notizbuch bei sich. Es war abgegriffen und die Oberfläche war stumpf und rissig, als hätte es schon viele Jahre hinter sich.

Wenn er durch die Stadt fuhr, suchte er sich möglichst einen der Einzelplätze aus. Auch dort holte er das schwarze Notizbuch aus der Brusttasche seines Mantels. Es war, als würde er die Nähe der Menschen suchen und sie gleichzeitig meiden. Verstohlen beobachtete er die Leute um sich herum, senkte jedoch sofort seinen Blick, wenn ihn jemand ansah.

War ein Mensch aufreizend fröhlich, ließ er die Umwelt überschwänglich an seinem Glück teilhaben, lachte er laut und unbeschwert, griff Herr Kemali nach dem Stift aus seinem Buch und schrieb etwas hinein über den einen Mann, die eine Frau oder jenes Kind. Es waren kurze Bemerkungen. Meist schlugen die Deckel des Büchleins nach nur wenigen Augenblicken wieder zu, als wollten sie ihr Geheimnis für sich behalten.

Dabei nahm kaum jemand Notiz von ihm. Er war so unauffällig, dass er weder mit seiner Anwesenheit auffiel, noch jemand seine Abwesenheit bemerkt hätte.

Die Putzfrau, die die Treppen in seinem Haus reinigte, hatte Angst vor ihm. Etwas an seiner stillen, unterwürfigen Art beunruhigte sie. Manchmal, wenn sie es nicht verhindern konnte, ihm zu begegnen, überspielte sie ihre Unsicherheit mit einem besonders lauten und forschen Gruß. Ihr war sein schildkrötenähnliches Gesicht zuwider, und sie vermied es, ihn anzuschauen, wenn er scheu vorüberging.

Der Handwerker, der ihm gegenüber wohnte, nahm sich regelmäßig vor, den alten Herrn zu fragen, ob er ihm mit Kleinigkeiten zur Hand gehen könnte. Aber die Jahre waren vergangen, und er hatte ihn schließlich aufgrund eines unbestimmten Unwohlseins bei seinem Anblick nie gefragt.

Auch der kleine Oliver, ein zehnjähriger Nachbarsjunge, der manchmal mit Herrn Kemali an der Bushaltestelle stand, fühlte sich in dessen Nähe nicht wohl und drückte sich in die andere Ecke des Bushäuschens, wenn er ihn kommen sah.

„Er hat zwei Schatten!", raunte er seiner Mutter zu, die sich über das sonderbare Verhalten ihres Sohnes wunderte und verlegen zu dem kleinen Mann herüberlächelte.

„Was du wieder redest!". Sie schüttelte den Kopf über die kindliche Fantasie ihres Jüngsten. Als sie sich umdrehte, um bei dem sonnigen Wetter den einen Schatten zu sehen, der ihren Sohn beruhigen würde, war Herr Kemali aber bereits im Inneren des Busses verschwunden.

Heute, an diesem ersten Dienstag im September, hatte Herr Kemali seine Runde wie üblich um sieben Uhr begonnen, und viele Einträge waren trotz des trüben Himmels hinter den abgenutzten Buchdeckeln verschwunden.

Die erste Bemerkung hatte er sich bereits früh am Morgen auf seiner Parkbank gemacht. Über die sonst so in sich gekehrte junge Frau mit den fast schwarzen

Locken, die ihm an Unauffälligkeit beinahe gleichkam. Jeden Morgen durchquerte sie den Park, versunken in ihre verschlossenen Gedanken, die Collegetasche fest unter den Arm geklemmt.

Sie war ihm heute gleich aufgefallen. Ihr Blick war nicht auf den Boden gerichtet, sondern blickte aufmerksam und wie jungfräulich auf die Welt um sich herum. Auch ihr Gang war lebhaft. Ihre äußere Erscheinung, sonst so blass wie ihr Auftreten, hatte sie in einen knallig roten Regenmantel gehüllt. Als der rote Punkt in dem regengrauen Park wie ein Farbklecks auf einem Schwarzweißfoto auf Herrn Kemali zu – und dann an seiner Bank vorbei steuerte, hatte er zwei Mal hinschauen müssen, um sicher zu sein, dass sie es war. Zumal ihr offener Blick ihn heute das erste Mal wahrnahm.

„Guten Morgen!", hörte er sie gut gelaunt sagen, dann war sie mit ihrem beschwingten Schritt auch schon vorbei.

Herrn Kemalis Gesicht zeigte keinerlei Regung, als er jetzt das schwarze Buch aus seinem Versteck holte und dessen Leib mit einigen hastigen Zeilen fütterte.

Später im Bus, war es der alte Mann, der sonst so mürrisch war, als wäre jeder weitere Tag seines Lebens eine einzige Qual. Heute erhob er sich von seinem Platz, als eine ältere Dame einstieg und bot ihr den seinen an. In all den Jahren, in denen er ihn als Mitfahrer aus dem Bus kannte, hatte Herr Kemali das nicht erlebt. Er beobachtete den alten Herrn genau. Mit einer schwungvollen Geste wies dieser der Frau ihren Sitz, das Gesicht beinahe fremd in seiner Freundlichkeit.

Dann kam er nach hinten geschlurft und setzte sich auf den Platz neben Herrn Kemali. Dieser rückte ans Fenster, darauf bedacht einen Abstand zwischen sich und den Alten zu bringen und zog zum zweiten Mal an diesem frühen Vormittag sein Notizbuch aus der Tasche. Neugierig beugte sich der Alte zu ihm herüber.

"Was schreiben's denn da?", fragte er und zwinkerte ihm verschwörerisch zu, als gäbe es eine Verbundenheit zwischen ihnen. Eine Art Bruderschaft der alten Männer. Bis zu diesem Tag hatte Herr Kemali ihn keinen einzigen Satz sprechen, sondern lediglich Töne von sich geben hören. Mal knarzend, mal brummend, immer abweisend. Heute jedoch ließ er sich nicht stoppen, als hätte er eine Redepille geschluckt.

"Schreiben Sie ruhig! Lassen Sie sich nicht stören! Man muss den Tag nutzen, und ich will Sie nicht abhalten, wenn es wichtig für Sie ist!" Wieder zwinkerte er ihm zu. Dabei schaute er ihn fragend an, wohl weil er sich eine Antwort darauf erhoffte.

Herr Kemali klappte das Buch zu. Der überraschend laute Knall ließ den Anderen zusammenzucken. Er schwieg irritiert und wagte keine weitere Annäherung. Herrn Kemalis Blick fiel auf die offene Tasche, die sein Sitznachbar auf den Knien hielt. Ein formelles Schreiben. Er glaubte, ein ärztliches Dokument zu erkennen. Offensichtlich enthielt es einen Befund, der die Laune des Mannes neben ihm so unermesslich gesteigert hatte.

Es folgten noch einige Einträge an diesem Tag, bis Herr Kemali spät am Abend mit dem letzten Bus nach Hause fuhr. Wie immer, wenn er den Tag mit seiner

Runde vollbracht hatte und in sein Haus heimkehrte, nahm er seinen Hut ab und legte ihn bedächtig auf die Ablage der Garderobe. Dann griff er nach einem Schlüsselbund, der neben der Tür an einem Haken hing und verschwand erneut durch die Wohnungstür.

Sein Weg führte ihn die vielen abgenutzten Stufen hinab in den Keller. Er brauchte kein Licht auf dem langen, dunklen Gang. Er kannte den Weg. Im Dunkeln öffnete er die Tür, die er leise hinter sich schloss. Ein Knistern, als würden die ausgedörrten Halme von winterhartem Gras aneinander reiben, war zu vernehmen, als er den Raum betrat. Es steigerte sich zu einem stimmlosen Flüstern.

Herr Kemali entzündete eine Kerze. Sie erhellte den Raum, aber ihr Schein entglitt nicht durch den Türspalt. Das Wispern wurde fordernder. Ein Geräusch wie brechendes Papier. Die Kerze zitterte, dann stand sie still. Ihr diffuser Schein fiel auf mehrere Reihen übereinander gestapelter Käfige.

Die Geschöpfe, die vor Aufregung in ihren Gehegen mit den Flügeln gegen die Gitter stießen, hatten etwas von lebendig gewordenen Origami Figuren. Sie hatten hässliche, verschrumpelte, schildkrötenähnliche Gesichter, in deren Mitte ein kurzer kräftiger Schnabel saß. Die hybriden Körper waren unförmig und massiv. Während das zerschlissene blauschwarze Gefieder an einen riesigen Raben erinnerte, schienen die kräftigen, wie mit rauen Platten beschlagenen Beine und der abgeflachte längliche Kopf von einer archaischen Echse zu stammen. Ihre magentafarbenen Augen waren geschlitzt und richteten sich nun auf ihren Besitzer.

Aufgeregt zischend hüpften die Missgeburten ungelenk aus ihren Gefängnissen, die Herr Kemali jetzt eines nach dem anderen öffnete. Sie scharten sich um ihren Herrn. Einige versuchten auf seiner Schulter Platz zu nehmen, aber er strich sie mit einer energischen Geste ab. In derselben zischelnden Sprache, die mehr einem Gedanken als einem gesprochenen Satz glich, raunte er:

„Es ist gut, meine Getreuen! Es ist wieder an der Zeit, eure Aufgabe zu erfüllen!"

Und damit öffnete er das Fenster. Er griff nach dem Notizbuch in seiner Tasche, bevor er den Mantel auszog und steckte es sich unter sein Gefieder. Dann faltete er seine Flügel auseinander und flog mit den Schatten hinauf in den nachtschwarzen Himmel.

Das Rauschen ihrer Schwingen glitt zügig durch die Finsternis, als wäre die Sehnsucht nach der Weite des Himmels übermächtig geworden. Weit hinaus ging der Flug über die Dächer der Stadt, bis das knatternde Schlagen der Schwingen über einem schwarzen See am Rand der alten Wälder zur Ruhe kam.

Herr Kemali, der der Formation voran flog, legte die Flügel an seinen Leib und ließ sich der glitzernden Oberfläche entgegen fallen. Wie die Verlängerung seiner Schwanzfedern folgten die Kreaturen seinem Sturz. Wenige Meter vor dem Eintauchen zog er einen Kreis über dem Wasser, dessen Rundung er wieder und wieder folgte, als würde er nach etwas Ausschau halten.

Und tatsächlich suchte er in der gleichmäßigen Bewegung der schwarzen Nässe unter ihm die eine Stelle, an deren Unruhe er erkennen konnte, wo er eintauchen musste. Eine ganze Weile folgten er und sein Gefolge diesem Kreis.

Dann auf einmal durchschnitten ihre Körper die Wasseroberfläche und verschwanden in der lichtlosen Tiefe. Ihre Flügel lagen eng an den Körpern wie Delphinflossen, und mit schnellen kurzen Bewegungen der Spitzen stießen sie sich in Richtung Grund. Ein diffuser Lichtschein führte sie zu einer Höhle, in deren Mitte ein unterirdischer See glitzerte.

Über die Hälfte der Höhle war bereits mit zahllosen Schattentieren besetzt, als sich Herr Kemali und seine Untiere aus dem Wasser wuchteten und sich die Nässe aus dem Gefieder schüttelten.

Als mit ihnen endlich alle Wesen in der riesigen unterirdischen Grotte versammelt waren, war diese bis auf den letzten Platz mit schwarzen Leibern besetzt. Einige Augen blitzten aus den Nischen und verborgenen Winkeln der Höhlenwand.

Herr Kemali, der am Rand des Sees auf einer erhöhten Steinplatte über den Köpfen stand, zog das Notizbuch unter seinem Flügel hervor und begann mit dem Jahrtausende alten Ritual, in dem er jedem Menschen, den er in seinem Buch notiert hatte, einen seiner unheimlichen, schattenhaften Begleiter zuteilte.

Die junge Frau aus dem Park war die Erste. Ihr Schatten wisperte aufgeregt und schob sich durch die beinahe undurchdringliche Menge nach vorne. Böses Fauchen und klackende Geräusche zuschlagender schwerer Schnäbel begleiteten seinen Weg.

Bei Herrn Kemali angekommen, senkte er den

Schnabel in eine tiefe Schale, in der das dickliche Wasser des Sees schwappte. Auf den petrolgrünen Schlieren schwamm das fröhliche Gesicht der schwarzgelockten jungen Frau, floss auseinander und fügte sich wieder zusammen. Nach einigen tiefen Schlucken, die von monotonen klatschenden Tritten der massigen Füße auf dem kahlen Steinboden begleitet wurden, zog er sich demütig nickend wieder in den Hintergrund zurück.

Es folgte der alte Sitznachbar aus dem Bus, danach zahllose Weitere, deren ungetrübtes Glück verschattet wurde, bis keins der missgestalteten Untiere mehr übrig war.

Vierzehn Tage später sah Herr Kemali sie wieder. Ein leichter Sprühregen hatte den Himmel schon den ganzen Tag in ein verwaschenes Licht gehüllt. Dennoch hatte sie ihren roten Regenmantel zu Hause gelassen und versteckte ihre Gestalt unter einer farblosen Jacke.

Langsam näherte sie sich dem Weg, an dem die Bank stand, auf der er saß. Als sie vorbeiging, konnte er ihre rot verweinten Augen sehen, die nichts um sich herum wahrnahmen. Über ihrem Gesicht lag der graue Schatten ihres gebrochenen Herzens.

Den alten Mann aus dem Bus sah er nie wieder.

Heiko Birner

The Case

Für meine geliebte Conny,
du bist das Licht meines Lebens

Der Fall

Der Regen peitschte ihm ins Gesicht, der tosende Fluss unter ihm drohte, ihn zu verschlingen, während das stählerne Monster wieder Feuer und Rauch spie.

Der Hund, dieser dämonische Hund kam ihn holen; kein Entkommen mehr.

Er seufzte schwer. Niemals würde er die Akazie finden. Wie hatte es nur soweit kommen können? Dabei hatte alles mit einem Lächeln begonnen: Seinem Lächeln.

Ironischerweise war Rick Malone kein Mann der oft und herzlich lachte oder lächelte, eher im Gegenteil.

Eine Miene wie sieben Tage Regenwetter mit einem ungepflegtem Dreitagebart, verborgen unter der braunen Fedora. So kannte man Rick, wenn er in seinem alten, abgetragenen Trenchcoat die Straßen von Washington D.C. durchstreifte, an einem Fall arbeitend oder auf der Suche nach dem nächsten.

Die Arbeit, das war sein Leben. Für die Vergnügungen der Großstadt hatte er wenig übrig, obwohl er die Nächte oft dort zubrachte, wo andere ihr Vergnügen suchten.

Als Privatdetektiv waren die verrufenen Viertel der Stadt, wie Downtown, seine Bühne und die Halunken seine Komparsen; doch hatte er schon viel Schlimmeres gesehen als die Verbrechen der Stadt.

Früher hätte es ihn mehr betroffen, aber auch mehr berührt, früher hätte er auch mehr gelächelt, wenn es Grund zum Lächeln gegeben hätte. Doch heute nicht mehr... Der große Krieg hatte ihn verändert, und nicht zum Besseren, wie alle ihm sagten und wie er selbst es auch wusste.

Doch in dieser einen Nacht hatte er gelächelt, so wie er immer lächelte, wenn er Scarlet traf. Sie hatte einfach vor seiner Tür gestanden, mitten in der Nacht. Er wusste gar nicht mehr, wann es gewesen war: Um zwei oder drei Uhr morgens?

Zum Glück hatte er noch an dem Fall über den Verrückten von der New York Avenue gearbeitet, der zwei Passanten attackiert und ständig so etwas wie „Iä iä Cthulhu Fathang!" gerufen hatte, was immer das auch bedeuten sollte.

Dieser glückliche Umstand resultierte in einem beheizten Büro, dass zwar etwas eingestaubt und unaufgeräumt war, aber ansonsten mit ein oder zwei Drinks ziemlich gemütlich sein konnte.

Auch Rick selbst sah in dieser Nacht noch nicht so schäbig aus wie sonst. Und Scarlet... Scarlet war, wie immer, einfach … Rot.

Alles an Scarlet war schon immer rot gewesen, seit er sie kannte: Rote Locken, die ihr feines Gesicht umspielten, roter Lippenstift auf dem bezaubernden Lächeln, rote Fingernägel an den zierlichen Händen, dutzende rote Kleider, die ihre anmutige Gestalt umhüllten und roter Schmuck, den sie so gerne trug.

Auch ihr großer Damenhut war tiefrot, doch vielleicht war das Rot aber auch nur so intensiv, weil der Hut vollgesogen war mit Regenwasser und ihr tief ins Gesicht hing, so schwer war er.

Und auch wenn Rick Scarlets Augen unter dem Hut nicht sehen konnte, so erkannte er, dass ihr Lächeln, mit dem sie ihn begrüßte, ihre Augen erreichte, und so musste auch er lächeln, so wie er damals auch in New Orleans gelächelt hatte.

Ja, alles an Scarlet war rot, auch in New Orleans war an Scarlet alles rot gewesen; doch nein, er wollte nicht an New Orleans denken. Nicht jetzt, da sie sich gerade wieder sahen.

Aber nicht alles an Scarlet war rot in dieser Nacht, denn der große, schwere Koffer, den sie in ihren zierlichen Händen hielt, war aus braunem Leder.

Der Koffer

„Ich dachte schon, ich muss in diesem Wolkenbruch ertrinken." Scarlets Stimme war wie immer Musik in seinen Ohren, wie ein feines Pianosolo in einem verrauchten Jazzclub.

Sie lächelte noch immer, als Rick ihr die Zigarette ansteckte und sich selbst eine aus der Schachtel nahm. Der Regen prasselte weiterhin unentwegt heftig gegen die Fenster des Büros, durch die man verschwommen die Straßenlaternen und die Lichter der nächtlichen

Stadt sehen konnte. Es wäre eine romantische Szene gewesen, wenn Rick etwas für Romantik übrig gehabt hätte.

Doch waren seine Augen ohnehin gefangen vom Rot ihrer Lippen, denn alles andere Rot hatte Scarlet nahezu abgelegt. Ihr Damenhut und das Kleid waren so durchnässt, dass die Kleidungsstücke nun zum Trocknen über seinem Stuhl hingen und Scarlet, nur eingehüllt in eine alte blaue Decke, sich auf der grünen Couch räkelte, was Ricks Aufmerksamkeit ziemlich in Anspruch nahm.

Die Couch war, neben seinem Stuhl und dem großen Eichenholzschreibtisch, das einzige Möbelstück im Büro, wenn man von dem großen metallenen Aktenschrank und der toten Zimmerpflanze absah.

Rick nahm den ersten Zug der Zigarette und lehnte sich an den Schreibtisch, seinem Gast zugewandt. Außer den Begrüßungsfloskeln hatten beide noch nicht viele Worte miteinander gewechselt, und der Privatdetektiv war immer noch etwas enttäuscht, dass er zur Begrüßung lediglich einen flüchtigen Kuss auf die Wange bekommen hatte.

Er konnte nicht umhin, zu bemerken, dass Scarlet, so eingehüllt in die blaue Decke auf der grünen Couch, wie ein Fremdkörper in seinem Domizil wirkte. Der braune Koffer allerdings, den sie neben der Couch in Griffreichweite abgestellt hatte, schien sehr gut hinein zu passen. Es war ihm auch nicht entgangen, dass seine alte Flamme dem Koffer mehr flüchtige Blicke zuwarf als ihm selbst, obwohl sie sich fast sieben Jahre nicht gesehen hatten.

Malone war in diesem Augenblick allerdings auch keine Augenweide, obwohl er von sich selbst glaubte, eine gewisse Anziehungskraft auf die meisten Frauen zu haben, scheinbar nur nicht auf die eine, um die es ihm ging. Das schwarze kurze Haar war ungekämmt und sein Gesicht wie immer unrasiert.

Sein brauner Trenchcoat lag nah bei Scarlets Kleid und seine Fedora nah bei ihrem Damenhut, als müssten sie immer so nebeneinander liegen. Es war ihm egal, dass beide Kleidungsstücke dabei etwas vom herab-tropfenden Regenwasser abbekamen.

Sein weißes Hemd hatte er bis zu den Ärmeln hoch-geschlagen, das Sakko des braunen Anzuges lag acht-los hingeworfen über der Couchlehne und hatte das Glück, von Scarlets Locken berührt zu werden.

Den Geschmack des Zigarettenrauches noch einen weiteren Augenblick genießend, konnte Rick nicht um-hin das auszusprechen, was er bisher vermieden hatte.

"Ich hab dich vermisst, Honey." Seine raue Stimme war wie immer fest und erlaubte sich keine erkennbare Emotion, doch konnte er an der kleinen Veränderung in Scarlets Lächeln bemerken, dass sie wusste, wie er es meinte.

"Das weiß ich, Rick." lächelte Scarlet eine Nuance trauriger als zuvor. Hatte er wirklich eine andere Ant-wort erwartet? Er nahm einen tiefen Zug.

"Warum bist du hier, Scarlet?" Seine braunen Augen suchten ihre Grünen und er erkannte die Lüge in ihnen, noch bevor sie ausgesprochen war.

"Darf ich nicht einen alten, lieben Freund besuchen kommen?"

Feiner Zigarettenrauch waberte aus seinem Mund, als er laut seufzte.

"Keine Spielchen, Honey." sagte er kopfschüttelnd "Du hast mich nie besucht, nicht mal angerufen seit New Orl..."

Harsch fuhr sie ihm ins Wort, das Gesicht verzogen zu einer Grimasse das Abscheus "Sprich nicht davon!"

Doch sobald die harten Worte verklungen waren, war ihr Lächeln wieder auf den roten Lippen, jetzt unecht und gespielt.

"Ich brauche deine Hilfe, Rick." flüsterte Scarlet leise und senkte den Kopf, während sie die Decke enger um sich schloss.

Malone hatte diese Frau so noch nie gesehen, so zusammengesunken und ängstlich, und sie hatte ihn noch nie um seine Hilfe gebeten, nicht mal in der Stadt, deren Namen er nicht mehr nennen durfte. Jedweder Argwohn in seinem Inneren war wirklicher Sorge um Scarlet gewichen, und er ließ sie reden, denn seine Worte waren hier nicht von Nöten.

"Er muss nach New York." begann sie, die Stimme noch immer dünn. "Er muss nach New York ... der Koffer."

Es war, als würde Glas zerbrechen. Dieser Moment, wenn man sieht, wie es splittert, wenn man es hört und weiß: Es ist zu spät, es wird niemals wieder ganz sein.

So war es, als Scarlet den Koffer erwähnte. Rick hörte das Zittern in ihrer Stimme und sah den flüchtigen Blick, den sie dem Gegenstand zuwarf. Er war so auffällig unauffällig, dass auch Rick aus den Augenwinkeln zu dem Koffer spähte.

Für einen Augenblick war es, als wäre das Leder staubtrocken und der Koffer würde aus sich selbst heraus leuchten, während alles Licht des Büros um ihn herum erstarb. Ein Ruck ging durch den Koffer und ein tonloser Schrei, der Rick auffahren ließ.

Nicht begreifend, ob er einfach übermüdet war oder was sonst hier vorging, versuchte er, sich auf den Koffer zu konzentrieren, doch in diesem Moment durchschnitt ein ohrenbetäubendes Bellen die verregnete Nachtluft vor dem Fenster.

Scarlet zuckte auf der Couch zusammen und Rick wirbelte herum zum Fenster, um hinaus zu sehen. Es war nicht ganz einfach, denn die Fenster spiegelten stark, doch versuchte er sich auf die andere Straßenseite zu konzentrieren, dort, wo das Bellen hergekommen war. Er glaubte, noch vage ein immer leiser werdendes Knurren zu vernehmen.

Es schüttete nach wie vor in Strömen. Wie ein reißender Fluss bahnte sich das Regenwasser seinen Weg über die leicht abschüssige Straße und drohte, alles mit sich zu schwemmen.

Es war seltsam still und dunkel auf den Straßen von Washington D.C. Niemand war in diesem Regen zu sehen und nicht einmal die großen Tropfen schienen beim Aufkommen auf dem Asphalt ein Geräusch zu verursachen.

Ricks Blick wurde geradezu magisch von der Straßenlaterne genau gegenüber seines Büros angezogen, die nicht so matt und dreckig leuchtete wie in all den Nächten zuvor, sondern hell und unangenehm brennend erstrahlte, als würde er auf eine implodierende Sonne blicken.

Doch nichts war dort zu sehen als dieses helle Licht. Kein Hund, kein Streuner, und auch kein Mensch, der dieses schreckliche Geräusch, dass sie gehört hatten, hätte verursachen können.

Er musste kurz zur Seite blicken, auf den Regen, der seinen Augen nicht so weh tat, wie dieses Licht, und als er zurückblickte, starrte der Hund ihn an.

Dieser riesige Hund, grau und wild, der mitten im Licht der Laterne stand, blickte über die Straße, nein, er starrte hinauf zum Fenster des Büros, und Rick konnte spüren, wie sich die Augen des Hundes in seinen Kopf, in seine Seele bohrten.

Jegliche Geräusche waren erstorben, als das Ding auf der anderen Seite zu knurren begann. Das Knurren war so fern, so tief und unhörbar, dass Rick instinktiv seine Hände hob, um sich die Ohren abzuschirmen. Beinahe hätte er seine Haare mit der brennenden Zigarette versengt.

Das Licht der Laterne wurde immer intensiver, und schon bald konnte Rick nichts anderes mehr sehen, als den Schein und das Ding davor, während das Büro um ihn herum sich immer weiter zu verdunkeln schien, ihn zu verschlingen drohte. Er konnte den Blick nicht abwenden, den Mund nicht öffnen und sich nicht rühren.

Alles in ihm wollte vor diesem Hund flüchten, diesem Hund mit dem grauen Anzug, der aussah, als wäre er aus Fell gefertigt und so trocken war, als hätte es seit Wochen nicht geregnet.

Dieser Hund, dessen graue Augen ihn unter dem Hut, der Melone, unentwegt anstarrten.

Dieser knurrende Hund, der kein Mann war; dieser Mann im grauen Anzug, der kein Hund war.

Das Ding auf der anderen Straßenseite öffnete den Mund zu einem Lächeln, aus dem das unhörbare Knurren drang, das Lächeln wurde breiter und breiter und immer breiter, so grotesk breit und unmenschlich, das Rick es keine Sekunde mehr aushalten konnte, es anstarren zu müssen.

In dem Moment, als Rick glaubte, er müsse sich die Augen auskratzen um diesem Anblick zu entgehen, zersprang die Glühbirne der Laterne, und zurück blieben die verregneten Straßen von Washington D.C. und das Geräusch des Unwetters.

Nichts und niemand stand auf der anderen Straßenseite. Kein Knurren oder Bellen war zu hören. Die anderen Straßenlaternen brannten wie eh und je, das Büro, in dem sich Malone aufhielt, war hell und warm.

Er selbst atmete schwer, die Augen weit aufgerissen und noch immer nach draußen gerichtet. So erkannte er sich selbst in der leichten Spiegelung der Fensterscheiben. Derart bleich und verstört hatte er sich noch nie gesehen, nicht in New Orleans und nicht im großen Krieg.

Alles in ihm schrie danach, zu fliehen wie der Fuchs vor dem Jagdhund, weg von hier und sich nicht um diese Angelegenheiten zu kümmern. Den Fall, der mit diesem Koffer zu tun hatte, durfte er nicht annehmen, er musste Scarlet eine Abfuhr erteilen. Niemals würde er diesen Fall annehmen.

Er erschrak, als die Frau mit den roten Locken ihn von hinten umarmte, fest die schmalen Arme um ihn schloss. Er erschrak so stark, dass er die Zigarette fallen ließ und leicht zu zittern begann. Rick spürte, wie der Koffer hinter ihnen sie beide anstarrte, als Scarlet sich an ihn klammerte.

Leise, kaum hörbar flüsterte ihre Stimme "Bitte, Rick, hilf mir."

Und für Rick Malone war in diesem Moment klar, klarer als alles, was jemals in seinem Leben klar gewesen war: Er würde diesen Fall übernehmen.

Die Hülle

Rick Malone erwachte am nächsten Morgen mit dröhnenden Kopfschmerzen in seinem Bett. Mit einem Lächeln drehte er sich zur Seite, doch auf der anderen Betthälfte spielten nur die Sonnenstrahlen, die durch die Jalousien brachen. Ansonsten war das Bett leer. Dabei wusste er genau, dass es nicht leer sein sollte; und sein Lächeln erstarb.

In seine Routine zurückfallend, nahm er einen Schluck Whiskey aus dem Glas, das neben dem Bett stand, so wie jeden Morgen, und dachte an letzte Nacht.

Der Rest der vergangenen Nacht war wie ein Traum an ihm vorbei geeilt. Rick wollte nicht über das sprechen, was er geglaubt hatte zu sehen. Er war einfach nur übermüdet von seinem letzten Fall, oder aber das chinesische Essen von Mr. Wong, die Straße runter, bekam ihm nicht.

Auch Scarlet war die restliche Nacht kurz ange-
bunden gewesen und sie redeten so nüchtern wie möglich über den Fall, wobei sie den Koffer mit keinem
Wort erwähnten. Rick konnte spüren, dass dies klug
war, es graute ihm, über den Koffer nachzudenken, geschweige denn, über ihn zu reden.

Etwas Positives hatte der ganze Schrecken nach sich
gezogen:

Scarlet und Rick begaben sich augenblicklich in sein
spartanisches Apartment im Stock über dem Büro. Obwohl es schwerlich als Apartment bezeichnet werden
konnte: es war ein kleines Zimmer mit Schrank und
dem durchgelegenen Bett und viel zu viel herumlie-
gender Kleidung und leeren oder halbvollen Whis-
keyflaschen.

Scarlet war die Erste, die sich ein Glas mit Whiskey
nahm und unter die Bettdecke kroch, Rick brauchte
selbstverständlich nicht lange, um ihr zu folgen.

Sie konnten ihre Sorgen für eine kurze, aber schöne
Weile vergessen. Doch als Scarlet später erschöpft,
aber glücklich in Ricks Armen lag, wandte sich ihr
Blick wieder zum braunen Koffer, der verborgen unter
der blauen Decke lauerte, und sie kehrte zurück zu ihrer Bitte an den Privatdetektiv.

Jetzt, am nächsten Morgen, als er ihre Wärme im
Bett neben sich vermisste und sich an diese Szene der
letzten Nacht zurückerinnerte, hörte er noch immer
den Klang ihrer Stimme in seinen Ohren.

Sie hatte ihm nicht sagen wollen, woher der Koffer
kam, aber sie bestand vehement darauf, dass er nach
New York müsste. Scarlet sollte den Koffer einer Per-

son, die sich Hiram nannte, in der Minetta Tavern in New York City übergeben. Sie besaß bereits zwei Zugtickets, die sie und Rick zum Big Apple bringen sollten.

Weitere Nachfragen zum ominösen Auftraggeber oder dem mysteriösen Mr. Hiram blieben ohne Erfolg. Scarlet wollte oder konnte nichts sagen. Stattdessen wurde sie mit jeder Nachfrage immer ängstlicher und verschlossener.

"Du kommst doch mit mir, Rick?" hatte sie ihn fast angefleht. Die roten Fingernägel bohrten sich unangenehm in seinen Arm, in dem sie lag.

"Ich werde verfolgt. Da ist dieser Typ mit dem grauen Anzug." Malone hatte verständnisvoll genickt, ihr über die roten Locken gestrichen und dachte an den Hund in Anzug und Melone, beides grau und unheilvoll.

"Dann sag mir nur eins, Honey." hatte Rick geantwortet. "Was ist in dem Koffer?"

Der Privatdetektiv hatte bereits bemerkt, dass sein Gast diese Frage sehr gekonnt umschifft hatte.

Scarlet vergrub ihren Kopf an seiner Brust, er konnte ihren Atem warm und sacht spüren.

"Das willst du nicht wissen." war ihre Antwort, während sie sich aufrichtete und ihm einen Kuss auf die Lippen hauchte, als hätten sie sich noch niemals vorher geküsst.

Rick hatte sich vorgenommen, erst am nächsten Morgen nachzufragen, doch nun war es Morgen und Scarlet war verschwunden.

Er fluchte ein paar Worte auf Italienisch, das Einzige, was er von seinem Nichtsnutz von Vater gelernt hatte und das Einzige, was er aus dieser Sprache seiner Vorfahren kannte.

Er leerte sein Whiskeyglas und entdeckte dabei aus dem Augenwinkel, dass etwas auf dem Kopfkissen lag, auf dem sich noch letzte Nacht die roten Locken von Scarlet wie ein roter Vorhang ergossen hatten. Es war ein zusammengefalteter Zettel.

Eine ganze Weile betrachtete Rick die feine Handschrift, ohne sie zu lesen, doch konnte er dies nicht ewig vor sich herschieben.

"Ich bin wieder weggelaufen. Tut mir leid Rick. N. O. lässt grüßen, was? Es tut mir leid, dass ich dich da mit reingezogen habe, aber ich hätte nicht gewusst, an wen ich mich sonst hätte wenden können. Der Koffer liegt noch immer unter der Decke. Versuch ihn nicht zu öffnen, bitte versprich es mir, Rick!

Bring ihn einfach zur Minetta. Mr. Hiram wird dich gut bezahlen, erwähne mich am besten gar nicht. Das Zugticket findest du in der Außentasche des Koffers.

Es war schön, dich zu sehen, Rick.

P.S.: Sag Hiram, du hast die Akazie gefunden, er wird es verstehen."

Der Zettel war unterzeichnet mit einem roten Kussmund. Es war das Rot ihrer Lippen.

Rick lächelte in sich hinein. Er war schrecklich sauer auf diese Frau... er hätte sie verfluchen sollen. Es graute ihm vor dem, was vor ihm lag, doch er lächelte, denn bis gestern hatte er geglaubt, sie nie mehr wieder zu sehen.

Sie hatte letzte Nacht von zwei Zugtickets gesprochen. Natürlich konnte dies eine Lüge gewesen sein, doch in seinem Hinterkopf sprach die leise Stimme der Hoffnung: Sie hatte ihm ein Ticket gelassen und das andere selbst behalten. Vielleicht würde er sie früher wiedersehen, als er zu hoffen wagte.

Er schüttelte diese falsche, verlogene Hoffnung ab und streifte sich stattdessen Hemd und Anzug über. Dabei blickte er zwischen den Jalousien aus dem Fenster, mit der Befürchtung, den Hund auf der anderen Straßenseite zu sehen.

Doch Rick sah nichts als den normalen Alltag von Washington D.C. vor seiner Türe. Es regnete noch immer, doch hatte die Intensität des Regens spürbar nachgelassen und war weit entfernt von dem Weltuntergangsszenario der letzten Nacht. Einige Passanten waren mit Regenmänteln und Schirmen unterwegs.

Er hielt die Augen offen, nach etwas Rotem, vielleicht einem roten Kleid, doch waren es nur die Sonnenstrahlen der untergehenden Sonne, die hin und wieder durch die dichten Wolken drangen.

Er hatte offensichtlich den Tag verschlafen, was allerdings nicht ungewöhnlich für ihn war. Rick Malone war schon immer ein Nachtschwärmer gewesen, sah man im Licht des Tages doch zu viel von dem Unrat, den die Menschen mit Lächeln und Schminke zu verbergen suchten. Die Nacht war ehrlicher, unversöhnlicher, aber auch weniger verletzend.

Als er sich die erste Zigarette des fortgeschrittenen Tages ansteckte, nahm er allen Mut zusammen, um sich dem Ding unter der blauen Decke zu stellen.

Rick Malone hatte schon immer Angst vor Ratten gehabt; schreckliche, dreckige Biester. Er hatte oft darüber nachgedacht, woher dies kam. Wahrscheinlich daher, dass er als kleiner Junge im Keller seiner Großmutter gespielt hatte und auf dieses Biest gestoßen war, dass er nie wirklich vergessen hatte. So eine riesige Ratte hatte er niemals wieder gesehen. In seiner Erinnerung war sie groß wie ein Wolf gewesen.

Jedenfalls verspürte er immer einen Knoten im Hals und eine unbeschreibliche Anspannung, wenn er auf den nächtlichen Straßen eine Ratte vorbei huschen sah. Und genau dieses Gefühl, dieses unbeschreiblich nervenzerfetzende Gefühl hatte er nun, während er die Decke zur Seite warf.

Darunter erschien der Koffer. Das braune Leder war nun vollständig getrocknet und er sah alt, sehr alt aus. Der Koffer erweckte den Eindruck, als hätte er den Aufstieg der Menschheit und ihren Verfall bezeugt, als wäre er dutzende Male um die Welt gereist und hätte Stürme überlebt, die tausendmal schlimmer waren als der Sturm der letzten Nacht.

Er war recht klein und kompakt und hatte nichts Ungewöhnliches an sich, was man mit dem bloßen Auge hätte erkennen können, doch schien es Rick Malone, als würde er auf ein Relikt blicken, wertvoller als jeder Schatz, den Napoleon von seiner ägyptischen Expedition mitgebracht haben mochte.

Das Einzige, was dem Privatdetektiv direkt ins Auge

sprang, war das große Zahlenschloss, dass den Koffer gegen die Welt und seine eigene Neugier versperrte.

Er kannte Schlösser wie dieses. Es war nicht einfach zu knacken und bot unüberschaubare Möglichkeiten an Zahlenkombinationen, die man auch in Äonen nicht durch Zufall oder bloßes Probieren herausfinden könnte.

Es war auch so raffiniert angebracht, dass jeder Versuch, es mit Gewalt zu lösen, damit geendet hätte den Koffer sichtbar und für alle Zeit zu beschädigen. Dies lag sicherlich nicht im Interesse von Scarlet oder dem gesichtslosen Mr. Hiram im fernen New York. Es wäre das Klügste gewesen, das Schloss einfach so zu lassen wie es war, und Rick Malone hielt sich für ausgesprochen klug. Er war es jedoch nicht.

Wider besseren Wissens machte er sich daher daran, ein paar Zahlenkombinationen nach gut Glück auszuprobieren. Schon als er die Hand nach dem Koffer ausstreckte, fühlte er mehr und mehr diese Abscheu, das Ding überhaupt anzufassen.

Das Leder fühlte sich eigentümlich und seltsam an, nicht wie jedes normales Leder, das er bisher berührt hatte. Als seine Fingerspitzen die Oberfläche das erste Mal berührten, war es, als wäre die Welt um Rick herum zerfallen, und nur noch er und der Koffer schwebten in einem Raum aus Nichts.

Der Augenblick verging so schnell wie er gekommen war, doch hatten sich Ricks Nackenhaare aufgestellt und er fürchtete sich davor, sich im Raum umzublicken, so als könne plötzlich ein Ungetüm hinter ihm im Zimmer stehen und ihn von seinem Bett aus beobachten.

Kurz lachte er auf; ein raues Geräusch, dass nur entfernt an ein wirkliches Lachen erinnerte. Er stellte sich an wie ein Schuljunge, der Angst vor seinem eigenen Schatten hatte.

Er begann daher, an dem Schloss zu werkeln, eine Zahl nach der anderen eingebend, doch das Gefühl, etwas würde ihn direkt auf den Hinterkopf starren, blieb. Er drehte sich dennoch nicht um und probierte die erste Kombination. Sie funktionierte natürlich nicht, und dass Schloss gab nur einen krächzenden Ton von sich, der Rick erschauern ließ. Es hörte sich fast so an wie eine vor Panik schreiende Katze.

"Das Schloss muss alt und verrostet sein." versuchte er sich laut zu beruhigen und das Geräusch und die danach aufkommende Stille im Raum zu verscheuchen.

"Höchstwahrscheinlich." wurde ihm zugestimmt.

Rick fuhr ruckartig herum. Er zerrte dabei unangenehm stark am Schloss, doch es saß so fest, dass er glaubte, nichts könnte es mit Gewalt lösen.

Er hatte ganz deutlich die Antwort hinter sich gehört, auch wenn er schon jetzt, einen Augenblick später, nicht mehr mit Gewissheit sagen konnte, ob es eine Männer- oder Frauenstimme gewesen war, hoch oder tief, jung oder alt. Selbst an den Wortlaut konnte er sich nur noch schemenhaft erinnern, aber er wusste noch, dass es vom Bett hinter ihm gekommen war.

Doch da war nichts. Kein Monster saß auf dem Bett, kein Mensch, kein Hund, nichts. Das Bett war frisch und gut gemacht und sah aus wie neu. Er hatte es seit der ersten Nacht, in der er in ihm geschlafen hatte niemals gemacht, und Tag um Tag lagen die Laken einfach so darauf.

Er schreckte hoch, starrte auf das Bett, dann zum Fenster in dem er nichts erkannte, und dann zum Koffer, der drohend am Boden stand.

Rick packte schnell ein paar Dinge zusammen, holte sich seinen Trenchcoat, die Fedora und alles, was er dringend benötigte. Das bedeutete vor allem Zigaretten und seinen Flachmann. Aus der kleinen Holzkiste im Schrank holte er seinen Revolver und vergewisserte sich, das er auch geladen war.

Dann kehrte er zum Koffer zurück, und beide starrten sich gegenseitig an, wie zwei wilde Tiere. Doch wer war der Jäger und wer die Beute? Rick vermochte dies nicht zu sagen.

Er entschied, dass er entweder gestern zu viel oder heute noch viel zu wenig getrunken hatte, um Angst vor einem einfachen Lederkoffer zu haben.

Er suchte in der von Scarlet erwähnten Außentasche das Zugticket und fand es ohne Probleme. Der Nachtexpress nach New York. Heute Nacht. Sie kannte ihn zu gut, als das sie einen früheren Zug gebucht hätte.

Er steckte das Ticket in seine Westentasche, schluckte hörbar, und ergriff den Koffer. Das verdammte Ding war ungewöhnlich schwer, und Rick, obwohl ein großer und durchaus muskulöser Mann in seinen besten Jahren, brauchte einiges an Anstrengung, um ihn vom Boden zu hieven.

Dann jedoch lag er zwar noch immer schwer, aber gut in der Hand; zu seinem Erschrecken so gut, als wäre der Koffer nun ein Teil seines Körpers. Diese Erkenntnis brannte sich in Ricks Gedanken, während gleichzeitig wieder das Gefühl in ihm aufstieg, vom Bett aus beobachtet zu werden.

Ohne sich noch einmal umzudrehen verließ der Detektiv sein Apartment. Ein wohlwollender Blick folgte ihm dabei.

Die Angelegenheit

Die Sonne war bereits wieder hinter den Häuserschluchten versunken, als Rick schnellen Schrittes durch den Regen lief. Die Tropfen waren noch immer so groß und so zahlreich, dass sie dem Detektiv unangenehm ins Gesicht peitschten. Die Geräusche der Nacht, die ihm alles andere als fremd waren, drangen an seine Ohren und gaben ihm so etwas wie Normalität, obwohl dieser Augenblick so anormal war, wie er nur sein konnte.

Rick atmete schwer. Diesen schnellen Gang bis zum Bahnhof aufrecht zu erhalten würde nicht einfach werden, denn der lederne Koffer in seiner rechten Hand fühlte sich so schwer an, als wäre er voller Backsteine und würde ihn auf den Grund eines Sees ziehen. Es wirkte, als wehrte sich der Koffer mit aller Gewalt dagegen, in Richtung des Bahnhofes zu gelangen. Bei jedem Schritt schien er sich mehr und mehr zu sträuben.

Malone hatte überlegt, ein Taxi zu nehmen, doch Scarlet meinte, sie würde verfolgt, und auch Rick selbst hatte dieses Gefühl, niemandem trauen zu können. Wie konnte er da einfach in ein Taxi steigen?

Nein, es waren zwar noch einige Blocks bis zum Bahnhof, aber er hatte noch genug Zeit bis der Zug abfuhr. Wenn er sich ran hielt, würde er mit niemandem reden müssen.

"Verzeihen Sie, junger Mann."

Niemand nannte ihn einen jungen Mann, selbst die alten Knacker nicht, schließlich war Rick Malone schon fast vierzig und sah wesentlich älter aus, Zigaretten und dem Alkohol sei Dank.

"Schön, dass sie sich die Zeit nehmen, mit mir zu plaudern."

Die Stimme des Mannes hatte einen so perfekten englischen Akzent, dass sie unmöglich echt sein konnte.

Rick blinzelte einmal, dann ein weiteres Mal. Er war doch gerade auf dem Weg zum Bahnhof gewesen, ja, er war wie ein Verrückter durch die dunklen Straßen der Nacht gerannt, nur erleuchtet von den Straßenlaternen und den Lichtern aus den umliegenden Häusern. Doch nun stand er still und regungslos in einer Gasse abseits der Hauptstraße, auf der er gelaufen war.

Der Koffer fühlte sich unbeschreiblich schwer in seiner rechten Hand an, doch er hielt ihn hoch, ein paar Fingerbreit über den Boden, denn er spürte irgendwie, dass er ihn nicht absetzen durfte.

Vielleicht eine Armeslänge von Rick entfernt stand ein Gentleman im schwarzen Frack, schrecklich altmodisch, wie aus dem letzten Jahrhundert, mit einem Gehstock in den faltigen Händen, dessen Knauf ein

Wolfskopf zierte. Diese Aufmachung war irgendwie surreal und wurde unterstrichen durch den Zylinder auf dem Kopf des Alten, an dessen Rändern man dünnes, weißes Haar hervorblitzen sah. Das Lächeln des Mannes vor ihm war so milde, das es schon beinahe grausig boshafte Züge angenommen hatte.

Malone sah dem alten Mann direkt ins Gesicht, doch er erkannte keinerlei Gesichtsmerkmale. Er konnte nicht sagen, welche Augenfarbe der Mann hatte, ob er eine große Hakennase oder eine kleine Stupsnase sein Eigen nannte. Nur das milde Lächeln, das erkannte er. Und er hörte die Stimme.

"Ich möchte Sie auch gar nicht lange aufhalten, junger Mann." Rick versuchte seinerseits den Mund zu öffnen. Das gelang ihm auch, denn er spürte den Wind und die Regentropfen auf den Lippen, doch er brachte keinen Ton heraus. Der alte Mann schien sich dessen bewusst zu sein, denn er sprach ungerührt weiter.

"Sie tragen eine gefährliche Last mit sich, Mr. Malone."

Rick wollte seinen Revolver ziehen, doch er konnte sich nicht rühren. War dies der Mann, der Scarlet verfolgte? Warum sprach er mit ihm und woher kannte er seinen Namen?

"Ich möchte Ihnen nur eine wichtige Sache mit auf den Weg geben, damit sie die Akazie finden können." Die Akazie... schon wieder! Auch Scarlet hatte sie erwähnt, und war dies nicht ein Code? Der Code, den er Mr. Hiram geben sollte? War dieser alte Mann vielleicht Hiram? Doch warum war er hier und nicht in New York?

"Merken Sie sich:" fuhr der Alte fort. "An der nördlichen Mauer hat der Tempel weder Fenster noch Türen."

Rick verstand kein Wort. Was war dies für ein Gewäsch von Fenstern und Türen? Er wollte sich nur bewegen, dem Alten einen Faustschlag in die Nieren verpassen und so schnell wie möglich zum Bahnhof rennen, so schnell ihn seine Beine tragen würden.

In der Ferne hörte er Kirchenglocken. Er hatte keine Zeit mehr, er würde den Zug verpassen.

"Sie haben keine Zeit mehr." bestätigte der Fremde.

Er hielt Rick eine weiße Visitenkarte entgegen, und als wäre er selbst eine Puppe an Marionettenfäden nahm Malone die Karte auf und senkte den Kopf um zu lesen.

"Oscar Zoroaster" Sonst stand nichts auf der Karte. Rick kannte diesen Namen irgendwoher, doch konnte er beim besten Willen in diesem Moment nicht sagen, woher.

"Sie haben keine Zeit mehr." wiederholte der Alte und die Nacht wurde von einem lauten Bellen und markerschütternden Knurren durchbrochen. Rick kannte dieses Knurren. Er hatte es letzte Nacht gehört.

Wie von Sinnen hob er den Kopf und rannte durch die Gasse zurück auf die Hauptstraße und in Richtung Bahnhof.

Dabei hatte er gar nicht bemerkt, dass niemand mehr in der Gasse gestanden hatte, als er den Blick gehoben hatte. Ganz so, als hätte das Gespräch niemals stattgefunden. Aber die Visitenkarte in seiner Hand schnitt

unangenehm in seine Haut, so fest hielt er sie umschlossen.

Das Gehäuse

Der Hund heulte.

Es dröhnte in Ricks Kopf und kein anderes Geräusch als dieses Heulen drang zu ihm durch. Es kam
näher und näher durch die Häuserschluchten. Von
links, von rechts, von oben, von unten, und immer
dichter und dichter hinter ihm.

Malone kannte diese Straßen auswendig, so oft war
er sie gegangen, doch schienen sie ihm nun immer
schmaler und schmaler zu werden. Die große Hauptstraße, die wie von Geisterhand leergefegt war, erschi-
en ihm nur noch so breit wie eine kleine Gasse, durch
die er sich quetschen musste.

Die Häuserzeilen zur Linken und zur Rechten erhoben sich drohend und zitadellenhaft bis in den wolkenverhangenen, düsteren Himmel.

Der Regen strömte nun wieder so heftig wie in der
Nacht zuvor, und schien mit jedem Schritt, den sich
seinem Ziel näherte, stärker und stärker zu werden.

Mit dem schweren Koffer in der rechten Hand und
der weißen Visitenkarte in der Linken, kämpfte der
Detektiv gegen den harschen Wind an, der ihn weiter
zurückzudrängen versuchte.

Doch Rick musste weiter vorankommen. Der Zug!
Der Nachtzug nach New York... er würde jeden Moment abfahren. Er durfte ihn nicht verpassen, er durfte

Scarlet nicht enttäuschen. Nein, er durfte dem Hund nicht in die Fänge geraten.

Er blickte zurück. Die Hauptstraße, die ihm nun wie eine schmale Gasse vorkam, war leer. Weit hinter ihm sah er Nebel aufziehen; einen Nebel, der in einem solchen Regen nicht existieren dürfte. Ein Schemen schien sich in diesem unnatürlichen Nebel zu bewegen. Ein Schatten, der beständig größer und größer wurde.

Rick wandte sich wieder um, spornte sich weiter an. "Porca miseria!" fluchte er laut und seine Gedanken überschlugen sich genauso wie seine Beine.

Da kam endlich der Bahnhof in Sicht. Wie der Lichtstrahl am Ende des Tunnels baute sich das alte marmorne Gebäude in der Ferne auf, so schön und majestätisch, wie Rick es noch nie wahrgenommen hatte.

Er verlangsamte seinen Schritt nicht, sah aber nochmals hinter sich. Etwas war aus dem Nebel hervorgekommen: ein riesiger grauer Hund, zerzaust und mit gefletschten Zähnen; ein räudiger Köter und Streuner, mit mörderischem Blick und einem durchdringenden Heulen, Bellen und Knurren.

Rick hätte sich die Ohren zugehalten, wenn er nur eine Hand frei gehabt hätte, doch konnte er nicht anders als zu laufen, laufen, laufen.

Immer näher und näher heran an den Bahnhof, der immer größer und größer vor ihm aufragte. Wieder warf er einen Blick über die Schulter zu der Bestie, die ihn verfolgte.

Der Hund hechtete ihm auf seinen grausigen Pfoten so schnell entgegen, dass Malone sich entsetzt wieder abwandte und nochmals an Tempo zulegte.

Ein Blick nach vorne: Das Hauptportal. Da war es! Die Treppe hinauf und hinein. Im Bahnhofsgebäude würde er sicher sein vor so einer Bestie.

Er wandte sich um. Der Hund hatte sich verändert, und stolzierte nun mit grauem Anzug und Melone hinter ihm, auf dem Gesicht die Grimasse und schlechte Imitation eines menschlichen Grinsens, dass so breit und grotesk war, dass es ihn mit einem gewaltigen Biss würde verschlingen können.

Rick wandte sich wieder nach vorn. Die Tür! Er musste sie öffnen. Er ließ die mittlerweile blutverschmierte Visitenkarte fallen. Dass Weiß der Karte hatte sich mit seinem roten Blut vermischt, so tief hatte ihm die Karte ins Fleisch geschnitten. Seine nun freie Hand schloss sich um die Türklinke, er drückte sie hinab, doch nichts geschah. Sie klemmte oder war verschlossen, oder ein unnatürlicher Zauber hielt ihn davon ab, hinein zu gelangen.

Der Hund kam mit den gemächlichen Schritten eines Gentleman auf ihn zu. Es lag keine Dringlichkeit in seinem Schritt, das Knurren dröhnte aus seinem, zum Grinsen verzogenen, geschlossenen Mund und der Nebel folgte ihm wie ein unheiliger Hofstaat.

Rick rüttelte am Hauptportal des Bahnhofes, das normalerweise immer sperrangelweit offen stand, zu jeder Tageszeit, an jedem Tag des Jahres, sogar am verdammten Heiligabend. Nur heute nicht!

"Lasst mich rein! Der Hund, er kommt mich holen!" Doch niemand antwortete. Schlimmer noch, es schien überhaupt niemand da zu sein. Der Bahnhof wirkte durch die großen Milchglasfenster des Portals genauso leer und totenstill wie ganz Washington D.C.

Der Hund war nun schon fast an der Treppe zum Eingangsportal angekommen, sein gewaltiger Rachen öffnete sich grinsend und spöttisch, und Rick konnte vier Reihen von spitzen Zähnen sehen, die weder menschlich noch tierisch erschienen.

Eine Stimme, die keine Stimme, sondern ein Kratzen auf einer Schiefertafel war, sprach seinen Namen langgezogen und atonal: "Malone."

Rick trat einen Schritt zurück.

"Malone."

Der Hund hatte die erste von acht Stufen erreicht, der Ruf seines Namens erschallte in Ricks Kopf und Seele lauter als tatsächlich in der Nacht.

Der Detektiv nahm allen Mut und alle Kraft zusammen, hob das rechte Bein und donnerte gegen das Portal. Es gab ein unschönes, knackendes Geräusch, das Portal gab etwas nach, öffnete sich aber nicht. Rick wusste nicht, ob das Knacken von seinem Bein oder von der Tür kam, denn er hörte und spürte sonst nichts, als den kalten Hauch hinter sich.

"Malone." Der Hund hatte die zweite von acht Stufen erreicht.

Rick zog seinen Revolver aus seinem Trenchcoat. Seine Hand zitterte so stark wie noch nie zuvor in seinem Leben. Eine solche Angst hatte er weder in New Orleans verspürt, noch auf den europäischen Schlachtfeldern des großen Krieges.

"Malone." Der Hund, der kein Mensch war, hatte die dritte von acht Stufen erreicht.

Rick versuchte, auf das Schloss des Portals zu zielen. Der Koffer in seiner rechten Hand war so schwer, und alles in ihm schrie danach, ihn abzustellen, doch er zwang sich, ihn bei sich zu behalten. Es war das Richtige; das was er Scarlet versprochen hatte.

"Malone." Der Mensch, der kein Hund war, hatte die vierte von acht Stufen erreicht.

Ricks Augen verschwammen, und er konnte das Türschloss nur undeutlich erkennen. Schließlich drückte er ab, doch der Revolver klemmte. Etwas stimmte nicht mit der Munition. Tränen schossen dem Privatdetektiv in die Augen, als er versuchte, den Revolver wieder funktionsfähig zu kriegen.

"Malone." Das Ding auf der Treppe hatte die fünfte von acht Stufen erreicht.

Rick drückte nochmals ab, diesmal löste sich der Schuss und schlug krachend in das Holz der Türe ein, die in alle Richtungen splitterte. Noch immer hörte man von Drinnen kein Geräusch und keine Menschenseele Nur das schmatzende Geräusch, als ein Holzsplitter eine blutige Wunde an Ricks rechter Wange riss war zu vernehmen.

"Malone." Das Ding hatte die sechste von acht Stufen erreicht.

Rick erkannte mit Schrecken, dass die Tür nun zwar an einigen Stellen gesplittert war, sich jedoch noch immer nicht öffnen ließ, da sie sich unmöglich verkeilt hatte. Eigentlich hätte der Schuss aus nächster Nähe das Portal zerfetzen müssen, doch wie ein unüberwindbares Gebirge stand es noch vor ihm.

"Malone." Es hatte die siebte von acht Stufen erreicht.

Rick ließ die Schultern hängen, aller Lebensmut war aus ihm gewichen, er wandte sich um.

Die Treppe herauf kam *es*, abscheulich, unbeschreiblich. Nichts in seinem Leben, keine Schrecken, die er je gesehen hatte, hätten ihn auf das vorbereiten können.

"Malone." Die achte Stufe war erreicht, der groteske Rachen war aufgerissen wie ein Malstrom des Grauens und der Verzweiflung.

Rick konnte nicht anders als in den Abgrund hinab zu starren, und dort, zwischen all diesen Abscheulichkeiten, glaubte er, Scarlets Kopf zu sehen, ihre Augen weit aufgerissen, mit blutigen Tränen, die ihre lieblichen Wangen hinab strömten und zu ihren roten Lippen wurden.

Etwas zerbrach in Rick Malone, sein Gesicht verzerrte sich vor Wut und Schmerz, und er hievte den Koffer, der schwerer als die Last eines ganzen Lebens auf seinen Schultern lastete, hinauf und brachte ihn wie einen Schild zwischen sich und den Hund.

Ein Heulen durchzog die Nacht, ein Heulen, so voller Wehmut und Bitterkeit, dass Rick beinahe Mitleid verspürte. Als das Heulen verklang, ertönte das Geräusch von splitterndem Holz und die Tür hinter Rick brach in sich zusammen.

Malone dachte nicht nach, er sah nicht auf das, was jenseits des Koffers oder jenseits der Türe auf ihn wartete. Er sprintete durch die zerbrochene Pforte, durch die marmornen Gänge des Bahnhofes. Er konnte nicht sagen, ob es auch nur einen Menschen in diesen hohen Hallen gab, doch so kam er zum Bahnsteig.

Der Nachtzug nach New York, dieses stählerne Monster fuhr gerade gemächlich aus dem Gleisbett heraus, doch beschleunigte er zusehends.

Rick spornte sich noch einmal an, drückte die Beine durch und sprang vom Gleis auf den Zug auf. Mit seiner freien Hand konnte er sich gerade noch am Geländer festhalten, während er den Koffer hinauf hievte.

Mit letzter Kraft zog sich der Detektiv an Bord des Zuges, während dieser unter Dampf und metallischem Stöhnen aus dem Bahnhof in die dunkle Nacht hinaus donnerte.

Rick atmete auf. Er war vollkommen durch den Wind, balancierte am Rande des Wahnsinns, doch eines schwor er sich, bei Scarlet und ihren roten Lippen: Er würde diese „Akazie" finden.

Vom Bahnsteig aus starrte der grinsende Hund dem Zug hinterher, doch nach einem Augenaufschlag war der Bahnsteig leer und still.

Für einen Augenblick glaubte Rick, dass der Koffer in seinen Händen knurrte und seinen Namen flüsterte, dann verlor er das Bewusstsein und glitt an Bord des Zuges in das Dunkel einer sternenlosen Nacht.

Die Einsatzschicht

Die *Blazing Star* war eine beeindruckende Maschine. Tonnen von Stahl, die wie eine Naturgewalt durch die Landschaft schossen, und dabei Qualm und Rauch ausstießen wie ein Drache aus den alten Sagen.

Die Züge hatten das Gesicht der Vereinigten Staaten verändert: Endlich waren West und Ost vereint und noch konnte niemand glauben, dass diese mächtigen Maschinen irgendwann durch etwas anderes ersetzt werden konnten. Das Schienennetz war einfach zu gut ausgebaut und bildete die Lebensader des Landes.

Eine der meistbefahrenen Strecken war ohne Zweifel der North East Corridor, auf dessen Streckennetz die *Blazing Star* seit Jahrzehnten zwischen Washington D.C. und New York City pendelte und tausende von Fahrgästen an ihr Ziel gebracht hatte. Jeden mit seinem eigenen Ziel und mit seiner eigenen Geschichte, die wie der mächtige Zug immer weiter nur in eine Richtung zeigte: Eine ungewisse Zukunft.

Doch in diesem Nachtzug war alles etwas anders. Wie durch einen seltsamen Zufall oder wie von Zauberhand war der Zug leer, vollkommen leer. Kein einziger Fahrgast war zugegen. Als hätten sie gewusst, dass diese Fahrt die letzte Fahrt der *Blazing Star* sein würde. Nach Jahren des treuen Dienstes sollte der altehrwürdige Zug ausrangiert werden, war er doch auch einer der letzten Dampflokomotiven, die noch im aktiven Dienst waren.

Auf den Straßen fuhren immer mehr Automobile und auf der Schiene hatte sich der Diesel durchgesetzt. Die alte Zeit war vorbei und mit dieser Fahrt würde eine neue Ära anbrechen.

Das war jedenfalls Gils eindeutige Meinung.

Der alte Schaffner liebte diesen Zug, der wie ein Zuhause für ihn war. War er doch Tag ein, Tag aus hier auf Posten. Die Fahrgäste waren seine Familie gewesen, die Abteile sein Wohnzimmer, der Speisewagen seine Küche. Sein ganzes Leben drehte sich um diesen Zug und seinem Dienst darin.

Wehmütig strich er sich über den grauen, kurz getrimmten Bart, rückte seine blaue Uniform und die blaue Schaffnermütze zurecht und schritt weiter die leeren Abteile entlang.

Auch seine Ära würde mit dieser Fahrt enden. Es war Gils letzte Fahrt, dann ging er in den wohlverdienten Ruhestand, oder vielmehr: er *musste* es tun. Außerhalb dieses Zuges gab es nicht viel, dass sein Leben bereichern konnte.

Gedankenverloren strich er über die grün gepolsterten Sitze, die in Reih und Glied zu Vierergruppen standen, dazwischen ein Tisch aus feinem, dunklen Holz, und erinnerte sich an das Lachen und die Geschichten, die er hier miterleben durfte.

Er hielt auf die Tür vor ihm zu, doch hier würde er nicht zum nächsten Abteil voranschreiten... hier würde der Zug zu Ende sein.

Er mochte die Nachtschicht, hatte sie immer gemocht, wenn er hinaustreten konnte, hinter das letzte Abteil. Er würde sich wie immer auf das Geländer lehnen, eine Zigarette rauchen und die Sterne und Lichter der fernen Städte beobachten, die schnell vorüber zogen.

Die faltige Hand bereits am Türknauf, blickte sich Gil noch einmal um, und es schien ihm, als wären die

Dutzenden leeren Sitzreihen wie Gräber, dicht an dicht auf einem Friedhof.

Er schüttelte leicht den Kopf ob dieses dunklen Gedankens, war dies doch sein geliebtes Zuhause, und schritt durch die Tür.

Nur um in der kalten Nachtluft beinahe über eine Gestalt am Boden zu stolpern, die zusammengekauert am Geländer hockte, eine Fedora tief ins Gesicht gezogen und einen braunen Trenchcoat um sich geschlungen.

„Na toll, mal wieder ein Penner." grummelte Gil mit seiner heiseren Stimme zu sich selbst. Dies kam öfter vor, als man vermuten würde: Arme Habenichtse, die sich im Zug versteckten oder auf andere Weise versuchten, in eine neue Stadt zu kommen. Gil warf sie meistens aus dem Zug, es sei denn, er hatte einen guten Tag oder der Penner doch ein bisschen Kohle. Dann offenbarte Gil seine großzügige Ader und ließ ihn gewähren.

Gerade als er den armen Tropf ansprechen wollte entdeckte er einen altmodisch aussehenden Koffer an der Seite des Mannes. Irgendetwas stimmte mit dem Gepäckstück nicht. Dem Schaffner lief es kalt den Rücken herunter, während er es betrachtete, doch er konnte seinen Blick nicht abwenden.

Ganz im Gegenteil bemerkte Gil, wie er sich hinab beugte und seine Hand sich dem unheilvollen Koffer, der ihn erwartungsvoll anstarrte, entgegenstreckte. Er nahm dies wie in einem Traum wahr, so als würde er neben sich stehen und sich fragen: „Gil, warum tust du das, Junge?"

Und gerade, als seine alten Finger das brüchige Leder fast berührten, schnellte die Hand des Fremden hervor und packte ihn stark und schmerzhaft am Arm.

Die Augen des fremden Mannes starrten ihn an, mit einer Mischung aus Angst und Wut, und eine grollende Stimme drang in Gils Ohren:

„Fassen Sie ihn nicht an, wenn Sie wissen was gut für Sie ist!"

Der Umstand

Er musste das Bewusstsein verloren haben, anders konnte Rick sich nicht erklären, wie der alte Schaffner unbemerkt an ihn herangetreten war.

Die Nacht um sie herum war schon deutlich fortgeschritten, es war viel kühler geworden und in der Ferne rasten die einzelnen Lichtpunkte am Auge vorbei. Die *Blazing Star* war auf ihrem letzten Ritt nach New York City und Malone hatte es offensichtlich geschafft, dem Ding am Bahnhof zu entkommen.

Tatsächlich war er sich gerade nicht so sicher, ob er das alles nicht nur geträumt hatte. Im Grunde war das, woran er sich schemenhaft erinnerte, zu seltsam, um wirklich real gewesen zu sein. Es war wie die verblassende Erinnerung an ein Gefühl in einem längst vergessenen Traum.

Doch dann fielen seine Augen für den Bruchteil einer Sekunde auf den drohenden Koffer, und wie ein stechender Schmerz kam die Furcht und Erinnerung an den Hund, der kein Mann war, zurück.

Doch den wahren Schmerz spürte in diesem Augenblick der arme, alte Gil.

„So lassen sie mich doch los!" schrie dieser schon fast, als Rick reflexartig seinen Arm noch fester packte und ihm seine Fingernägel ins Fleisch trieb.

Der Privatdetektiv atmete durch, blickte von seinem unheiligen Gepäckstück zum Arm des alten Schaffners und lockerte seinen Griff. Er war sehr froh, verhindert zu haben, dass der unglückselige Bahnbedienstete das Leder berührte. Nicht auszudenken, was dann geschehen wäre.

Noch immer war er angespannt und lauschte darauf, ob er den Mann, der kein Hund war, hören konnte.

Doch sowohl in der Ferne als auch in der Nähe hörte er nur die Geräusche der feuerspeienden Dampflokomotive, die ihm in diesem Augenblick wie das Schnurren einer Katze vorkamen.

Rick ließ sein Gegenüber endlich los, versuchte sich aufzurichten, was ihm erst beim zweiten Versuch gelang, und lächelte schief unter seiner Fedora hervor „Entschuldigen Sie, ich hatte einen Albtraum." meinte er fast aufrichtig, so ganz an der Wahrheit ging es ja nicht vorbei.

Gil seinerseits sah ihn forschend und misstrauisch an, doch dann veränderte er seinen prüfenden Blick zurück in eine Art geschäftliche Routine.

„Nicht ganz bei Trost, was?" Offensichtlich hielt der ältere Mann Malone für betrunken oder geistig verwirrt. „Welchen Tag haben wir heute?"

Wenn Rick von dieser Frage überrascht war, so ließ

er es sich nicht anmerken, sondern antwortete wahrheitsgemäß „Heute ist Freitag, der 22.06.1926!"

Der Schaffner legte den Kopf schief und musste schmunzeln. „Fast richtig, es ist der 23.06. Vielleicht etwas länger weggetreten gewesen?"

Malones Magen krampfte sich unangenehm zusammen, wie immer, wenn er dieses Datum hörte. Er versuchte, nicht an New Orleans zu denken, genau an diesen Tag vor ein paar Jahren. Es führte dazu, dass Gil ihn immer noch abwertend musterte.

„Armer Schlucker, was?" meinte der Schaffner letztlich milde und vergebend lächelnd, als er den abgetragenen Trenchcoat in Augenschein nahm. „Kein Geld für ein Ticket?"

Natürlich... Er musste Rick für einen blinden Passagier halten, doch der Detektiv war vorbereitet. Rasch kramte er in seiner Westentasche herum und fand das Zugticket, das er von Scarlet erhalten hatte. Glücklicherweise hatte es die letzten Eskapaden gut überstanden.

Ungläubig sah Gil das Billet an, während er es immer wieder in seiner Hand drehte. „Das scheint so in Ordnung zu sein." stellte der Schaffner ungläubig fest.

Rick hatte derweil seine innere Ruhe zumindest ansatzweise wiedererlangt. „War nur echt spät dran und ziemlich geschafft. Hab es mir deshalb hier gemütlich gemacht."

Der alte Gil lachte als Erwiderung, ein warmes, tiefes Geräusch, herzlich und echt.

„Na dann suchen sie sich jetzt aber einen Platz im Zug, die *Blazing Star* heißt sie willkommen. Falls sie mich suchen, ich werde hier noch ein wenig frische Luft schnappen."

Gil zwinkerte und holte eine Zigarre hervor, während Rick sich anschickte zu gehen. Er musste all seinen Mut zusammennehmen, ehe er den Koffer wieder ansehen, geschweige denn berühren konnte.

Mit all seiner Willenskraft konnte er den inneren Drang, einfach davonzulaufen, überwinden und griff nach dem Henkel. Der Koffer fühlte sich noch schwerer als jemals zuvor an.

Dann kam dem Privatdetektiv eine Idee. „Sagen Sie." fragte er sein Gegenüber „Ist ihnen eine Passagierin in roter Kleidung aufgefallen?" Er spekulierte darauf, dass Scarlet wie immer Rot tragen würde, was auch sonst?

Doch Gil schüttelte den Kopf. „Nun Mister, Sie sind heute der einzige Gast der *Blazing Star,* also werden sie viel Beinfreiheit haben!"

Man konnte wahrscheinlich Ricks Enttäuschung in seinem Gesicht ablesen, denn der alte Schaffner sah ihn betroffen an, als hätte er etwas Falsches gesagt.

Doch Malone ließ ihm keine Zeit für eine weitere Erwiderung. Den Koffer herum wuchtend wie einen tonnenschweren Stein setzte er sich in Bewegung und öffnete die Tür zum Passagierabteil. Vielleicht hatte der Schaffner Scarlet nur übersehen. Sie musste im Zug sein!

Doch das Abteil lag leer und still da, so wie es der alte Gil gesagt hatte. Das Licht im Zug wirkte kalt und fern, obwohl es den Raum so gut erhellte, dass man sich in den Fenstern spiegelte und kaum etwas von der dunklen Landschaft hinter den Scheiben erahnen konnte.

Die Geräusche des dahingleitenden Zuges waren das Einzige, was Rick hören konnte. Für einen winzigen Augenblick überkam Malone eine so starke Melancholie, dass er nicht wusste, ob er weitergehen konnte oder sich hier und jetzt auf den blanken Boden setzen sollte.

Doch die *Blazing Star* war lang. Viele Waggons lagen noch zwischen ihm und der Lokomotive, und irgendwo dazwischen würde er Scarlet finden.

Von diesem ermutigenden Gedanken beflügelt, setzte Rick langsam einen Fuß vor den anderen. Schneller vermochte er tatsächlich nicht zu laufen, obwohl sein Geist raste.

Der Koffer, dieser elende Koffer, war so schwer und unhandlich, er scheuerte beinahe über den Boden, denn der Detektiv konnte ihn nur minimal anheben.

Eine unbeschreibliche Last, so gewaltig, dass Atlas selbst ihn mit ehrfürchtiger Bewunderung betrachtet hätte, musste er mit sich herumtragen.

Nach einer gefühlten Ewigkeit war er immer noch nicht an der anderen Seite des Waggons angekommen, an der nächsten Tür, zum nächsten Abteil. Nein, mitten zwischen den grünen Sitzreihen keuchte und schwitzte er, als wäre er eben einen Marathon gelaufen. Er hielt den Koffer nun mit beiden, schmerzenden Armen und es schien ihm, als würden seine Muskeln und Sehnen bald reißen.

Mit einem Seufzen der Verzweiflung erkannte Rick die Unmöglichkeit seines Tuns und ließ sich einfach zu seiner Linken auf einen der freien Sitze fallen.

Die grünen Polster waren weich und durchgesessen, von Jahren des Dienstes für die unzähligen Passagiere der *Blazing Star*.

Mit einem letzten Ruck hievte Malone den Koffer unter den Tisch vor sich, schließlich war das Abteil leer, und so natürlich auch der Vierersitz, an dem es sich Rick nun mehr oder minder gemütlich gemacht hatte.

Das Blut pulsierte in seinen Ohren, während er die Luft mit tiefen, langen Atemzügen einzog, ganz ähnlich einem Taucher, der just wieder an die Oberfläche zurückgekehrt war.

„Genau." bemitleidete ihn eine bekannte Stimme „Ruhen Sie sich ein wenig aus."

Die Welt war plötzlich nicht mehr, wie sie noch kurz zuvor gewesen war. Der hell erleuchtete Zugwaggon lag nun im düsteren Zwielicht, so dass sich nichts mehr in den Fenstern spiegeln konnte und man einen freien Blick in die draußen herrschende Dunkelheit hatte.

Hinter den Scheiben schien die Welt still zu stehen. Es gab dutzende von strahlenden Lichtern, die Rick an Sterne erinnerten, doch standen sie still und eilten nicht mehr vorbei. Als stünde auch der Zug still.

Allerdings konnte Malone noch immer die Bewegungen der *Blazing Star* fühlen, hatte sogar ein flaues Gefühl im Magen, als würde die Dampflok weiter beschleunigen. Aber dies konnte auch nur an der seltsamen Stimmung im Abteil liegen.

Seine Augen wagten noch nicht, auf sein Gegenüber

zu sehen, stattdessen schweiften sie zur Seite ab, und der Detektiv sog hörbar die Luft ein, als seltsame Schemen nun die grünen Sitze beanspruchten. Bis auf den letzten Platz.

Er konnte die Gestalten nicht richtig erfassen, denn jedes Mal, wenn er sie genauer betrachten wollte, schmerzten seine Augen und er musste sich abwenden. Sie wirkten lediglich wie menschenartige Schablonen, als wären sie einmal vollkommen gewesen und dann zu etwas verkommen, degeneriert, was nur noch versuchte so zu sein, wie es einst war.

Am hinteren Ende des Abteils, nahe der Tür zum nächsten Waggon leuchtete, ja strahlte eine der Gestalten nicht grau, wie die anderen, sondern rot.

„Scarlet!" rief Rick, doch die Gestalt rührte sich nicht. Glücklicherweise taten dies auch die anderen Schemen nicht, so als würden sie ihn gar nicht wahrnehmen können.

Die feine, ältere Stimme ihm gegenüber antwortete stattdessen

„Keine Sorge, die Akazie wird nicht so schnell verschwinden. Lassen sie uns etwas plaudern, junger Mann."

Rick wusste bereits, wen er vor sich sehen würde, noch bevor er den Platz ihm gegenüber anblickte.

Es war der seltsame alte Mann im schwarzen Frack und mit dem Zylinder. Der gleiche Greis, den er in der eigentümlichen Gasse bei der noch wundersameren Begegnung in Washington getroffen hatte.

Er zeigte wieder dieses Lächeln, das zu freundlich war, um es ertragen zu können, und zu perfekt, um natürlich zu sein. In seinen Händen hielt er ein aufgeschlagenes Buch, so als hätten die beiden schon seit Stunden so da gesessen, wie ganz normale Reisende in einem dahingleitenden Zug. Das Buch trug den Titel *„Der Zauberer von Oz"* von L.F. Baum. Rick hatte es nur einmal überflogen, er mochte diese moderne Literatur nicht, die man als Allegorie zu allem Möglichen interpretieren konnte.

Ihm war klar, dass der seltsame Mann genauso menschlich oder unmenschlich war wie der Hund, der kein Mann war. Er hätte vielleicht ruhiger oder zurückhaltender sein sollen, doch langsam verlor er jedes Gefühl für Gelassenheit oder Realität.

„Wie zum Teufel kommen Sie hierher? Was ist hier los, wer sind Sie?!" keifte Rick den alten Mann an und versuchte sich zu erheben, doch vergebens. Er saß unbewegt da, als wäre er eine Puppe, die nichts weiter tun konnte, als Augen und Mund zu rühren.

Panik stieg in ihm auf, als er dies bemerkte, doch der Mann mit dem Zylinder lächelte freundlich wie immer.

„Wer ich bin? Ich habe ihnen doch meine Visitenkarte gegeben."

Malone erinnerte sich an die Karte, aber er entsann sich auch, dass er sie vor dem Bahnhof verloren hatte, als der Mann, der kein Hund war, ihn fast zerfleischt hätte.

„Ich habe Ihre dumme Karte nicht mehr!" schrie er nun fast, während er auf seinen Arm starrte, der sich ohne sein Zutun bewegte und aus seiner Westentasche eine blutverschmierte Visitenkarte herausholte. Das

Blut war ohne Zweifel sein eigenes, eben jenes Blut, dass über die Karte gelaufen war, als er wie ein Besessener geflohen war. Doch das Blut war noch warm und feucht. Von der Karte tropfte es hinab auf seinen Trenchcoat. Langsam wurde Rick übel.

Auf der Karte stand noch immer nur der Name „Oscar Zoroaster" und plötzlich fühlte sich Malone, als würde er den alten Mann schon ewig kennen. Seine Hand sank kraftlos herab und er blickte seinen Gesprächspartner fragend an.

„Na schön …" resignierte er zusehends. „Was wollen Sie?"

Zoroasters Lächeln wurde noch breiter, etwas zu breit, um in das schmale, hagere Gesicht zu passen, so dass es für einen Augenblick schrecklich grotesk wirkte. Unangenehm wurde Rick an das Gesicht des Hundes erinnert.

Der Mann mit dem Zylinder zog eine goldene Uhr hervor. Sie wirkte antik und machte auf Malone den Eindruck, als wäre sie ebenso alt, wenn nicht gar älter, als der Koffer. Tatsächlich spürte er die gleiche instinktive Abscheu vor der goldenen Taschenuhr wie vor seinem Gepäckstück.

Dabei war sie recht schön anzusehen. Sie war rund und an einer Kette aus dem gleichen Edelmetall befestigt. Auf dem Deckel des Zeitmessgerätes konnte man eine eingravierte Pflanze als einziges Ornament entdecken: Eine Akazie.

Noch bevor Rick dies kommentieren konnte, öffnete Oscar den Klappverschluss der Uhr und sah auf das

Zifferblatt. Sein Gegenüber konnte die Uhrzeit scheinbar nicht ablesen, aber der alte Mann wirkte besorgter.

„Gut, dass wir vorankommen. Die Zeit ist schon weit fortgeschritten." kommentierte der Mann mit dem Zylinder, „Wollen wir also beginnen."

Rick verstand nicht, was der Alte meinte, doch er konnte spüren, wie sich die Stimmung im Zug nochmals veränderte: Es wurde noch düsterer. Tatsächlich glaubte der Privatdetektiv, der Boden des Abteils fülle sich mit Rauch. Versuchten sie etwa, ihn zu vergiften? War der Zug in Brand geraten?

Doch nein, als der Dunst sich weiter hob und nun Malone´s Beine umspielte, bemerkte er, dass es nicht nach Rauch roch.

Es war Nebel, und er wurde ebenso kalt und dicht wie er am Abend vor dem Bahnhofsgebäude gewesen war. Doch kroch er nun lediglich wie eine Schlange am Boden und stieg nicht höher.

Zoroaster hatte das Buch zur Seite gelegt und saß nun steif und aufrecht im Stuhl, als wäre er die Statue eines alten antiken ägyptischen Pharaos. Seine Haltung wirkte so angespannt rechtwinklig, dass es selbst aus der Ferne schrecklich unbequem wirkte.

Rick runzelte die Stirn, unschlüssig, was diese Farce überhaupt sollte, während der Mann im schwarzen Frack ihn auffordernd anblickte. Noch während Malone darüber nachdachte, öffnete sich sein Mund.

„Ist ..." dann zwang er sich selbst den Mund zu schließen, während seine Augen sich vor Panik weiteten. Er wollte nichts sagen, er hätte von sich aus nicht gesprochen, aber nun stellte er fest, dass er in der gleichen unbequemen Haltung wie Zoroaster dasaß und seine Glieder zu schmerzen begonnen hatten.

Zum ersten Mal verzog der alte Mann das Gesicht zu einer Grimasse der Wut, die noch abnormaler wirkte als sein übermenschliches Lächeln.

„Warum, Mr. Malone, müssen Sie sich immer wehren? Wir sind hier nicht im Krieg, wo Sie sich wie ein wildes Tier gebärden können." Woher wusste der alte Mann vom Krieg? Hatte er es nur aufgrund von Ricks Alter erraten? Andererseits schien Oscar so gut wie alles über Rick zu wissen.

„Wenn Sie sich weiter so sträuben, fürchte ich, Mr. Malone, werden sie ihren Platz im 2. Krieg nicht mehr einnehmen können. Jetzt nehmen sie ihren Part ein."

Was meinte der Mann mit dem Zylinder? Was sollte dieser Wahnsinn? Dass alles konnte doch nicht wahr sein! Während Rick noch darüber nachdachte, wurde der Drang zu sprechen so groß, dass er es nicht mehr unterdrücken konnte.

„Ist etwas zwischen Ihnen und mir?"

Zoroaster sah nun sehr zufrieden aus.

„Ja, ein Geheimnis."

Und wie eine Puppe, wie eine Marionette an Schnüren spielte Malone seine Rolle und sprach den Text eines Stückes, das er nicht kannte.

„Was unterscheidet Sie von mir?"

Oscars Gesicht wurde zu einer emotionslosen Maske.

„Ich habe die Akazie gesehen."

Wieder die Akazie. Es musste ein Code sein, dass alles war eine Chiffre.

„Ich bin von Finsternis umgeben und spüre ein Verlangen sie zu schauen." antwortete Rick wie aus der Pistole geschossen.

Das alles war ein seltsames, übernatürliches Ritual, schoss es Malone durch den Kopf, als Zoroaster antwortete.

„Dann müssen Sie wandern, von Westen nach Osten, an den Rand der Wüste."

Rick drehte es im Kopf und seine Stimme war heiser und nur noch ein Flüstern.

„Wie soll ich wissen, dass ich nicht vom Weg abgekommen bin? Was werde ich finden im ewigen Osten?"

„Sie werden das finden, was Sie nicht finden wollen. Aber finden, was Sie finden müssen." endete der alte Mann, mit dem gleichen schrecklich warmen Lächeln wie zuvor.

Die Anspannung in Ricks Körper ließ schlagartig nach, er wurde aus der Zwangshaltung entlassen und seine Glieder brannten wie Feuer.

Der Koffer zu seinen Füssen rumpelte und schien sich zu bewegen, aufgerüttelt durch das Geschehene.

Ihn kaum beachtend, hielt sich der Privatdetektiv den schmerzenden Kopf.

„Was … was war das?"

„Der erste Schritt ist getan. Es ist geschehen, wie es immer geschieht und geschah." erklärte Zoroaster, ohne eine wirkliche Antwort zu geben. „Das Kausalgesetz des Schicksals kann man nicht betrügen."

Er zeigte hinter Malone, und als sich dieser langsam

umwandte, wurde er bleich wie eine Leiche. Der Mann, der kein Hund war, kam den Gang herunter.

Der Streitfall

Der unnatürliche Nebel, der sich im Zug ausgebreitet hatte, umspielte die Beine des Hundes, der kein Mann war, während er eine Pfote vor die andere setzte. Er trug noch immer den grauen Anzug mit der grauen Melone, doch die grauen Schuhe an seinen Füßen sahen aus, als wäre er durch nasse Erde gegangen.

Er schlurfte geradezu durch den Gang, kein Vergleich zu der immensen Geschwindigkeit, die die Gestalt in den Straßen von Washington an den Tag gelegt hatte. Er sah weder nach links noch rechts, schien im Grunde nichts wahrzunehmen, sondern bewegte sich wie ein Zombie gemächlich, aber stetig das Abteil entlang.

Doch die seltsamen Schemen an den Seiten schienen ihn sehr wohl wahrzunehmen. Wenn er an ihren Sitzen vorbei schritt, rissen sie das auf, was bei einem Menschen wohl der Mund gewesen wäre. Stumme Schreie hallen durch den Zug, ehe sich die Schemen auflösten wie Morgentau in der brennenden Sonne.

Das Wesen hinterließ nur leere Sitze, wie leere Gräber auf einem Friedhof; vergessen und verlassen.

Rick beobachtete gebannt die Szene. Er konnte nicht wegsehen, selbst wenn er gewollt hätte. Aus den Augenwinkeln konnte er erkennen, dass Oscar ihm gegenüber noch immer süßlich lächelte, doch er glaubte einen Anflug von Bedauern darin erahnen zu können.

Endlich war der Hund direkt auf ihrer Höhe angekommen und stehengeblieben. Er blickte nicht zu ihnen, sondern stand einfach nur da, den Blick zur nächsten Tür am Ende des Ganges geworfen.

So nah war Malone dem Ding noch nie gewesen.

Er erkannte voller Schrecken, dass der Brustkorb des Hundes unter der grauen Weste sich zwar hob und senkte, doch an seiner Schnauze konnte man erkennen, dass der Mann nicht atmete.

Die Gestalt sah müde und abgekämpft aus, immer wieder, im Bruchteil eines Augenblickes, veränderte sich ihr Gesichtsausdruck von einem manischen, viel zu breiten Grinsen, hin zu einem vor Zorn verzerrten Antlitz. Doch die Augen, die weder der Iris eines Menschen noch den Pupillen eines Hundes ähnelten, waren immer vor Furcht geweitet. Dieser animalische Mann erschien Rick nun wie ein verängstigter Köter. Und Tiere, die Angst hatten, waren gefährlich.

Die Gefahr, die von diesem Monstrum ausging, hätte man nicht besser illustrieren können, als mittels dessen, was er an einer blutigen Hand hinter sich herzog.

Über den Boden schleifte der blutige Leib des Schaffners, den der Hund an einem Arm gepackt hatte, als wäre er im Ganzen nicht schwerer als ein Sack Kartoffeln.

Der arme, alte Gil hatte die Augen weit aufgerissen, er atmete nur noch flach, doch als er seinen Kopf zur Seite wandte und sein Blick Ricks Augen erfasste, formten seine Lippen ein einziges Wort, das er nicht mehr laut aussprechen konnte: „Hilfe."

Malone starrte wie unter Schock vor sich hin, er

wagte es nicht, seine Haltung oder Position auch nur im Geringsten zu verändern, während die infernalische Kreatur, noch immer den Schaffner in seinen Klauen haltend, an ihm vorbei schritt, eine leuchtend rote Blutspur am Boden hinterlassend.

Rick hielt den Blickkontakt mit Gil aufrecht, bis die müden Augen im Nebel verschwanden, doch das Letzte, dass dem Detektiv ins Auge sprang, befand sich unter dem Mantel des Hundes, und blitzte nur kurz unter dem Fell des Mannes hervor: Eine braune Hutkrempe, die er wie einen Talisman an der Seite trug und auf dem ein Emblem eingestickt war: Eine Akazie.

Die schreckliche Gestalt verschwand, und mit einem hörbaren Schlucken traute sich Rick wieder zu sprechen, mehr zu sich selbst, als zu Zoroaster. „Wer zum Teufel ist das?"

Dennoch antwortete der seltsame Greis: „Es ist ein Prinzip. Ein Prinzip, das sie vor der Suche schützen soll."

Blitzartig kam Malones Schlagfertigkeit zurück, als er sich zornig zu seinem Gesprächspartner umwandte. „Schützen? Sie scherzen! Dieses … dieses Ding hätte mich fast getötet und Sie haben doch auch gesehen, was es mit dem Schaffner gemacht hat. Und ..." Er erinnerte sich an den schrecklichen Anblick, als er Scarlet im Rachen des Hundes gesehen hatte „... er hat Scarlet gefressen."

Oscar nickte zustimmend, aber wenig einsichtig. „Die Prinzipien, die zu unseren Ketten werden, gefallen uns oft nicht, aber sie haben eine Aufgabe. Und in einem Punkt liegen Sie falsch." berichtigte ihn der uralte Mann „Die Suche ist noch nicht beendet, die Akazie blüht noch. Sie blüht weiß wie die Unschuld eines neuen Lebens."

„Sie meinen, Scarlet lebt?" Hoffnung keimte in Rick auf, er erhob sich ruckartig und spähte nach vorne, wo er den roten Schemen gesehen hatte, doch dieser war verschwunden.

„Kann ich sie retten?" wandte er sich zu Zoroaster, doch der Platz ihm gegenüber war leer und verwaist.Auf ihm lag nur noch eine vollkommen weiße Visitenkarte, auf der kein einziges Wort stand.

Er war wieder allein, und obwohl er die Gesellschaft des Mannes mit dem Zylinder nicht gerade genossen hatte, so fühlte er sich nun doch verzweifelter als zuvor.

Der Nebel wurde zusehends dichter und das Einzige, was ihm jetzt womöglich noch den Weg weisen konnte, war die rote Spur des Blutes am Boden des Zuges, die er mit bloßem Auge noch erkennen konnte.

Kurz überlegte Rick, diesen Albtraum hinter sich zu lassen, einfach in die andere Richtung zu gehen, dorthin zurück, wo Gil ihn gefunden hatte, weg von dem Untier, weg von diesem Wahnsinn, weg von Scarlet.

Doch Scarlet im Stich zu lassen war keine wirkliche Option für ihn, und so nahm er allen Mut zusammen und erhob sich. Zuerst versuchte Rick nicht in die Blutlache, der er folgte, zu treten, doch das erwies sich als unmöglich. Der Boden war so davon getränkt, dass er keinen Fuß vor den anderen setzen konnte ohne seine Schuhe damit zu ruinieren. Er fragte sich abwesend, ob es möglich sein konnte, dass ein Mensch soviel Blut verlieren konnte.

Andererseits bewegte er sich in einem Zugabteil voller Nebel, einem Ding hinterher, dass er nicht beschreiben konnte, auf Anweisung eines Greises, der erschien und verschwand wie ein Gespenst. Rick hatte die Schwelle zum Wahnsinn längst überschritten. Aus dieser Anderswelt führte kein Weg zurück.

Erst als er schon einige Meter gegangen war, bemerkte er, dass er wie selbstverständlich den Koffer mit sich genommen hatte.

Seine Hand war so eng und fest um den Henkel geschlossen, als sei er damit verwachsen. Auch wenn er das erdrückende Gewicht noch immer spürte, erstrahlte die Idee von Scarlet so hell in seinem Inneren, dass er sich stetig vorwärts schleppen konnte.

Da er im Nebel sonst nichts mehr erkennen, ja kaum etwas erahnen konnte, blickte Rick nur noch auf den vergossenen Lebenssaft vor ihm, der ihm als Einziges den Weg wies.

Er hätte eigentlich schon längst die Tür zum nächsten Abteil erreichen müssen, doch sie kam nicht. Vielleicht hatte der Hund, der kein Mann war, sie geöffnet, und der Privatdetektiv war, ohne es zu bemerken, bereits hindurch gegangen. Er spürte nun auch keine Bewegung des Zuges mehr. Es war, als stehe er still und unbewegt.

So lief er eine ganze Weile vor sich hin und versuchte, nicht daran zu denken, dass alles, was er erlebte, jedweder Vernunft widersprach. Er hatte auch keine

Zeit, darüber zu grübeln, denn plötzlich teilte sich vor ihm der Gang.

Ein Weg führte nach links, der andere nach rechts, so breit und in einem Winkel, dass er unmöglich in die *Blazing Star* passen konnte.

Die leuchtend rote Spur führte nach rechts und verschandelte dort den Gang der Abteile. Doch auf der linken Seite konnte Rick in der Ferne ein rotes Leuchten ausmachen, ähnlich dem Schemen, der ihm vorher schon aufgefallen war.

„Scarlet!" rief er, doch die Gestalt bewegte sich weiter, so dass das Schimmern immer schwächer wurde und zu verblassen drohte.

Rick wollte schon den linken Gang hinab stürmen, als er stockte und sich bewusst wurde, dass er auf dem rechten Weg zwar dem Mann, der kein Hund war, begegnen würde, aber vielleicht auch dem armen, alten Gil würde helfen können.

Doch konnte er das wirklich? War Gil nicht sicherlich schon tot, gefressen von dem Monstrum?. Was sollte er schon dagegen ausrichten? Doch diese Gedanken entlarvte Rick schnell als Ausreden, die ihm einen Vorwand boten, dem Bild von Scarlet nachzujagen.

Der Koffer in seiner Hand wurde wieder schwerer, und mit jeder Sekunde, die der Privatdetektiv zögerte, schien er unnatürlich an Gewicht zu gewinnen. Das Gepäckstück wollte weiter, es verlangte danach. Es diktierte nicht die Richtung, aber es insistierte auf den Fortlauf der Dinge.

„Na schön!" rief Rick lauter, als er eigentlich wollte, und sprach mit dem Objekt in seiner Hand, als wäre es ein lebendes Wesen „Ich pfeife auf den alten Sack! Zufrieden? Scarlet! Ich werde Scarlet finden!"

Der Koffer wurde schlagartig leichter, auch wenn Malone nun glaubte, ein anderes Gewicht auf seinen Schultern tragen zu müssen, als er so schnell er konnte den linken Gang hinab eilte, das rote Leuchten vor Augen.

Doch als er die gesamte Strecke hinab durch den Nebel gelaufen war, tauchte vor ihm nicht Scarlet, sondern eine Tür auf.

Diese sah wie jede andere Tür an Bord der *Blazing Star* aus, bis auf den Umstand, dass sie rot war. Scharlachrot.

Beherzt öffnete Rick sie, um in eine gähnende, pechschwarze Leere zu starren.

Er war sich zunächst nicht sicher, ob nicht ein widernatürlicher Abgrund vor ihm lag, doch als er vorsichtig seinen Fuß nach vorne schob, bemerkte er, dass er festen Boden auf der anderen Seite der Schwelle spüren konnte.

Als nun dieser kleinste Teil seines Körpers die andere Seite der Schwelle berührt hatte, zog das Gewicht des Koffers ihn plötzlich voran. Mit aller Kraft stemmte er sich dagegen, doch er hatte keine Chance. Er glitt hinein in die Finsternis, und hinter ihm schloss sich die Tür und verschmolz mit der Dunkelheit, die ihn einhüllte wie ein Leichentuch.

Die Außenschicht

Wie lange Rick durch die erdrückende Finsternis gestolpert war, nachdem er die Panik, die ihn zuerst überkommen hatte, abgeschüttelt hatte, wusste er nicht. Langsam aber sicher war er innerlich abgestumpft und schritt unverdrossen weiter, wie ein Sünder auf einem Bußgang, der einfach nur noch irgendwo ankommen wollte, obwohl er tief im Herzen begriffen hatte, niemals wieder irgendwo anzukommen.

Er verdrängte die Schmerzen in Arm und Schultern und bewegte sich immer weiter vorwärts. Jedes Gefühl von Ort oder Zeit, von Wirklichkeit oder Irrsinn verschwamm, und Malone fühlte sich, als befände er sich schon vierzig Tage oder gar vierzig Jahre lang auf seiner Reise.

Eigenartigerweise, je mehr Rick die Unmöglichkeit, ja die Widernatürlichkeit seiner Situation akzeptierte, desto heller wurde seine Umgebung. Schließlich glaubte er, Wände zu erkennen, an denen er sich entlang tasten konnte. Die Wände waren kalt und hart. Sie waren aus massivem, altem und verwittertem Stein.

Dies war kein Zug mehr, dies war nicht mehr die *Blazing Star*, als er letztlich in ein fahles Licht trat. Die Halle, die spärlich erleuchtet war, obwohl es keine sichtbaren Lichtquellen gab, war riesig und erinnerte Malone an antike Tempel, die er auf Abbildungen gesehen hatte, welche die Expedition Napoleons zeigten.

„Ich wollte schon immer mal nach Ägypten." flüsterte der Detektiv, doch seine Stimmte war brüchig und voller Furcht. Die Panik kehrte zurück, als er sich klar machte, dass er den Verstand verloren haben musste. Oder vielleicht war er schon tot und dies hier eine Art Vorhölle?

Mit jedem Gedanken über die Sinnhaftigkeit des Ortes und seines Tuns wurde das Licht im Raum schwächer, so dass er versuchte, nicht mehr darüber nachzugrübeln und sich auf die Aufgabe zu konzentrieren, einen Weg durch den steinernen Tempel zu finden.

Es gab keine sichtbaren Ornamente an den blanken Wänden, und der Raum aus massivem Stein war leer und nahezu rechteckig. Tatsächlich schien das Gebäude - oder was es auch immer sein sollte - nur aus vier Wänden zu bestehen.

In drei dieser Wände waren große kupferne Tore eingelassen, die, bis auf eine Akazie, keine Verzierungen aufwiesen.Langsam hatte Rick genug von diesem Symbol und dieser Pflanze.

Oberhalb der Tore waren Fenster in den harten Stein gehauen worden. Malone stockte der Atem, als er hindurch sah, denn draußen, wo und was auch immer dieses Draußen sein mochte, ergossen sich Milliarden von grell leuchtenden Sternen über einen dunklen Nachthimmel. Es war so schön und abscheulich anzusehen, dass Ricks Augen zu tränen begannen und er sich wieder abwenden musste. Schnell erkannte er, dass lediglich in drei Seiten des Gebäudes Fenster und Türen eingebettet worden waren, doch in der vierten nicht.

Zuerst verstand der Detektiv nicht und er betrachtete die drei Türen mit fragenden Blick. Welche sollte er nehmen?

Da kam ihm plötzlich wieder Oscar Zoroaster in den Sinn: *„An der nördlichen Mauer hat der Tempel weder Fenster noch Türen."*

Der Alte hatte versucht ihn zu leiten, ob zum Guten

oder Schlechten konnte Malone zwar nur erahnen, doch einen besseren Hinweis hatte er nicht.

Wenn er nach Osten gehen sollte, wie Zoroaster im Zug andeutete, und der Tempel im Norden keine Fenster und Türen hatte, dann war er im Westen hereingetreten. Hinter der gegenüberliegenden Tür musste sich der Osten befinden.

In Ermangelung einer Alternative schritt Rick zum östlichen Tor. Je mehr er sich ihm nährte, desto lauter drang ihm ein raschelndes, ächzendes Geräusch ans Ohr. Er begriff zunächst nicht, woher es kam, bis er genau darauf horchte und erkannte, dass es vom Koffer in seiner Hand stammte. Der Koffer, der ihm immer mehr wie eine natürliche Verlängerung seines Armes vorkam, hatte sich verändert.

Das gebrochene Leder sah viel frischer aus, als hätte es sich verjüngt. Und tatsächlich, mit jedem Schritt gen Osten verblassten mehr und mehr Spuren des Alters. Kratzer und Flecken auf der Oberfläche des Gepäckstückes verschwanden allmählich. Nun war sich Rick sicher, dass er auf dem richtigen Weg war.

Als er an das kupferne Tor herantrat, öffnete es sich trotz seiner Größe leicht und geschmeidig ohne viel Kraftaufwand, und als er hindurch schritt, verblasste der Eindruck des Tempels ebenso schnell, wie er gekommen war.

Er trat hinaus in ein rotes Licht, warm und verzehrend, wie das Feuer, welches es erzeugte. Das größte Grauen überkam Malone, als er vor sich New Orleans erkannte.

„Das kann nicht sein!" schrie Rick gegen das prasselnde Geräusch des Feuers an. „Das ist nicht wahr! Hört auf damit!"

Heiß brannte der Schein des Feuers auf seinem Gesicht, als er in die Flammen starrte, die das Haus in New Orleans verzehrten. Hier, im schönen French Quarter, schmolzen die gusseisernen Balkone und brachen die Decken seines, nein, *ihres* gemeinsamen Hauses.

Er hatte diesen Augenblick so sehr verdrängt, dass er sich nicht mehr daran erinnerte, ob es damals, vor so vielen Jahren, auf den Tag genau am 23.06.1919, schon nach Sonnenuntergang oder davor gewesen war. Er erinnerte sich an die Umstehenden und an die Hitze. Diese Hitze umspielte ihn auch nun, doch waren keine Menschen auf den Straßen von Big Easy.

Er fühlte den Schrecken zurückkommen, die erdrückende Schuld und die Scham, die er damals hätte spüren sollen, die er aber nicht gespürt hatte.

„Der verdammte Whiskey!" Er bemerkte nicht, dass er angefangen hatte zu weinen „Ich hätte doch niemals … die Zigarette ... Aber, aber die Bilder! All die Toten in Frankreich! Sie sollten endlich aufhören in meinen Ohren zu schreien!"

Noch bevor er den Schrei hörte, erinnerte er sich an ihn. Niemand vergisst den Schrei eines Kindes.

„Ich hätte es wieder gut gemacht!" schrie er und rannte los, das gewaltige Gewicht des Koffers nicht beachtend.

„Ich werde es wieder gut machen!" Er erreichte die Flammen, während das Schreien ihm durch Mark und Bein ging.

„Ich würde alles tun!" Das Feuer umschloss ihn und den Koffer, doch das Gepäckstück verging nicht in den Flammen, es verjüngte sich zunehmend. Unbemerkt von Malone, erschien langsam, aber stetig, ein eingraviertes Symbol auf dem Leder, das vorher unter dem Schmutz nicht zu sehen gewesen war. Es war eine Pflanze.

Die Flammen fügten ihm Schmerzen zu; nicht wie damals, als er ihnen entkommen war, denn nun brannten sie sein Fleisch von den Knochen und äscherten seine Seele ein. Dennoch starb er wieder nicht. Konnte nicht sterben.

Er schloss die Augen und sprang in die Flammen, entschlossen es zu ändern, sich selbst zu geben.

Als Rick die Augen wieder öffnete, sah er sich selbst. Er sah fürchterlich aus, wie er auf seinem Sitz an Bord der *Blazing Star* saß. Die Augen so voller Furcht geweitet und ohne jede Hoffnung, dass er sich selbst wie ein räudiger Köter vorkam.

Dies hätte seine Realität sein können, die Gegenwart in die er sich zurück wünschte, bevor er der Blutspur gefolgt war.

Tatsächlich saß der Malone, den er beobachtete, allein im Abteil, dass vollkommen gewöhnlich erschien, wäre da nicht das Wasser gewesen.

Der Waggon stand vollständig unter Wasser, und auch wenn der sitzende Rick davon scheinbar nichts bemerkte, so bemerkte es sein geisterhaftes Gegenüber doch umso mehr.

Malone konnte nicht atmen, das Wasser hatte sich soweit aufgestaut, dass es ihm den Atem raubte, dass Gewicht und der Druck schienen ihn zu erdrücken.

Doch viel schwerer spürte er die Schuld auf seinen Schultern, als er erkannte, dass er sich selbst diese Gegenwart vorenthalten hatte. Er war stattdessen dem roten, brennenden Feuer nachgelaufen, dass alles vernichten sollte. Er öffnete den Mund, um das kühle Nass endlich einzulassen.

Er war tot. Das glaubte er zumindest. Das spürte er. Das wusste er. Die Welt um ihn herum war nun grau und farblos.

Er befand sich in seinem Büro in Washington D.C., so wie er es zurückgelassen hatte. Doch war der Staub auf den Möbeln noch höher, als er es jemals gesehen hatte, und der Putz an den Wänden war abgebröckelt.

Alles sah aus, als hätte niemand diesen Raum in Dekaden betreten, als wäre sein Tod niemanden aufgefallen. Niemand hatte ihn gesucht, niemand ihn vermisst; getilgt aus den Gedanken und der Wirklichkeit.

So war es gut. Alles war verfallen und tot, so war der Lauf der Dinge. Rick hatte genug Tod gesehen um dies zu verstehen. Man konnte sich nicht aussuchen, wo er zu einem kam. Wann er einen mit sich nahm. Ob er versöhnlich war oder rachsüchtig.

Doch nicht alles in dieser kargen Einrichtung war tot. Am Fenster stand eine Pflanze in einem Blumentopf, der viel zu klein für sie war. Die braune Erde quoll aus ihm heraus und die grünen Blätter klopften gegen die Keramikwand in Richtung Freiheit.

Es war seltsam, Rick erinnerte sich nicht, jemals eine solche Pflanze besessen zu haben. Er wusste nicht einmal mehr, ob er jemals überhaupt irgendein Gewächs in seinem Büro gehabt hatte. Aber schließlich war er auch tot, also wunderte es ihn nicht allzu sehr.

Ein harscher Windstoß öffnete das Fenster wie durch Zauberhand und erfüllte den toten Raum mit Leben und Licht. Die Pflanze reckte sich instinktiv der äußeren Welt entgegen und der raue Luftstrom nahm eine weiße Blüte mit sich. Weiß... wie die Unschuld.

Das erfreute Rick mehr, als er sagen konnte, und während er den Odem einatmete, schloss er wieder seine Augen.

Es waren lange Reisen von Westen nach Osten gewesen.

Rick atmete stoßweise, als er die Augen öffnete und um ihn herum wieder die steinernen Wände des Tempels in die Höhe schossen. Der Koffer in seiner Hand hatte jeden Schrecken verloren, er war leicht und jung, als wäre er gerade erst gefertigt worden.

Auf seiner Seite prangte eine Akazie, die ebenso beschaffen war wie jene, welche das gewaltige Portal vor ihm schmückte. An den Seiten des Portals standen zwei steinerne Wächter, die gleichzeitig als Säulen fungierten. Malone erkannte, dass beide ein Abbild des alten, armen Gil darstellten.

Er war in der Mitte zerrissen, wie ein Blatt Papier

Seine linke Körperhälfte, die die linke Säule bildete, war kalt wie der Mond und mit schweren Ketten behangen. Die rechte Körperhälfte, die die rechte Säule bildete, war dagegen heiß wie die Sonne und sein Gesicht schmolz unentwegt.

Malone spürte, nein wusste, dass er von diesem Anblick geschockt sein sollte, doch er fühlte sich so ruhig wie lange nicht mehr.

Sein Blick glitt von links nach rechts und von rechts nach links. „Es tut mir leid, wieder hätte ich den anderen Weg nehmen sollen."

Rick hatte akzeptiert, dass er dieser Realität nicht entkommen konnte. Daher öffnete er die Türe gen Osten und wurde geblendet von einem gleißenden Licht, als er hinaus trat in eine Wüste.

Nichts war in dieser Ödnis, als er sich umsah. Nicht einmal das Portal hinter ihm existierte noch. Alles war wüst und leer, so wie in seinem Inneren.

Nur Eines ragte aus den Dünen, die bis zum Horizont reichten: ein kleines, frisch aufgeschüttetes Grab, aus dessen Mitte eine Akazie wuchs, die noch nicht in Blüte stand.

Die Ruhe oder vielmehr Gefühllosigkeit, die Rick gerade noch verspürt hatte, verflog in einem Wimpernschlag und er hechtete auf das Grab zu.

War es Scarlets Grab, oder sein eigenes? Aber es war so klein. Wie ein Kindergrab...

„Ich … ich muss sehen, wer hier liegt." Malones Stimme war nicht mehr als ein raues Flüstern, eine ferne Erinnerung an seine frühere, kräftige Stimme.

Er wollte, er *konnte* den Koffer an seiner Seite nicht

loslassen. Dieser war zwar leichter geworden, aber Rick war noch immer daran gebunden. Er hatte keine Werkzeuge bei sich, so begann er mit der einen freien, bloßen Hand das Grab auszuheben, während er in der anderen das Gepäckstück so hielt, dass es gut sehen konnte, wie das Grab Schicht für Schicht freigelegt wurde.

„Lasst es mein Grab sein ..." Seine Hand wurde wund und blutig von der Anstrengung, der Schmerz war vertraut und verlieh im die Zuversicht, am Leben zu sein. „Niemand anderes soll darin liegen, nicht sie … nicht er ..."

Sein Blut versickerte im Sand und benetzte die Akazie, als er auf den Grund des Grabmals stieß.

Es war kein Sarg oder Leiche dort... Nur eine Tür.

Eine rote Tür, so wie die Zugtüren in der *Blazing Star.*

Äonen war er unterwegs gewesen, als er die Tür öffnete und hinab stieg in das Grab.

Das Argument

Malones Beine schmerzten, während er die steile, steinerne Treppe hinab und immer weiter hinab stieg.

Er war wieder von undurchdringlicher Finsternis umgeben, doch fühlte er sich nicht mehr machtlos oder allein. Das Bild von Scarlet leuchtete in seinem Inneren.

Unbewusst, fast automatisch, benutzte er seine freie

Hand, um sich die metallene Leiter hinauf zu ziehen, als es aufwärts ging und das Licht zurückkehrte.

Er konnte eine Luke über sich spüren und den peitschenden Wind draußen hören. Er stieß sie mit dem Koffer auf, der ihn nun nicht mehr zurückhielt, und kletterte hinaus in die Nacht.

Der Wind war schneidend und der Regen kalt, als er auf dem Waggondach der *Blazing Star* zum Stehen kam.

Die unzähligen Sterne des Firmaments rauschten ebenso schnell an ihm vorbei wie die Lichter der fernen Städte zu beiden Seiten des fahrenden Zuges.

Vor sich konnte er den Rauch der Dampflokomotive sehen, und Gerüche und Geräusche holten Rick zurück in eine Realität, die er vor Ewigkeiten, gefolgt auf Ewigkeiten, verloren geglaubt hatte.

Der Zug raste gerade auf eine Eisenbahnbrücke zu. Es musste die Portal Bridge sein, die über den Hackensack River führte. Sie waren also schon bald in New Jersey. New York City war quasi zum Greifen nahe.

Doch die tröstlichen Klänge der nächtlichen Fahrt traten in den Hintergrund, als ein schreckliches Knurren die Luft durchschnitt. Der Hund, der kein Mann war, hatte ihn gefunden, während die *Blazing Star* über die Brücke rauschte.

Der Regen peitschte ihm ins Gesicht, der tosende Fluss unter ihm drohte ihn zu verschlingen, während das stählerne Monster wieder Feuer und Rauch spie.

Der Hund! Dieser dämonische Hund kam ihn nun holen. Kein Entkommen mehr.

Er seufzte schwer. Niemals würde er die Akazie finden. Wie hatte es nur soweit kommen können? Dabei hatte alles mit einem Lächeln begonnen: Seinem Lächeln. Und nun sollte es mit diesem Lächeln enden. Kein Entkommen mehr, das stimmte. Doch er würde auch nicht mehr fliehen.

Er wandte sich um, sein Lächeln auf den Lippen, das nur sehr selten in den letzten Jahren so ehrlich gewesen war wie jetzt in diesem Augenblick.

Er lächelte dem Mann, der kein Hund war, entgegen. Dieser hatte Gil nicht mehr bei sich, während er über die Dächer der Waggons zu Rick heran schritt. Sein Gesicht war nun zu einer Fratze vollkommener Furcht verzerrt und die panischen Augen starrten Rick an.

Dies war nicht das gleiche Monstrum wie noch in Washington. Es wirkte vertraut, aber anders, als wäre es in die Ecke gedrängt worden. Als hätte es seine Aufgabe nicht erfüllt, als hätte das Prinzip nicht funktioniert.

Malone wurde immer noch gejagt. Dieses Ding, obwohl offensichtlich angeschlagen, war noch immer gefährlich, mörderisch, zerstörerisch. Doch Rick hatte sich auch verändert. Seinen Griff um den Koffer festigend, schritt er auf das Ding zu.

Der Mann legte die Ohren an und jaulte, doch kam auch er näher. Der Hund hob die behandschuhten Hände und Malone wusste, dass die Klauen, die keine Krallen hatten, ihn sicherlich leicht zerfetzten konnten.

Doch je näher sie sich kamen, je fester Ricks Schritt und Entschlossenheit wurde, desto kleiner und schmächtiger schien das Monstrum zu werden.

Der graue Anzug war viel zu groß für den kleinen

Leib, die Glieder dünn und kraftlos, und als sie sich im strömenden Regen der Nacht bei voller Fahrt gegenüberstanden, blickten unendlich müde Augen aus einem kargen Gesicht auf Rick.

Es war das Gesicht eines gebrochenen Mannes, eines geschundenen Hundes, von schrecklichen Erlebnissen gekennzeichnet, vom eigenen Lebensweg geprägt und von seiner Schuld zerstört.

Aber das halbtote, hybride Wesen lebte.

„Nur mit mir kannst du überleben. Ich zeige dir einen Weg, wie du damit überleben kannst. Lass deine Last fallen."

Die Stimme war leise, ein Flüstern, kraft- und leblos, die knochige Hand zeigte auf den Koffer.

Traurig schüttelte Rick den Kopf und ließ das Gepäckstück nicht los.

„Ich habe dir viel zu lange erlaubt mich an der Leine zu führen. Manchmal ist es besser die Last zu tragen."

Er hatte keine Furcht mehr, aber Es hatte sehr große Angst.

„Nein! Nein!" schrie der geschundene Hund, der gebrochene Mann, „Damit kann man nicht leben! Es muss vergessen werden!"

Es versuchte den Koffer zu greifen und war schneller, als Rick erwartet hatte. Das folgende Handgemenge, als die gebrochenen Männer miteinander stritten, war kurz, aber heftig.

Obwohl das Ding ausgemergelt wirkte, hatten die Jahre es stark werden lassen, eingefahren und routiniert. Es zerrte am Koffer, doch mit einem letzten Kraftakt stieß sich Rick von dem Vergangenem los.

„Ich bin bereit die Schuld zu zahlen! Das Opfer zu bringen!"

Das Ding sackte voller Verzweiflung in sich zusammen und durch die Wucht seiner eigenen Handlung verlor Malone das Gleichgewicht. Die Welt drehte sich und im nächsten Augenblick sah er den Zug in weiter Ferne über sich, als er rücklings dem Nass entgegen stürzte.

Der Vorwurf

Sein ganzer Körper schien nur noch aus Schmerz zu bestehen. Glieder waren auf unnatürliche Weise verdreht und er spürte den felsigen Strand nur bruchstückhaft. Die Augen verschwammen, doch konnte er in der Ferne die Portal Bridge erkennen.

Seine rechte Hand und die Finger waren ohne Zweifel gebrochen, er konnte sie kaum bewegen. Die Linke hielt noch immer den Koffer. Das Atmen fiel ihm schwer, als er ihn betrachtete.

Das Ziffernblatt des Verschlusses hatte sich verändert, es stand nun auf den Ziffern „23061926" und das Klicken verriet ihm, dass die Last sich geöffnet hatte.

Während das eiskalte Wasser seine verdrehten Beine umspielte versuchte er sich unter Ächzen und Schmerzen aufzurichten. Es gelang ihm nicht.

Mit letzter Kraft zog er den Koffer zu sich heran, ließ die verbliebenen Finger seiner gesunden Hand über das feine, neue Leder gleiten und sah hinein.

Ein lederner, alter Koffer lag am Ufer des Hackensack River. Er sah aus, als wäre er Äonen alt, und etwas Seltsames, Monströses ging von ihm aus.

Eine Gestalt in Rot trat heran und nahm ihn an sich. Er war schwerer, als sie ihn in Erinnerung hatte. Viel schwerer.

Die Gestalt in Rot lächelte nicht, doch sie war sich sicher, dass Mr. Hiram glauben würde, dass die Schuld getilgt worden sei.

Nun konnte ein neues Leben beginnen.

Philipp Knespel

Ludwigs Suche

Ich kann, wie ich nun feststelle, da ich endlich damit
beginne, die ersten Zeilen dieser Erinnerung zu Papier
zu bringen, letztlich keinen wirklichen Grund nennen,
der mich antreibt, dem geneigten Leser, sofern es jemals einen solchen geben sollte, die folgende Bege-
benheit anzuvertrauen.

Vielleicht ist dies ein weiterer verzweifelter Versuch, jene schrecklichen Erlebnisse aus meinem Kopf
zu verbannen und das Erlebte irgendwie zu verarbei-
ten, um wenigstens für eine Nacht endlich wieder ruhigen Schlaf finden zu können, in der mittlerweile verhassten, wie angsteinflößenden Dunkelheit; vielleicht
ist dies das verspätete Geständnis eines Feiglings, der
damals nicht den Mut aufbrachte, der ermittelnden
Polizei sowie – nach Maßstäben der Menschlichkeit
noch viel schwerer wiegend! – den trauernden Ange-
hörigen die volle Wahrheit in all ihren zutiefst bestür-
zenden Einzelheiten mitzuteilen, was aber andererseits
gerade auch den Hinterbliebenen ein unbezahlbarer
Trost sein sollte, für den sie mir, ach wie schändlich,
sogar dankbar sein sollten, und welchen ich mittlerweile wie nichts sonst in meinem Leben herbeisehne.

Vielleicht ist es aber auch nur bloße Sentimentalität,
die mich schreiben lässt, emotionales Memorieren um
der Erinnerung eines in gewisser Weise liebgewonne-
nen und dann auf so unfassbar grausame Art hinfort

genommenen Menschen zuliebe. Möge er, wo auch immer man ihn hingeschafft hat, in Frieden ruhen, wobei ich tief in meinem Innersten weiß, dass noch nie eine Bitte mehr vergebens war als in diesem Fall.

Ich will hier vom Schicksal meines Freundes Ludwig Kellermann berichten, wie es sich in Wahrheit zugetragen hat, wobei hier als Wahrheit allein meine Eindrücke und Erinnerungen dienen müssen, über die sich schlussendlich der, die folgenden Ausführungen, Lesende ein eigenes Urteil bilden muss. Doch beteuere ich, dass ich diesmal nichts verheimliche, so wie damals bei den behördlichen Untersuchungen, als ich aus Angst und der Befürchtung, man werde mir sowieso nicht glauben, geschwiegen habe; andererseits weise ich jeden Verdacht der Unwahrheit oder Ausschmückung von mir – nichts läge mir ferner!

An Stellen, an denen ich selbst meinen Sinnen nicht vollends traue und Zweifel an meiner eigenen Auffassungsgabe übe, stelle ich dies klar und deutlich heraus, und auch sonst versichere ich, dass nachstehender Rückblick mit bestem Wissen und Gewissen von mir angefertigt wurde.

Ich möchte noch hinzufügen, dass ich beileibe kein Schriftsteller oder sonst wie literarisch versierter Zeitgenosse bin. Wer immer das Folgende liest, möge mir also Dilettantismus oder anderweitige grobe Fahrlässigkeiten der Sprache verzeihen, doch lässt sich der hier behandelte Inhalt in seiner Tragik und Drastik beileibe auch nicht an, als Geschichte gelesen zu werden. Es wäre vielleicht sowieso der bessere Gang der Dinge, wenn nie jemand diese Zeilen zu Gesicht bekäme.

Ich bin nur froh, mir all das schiere Grauen endlich von der Seele zu schreiben.

Doch nun genug der Vorrede. Ich spüre, wie ich mich unterbewusst davor drücke, dem Unvermeidbaren seinen Lauf zu lassen und alles wahrheitsgetreu noch einmal zu durchleben. Doch ich habe mich entschieden: Diese Erinnerung soll nicht mit mir aus der Welt scheiden.

Alles begann, als ich mich vor einigen Jahren, es war Mitte 2007, und der bereits langsam vergehende Sommer war recht verregnet und trübsinnig zu dieser Zeit, sodass die Welt gräulicher und düsterer wirkte, als sie es um diese Jahreszeit für gewöhnlich ist – zu dieser Zeit also war es, dass mir in jener Stadt eine Lehrstelle als wissenschaftlicher Mitarbeiter am Institut für Sozialwissenschaften angeboten wurde, und ich mit Antritt der Tätigkeit auch meinen Wohnort in diese für mich neue Umgebung verlegte.

Während meines Studiums im Süden Deutschlands hatte ich mir einige, wenn auch bescheidene Rücklagen bilden können, sodass ich mich nach der postalischen Abwicklung des Verwaltungsaufwandes und dem damit besiegelten faktischen Antreten der Arbeit unverzüglich aufmachte, mir eine Wohnung zu suchen, noch bevor das Semester richtig beginnen und ich kopfüber in Arbeit stecken würde, ohne mich dann noch mit der gebotenen Umsicht um derlei Angelegenheiten kümmern zu können.

Nachdem ich die gängigsten Immobilienseiten im Internet durchforstet und mit den entsprechenden Maklern eine Reihe von Terminen für die darauf folgende Woche verabredet hatte, machte ich mich einige Tage später per Zug auf den Weg in meine neue Heimat. Selbst der nimmermüde Regen konnte mir meine gute Stimmung nicht verhageln, denn wer träumt nicht davon, seine Karriere im Hochschulbereich so reibungslos beginnen zu können, wie dies mir vergönnt zu sein schien?

Doch meine Freude währte nicht lange, denn das erste halbe Dutzend Wohnungsbesichtigungen war sehr ernüchternd, sei es aufgrund des Schnittes der Zimmer, der Größe, der Lage des Hauses oder, wie letztendlich so oft, des Preises.

Ich war kurz davor, aufzugeben und daheim frustriert von neuem die Suche zu beginnen, als mir von einem der Makler – es war ein älterer, untersetzter Herr mit dicker Brille und klug blickenden Augen dahinter – spontan ein weiteres Appartement in Aussicht gestellt wurde, welches bisher noch nicht im Netz eingestellt war. Resigniert und nass vom nicht enden wollenden Regen willigte ich ein, denn schlimmer konnte es ja nicht werden. Und was hatte ich schon zu verlieren, wenn ich doch gerade einmal hier war in dieser, meiner neuen Stadt.

Also führte er mich einige Zeit durch für mich fremde Straßen, bis wir vor einem großen Neubaublock standen, der sich bedrohlich und grau, gleich einem unverrückbaren Klotz für die Ewigkeit, gegen den tristen Himmel hob. Das Äußere mit seinen starren Reihen quadratischer Fenster und der einfallslosen, leeren Fassade dazwischen wirkte alles andere als einladend auf mich. Der Makler, so wie es sich für fähige Vertreter seiner Zunft gehörte, muss diesen Eindruck an meinem Blick erkannt haben, denn er beeilte sich, mir die Wohnung an sich anzupreisen und die Außenwand fürs Erste doch bitte nicht zu beachten. Ich seufzte und willigte ein, mit hinein zu gehen und wenigstens einen kurzen Blick in das mögliche Heim zu werfen.

Als wir gerade auf die erste der betonierten Stufen zum Eingang traten, öffnete sich ein Flügel der ausgeblichenen Tür mit schmutzigen Fenstern – mit blauem Graffiti waren undefinierbare Kritzeleien von scheinbar ungeübter Hand über seine komplette Fläche geschmiert worden – und ein junger, schmächtiger Mann kam eiligen Schrittes und leicht nach vorn gebeugt herausgelaufen, die Arme um einen braunen Stoffbeutel geschlungen. Als er Unser gewahr wurde, zuckte er fast unmerklich zusammen, warf uns einen kurzen scheuen Blick zu, und eilte hastig an uns vorbei, wobei er ein sehr leises „Guten Tag" murmelte, was ich mir bei dem lauten Prasseln der Regentropfen auf den harten Bodenbelag aber auch nur eingebildet haben mag.

Die Wohnung entpuppte sich dann, entgegen all meiner aus Außenwand und Bewohnereindruck genährten Befürchtung, als überaus hübsch und geräumig. Als ich noch dazu bemerkte, dass auch die Universität nur wenige Minuten Fußweg von der anderen Seite des Hauses entfernt lag und selbst der Preis, zumindest verglichen mit den anderen Angeboten bisher, beinahe unverschämt niedrig war, beschloss ich kurzerhand und einer inneren Eingebung folgend, die meiner natürlichen Art eigentlich völlig entgegengesetzt ist, das Angebot anzunehmen und die Unterlagen für den Mietvertrag noch an Ort und Stelle zu unterzeichnen.

So vergingen die folgenden Tage in konzentrierter, aber entspannter Vorbereitung auf mein neues Leben. Ich besorgte mir notwendige neue Möbel, nahm manche liebgewonnene Stücke mit und zog schlussendlich in der Woche vor Semesterbeginn ein.

Natürlich hatte ich da schon alle Hände voll zu tun mit Vorbereitungen für die Seminare und solchen Dingen, doch will ich an dieser Stelle nicht unnötig viel davon berichten, denn diese Dinge tragen nichts weiter zur Sache bei und lenken mich nur davon ab, zum Kern der Angelegenheit zu kommen.

Es war spät am Abend des 28. September. Ein Freitag. Nächsten Montag würde das Semester beginnen und ich hatte noch einen ganzen Berg Arbeit vor mir, der mich immer mehr zu belasten drohte, je weiter die Zeit voranschritt.

Unter dem hellgelben Licht meiner Schreibtischlampe versuchte ich voller Müdigkeit Exzerpte von Diekmann und Owen zur Spieltheorie zu erstellen, wobei mir die klare Strukturierung der Texte einfach nicht mehr gelingen wollte, als ich ein Rumoren und Schreien im Nachbarzimmer genau hinter der sich vor mir befindlichen Wand hörte. Es waren keine echten Personen, die diesen Lärm verursachten, das hörte ich sofort, und ich möchte an dieser Stelle ausdrücklich darauf hinweisen, dass ich mir dieses Wissens zu jeder Zeit sicher war und auch heute noch bin. Nebenan hörte anscheinend jemand sehr laut Musik oder sah einen Film.

Verärgert ob der Störung, aber insgeheim auch ein wenig dankbar für die Unterbrechung meiner fruchtlosen Arbeit, ließ ich von den Texten ab, trat zur Tür und auf den Flur hinaus und ging zum Eingang der Nebenwohnung, aus der der Krach zweifellos kam.

Ich blickte mich in dem leeren dunklen Hausflur um und lauschte, konnte hier draußen jedoch nichts von dem dröhnenden Gelärm vernehmen. Ich horchte noch ein paar Sekunden länger, wobei ich selbst nicht genau wusste, was ich denn hätte hören sollen, schritt dann zur Tür der Wohnung nebenan und klopfte dreimal laut gegen das braun gemaserte Holz. Dabei senkte ich meinen Kopf und versuchte mit zusammengekniffenen Augen, den von Hand geschriebenen und mittlerweile verschmierten Namen am Klingelschild zu entschlüsseln.

Gerade als ich die Buchstaben zu „L. Kellermann" entziffert hatte, ertönten Schritte hinter der Tür, kurz darauf erklang ein sich öffnendes Schloss und dann schwang die Tür auf, erst einen Spalt breit und dann, wahrscheinlich nachdem die hervor lugende Person mich weder als kriminell noch gewalttätig eingeschätzt hatte, zur Gänze.

„War ich zu laut? Bitte entschuldigen Sie, das tut mir leid. Ich vergesse manchmal, dass ich ja jetzt einen Nachbarn habe."

Eine recht hohe, aber sehr freundliche und zuvorkommende Stimme erklang da aus dem Inneren des Raumes und ich war merklich überrascht, den schmächtigen jungen Mann vor mir zu sehen, der damals bei der Besichtigung der Wohnung so scheu an uns vorbei gehastet war.

Auf jenen ersten, einige Tage alten Eindruck folgte nun der Zweite, und der war nicht minder unschmeichelhaft: Das Gesicht war leicht verschoben, die Haut blass und übersät mit vielen kleinen roten Pickelchen. Das Haar war ohne Zweifel erst kürzlich beim Friseur zurecht gemacht worden, doch half das nichts bei diesen dünnen schwarzen Haaren, die in wenigen fettigen Strähnen und entlang zweier riesiger, kahler Geheimratsecken traurig und kraftlos am Kopf klebten.

Mein Gegenüber sah kränklich aus und seine recht geringe Größe – er reichte mir gerade so bis fast an die Schultern – erzeugten in mir, ich muss es zu meiner Schande gestehen, im ersten Moment Abscheu, dann das beschämende Gefühl der Überlegenheit. Aus diesen, kein gutes Licht auf meine eigene Person werfenden, Empfindungen resultierte kurz darauf Mitleid und, da die höfliche Stimme noch in meinem Ohr klang, spontane Sympathie.

Ich muss wohl einige Momente so dagestanden und ihn angeblickt haben, denn der junge Mann, er war höchstens Zwanzig, hob nach einem Räuspern von neuem an zu reden: „Nun ja, da wir uns noch nicht kennen, ich bin Ludwig, Ludwig Kellermann. Bitte entschuldigen Sie nochmals die Störung, ich werde Sie nicht mehr belästigen."

Nun war ich doch etwas verlegen, denn mein Verhalten musste sehr seltsam wirken auf den freundlichen Blässling. Ich beeilte mich also, mich selbst vorzustellen, reichte meinem Nachbarn dann die Hand – diese Geste musste von mir kommen, denn ich war ja unzweifelhaft, wenn auch nicht mit vielen Jahren Abstand, der Ältere, auch wenn ich eigentlich kein Freund solcher Formalitäten bin – und sagte viel weicher, als ich es beim Heraustreten auf den Flur noch vorhatte: „Ist schon in Ordnung, das kann ja jedem Mal passieren. Ich bin nur gerade noch am Arbeiten, und da hat mich die Musik doch etwas irritiert."

Beim Erwähnen der Musik fiel er mir sofort ins Wort, was ihn selbst im Nachhinein wahrscheinlich noch mehr überrascht hatte als mich.

„Nein, keine Musik. Also nicht wirklich, ich schaue Filme.", platzte es aus ihm heraus, und ich konnte sehen, wie wichtig ihm diese in unserer Situation eigentlich nebensächliche Korrektur war, und wie peinlich gleichzeitig ihr so drangvolles Vortragen.

„Oh, bitte verzeihen Sie, das tut natürlich nichts zur Sache. Es wird Sie sicher nicht interessieren, warum ich Sie bei Ihrer Arbeit störe."

Ich muss zugeben, es amüsierte mich, wie er mich konsequent siezte, obwohl ich nun auch nicht so viel älter war als er und wir uns zudem in diesem sehr privaten Rahmen befanden. Außerdem mochte ich ihn immer mehr, und seine anscheinend für ihn sehr wichtige Unterscheidung machte mich neugierig. Ich muss noch hinzufügen, dass dies hier mein erstes persönliches Gespräch in dieser neuen Stadt war und es sich gut anfühlte, endlich wieder mit anderen Menschen zu verkehren.

Darum sagte ich, als ich sah, dass er sich selbst verwünschte für seine unbedachte Aussage und gerade im Begriff war, die Tür rasch wieder zu schließen: „Erstmal, Ludwig, bitte rede mich beim Vornamen an. Wir sind doch jetzt Nachbarn. Und zweitens interessiert es mich schon, denn ich schaue auch gern Filme. Was siehst du dir denn an?"

Das war nicht gelogen, denn ich hatte die Begeisterung für die bewegten Bilder von meinem Vater übernommen, der selbst eine recht umfangreiche Sammlung verschiedenster Streifen besaß. Die Phase, in der ich mich intensiv mit Genres, Regisseuren und Schauspielern auseinandergesetzt habe, lag zwar schon etwas zurück, woran nicht zuletzt die durch Studium und Nebentätigkeiten zunehmend schwindende Zeit Schuld trug, doch faszinierte mich dieses Medium nach wie vor, und ich sah, dass es ein Zugang zur weiteren Unterredung mit meinem Nachbarn sein konnte.

Umso enttäuschter war ich von Ludwigs Reaktion: Erst schien er innerlich um irgendetwas mit sich zu kämpfen, so, als ob er krampfhaft überlegte, ein Geheimnis mit mir zu teilen oder nicht, doch dann schien seine Entscheidung gefallen zu sein und er sagte nur hastig, nun wieder in der schüchternen leisen Stimme von damals vor dem Haus und den Kopf leicht gesenkt: „Ich mag ... eindrückliche Filme. Es tut mir leid, aber es ist schon spät. Ich muss schlafen und Sie, äh *du* willst bestimmt weiterarbeiten. Bitte entschuldige noch einmal die Störung."

Ohne ein weiteres Wort oder einen verabschiedenden Blick schloss er die Tür und ich war wieder allein in dem leeren Flur des Plattenbaus. Ich konnte mir keinen Reim darauf machen, doch verlangte die Spieltheorie schon kurz darauf wieder meine ganze Aufmerksamkeit, sodass ich diese Begegnung mit Ludwig bereits am nächsten Tag wieder aus dem Sinn hatte. Laute Geräusche konnte ich seitdem nicht mehr vernehmen.

Es war zwei Wochen später, als ich nach einem langen Tag an der Uni nach Haus kam und an meiner Tür einen schmuddeligen, handgeschriebenen Zettel geklebt fand:

„Wenn du Lust hast, komm doch zu mir rüber. Wir können einen Film zusammen sehen. L. K."

Ich muss sagen, ich freute mich ehrlich sehr über diese Überraschung und klopfte umgehend, nachdem ich mich frisch gemacht und eine Kleinigkeit gegessen hatte, an Ludwigs Tür. Fast sofort sprang sie auf und das bekannte, bleiche Gesicht sah mich lächelnd an, ich meine sogar, etwas Erleichterung in diesem Blick vernommen zu haben, doch kann ich mich da auch täuschen.

Ich betrat also Ludwigs Wohnung, und was mir sofort auffiel, waren die schweren, schwarzen Vorhänge, die vor den Fenstern hingen und alles in ein trübes, düsteres Licht tauchten. Selbst bei voller Sonneneinstrahlung musste man die Lampen einschalten, wollte man ein Buch lesen oder ähnliches.

„Bitte entschuldige, dass ich dich so kurzfristig einlade. Ich dachte nur, weil du ja sagtest, dass du auch Filme magst, nun ja, und da wollte ich dir was zeigen, weißt du... nicht einmal aufgeräumt habe ich."

Ludwig schien sehr aufgeregt zu sein, und ich war mir sicher, dass er nicht sehr oft Besuch bekam. Genauer gesagt, habe ich nicht ein einziges Mal jemanden zu ihm kommen sehen, außer..., nun, außer man zählt diese grässlichen *Dinge* als Besucher... doch dazu später.

Ich schaute mich also im spärlich möblierten Zimmer um, und in der Tat war einige Unordnung hierin, die ich mir selbst nie erlaubt hätte. Doch war dies nicht weiter schlimm, denn meine Aufmerksamkeit wurde sofort auf die, entgegen allem Übrigen, scheinbar bis ins letzte Detail durchdacht sortierte Sammlung von DVDs und alten VHS-Tapes gelenkt. Zwar offenbarten sich mir beim Betrachten die Ordnungskriterien nicht sofort, doch war hier zweifellos alles an seinem ihm zugewiesenen Platz.

Und schon sehr bald wurde mir klarer, was genau Ludwig mit seiner schwammigen Formulierung von ‚eindrücklichen' Filme meinte: Es waren dies Filme, die ich selbst auch eine Zeitlang sehr gern mochte und bei denen ich mich auch recht weit in das Genre eingearbeitet hatte, bis ich es dann aus diversen Gründen nicht mehr weiter verfolgt habe; eine Mischung aus Avantgarde und derbster Gewalt, Splatter mit sonderbarer, schwer nachzuvollziehender Handlung; Filme, die aus den Dunstkreisen des Arthouse und – dem entgegengesetzt – der untersten Schmuddelebene stammten und meistens bedenkenlos beiden Enden der Skala von Anspruch und Schund zugerechnet werden konnten.

Vielleicht können einige Beispiele dem Leser verdeutlichen, was ich versuche zu sagen: Da standen beispielsweise alle sechs Teile des japanischen *Guinea Pig*, ebenso komplett Fred Vogels widerwärtige *August Underground*-Trilogie. Argentos visuelle Meisterwerke *Suspiria* und *Inferno* hatten ihren Stellplatz genau wie die teils unerträglichen Werke Gaspar Noés.

Ich begann zu ahnen, warum er das Wort ‚eindrücklich‘ gebraucht hatte, denn es fehlten die in solchen Sammlungen sonst üblichen Horrorfilm-Vertreter wie *Texas Chainsaw Massacre*, *Dawn of the Dead* oder, für die Intellektuellen: *Nosferatu*. Die Titel, die sich in dem Moment vor mir zeigten, hatten nicht diese berechenbare Filmsprache, wie sie vor allem den amerikanischen Produktionen eigen ist; alle diese Werke hier vor mir in den Regalen und Schränken gingen beim Schauen an die Substanz, sie konnten in ihrer Härte, Botschaft und Intensität geradezu unerträglich auf den Zuschauer wirken.

Ich bemerkte, wie Ludwig mich interessiert und ein wenig nervös beobachtete, sicherlich wartete er auf meine Reaktion zu dieser Sammlung und befürchtete wahrscheinlich Unverständnis oder Ablehnung. Und ich muss zugeben, mit diesem Sujet hatte ich auch nur bedingt gerechnet, doch war mir dies im Prinzip nicht so wichtig, denn das lange vermisste Abschalten von

Arbeit und Alltag hatten für mich Priorität ebenso wie mir, wie gesagt, dieser spezielle Typus Film auch nicht fremd war.

Höflich und durchaus nicht uninteressiert betrachtete und bewunderte ich seine Sammlung und bald schon saßen wir gemeinsam vor dem Bildschirm und schauten Elias E. Merhiges merkwürdig erhabene und rätselhafte Werke *Begotten* und *Din of celestial Birds*. Wie nicht anders zu erwarten, spielte sich alles in nahezu völliger Dunkelheit ab, was dazu führte, dass das Bild des Fernsehers grimmig in die Augen stach und das Erlebnis des Sehens noch eindrücklicher wurde, als es ohnehin schon war.

An diesem ersten Abend fiel mir auf, dass Ludwig wie gebannt auf die Bilder starrte und nicht ein einziges Mal aufschaute. Auch redete er nicht, solange der Film lief, und meine kurzen Kommentare zum Gezeigten stellte ich bald ein, denn ich merkte, dass ich ihn damit sogar verärgern konnte.

Umso aufmerksamer beobachtete ich ab und zu meinen Nachbarn und erkannte mit einiger Abneigung, dass er in seiner geistesabwesenden Konzentriertheit beinahe ununterbrochen an seinen Fingernägeln kaute. Und als ich später, nach dem Film und bei mehr Licht, auf seine Hände blickte, da sah ich seine heruntergefressenen Nägel.

Und ein weiterer Umstand irritierte mich, fügte sich aber nahtlos in das Bild vom filmbesessenen Ludwig ein: Wenige Minuten nach dem Abspann begann er, den Film von Neuem zu starten.

„Was machst du da, Ludwig? Willst du ihn nochmal sehen?"

Und als ob es die normalste Sache der Welt wäre, antwortete er: „Natürlich. Das Innerste eines Filmes offenbart sich doch erst nach und nach. Oder hörst du ein Lied, welches dir gefällt, nur ein einziges Mal?" Darauf wusste ich nichts zu entgegnen, verabschiedete mich aber für den Abend, denn es war auch schon spät geworden.

Trotzdem war ich dankbar für die Einladung, denn Ludwig stellte sich ansonsten als ein überaus zuvorkommender und freundlicher Mensch heraus, und seit diesem Abend trafen wir uns in mehr oder weniger regelmäßigen Abständen zu Filmabenden, meist einmal alle zwei oder drei Wochen. Seltsamerweise sah ich ihn sonst nie; weder im Haus noch in der Stadt oder an der Uni, denn einmal sagte er zu mir, er studiere, ohne jedoch weiter zu erläutern, welches Fach. Und eines Abends stellte ich ihm die Frage, die sich sicherlich die meisten Leute stellen und über die auch ich bei mir selbst vor Jahren lange gegrübelt hatte, ohne auf eine wirklich befriedigende Antwort zu stoßen:

„Warum diese Filme? Was fasziniert dich an ihnen, Ludwig?" Sobald meine Worte ausgesprochen waren, schaute er mich lange an und wieder schien er innerlich mit sich zu ringen, ob er ein Geheimnis preisgeben sollte oder nicht, doch hellten sich seine Züge nach der gefällten Entscheidung diesmal auf und es schien, als wartete er schon lange darauf, diese Gedanken endlich laut aussprechen zu können. Ich kann fast den genauen Wortlaut wiedergeben, auch nach dieser recht langen

Zeit, denn mit Grauen erinnere ich mich seiner Ausführungen und es läuft mir kalt den Rücken herunter, jetzt, wo ich sein Gesagtes aufschreibe und weiß, was noch kommen sollte.

„Filme sind Werke", sagte er, „Werke, die Welten erschaffen. Jeder Film kreiert seine eigene Welt, in die man als Zuschauer, situiert in seiner eigenen Lebenswelt, einen kurzen Blick hineinwerfen kann. Die meisten Filme rauschen dabei an unseren Augen und Gedanken vorbei, fesseln uns vielleicht kurz, bleiben eventuell sogar in guter oder schlechter Erinnerung, doch sind bloß Fenster in fremde, fiktive Welten.

Gute Filme, eindrückliche Filme, schaffen es aber, in die Welt des Zuschauers zu dringen, etwas zu *verändern*, in ihr und beim Zuschauer, verstehst du? Du schaust hin, wie gewöhnlich, doch dann ist da etwas, was dir den Atem raubt, was dich dazu bringt, dich nicht abzuwenden, weder mit den Augen, noch mit den Gedanken. Ein eindrücklicher Film kriecht in dich hinein und *bereichert* dich in dem Moment, wo er deine Lebenswelt verändert. Nach einem guten Film bist du nicht mehr der, der du warst, bevor du ihn gesehen hast. Ein Teil seiner Welt ist auf deine übergegangen und du bist auf ewig mit den Bildern verbunden."

Ich war überrascht von seinem plötzlichen Redefluss, musste aber nachfragen: „Du meinst, wenn ich dich richtig verstehe, ein guter Film lässt dich nicht mehr los? Hast du dieses Gefühl schon erlebt?"

„Oh, ich dachte, ich hätte das Gefühl schon erlebt, oftmals sogar. Ich denke sogar, dass das viele Menschen schon einmal dachten. Dass es einen nicht mehr loslässt, ist eine ganz gute Beschreibung, aber dieser Zustand muss für immer sein, weißt du? Es reicht nicht, wenn der Film einen einige Tage, Monate oder Jahre begleitet, und dann doch wieder gewöhnlich wird. Es muss für immer sein, verstehst du? Es ist fast wie eine Droge. Es reicht nicht, dieses Gefühl einmal zu spüren und dann flaut es ab, ich will es wieder und wieder. Und je mehr man schaut, desto schwieriger wird es, dieses Gefühl überhaupt zu bekommen."

„Man stumpft ab.", warf ich ein, in der Hoffnung, ihn nicht unterbrochen zu haben.

„Abstumpfen ist ein plumpes Wort, aber es mag den Sachverhalt erklären, ja. Jeden Film, den du siehst, vergleichst du innerlich mit allen bisher gesehenen und bewertest ihn dann im Anschluss. Ein neuartiger Film, beispielsweise der erste eines gewissen Genres, welches du siehst, berührt dich in der Regel auch am meisten. Witze bringen dich das erste Mal zum Lachen. Kommt derselbe oder ein ähnlicher Humor in einem späteren Film, wirst du nicht mehr so sehr lachen. Der erste Horrorfilm macht dir Angst, die nachfolgenden nicht mehr, außer sie sind *besser*. Siehst du jetzt in etwa, was ich meine? Doch es geht mir nicht darum zu lachen, zu weinen oder mich einfach zu fürchten. Ich will *berührt* werden. Und ich bin auf der Suche nach dem Film, der mich endgültig berührt, der mich nie wieder loslässt, egal, was danach noch kommen mag. Ich suche *den* Film, der mein Leben für alle Zeit verändert in einem Maße, das mich überwältigt. Und in diesem Genre hier denke ich, am ehesten fündig zu werden. Hier werden Grenzen überschritten, und diese

Überschreitung, ob nun formaler oder inhaltlicher Art, ist oftmals der Aspekt, der die innere Saite in mir anschlägt. Hier hatte ich bisher am häufigsten das Gefühl, die Filmwelt verändert mich, auch wenn sich dies bisher leider immer als Strohfeuer herausgestellt hat, welches mich nach seinem Erlöschen nur noch mehr zur Suche anstachelt."

„Ich denke, dass deine Suche niemals enden wird, Ludwig, denn auch du entwickelst dich weiter, deine Persönlichkeit, und mit den Jahren verschiebt sich auch deine Wahrnehmung und deine Bewertung von den Filmen ändert sich."

„Ich wusste, dass du so etwas in der Art entgegnen würdest", sagte er mit einem schiefen Grinsen auf seinem blassen Gesicht. „Aber dieser Punkt ist einfach eine Glaubensfrage, und ich bin fest davon überzeugt, eines Tages das Ziel meiner Suche zu erreichen."

Damit war alles gesagt und seine Worte beschäftigten mich noch einige Zeit, doch konnten seine Argumente mich nicht überzeugen. Auch hatte ich den Eindruck, dass er sich etwas zu sehr auf diese Filmsache versteift hatte und den Rest seiner eigenen … nun ja, Lebenswelt etwas vernachlässigte. Doch ließ er sich auch nie darauf ein, abends etwas anderes zu unternehmen als Filme zu schauen, und dies war, so pathologisch das Verhalten auch schien, im Endeffekt seine Sache, und ich mischte mich nicht weiter ein, sondern schaute mit ihm zusammen.

So kam es also, dass wir ungefähr anderthalb Jahre lang unsere Treffen beibehielten und er mir weitere Exemplare und Neuanschaffungen seiner Sammlung zeigte, die immer wieder erschreckendes, aber auch faszinierendes Neuland meiner Filmsozialisation darstellten.

Ich wurde Zuschauer von Andrey Iskanovs vierstündiger Weltkriegs-Folterdokumentation *Philosophy of a Knife* und Lucifer Valentines obszöner und kranker *Vomit Gore*-Trilogie, ließ mich von Marian Doras *Melancholie der Engel* verwirren und verstören, oder von der schlichten realen Grausamkeit von Georges Franjus historischem *Le Sang des Bêtes* bedrücken.

Und jedes Mal ging ich nach dem Film hinüber in meine Wohnung, denn Ludwig machte sich unmittelbar nach dem Abspann daran, den Titel neu zu starten und ihn sich dann erneut bis zu drei oder viermal anzuschauen.

Doch nach diesen anderthalb Jahren kam der Punkt, an dem Ludwigs verbissene und verbitterte Suche ihn weiter trieb in Bereiche des Films, die ich nicht mehr mit mir vereinbaren, und in die ich ihm somit nicht folgen konnte. Er zeigte mir von ihm im Internet gesammelte Clips diverser Snuffs, meist aus Dritte-Welt-Ländern wie Thailand, Indien oder Bolivien, die mich angeekelt wegschauen und erbrechen ließen. Seine gesamte Festplatte war voll mit diesem Zeug, auch hier ordentlich sortiert nach Herkunft und Entstehungsjahr. Ich weiß nicht, wo er seine Quellen hatte und wie er das ganze Material ungestraft heranholte, doch ist er auch zu Kopien der Manson-Tapes gekommen, welche den verrückten Sektenführer im Kreise seines Zirkels, seiner Family zeigen, wie er dabei zusieht, als seine Jüngerinnen die gefangenen Opfer erniedrigen und abschlachten, während im Hintergrund seine selbstgeschriebenen Lieder gespielt werden.

Ich bekam Alpträume allein von den Vorschaubildern dieser Dateien und den Covern der Hüllen, denn ich weigerte mich, diese Sachen mit ihm zu sehen; bekam Kopfschmerzen tagsüber, und immer waren die hässlichen Anblicke vor meinem inneren Auge.

Ich weiß selbst nicht wieso, doch hielt mich diese Entwicklung nicht davon ab, weiter zu Ludwig zu gehen. Die finsterste und beschämendste Art der Angstlust hatte mich wohl befallen, denn die Filme, die ich bei ihm sah, faszinierten auch mich auf eine unergründliche Art und Weise und so schob ich meine begründeten Bedenken aus egoistischen und ignoranten Gründen beiseite.

Ganz besonders stolz war er eines Tages auf einen alten CD-Rohling, welchen er in einem, wie er sagte, schmutzigen kleinen Laden für viel Geld erstanden hatte, und auf dem sich tatsächlich einige wenige Sekunden lange Ausschnitte aus Hans Backovics mythenumwittertem *La Fin Absolue du Monde* befanden, anscheinend – und zum Glück! – bereits mehrfach von verschiedenen Fernsehgeräten abgefilmt und somit in einer mehr als grässlichen Qualität, die auf dem verpixelten, wackeligen und unscharfen Bild so gut wie nichts erkennen ließ. Doch selbst die wenigen Eindrücke – denn hier ließ ich mich überreden, trotz erheblicher Zweifel doch mitzuschauen – genügten mir, ohne weitere Worte aus dem Zimmer zu flüchten, in wilder Angst die Tür hinter mir zuzuwerfen und mich in meinem Bett zu verkriechen, schweißgebadet und mit rasendem Herzen.

Ludwig selbst schien mir nicht einmal in diesem Moment hinterhergeschaut zu haben, so vertieft war er in diese Abscheulichkeiten, die mich in ihren bloßen Andeutungen halb wahnsinnig gemacht hatten.

An diesem Tag endeten unsere Treffen und ich wagte nicht, ja, wollte nicht wieder in diese Wohnung zurück und dem in meinen Augen mittlerweile auf dem besten Wege zur Verrücktheit sich befindlichen Ludwig in die Augen sehen. Die ersten Wochen nach diesem Vorfall beeilte ich mich, morgens zeitig aus dem Haus zu kommen, meist sogar eine oder zwei Stunden früher als eigentlich notwendig war. Abends suchte ich mir verzweifelt Beschäftigungen, um nur ja nicht zu pünktlich wieder zu Haus sein zu müssen.

Im Nachhinein war dies genau die richtige Entscheidung, denn durch die vielen Club- und Kneipenbesuche konnte ich abschalten, neue Leute kennenlernen und nach und nach vergessen, was geschehen war, bis ich an dem Punkt angelangt war, an dem mein Geist das Grausame erfolgreich ausgesperrt und verdrängt hatte, und ich wieder beruhigt in meiner schönen Wohnung leben konnte. Ich schloss dieses Kapitel für mich. Ja, bald kam es mir sogar töricht vor, damals so eilig aus dem Zimmer gerannt zu sein und seitdem jeden Kontakt zu Ludwig abgebrochen zu haben. War das nicht doch etwas übertrieben gewesen?

Ach, hätte ich doch gleich auf meine gequälte Seele gehört! Ich hätte ausziehen und diesen schrecklichen

Ort, ja, eigentlich die ganze Stadt sofort verlassen sollen. Dann hätten die namenlosen Gräuel, die sich bald darauf zeigten, sich mir nie offenbart und ich könnte auch heute noch ein glücklicher Mensch sein!

Ludwig selbst lud mich einige Wochen nach meinem Beinahe-Zusammenbruch noch ein paar Mal ein, zu sich zu kommen, doch ich zerknüllte die kritzeligen Zettel an meiner Tür sofort, zerriss sie und schmiss sie hinaus in die Mülltonnen, denn nicht einmal in meinem eigenen Papierkorb wollte ich sie haben. Zwar hatte sich mein Seelenzustand wieder erholt, doch war da eine Mauer, hinter der das Gesehene bei Ludwig versiegelt war, und ich wollte diese Mauer nicht zum Einsturz bringen, ja, wollte sie nicht einmal aus weiter Entfernung ansehen.

Bald war ich wieder soweit hergestellt, dass ich nicht mehr die meiste Zeit außerhalb der Wohnung verbrachte, denn die Arbeit nahm mich immer mehr ein, und so hielt der Alltag wieder Einzug. Manchmal stand ich sogar unschlüssig vor Ludwigs Tür, kurz davor, anzuklopfen und ein paar klärende Worte zu sagen, denn mittlerweile kam ich mir sehr unfair vor, den kränklichen Jungen, der immer so freundlich und nett zu mir gewesen war, von einem Augenblick auf den anderen einfach so ignoriert zu haben. Aber stets befiel mich in diesen Momenten ein unerklärliches Zittern und ich brachte es nicht über mich.

Eines Tages aber, es war ein warmer Juliabend und ich kam nach einem Essen recht spät nach Haus, kam es wie es kommen musste, und ich traf Ludwig im Hausflur. Es war eine seltsame Situation, keiner von uns beiden wusste, was er sagen sollte, bis ich das Eis brach und ihn recht blöde fragte: „Und, wie geht's?"

Zu meiner Überraschung entwickelte sich ein kleines Gespräch, in dessen Verlauf Ludwig sich dann sogar entschuldigte, mir damals diese schrecklichen Filmfetzen aufgedrängt zu haben. Eine gewisse Schwere löste sich in mir, denn endlich fand eine Art Aussprache statt zwischen mir und Ludwig, meinem Nachbarn und, so gesehen, erstem Freund in dieser Stadt. Und dann, sei es im Eifer dieses positiven Gefühls gewesen oder einfach aus leichtsinniger Gewohnheit, fragte ich ihn, ob seine Suche denn mittlerweile erfolgreich gewesen war, und sogleich verwünschte ich mich dafür, denn nun stand ich selbstverschuldet und ohne Not meiner Mauer im Kopf wieder gegenüber.

Ludwig hingegen schien sich über diese Frage zu freuen, denn er hob seinen Kopf und fing an, mir diverse Titel aufzuzählen, auf die er in der Zwischenzeit gestoßen war und die ihn, wie er hoffte, weiter zu seinem Ziel tragen würden. Und er nannte so scheußliche Filme wie *Der Verlorene* von Garósz Puhl, *In den weißen Gärten der Träume* von Le Fracheiu oder *La Suerte a Leng*, alles Namen, mir teilweise aus Gerüchten oder nur Urban Legends bekannt, die meine Nackenhaare sich aufrichten und meine Nasenflügel erbeben ließen. Es waren dies abscheuliche Filme, sofern sie denn wirklich jemals entstanden sind, menschenverachtende Widerwärtigkeiten auf Zelluloid, deren Urheber durch und durch wahnsinnige Köpfe waren. Freundlich, aber bestimmt, gab ich ihm zu verstehen, dass ich nichts weiter davon hören wollte, verabschiedete mich und schloss mich in meiner Wohnung ein, wo ich ein heißes Bad nahm, um den Schrecken der Worte von mir zu waschen.

Es klebten nie wieder Zettel an meiner Tür, doch traf ich Ludwig nun öfter auf dem Flur oder draußen vor dem Haus und mir war, als hätte sich mein Nachbar nach meinem plötzlichen Wegstürmen damals auch von mir ferngehalten, und war nun, da wir kurz miteinander geredet hatten, nicht mehr so bedacht darauf, mir aus dem Weg zu gehen, sodass sich unsere Wege nun öfter kreuzten, wenn auch nicht häufig. Und jedes Mal hielten wir einen kleinen Plausch, und jedes Mal brach ich das Gespräch ab, wenn er auf seine unsäglichen Filme zu sprechen kam, von denen ich meistens geglaubt hatte, sie seien nur Legende. Und bei jedem dieser Male wirkten seine Augen auf mich etwas entschlossener und er klang irgendwie zuversichtlicher, den von ihm gesuchten Film tatsächlich zu finden.

Es waren wieder einige Monate vergangen und ich hatte etliche Seminararbeiten zu korrigieren, als nach langer Zeit wieder Lärm von Ludwigs Filmen durch die Wand an mein Ohr drang. Ich konnte nicht viel verstehen, doch waren Schreie und eine seltsame, an afrikanische Trommelrhythmen erinnernde Musik zu hören. Ich seufzte, denn ich wollte noch einiges von meinem Stapel abarbeiten, zögerte noch ein Weilchen, stand dann aber doch auf und ging schweren Schrittes zu Ludwigs Tür. Ich klopfte, und kurz darauf spähte das picklige, weiße Gesicht durch den Türspalt. Mit seltsam leerem Blick, so als wäre er noch im Halbschlaf, sah er mich an und entschuldigte sich mit kraftloser Stimme für die Störung.

„Tut mir leid, ich habe nicht auf die Uhrzeit geachtet. Ich werde den Ton leiser stellen."

Damit schloss er die Tür sofort wieder und drehte in der Tat die Lautstärke leiser. Doch hatte mich sein Anblick sehr erschreckt, denn neben dem Blick und der dünnen Stimme waren mir seine Fingerkuppen aufgefallen, die ausnahmslos blutig genagt waren, teilweise bis hinunter auf das Nagelbett.

Ich muss gestehen, dass mich dieses Ereignis zwar beunruhigt, aber – und wieder muss ich Asche auf mein Haupt streuen – nicht zum Handeln bewegt hat. Ich verdrängte meine Sorgen zugunsten der Arbeit und konnte mein schlechtes Gewissen so beruhigen. Ach, wäre ich doch eingeschritten! Rückblickend gesehen war dies die wahrscheinlich letztmögliche Gelegenheit, die Seele meines armen, kränklichen Nachbarn zu erretten. Denn einige Wochen später, ich hatte Ludwig in der gesamten Zeit nicht mehr gesehen, begann der Terror.

Ich lag in meinem Bett und wollte schlafen, es war bereits mitten in der Nacht, als erneut Geräusche von nebenan an mein Ohr drangen. Ich war jedoch zu müde, um noch einmal aufzustehen und bei Ludwig um Ruhe zu bitten. Also beschloss ich, die Töne so weit wie möglich zu ignorieren und mich auf mein Einschlafen zu konzentrieren. Und wie ich so vor mich hindämmerte, fiel mir auf, dass da wieder die seltsamen afrikanischen Rhythmen waren, die durch die Wand drangen, doch dann glitt ich auch schon ins Reich der Träume.

Zwei Tage später wiederholte sich das Ganze und diesmal, noch weitaus wacher als zwei Tag zuvor, erkannte ich die Trommelmusik ohne Zweifel wieder. Ein ungutes Gefühl beschlich mich. Konnte es sein, dass Ludwig denselben Film schaute wie vor einigen Wochen, als er in diesem seltsam bedauernswerten Zustand an die Tür kam? Konnte es sogar sein, dass er seit jenem Abend die ganzen Wochen über *nur diesen* Film gesehen hatte?

Meine Beunruhigung wuchs weiter, ja, ich bekam sogar Angst. Irgendetwas in mir hinderte mich daran, nach nebenan zu gehen und um Ruhe zu bitten. Warum auch immer, ich ließ das Getöse und Getrommel über mich ergehen, lauschte sogar an der Wand, um mehr zu hören. Doch dieser ganze Film, so wie ich ihn wahrnahm, ergab keinen Sinn. Die ganze Zeit über lief das hypnotische Trommeln und in unvorhersehbaren Abständen ertönten darüber andere Laute wie Donnergrollen oder ein tiefes Brummen. Ich kann nicht sagen, warum, aber meine Hände wurden bei diesen Klängen kalt wie Eis und ich hatte Mühe, in Ruhe zu atmen. Doch irgendwann, einige Stunden später, verstummte alles und ich fiel in einen fiebrigen, dunklen Schlaf, der keine Erholung brachte.

Gleich am nächsten Abend drangen erneut die Trommelschläge durch die Wand und auch das Krachen und Rascheln dazwischen. Und wieder überkam mich dieses seltsam grundlose Gefühl der Beklemmung, während ich lauschte.

Doch da mischten sich plötzliche andere Laute mit in die beengende Musik, seltsame Kriech- und Schmatztöne, als bewege sich etwas Großes, Schleimiges langsam und zäh über festen Boden und ziehe eine glitschige Gallertspur hinter sich her. Ab und zu klang es, als würde der Inhalt roher Eier an die Wand geschmissen und fließe nun langsam und dickflüssig dem Boden entgegen. Dazwischen glaubte ich ein Glucksen und Blubbern zu hören, wie von übergroßen Drüsen, die ununterbrochen fauliges Sekret ausschieden.

Das Schlimmste daran waren jedoch nicht die Geräusche an sich, sondern dass ich ziemlich sicher zu hören glaubte, dass sie *nicht aus dem Fernseher stammten!* Ich bekam es mit der nackten Angst zu tun und vergrub mich unter meiner Decke, wie furchtsame Kleinkinder es tun, und zitterte am ganzen Leib.

Am nächsten Morgen, als die Sonne durch mein Fenster schien und die letzten warmen Ausläufer des Sommers mich weckten, sah ich die Sache freilich schon wieder ganz anders und lachte gar über meine blühende Phantasie, die sicherlich noch von dem schrecklichen Filmerlebnis damals bei Ludwig herrührte. Ich beschloss, meinen überspannten und gestressten Nerven bald einen Urlaub zu gönnen. So verbrachte ich den Tag erfolgreich damit, mir etwas vorzumachen, doch kehrte der Schrecken in der Nacht wieder, und diesmal noch schlimmer als zuvor.

Zu Beginn schlugen dumpf die afrikanischen Trommeln ihren öden, elegischen Rhythmus. Schon bald darauf schmierte und kroch es wieder nebenan, nur wenige Meter von mir entfernt, als wälzten sich schleimig riesige Körper durch Ludwigs Zimmer. Alles Blut wich aus meiner Haut, sodass mein Gesicht sich beinahe so bleich anfühlte wie das meines Nachbarn, denn erneut glaubte ich sicher herauszuhören, dass die Quelle dieser widerwärtigen Töne nicht im Fernsehgerät lag – und nun waren sie sogar noch lauter als in der Nacht zuvor!

Ich starrte, ohne mich anderweitig zu bewegen, stumm und stur auf die Wand hinter meinem Schreibtisch, die an Ludwigs Wohnung grenzte, und lauschte weiter mit wachsendem Entsetzen, unfähig etwas anderes zu tun oder zu denken. Zu dem Glucksen und Schmatzen kamen nun noch verschiedene hohe Pfeiftöne und penetrantes Schaben hinzu, welches klang, als liefe eine Wespe über Holz, nur hundertmal lauter.

Ich glaubte, wahnsinnig zu werden, und glaube es ein wenig immer noch, denn mein Verstand weigert sich nach wie vor, diese abstoßenden Sinneseindrücke anzunehmen. In dieser Nacht muss ich gnädigerweise irgendwann in die Bewusstlosigkeit gefallen sein, denn ich erwachte erst gegen Mittag, auf meinem Fußboden liegend und mein Kopf dröhnte vor Schmerzen.

An diesem Tag setzte ich keinen Schritt vor die Tür und wartete, was weiter geschehen würde. So lange die Sonne schien und der Tag hell leuchtete, geschah nichts Besonderes. Doch sobald die Dunkelheit heraufgezogen war kam alles wieder: die Trommeln, die schleimigen Kriechgeräusche und das Pfeifen und

Schaben, und wieder war alles noch lauter als gestern! Mein Kopf drohte zu platzen, weil ich nicht wusste, was zu tun sei.

Dann hörte ich die Stimmen.

Aus fremden Kehlen stammten sie und unsinniges Glucksen und Schnattern stießen sie aus, doch ich wusste, dass dies Sprache sein sollte. Eine Sprache, die nicht menschlich war. Es klang, als hätten die Dämonen Hieronymus Boschs beschlossen, aus ihren Bildern zu steigen und unverständliche Wortfetzen von sich zu geben. Es waren ekelhafte Laute und noch heute muss ich würgen, wenn ich an die wenigen Worte denke, die ich glaubte, verstanden zu haben, und die ich hier, wenn auch widerwillig, aufschreiben will, auch wenn sie sich mit unseren Buchstaben nur annäherungsweise wiedergeben lassen: *„Ischakschar ... Li'tho-ahr ... Yog-So-Thoth ... Kahm-Uhhlthrik'a..."*

Mein Blut erstarrte jedoch erst zu Eis, als ich auch Ludwigs Stimme vernehmen konnte, wie auch er sprach, und zwar in derselben gottlosen Sprache wie diese akustischen Schrecknisse!

Panik überkam mich, und ich denke, es lag darin begründet, dass ich in meiner Verzweiflung nicht mehr wusste, was ich sonst tun sollte, dass ich plötzlich aufsprang, wie von Sinnen zu Ludwigs Eingang rannte und unter wildem Geschrei immer wieder gegen die Tür hämmerte. Ich schrie, er solle aufmachen, solle sich zeigen, er solle aufhören damit, und tatsächlich hörte ich nach wenigen Augenblicken träge Schritte aus der Wohnung.

Und wie erschrak ich, als ich Ludwig reden hörte, er klang wie weit entfernt, als ob er nicht mehr er selbst sei. Mechanisch klangen seine mühsam hervor gestoßenen Worte, die er an mich richtete, ohne dabei die Tür zu öffnen:

„Bitte entschuldige … die Störung … Ich mache … sofort leiser."

Und damit entfernte er sich wieder von der Tür. Mein Herz hämmerte wie wild, der Schweiß lief mir in Strömen den Körper herunter, doch die verstörenden Geräusche waren für den Moment verstummt. Ich atmete tief durch und versuchte, mich zu beruhigen.

Wahrscheinlich war ich derjenige, der sich untersuchen lassen sollte, dachte ich bei mir. Und dann erklang so laut wie noch nie das Kriechen und Schaben und Pfeifen und Glucksen, und die gottlosen Stimmen spien obszöne und widerwärtige Worte kosmisch-fremder Sprachen. Es erhob sich ein Sabbern und Geifern, als paarte sich diabolische Lust mit teuflischem Wahnsinn, und wurde immer lauter und lauter. Plötzlich ertönte Ludwigs gellender Schrei und die Zeit schien still zu stehen.

Erst als die entsetzten Schreie schierer Hilflosigkeit unter dem noch immer lauter werdenden Kriechen und Schmatzen langsam zu einem krächzenden Würgen erstarben, hatte ich es vermocht, die Polizei zu rufen. Noch immer stand ich heulend und panisch vor Ludwigs Tür und schrie seinen Namen und schlug mir die Hände blutig, doch wurden seine Laute immer leiser und leiser. Schließlich war fast nur noch das hässliche Kriechen und das Schmatzen zu hören, und dann klang es, als ob Leder langsam zerrissen würde. Dieses ekelhafte Reißen schwoll an, und schwoll an und dann war da ein Platzen, als wenn ein mit Schnecken und Schlamm gefüllter Ballon berste und ich übergab mich mehrmals. Dann wurde es langsam ruhig in dem Zimmer, denn auch das Schmatzen und Schleimen verstummte. Ich hatte alles hilflos mit anhören müssen.

Als die kurze Zeit später eintreffende Polizei die Tür zu Ludwigs Wohnung gewaltsam aufbrach, drang uns ein bestialischer Gestank wie von verwestem Fisch und gegorenen Innereien stechend und schmerzend in die Nase, und einer der Polizisten musste das Haus daraufhin sofort wieder verlassen.

Dicke, schweflige Nebelschwaden hingen träge und faulig in den Zimmern und verdunkelten die Sicht noch zusätzlich zu den wie üblich heruntergezogenen schweren Vorhängen. Das einzige Geräusch war das massive Rauschen des monoton in der Dunkelheit flackernden Fernsehgerätes, auf dem bis vor kurzem noch ein altes Video-Tape gelaufen war. Später, als die Untersuchungen abgeschlossen waren, habe ich dieses fleckige Stück Plastik mit seinen verfluchten Bändern verbrannt und die zerschmolzenen Überreste triumphierend und voller Angst in eine Schrottpresse geworfen, auf das niemals wieder irgendjemand deren Inhalt heraufbeschwören kann.

Alles, was von Ludwig geblieben ist, waren, neben dem Finger, seinem rechten Auge und den wenigen Zentimetern Gedärm, die man im Zimmer verstreut fand, die purpurnen Lachen von Blut und Schleim an den Wänden und ein, an mich adressierter, in krakeliger Handschrift geschriebener Zettel auf dem Schreibtisch, den er anscheinend beabsichtigt hatte, mir zu übergeben. Auf ihm standen folgende Worte, die mich seitdem die Welt mit anderen Augen sehen lassen und mich in Angst und Pein mein Leben lang verfolgen werden:

Lieber …,
ich bin nun sicher, dass ich ihn gefunden habe.
Ich wusste, dass ich Recht behalten würde!
L. K.

Mora K. Joslyn

Mönk!

oder:
Wie der Wikinger Jorik Jorikson nach einem Streit
mit seiner Frau in einen intergalaktischen Krieg geriet

Planet Yarenis, Sternzeit 2084187.15486

Jorik Jorikson rückte seinen Helm zurecht, als sich
die Armee auf der anderen Seite des Feldes aufstellte.
Sie war verdammt riesig. Die Soldaten Hünen, nein,
Kolosse, bewaffnet mit Schwertern so lang wie er
selbst. Die gegnerischen Krieger übertrafen seine
Truppe an Größe, Kraft und Anzahl. Gegen sie zu
kämpfen würde ein Knochenjob werden.

Jorik sah die müden Söldner um sich herum und
schüttelte den Kopf. In letzter Zeit waren sie von einem Auftrag zum nächsten geflogen – und Urlaub war
keiner in Sicht. Geräuschvoll zog er den Schleim hoch,
der in seinem Rachen klebte, und spuckte ihn aus.

Nachdem König Varus der Bodenlose beinahe seine
gesamte Raumschiffflotte im Krieg gegen die Yarenier
und ihre Verbündeten verloren hatte, beauftragte er die
intergalaktische Söldnertruppe der *River* mit der
»Regelung dieses Problems«. Zur Unterstützung gab er
Befehl, ein von seinen Ingenieuren entwickeltes Gra-
vitationsfeld zu installieren, das alle elektronischen
Geräte auf dem Planeten funktionslos machen sollte.

Männer schickte er keine. Nun waren die Yarenier aber leider keine hilflosen Waldelfen.

Doch Jorik wollte sich nicht beklagen. An Lichtschwerter, Laserkanonen und Photonenraketen würde er sich nie gewöhnen. Ein Kampf Mann gegen Mann war ihm weitaus lieber als dieses ganze hochmoderne Zeug – selbst wenn er der Unterlegene war. Außerdem passte die neue Ausrüstung nicht so recht. War sie ihm an einer Stelle zu groß, zwickte sie an einer anderen. Er griff sich in den Schritt und zerrte an dem Stoff. *Dieses Mal sind wir nicht nur unterlegen*, dachte er. *Wir sind erledigt.*

»Bamm, bamm, tamm«, schallte es plötzlich von der anderen Seite des Feldes zu ihnen herüber.

Trommeln. Sie hatten sogar Trommeln.

»Bamm, bamm, tamm«, erklang der Rhythmus gleichmäßig. Nach einer Weile kam ein weiteres Geräusch dazu. Ein Schauer lief Jorik über den Rücken, als ihm klar wurde, was es war: Die Yarenier stampften im Rhythmus der Trommeln auf den Boden.

»Bamm, bamm, tamm.« Lauter und lauter wurde es und bald glaubte Jorik, die Vibrationen in seinen Füßen spüren zu können.

Bilder seiner Familie kamen ihm in den Sinn. Lapula am Tag, als er sie zur Frau nahm. Ihre gemeinsamen Kinder. Die Arbeit zu Hause.

Schließlich dachte er an das Tier in dem kleinen Käfig neben seiner Schlafstatt auf der *River*. Warum war es noch am Leben? Warum nur hatte er es nicht den Göttern opfern können? Bestimmt hätte es sie gnädig gestimmt, wenn er auf seiner Reise ein Opfer dargebracht hätte. Doch das Tier hatte ihn mit seinen gelben Augen angesehen und leise gewimmert. Als hätte es gewusst, was er vorhatte. Vielleicht hätte er ihm keinen Namen geben sollen... Das Füttern mit Schafsmilch Imitat aus der improvisierten Flasche hatte es auch nicht besser gemacht. Irgendwie war ihm der kleine Fridtjof einfach zu sehr ans Herz gewachsen.

Seis drum! Jorik Jorikson und seine beiden Freunde würden den Job schon schaukeln – oder mit einem Kampfesschrei auf den Lippen untergehen.

Er blickte zu Peppa, der links von ihm stand. Der alte Pfefferkuchenmann mit der Augenklappe hielt die Axt fest in seiner Kuchenhand, während er mit grimmiger Miene nach vorne starrte.

Zu Joriks Rechten holte Ogi, der beste Schleimhaufen, den es auf dieser Seite des Universums gab, einen Klumpen aus seiner Nase und schnippte ihn in die Richtung der yarenischen Armee. Kaum ein Tag war vergangen, an dem Jorik nicht den Göttern dafür dankte, solche Kameraden gefunden zu haben.

Ob er heute mit den Göttern speisen würde? Vielleicht. Dann würde er ihnen erzählen, welche Irrfahrt ihn zu ihnen gebracht hatte. Beinahe sah er Odin vor sich, wie er sich vor Lachen auf die Schenkel klopfte. Jorik würde Loki persönlich fragen, was ihn da geritten hatte. Wie er sich einen so derben Scherz mit ihm erlauben hatte können.

Mit einem letzten »Tamm« brachen die Trommelschläge ab und eine unheimliche Stille breitete sich aus. Die Spannung war beinahe greifbar.

Schließlich ertönte ein Horn weit hinter Jorik. Er

klopfte sich zwei Mal mit der Faust auf die Brust. Dann zog er sein Schwert.

Planet Erde, Sternzeit 2083467.89583
(2 Jahre zuvor)

»Was sollen wir denn mit diesem Plunder?!« Schon kam ein Kelch in seine Richtung geflogen. Jorik duckte sich gerade noch rechtzeitig, und der Kelch knallte an die Wand hinter ihm. Er hob beschwichtigend die Hände. »Aber Liebes, das sind wertvolle Schätze aus -«

»Jorik, deine Tochter heiratet! Sie heiratet! Wir können ihr doch nicht diesen Ramsch als Mitgift mitgeben!«

Jorik zuckte mit den Achseln. »Diese Kelche sind doch sehr schön.« Er hob das besagte Stück auf und rieb über die Stelle, die sich durch den Aufprall an der Wand verbogen hatte. Er war etwas eingedellt, aber das würde kaum jemandem auffallen.

Lapula schnaufte verächtlich. »Was sollen denn die Leute von uns denken?!«, schrie sie.

Jorik antwortete nicht darauf. Aus langjähriger Erfahrung wusste er, dass sie nichts, was er sagen konnte, besänftigen würde.

»Wieso haben mich die Götter nur mit einem solchen Mann gestraft?«, sagte Lapula leise.

Jorik seufzte. »Liebes, ich-«

»Ich will kein Wort mehr hören. Mir schmerzt der Kopf von deinen Ausreden. Ich werde mich hinlegen.«

Gut. Sollte sie sich hinlegen. Dann hatte er etwas Ruhe. »Komm, ich bringe dich zu deiner Schlafstatt.«

»Lass mich! Wenn du dich nützlich machen willst, geh und kümmere dich um die Wäsche!«

Wenig später tunkte Jorik das Leinengewand seiner Großmutter in den eiskalten Bach, griff nach einem Stück Seife und tätschelte damit den Stoff. Seine Finger waren klamm vor Kälte.

Was tut man nicht alles für seine Frau?, dachte er. *Hoffentlich sieht mich niemand. Was werden die Leute denken? Ich bin Jorik Jorikson! Ich bin ein Krieger und kein Waschweib, verdammt!*

Er hielt das Gewand in die Strömung und wrang es aus. Dann warf er es in den Korb. Bei den Göttern! Warum nur hatte ihn das Schicksal mit fünf Töchtern gesegnet? Eine nach der anderen würde in den nächsten Jahren heiraten!

Er nahm ein Knistern hinter sich wahr und wandte sich um. Doch der Wald sah aus wie zuvor, mit einigen Schneeresten zwischen den Bäumen.

Dann hörte er es wieder.

Jorik erhob sich und lauschte. Schließlich folgte er dem Geräusch bis zu einer Wurzel, die merkwürdig gekrümmt aus dem Waldboden ragte. Daneben lag eine Schatulle.

»Die Urlaubsdestination Alpha Lyncis bietet alles, was sie sich für ihren Urlaub wünschen können.«, sagte eine Stimme, als er die Schatulle öffnete. Ein merkwürdig flackerndes Bild einer Insel inmitten eines dunkelblauen Meeres erschien in ihrem Inneren.

»Entdecken Sie verborgene Schätze, genießen Sie unseren hervorragenden Met, haben Sie Spaß an unseren Nacktstränden und flanieren Sie auf der Via Gra. Glauben Sie mir, hier wird es nicht langweilig! Reiten Sie auf Einhörnern, seien Sie mit Zentauren auf Du und Du, und absolvieren Sie ganz nebenbei unser berühmtes Trainingsprogramm für müde Krieger. Buchen Sie noch heute! Schnellentschlossene erhalten die ersten beiden Plünderungen umsonst.«

Jorik überlegte nicht lange. Dabei dachte er nur an seine Familie, denn bestimmt würden sie sich über ein paar Mitbringsel von Alpha Lyncis freuen. Wo und was auch immer das war.

Transportschiff Hankho, Sternzeit 2083472.3527

Die Anreise war eine Katastrophe. Dabei waren es gar nicht die Nachwirkungen des Traktor-Strahles oder die Lichtgeschwindigkeit, die Jorik am meisten zusetzten.

Das Schiff, ein kleiner Transporter namens *Hankho*, bestand aus winzigen Räumen und engen Gängen. Die Brücke war nicht größer als das Innere von Joriks Holzhütte zu Hause, obwohl die riesige Frontscheibe mit Blick auf die Weiten des Universums einiges gut machte.

Zwar hatte man ihm ein Freezing angeboten, aber als Jorik die vereisten Gestalten im Frachtraum sah, hatte er dankend abgelehnt. Stattdessen wollte er sich auf der Brücke nützlich machen, wo Captain Sef Zuhu über seine Besatzung herrschte.

Der Captain war ein ungehobelter, fetter Kerl mit schlechten Zähnen und derbem Humor – im Grunde also ein überaus angenehmer Zeitgenosse. Doch er bestand darauf, dass sich die Mannschaft fleischlos ernährte – und da half auch kein Drohen, Betteln oder Flehen – als radikaler Vegetarier blieb der Captain hart (»Der Fleischkonsum ist noch das Ende des Universums!«).

Seit Jorik das Schiff betreten hatte, litt er unter Verdauungsproblemen und einer unnatürlichen Aggressivität, die sich mit melancholischen, fast depressiven Stimmungen abwechselte.

Die meiste Zeit des Fluges beschäftigte sich der Captain mit der Auswahl einer neuen Uniform. Doch obwohl Zuhu Joriks fachkundige Meinung dazu unbedingt hören wollte, entschied er sich für ein hautenges Kostüm aus grün-schwarzem Schlangenleder mit integrierten Laserkanonen – und bestand darauf, dass Jorik ebenfalls eine bekäme.

Nach einem Zwischenstopp auf einem Planeten namens Frik 5, wo nicht nur die Uniformen, sondern auch eine neue Fracht geladen worden war, stand Jorik vor dem Spiegel im Schlafraum und strich mit einer Hand über das Schlangenleder. Zugegeben, es fühlte sich saugut an. Aber gewöhnungsbedürftig waren die Strumpfhosen trotzdem.

»Mönk!«, kam es plötzlich aus einer Ecke des Raumes.

»Schon wieder Hunger, hm?«, meinte Jorik und warf dem Tier in dem kleinen Käfig ein paar Nüsse zu. Er hatte es bei einem Marktstand auf Frik 5 gesehen und sich gedacht, dass sich die Götter darüber freuen würden. Leider war es auf der *Hankho* verboten, Tiere zu opfern. Zuhu untersagte außerdem eine Unterbringung im Frachtraum. Deshalb hatte er es mit auf sein Zimmer nehmen müssen.

»Mönk!«, rief es wieder.

Jorik seufzte, setzte sich auf einen Stuhl und griff nach seinem Häkelzeug. Er kämpfte gegen das Brennen in seinen Augen und häkelte eine Reihe nach der anderen, während die hautenge Schlangenleder-Uniform an seinen Beinhaaren zog.

Hoffentlich erreichen wir bald Alpha Lyncis, dachte er.

»BIU-BIU-BIU!« Jorik schreckte hoch. Dann ging ein Rütteln durch das Schiff. »BIU-BIU-BIU! An alle: Wir werden angegriffen! Ich wiederhole: Wir werden angegriffen! Alle Mann auf die Gefechtsstationen!«

Ohne nachzudenken sprang Jorik auf und stolperte in den Gang.

»BIU-BIU-BIU!«, schallte der Alarm von den Wänden, noch lauter als zuvor. So schnell er konnte lief er zur Brücke. Auf halbem Weg fiel ihm ein, dass Schwert und Schild in seinem Schlafraum lagen und er noch immer die neue Uniform der *Hankho* trug. Jorik zog eine Laserkanone aus der Befestigung an seiner Hüfte und kratzte sich damit am Kopf.

»BIU-BIU-BIU! An alle: Wir ergeben uns! Ich wiederhole: Keinen Widerstand leisten!«

Jorik ignorierte die mechanische Stimme aus den Lautsprechern und schlich weiter zur Brücke. Die automatische Tür öffnete sich mit einem »Schscht« und der Wikinger huschte in den Raum dahinter.

Vorsichtig trat er an das Geländer. In der Mitte des Raumes stand die gesamte Besatzung der *Hankho* mit erhobenen Händen. Sogar Captain Zuhu griff zur Decke. Sie wurden von kleinen, blauen Gnomen in Schach gehalten, die mit Feuerwaffen auf sie zielten.

»Im Namen von König Pungbert Langnase gebe ich hiermit bekannt«, rief einer von ihnen, »dass dieses Schiff, seine Ladung und seine Besatzung mit sofortiger Wirkung in den Besitz Seiner Nasigkeit übergehen!«

Jorik runzelte die Stirn. Das war aber nicht mit dem intergalaktischen Reisebüro abgesprochen. Gerade überlegte er, ob er irgendwie von seinem Vertrag zurücktreten konnte, als er niedergeschlagen wurde.

Planet Prismo 3, Sternzeit: 2083474.04722

Jorik stöhnte und rollte sich zur Seite. Zu dem Rasseln einer Kette stach ein spitzer Schmerz in seinen Kopf. Als er über seinen Hinterkopf tastete, bemerkte er eine verkrustete Stelle.

»Du solltest lieber bald aufstehen, Jungchen.«, sagte eine Stimme. Nach der Tonlage zu urteilen, gehörte sie einem alten Mann.

Jorik riss die Augen auf und sprang auf seine Füße. Sofort überkam ihn Schwindel und er musste sich wieder setzen.

»Aha, jetzt bist du doch noch aufgestanden. Hast den Rat vom alten Jütte befolgt, gut, gut.«

Joriks Blick flackerte. Vor ihm saß ein dürrer Greis, nackt, bis auf einen Lendenschutz, und lachte. Ihm fehlten etliche Zähne.

»Wo …?

»Du bist in einem Gefängnis auf Prismo 3, zu Zeiten von König Singbert dem Schmalschultrigen. Aber ich sage dir, es wird noch ein schlimmes Ende mit ihm nehmen, sobald der wahre König seinen rechtmäßigen Platz eingenommen hat.«

Jorik verdrehte die Augen. Diese Art von Königsliedern kannte er nur zu gut von zu Hause. Er hatte keine Lust, näher darauf einzugehen. »Weißt du, wie ich hier rauskomme?«

Die Augen des Alten weiteten sich. »Es gibt keinen Weg nach draußen. Von hier ist noch keiner geflohen. Sie geben dir zu essen und führen dich in den Stollen. Dort gräbst du, bis du umfällst. Dein Essen bekommst du nur vor der Arbeit, ich schwöre dir, danach hast du keine Kraft mehr dafür. Wer nicht aufsteht, bekommt auch nichts zu beißen.«

»Na toll!«, meinte Jorik und sank zurück auf seine Schlafstätte. Dabei bemerkte er ein Loch in seiner hautengen Schlangenleder-Uniform. Er zupfte daran herum und bohrte mit dem Finger hinein. »Ich wollte doch nur Urlaub machen.«, sagte er leise.

»Urlaub? Da hast du dir den richtigen Planeten ausgesucht, Jungchen, hihihiee!« Das zahnlose Lachen des Alten schallte von den Steinwänden wider.

Bald bestand Joriks Leben nur mehr aus Essen, Graben und Schlafen. Er war nicht mehr fähig, einen klaren Gedanken zu fassen.

Irgendwann quietschte eine Tür und drei Gestalten betraten den Gang vor der Zelle, in der Jorik und der alte Jütte untergebracht waren. Sie waren nicht gekommen, um sie zum Graben zu holen. Zwei von ihnen waren merkwürdig gehörnte Zwerge. Die dritte Gestalt jedoch war eine Frau in eng anliegendem, schwarzem Leder mit langem blondem Haar, das sie geflochten und hochgesteckt auf dem Kopf trug. Sie sah zu ihnen hinein. Als ihr Blick auf Jorik traf, musterte sie ihn ganz genau.

»Den da«, sagte sie dann.

Söldnerschiff River, Sternzeit 2083513.00903

Die *River* war ein schlankes, wendiges Kriegsschiff. Es stand unter dem Kommando von Captain Git Benger, der Frau, die Jorik aus dem Gefängnis geholt hatte.

Zugegeben, was Frauen betraf, war Jorik nicht gerade unvoreingenommen – und die meisten kämpfenden Frauen wurden von ihm höchstens belächelt. Aber Benger hatte es geschafft, ihre Idee eines Kriegsschiffes vom Bau bis zur Besatzung über Krautfanning zu finanzieren. Jeder, der die *River* von Beginn an finanziell unterstützte, erhielt eine Urkunde und einen Kopf Rotkraut.

Benger stellte eine Crew zusammen, die als intergalaktische Söldnertruppe für jeden im Universum kämpfte, der gut bezahlte. Und sollte einmal ein Unterstützer der ersten Tage die Truppe benötigen, bekam er einen einmaligen Rabatt von 20 Prozent und wurde außerdem einem Kunden vorgezogen, der nicht beim Krautfanning mitgemacht hatte. Unter den Unterstützern waren viele Könige, aber auch Dörfer und Städte, angeblich sogar ein ganzer Planet.

Es war nicht das erste Mal, dass die *River* auf Prismo 3 landete, um die Mannschaft aufzustocken. König Singbert war ein großer Gönner der *River* und wenn er gut gelaunt war, durfte Benger sich unter den Gefangenen einige Leute auswählen.

Jorik dankte den Göttern dafür, dass sie ihn ausgesucht hatte. Mit Freuden tauschte er die zerrissene Schlangenleder-Uniform der *Hankho* gegen die blauen Hosen der *River*. Benger hatte ihm sogar versprochen, ihm sobald wie möglich ein Schwert zu beschaffen.

Es war Zeit für das Mittagessen. Jorik griff sich ein Tablett und stellte sich in die Reihe hinter einen langhaarigen Muskelprotz. Er dachte an die Schachtel neben seinem Bett, in der ein kleiner, struppiger Vogel saß. In der Sonne von Prismo 3 hatte sein Gefieder wunderschön in Magenta und Aquamarin geleuchtet. Das Tier hat Jorik so gut gefallen, dass er beschlossen hatte, es als Dank für seine Befreiung den Göttern zu opfern.

Auf einmal stand er vor dem Replikator, drückte irgendwelche Knöpfe (leider war die Sprachsteuerung hinüber) und stellte sein Tablett in das Gerät. Nach dem Fraß auf dem Gefängnisplaneten war es ihm gleich, was er bekommen würde.

Ein schriller Schrei ließ Jorik zusammenzucken und er fuhr herum. Auf einem Tisch hinter ihm stand ein fremdartiges Wesen, wickelte seine Tentakel um den Kopf und kreischte wie eine Frau. Andere waren aufgesprungen, rannten zu den Wänden oder krochen unter die Tische.

Was war denn los? Das sollte eine furchtlose Söldnertruppe sein? In diesem Moment blitzte etwas in Magenta und Aquamarin an ihm vorüber.

»Wo kommst du denn her?«, rief er aus und sprang dem Flattertier hinterher, stolperte über einen Stuhl und rutschte auf dem Bauch über den Boden. Sofort sprang er wieder auf die Füße, sah dann aber nur mehr, wie ein violetter Riese mit schwarzem Haar den Vogel fixierte, seinen Mund aufriss und eine lange Zunge nach dem kleinen Tier schleuderte. Einen Moment später war der Vogel verschwunden und die darauf folgenden malmenden Geräusche nicht besonders appetitlich. Der Koloss schluckte, zuckte einmal kurz zusammen, bevor ein dumpfer Knall ertönte. Dann stieß er den gewaltigsten Rülpser aus, den Jorik je gehört hatte. Es kam ihm so vor, als stieg Rauch zwischen den gelben Zähnen des Riesen hervor.

Der Wikinger grummelte etwas in seinen Bart. Dann holte er sein Tablett und setzte sich an den erstbesten freien Platz. Es war ein schlechtes Omen, wenn Opfertiere verloren gingen. Sogar ein ganz schlechtes Omen. Zähneknirschend dachte er an Mönk. Weil er ihn nicht geopfert hatte, war die *Hankho* angegriffen worden und er auf Prismo 3 gelandet. Er würde sich so bald wie möglich ein neues, am besten ein größeres, Opfer besorgen müssen. Sonst würde es bald schlecht um ihn stehen.

»War das deiner?«

Jorik sah auf, während er an einem pinken Kartoffelimitat kaute. »Mmm?«

Der grüne Schleimhaufen ihm gegenüber musterte ihn eindringlich mit zwei seiner hellgrünen Augen. »Na, der Titanvogel. War das deiner?«

Jorik zuckte mit den Schultern und schob sich die nächste Kartoffel in den Mund. Es schadete ja nicht, höflich zu sein, dachte er sich und antwortete, während er kaute: »Isch bim dem Götten sche dangba, dass isch hia sen daf.« Dann widmete er sich wieder seiner Mahlzeit.

»Nur damit du's weißt, du religiöser Fanatiker«, sagte der Schleimhaufen und schob Jorik sein zähflüssiges Gesicht entgegen. »Diese Tiere sind hochgradig explosiv. Hätte Frank ihn nicht rechtzeitig eliminiert, hätte er das ganze Schiff sprengen können.« Er sah Jorik noch einmal ganz genau an, bevor er mit einer breiten, klebrigen Zunge über seinen Teller wischte.

Jorik schluckte schwer.

»Ah, da bist du ja endlich, Kumpel!«, rief der Schleimhaufen und sprang hoch, so heftig, dass der Tisch wackelte. Es galt jemandem, der hinter dem Wikinger stand.

»Ogi, Mann!«, sagte eine tiefe, angenehm langsame Stimme. Dann wurde ein Tablett auf den Tisch geschoben und jemand setzte sich neben Jorik, dem bei dem Anblick von Ogis Kumpel die Kartoffel im Hals steckenblieb.

»Heute hat sie mich so richtig in den Kakao getunkt.«

»Ich beneide dich dafür«, antwortete Ogi. An seinem Mundwinkel sammelte sich Speichel.

»Tu das nicht. Mir tun alle Gelenke weh.«

»Och, weißt, du, Peppa, ich denke, damit könnte ich umgehen.« Der Schleimhaufen grinste.

»Versteh mich nicht falsch, Gitti ist 'ne klasse Frau, aber sie hat da nun mal ihre Vorlieben ...«

Jorik stieß ein Röcheln aus. Gitti? Er meinte doch nicht etwa ...?

»He, brauchst du Hilfe, Kumpel?« Das Wesen namens Peppa wandte sich Jorik zu und betrachtete ihn eindringlich mit dem freien Auge. Das Zweite war hinter einer schwarzen Augenklappe verborgen. Dann sprang er auf und schlug ihm mit seiner Kuchenhand auf den Rücken.

Es war der Beginn einer wunderbaren Freundschaft.

Planet Yarenis, Sternzeit 2084187.16944
(ungefähr 1 3/4 Jahre später)

Jorik rannte. Vor ihm – mit weit ausladenden Schritten - lief Peppa, so schnell, Jorik kam ihm kaum hinterher. Er hörte die Kampfschreie der Truppe hinter sich und das Gebrüll der Yarenier vor sich. Wie zwei Naturgewalten rasten die beiden Heere aufeinander zu. Mit einem Schlag prallten sie aufeinander. Schwerter klirrten, Schilde barsten.

Jorik duckte sich unter der Waffe eines Yareniers und huschte zwischen dessen baumstammartigen Beinen hindurch, als ihm der Helm über die Augen rutschte und er so gut wie gar nichts mehr sah. Blind schlug er um sich, schickte sein Schwert mal dahin mal dorthin.

Er musste mit seiner Fuchtelei getroffen haben, denn das zottige Ungeheuer heulte plötzlich auf, knickte ein und landete mit dem Gesicht im Matsch.

Jorik rammte das Schwert in die Erde und nestelte an dem verdammten Helm herum. Damit er besser hielt, hatte er vor der Schlacht Reste der Schlangenlederuniform um seinen Kopf gewickelt. Als er sich nun abtastete, merkte er, dass sie unter dem Helm hervorquoll. Natürlich könnte er das blöde Ding auch wegschmeißen. Aber bereits seine Großmutter hatte gewusst, dass ein Wikinger ohne Helm nicht in den Kampf ziehen sollte.

Also hängte er das blöde Ding über den Schwertgriff, ordnete das Schlangenleder und wickelte es sich wieder um seine Frisur, als er just in diesem Moment einen Schlag auf den Kopf bekam und nun selbst im Matsch landete.

Ein feuchter Lappen wischte über seine Stirn, die Wange und die Nase. Kampfeslärm drang an seine Ohren. Jorik kniff die Augen zu, bevor er eines nach dem anderen öffnete. Sein Kopf dröhnte. Wie lange lag er schon auf dem Boden?

Langsam flossen die schwarzen Flecken vor seinem Gesicht zusammen. Er hörte ein Winseln, sah einen schwarzen Schemen, der … ein Mäntelchen auf dem Rücken trug. Die bunten Streifen erinnerten ihn an jenes, das er für Fridtjof gehäkelt hatte… Aber das konnte nicht sein, er musste träumen. Fridtjof war doch auf der *River*!

Plötzlich war er wieder da, der Lappen.

»Fridtjof?«, stöhnte Jorik und richtete sich auf. Aber Fridtjof war nirgends zu sehen. Stattdessen fiel sein Blick auf eine grüne Gestalt, die in einiger Entfernung gegen zwei Yarenier zugleich kämpfte. Wenn ein Yarenier nach der Schleimkugel schlug, verflüssigte sie sich, kroch hinter den Feind, nahm wieder Form an und rammte dem Zotteltier vor sich eines ihrer drei Langdolche in den Rücken. Benger hatte Ogi für diese Kampfmethode sogar geeignete Messer beschaffen können, die bei Bedarf mit ihm verschmelzen konnten.

Nicht weit von Ogi entfernt kämpfte Peppa. Er hatte seinen Gegner bereits so schwer verwundet, dass er eigentlich nur mehr gewinnen konnte.

Joriks Hand schloss sich fest um den Griff seines Schwertes. Dann lief er zu Ogi. Die Hälfte des Weges hatte er bereits zurückgelegt, als er seitlich gerammt wurde und zu Boden stürzte. Als er sich wieder auf die Füße stemmte, sah er gerade noch, wie ein Yarenier hinter Ogi auftauchte, seine Waffe über den Kopf hob und den besten Schleimhaufen auf dieser Seite des Universums in zwei Hälften teilte!

Bevor Ogi wieder zusammenfließen konnte, griff der Yarenier nach einer der beiden Schleimklumpen und schleuderte sie von sich. Sie klatschte irgendwo hinter ihm auf den Boden.

»NEEEIIN!« Joriks Schrei hallte über das Feld und er lief ihm hinterher. Als er das Ungeheuer erreicht hatte und mit seinem Schwert auf es einhieb, stolperte es bloß einige Schritte rückwärts, ohne sich zu wehren. Doch es erholte sich schnell, brüllte und ging schließlich auf Jorik los. In seinen Augen blitzte der blanke Hass.

Der Wikinger warf den Schild von sich, um das Schwert mit beiden Händen greifen zu können. Nur noch wenige Schritte trennten sie, als Peppa seitlich des Yareniers auftauchte und dem Monster seine Axt zwischen die Beine warf. Das Ungeheuer stürzte und Jorik sprang im letzten Moment zur Seite. Als er sich umdrehte, rührte sich das zottige Tier nicht mehr.

Endlich konnte Jorik sich nach Ogi umsehen. Dort, wo sein Kamerad noch vor wenigen Augenblicken gestanden hatte, war eine grüne Schleimpfütze zu sehen. Mehr war nicht von ihm übrig geblieben.

»Ogi, mein Freund, du warst der beste Schleimhaufen, den es auf dieser Seite des Universums gab«, sagte Jorik und wischte sich eine Träne aus den Augen. »Falls du nun mit den Göttern speist, sprich ihnen meine Grüße aus.«

Peppa trat neben ihn und legte ihm einen Arm auf die Schulter, während um sie herum die Schlacht weiterging. »Wir werden später gebührend um ihn trauern.«, sagte er nach einem Moment.

Jorik sah ihn an. Und da meinte er, es im Augenwinkel des Pfefferkuchenmannes glitzern zu sehen. »Wir haben noch eine Schlacht zu gewinnen.«

Jorik seufzte und sah sich um. Die Yarenier hatten weit weniger Opfer zu beklagen als die Truppe. Gerade wollte Jorik etwas sagen, da stürzte Peppa bereits schreiend und Axt schwingend davon.

»Na, denn...«, meinte der Wikinger zu sich selbst und hielt nach dem nächsten Gegner Ausschau. Statt auf einen Gegner fiel sein Blick aber auf eine kleine, schwarze Gestalt, die tollpatschig wie ein unschuldiges Hundebaby zwischen den Kämpfenden herumtapste. Auf einmal blieb er stehen und kratzte sich am Ohr, wobei das bunte Mäntelchen hochrutschte.

»Fridtjof!«, rief er, das Entsetzen in Joriks Stimme war kaum überhörbar. »Fridtjof! Mach, dass du nach Hause kommst, aber sofort!«

Joriks Schreie kümmerten den kleinen Fridtjof herzlich wenig. Die Nase auf dem Boden tat er, als könnte er den Wikinger nicht hören. Dabei stieß er an den großen Zeh eines Yareniers, der innehielt und das kleine Tierchen zu seinen Füßen ganz genau betrachtete.

Jorik stieß einen Fluch aus und rannte los.

Der Yarenier beugte sich nach unten. Eine Hand so groß wie Joriks Schild näherte sich dem kleinen Fridtjof, der mit seinen großen, unschuldigen Augen nach oben blickte und ein wenig mit dem Schwanz wedelte. Das Ungeheuer gab merkwürdige, gurrende Laute von sich, während seine Hand der kleinen, schwarzen Kreatur immer näher kam.

Dann geschah etwas Merkwürdiges. Und es passierte so schnell, dass Jorik sich nicht sicher war, ob er alles richtig mitbekam.

Plötzlich riss Fridtjof sein Maul auf und verschlang mit einem »Chchrp« den um ein Vielfaches größeren Yarenier. Er leckte sich ein paar Mal das Maul, bevor er weiter am Boden herumschnüffelte als wäre nichts geschehen.

Planet Erde, Sternzeit 2084214.93958
(einige Zeit später)

»Wir sind gleich da.«, sagte Peppa und drückte einige Knöpfe. Auf dem Armaturenbrett vor ihm begann es zu blinken. Mit einem Ruckeln trat das Raumschiff in die Atmosphäre der Erde ein. Peppa hatte darauf bestanden, ihn persönlich daheim abzuliefern. Über die Jahre hatte der Pfefferkuchenmann so viel Geld auf die Seite legen können, dass es zusammen mit dem Sold, den ihnen die Schlacht auf Yarenis eingebracht hatte, für sein eigenes kleines Raumschiff reichte.

Jorik seufzte. Ein bisschen nervös war er schon. Was ihn wohl zu Hause erwartete? Ob sie sich freuen würden, ihn wieder zu sehen?

Er hatte viel erlebt. Allein die Schlacht auf Yarenis bot genug Stoff für eine Legende. Um ein Haar hätte König Varus der Bodenlose alles verloren, obwohl er von der sagenumwobenen, intergalaktischen Söldnertruppe der *River* unterstützt worden war. Doch da brachte ein – wie sich später herausstellte – junger Fenrir mit riesigem Appetit die Wende.

Fridtjof verschlang die halbe yarenische Armee, bis der Rest endlich die Flucht ergriff. Während der Schlacht wuchs er immens. Und danach war er nicht mehr das süße, kleine Hundebaby mit den großen Knopfaugen, sondern ein ausgewachsener Riesenwolf. Obwohl sie ihm den Sieg verdankten, ließ Benger ihn nur mit Widerwillen zurück auf die *River*. Jorik musste ihn im Frachtraum anketten und einen Veggi-Replikator neben ihm aufstellen (»Von nun an Vegetarier - Der Fleischkonsum ist noch das Ende des Universums«, meinte Benger).

Es verging kaum ein Abend, an dem Jorik Fridtjof nicht heulen hörte. Fast schien es, als würde der Wolf trauern, und Jorik konnte ihn auch mit einem Spiel nicht aufheitern. Ein andermal warf sich das riesige Tier mit Gebrüll gegen die Tür und nur die Kette schien ihn davon abzuhalten, Jorik zu verschlingen. Wenn Fridtjofs Stimmungsschwankungen unerträglich wurden, schmuggelte Jorik ihm einen Braten oder eine Keule in den Raum. Danach kraulte er ihm den Kopf und sang ihm etwas vor.

Das kleine Raumschiff stabilisierte sich und bald glitt es in gemäßigtem Flug über Wälder, Wiesen und Steinfelder. Von oben wirkte alles fremd und doch irgendwie vertraut.

Ogis Trauerfeier fiel ihm ein. Wie Peppa die grünen Überreste in eine kleine Urne gab, auf die Jorik in Runenschrift »Bester Schleimhaufen auf dieser Seite des Universums« geschrieben hatte, und sie in die Schleuse der *River* stellte. Die wenigen überlebenden Söldner standen um die innere Tür mit dem kleinen Bullauge und Peppa hielt eine bewegende Rede. Eine Weile gelang es Jorik, die Tränen zurückzuhalten, aber als Benger mit einem Druck auf einen roten Knopf die äußere Tür öffnete, und die Urne in die Weiten des Weltalls gesogen wurde, heulte er wie ein Hundebaby.

Jorik war das Kämpfen leid. Er wollte nur mehr nach Hause.

»Dort kannst du mich absetzen.«, sagte er und deutete auf eine Waldlichtung. In dem Bach, der sich am Rande des Waldes entlangschlängelte, hatte er vor mehr als zwei Jahren die Wäsche gewaschen – und dann die Schatulle mit dem Urlaubsangebot gefunden. Das intergalaktische Reisebüro konnte sich schon bald auf etwas gefasst machen …

»Mein Dorf befindet sich auf der anderen Seite des Waldes.«

Peppa drückte ein paar Knöpfe. Das Raumschiff glitt sanft dem Erdboden entgegen, bis es mit einem leichten Ruckeln zum Stehen kam. Die Systeme des Schiffes fuhren herunter und mit einem »Schscht« öffnete sich eine Tür. Sonnenlicht und das Gezwitscher von Vögeln drangen zu ihnen ins Innere des Raumschiffes.

»Na, dann...«, sagte Jorik und erhob sich. Glücklicherweise hatten sie einen Zwischenstopp einlegen und noch ein paar Sachen besorgen können. Er schulterte den Replikator und griff nach der Tasche mit seinen Habseligkeiten und den Geschenken für die Familie. Aus dem hinteren Teil des Raumschiffes trat der Riesenwolf und hielt seine Nase in das, durch die Tür fallende, Sonnenlicht, während Jorik sich zu dem Pfefferkuchenmann umdrehte. Auch Peppa war aufgestanden.

»Vielen Dank für den Flug. Es ist mir eine Freude, dir begegnet zu sein. Und es ist mir eine Ehre mit dir gekämpft zu haben.«, sagte Jorik und reichte ihm die Hand.

Peppa lächelte. Dann drückte er seinen Kameraden fest an sich. »Es gibt nicht viele Männer wie dich. Und ich bin froh, dich zu kennen. Machs gut, mein Freund. Wer weiß, vielleicht sehen wir uns wieder.«

Ohne ein weiteres Wort folgte Jorik Fridtjof ins Freie, atmete die vertrauten Düfte seiner Heimat ein und stieg die Leiter hinunter. Unten drehte er sich noch einmal um und sah zu Peppa hinauf. Der Pfefferkuchenmann stand über ihm in einem schwebenden Türrahmen und blickte mit seinem einzelnen Auge auf ihn herunter. Das Raumschiff selbst war unsichtbar – moderne Tarnkappentechnologie.

Plötzlich flatterten zwei Raben von irgendwoher auf den schwebenden Türrahmen zu und landeten einer nach dem anderen auf Peppas Schultern. Ein Lächeln huschte über das Gesicht des Pfefferkuchenmannes, als er Joriks Verblüffung sah. »Grüß Lapula von mir!«, rief er, winkte und trat einen Schritt zurück. Jorik hörte ein »Schscht« und einen Moment später war die Tür verschwunden.

»Bestimmt nicht, du alter Schwerenöter.«, knurrte Jorik.

Jorik und der Wolf folgten dem Bach, als ihnen ein Reiter entgegenkam. Das Pferd scheute, als es Fridtjof sah, stieg hoch, und der Reiter konnte es nur mit Mühe beruhigen.

»Bist du Jorik Jorikson?«, fragte er.

Jorik nickte. »Der bin ich.«

»König Gabelbart beabsichtigt gen Westen zu segeln. Ihr seid auserwählt, ihn dabei zu begleiten!«

Jorik grummelte etwas, kratzte sich am Bart und ging an dem Reiter und seinem Tier vorüber.

Nach wenigen Schritten hörte er hinter sich ein »Chchrp!«

Veröffentlichungen:

»Unten, dahinter oder im Raum dazwischen«, Kurzgeschichte. Anthologie »Geschichten aus dem Keller«, Verlag ohneohren, voraussichtlich Oktober 2020.

»Das Geheimnis des Kapitäns – oder wie der Journalist Friedrich Prommer in die Arktis fuhr und beinahe sein Notizbuch verloren hätte«, Kurzgeschichte. Anthologie »Magische Kurzgeschichten, Frühlingserwachen«, Verlag Schwarzer Drache, 2019.

»Andernort«, Kurzgeschichte. Anthologie »Magische Kurzgeschichten, Frühlingserwachen«, Verlag Schwarzer Drache, 2019.

»Plüsch und Federlein«, Kurzgeschichte. Anthologie »Kreative Viecher«, Verlag ohneohren, 2018.

»Die andere Dimension«, Kurzgeschichte. Anthologie »Die Würfel der vergessenen Magie«, Alea Libris Verlag, 2016.

Johannes Harstick

Ich bin ein Mensch

Es war der Sommer zwischen dem Ende meiner Schulzeit und dem Beginn meines Studiums. Also eine jener Zeiten im Leben, die einem später in der Erinnerung nur wie ein Traum erscheinen, der nie wirklich passiert ist, den man so oder so ähnlich in einem Buch gelesen oder in einer Fernsehserie gesehen haben könnte. Wenn Sie mich fragen, sind das normalerweise die besten Erinnerungen, weil man nie genau weiß, ob sie stimmen.

Diese hier stimmt, da bin ich mir sicher, denn das Zeichen auf meinem linken Oberarm war vor jenem Sommer nicht da. Und manchmal stinkt es noch. Oh Gott, wie es stinkt!

Während die meisten meiner Altersgenossen die Badeseen belagerten, sich volllaufen ließen, oder im besten Fall ihre Selbstverwirklichung auf einem Trip durch Thailand suchten, saß ich zu Hause in der verrauchten Küche meiner Mutter und durchblätterte die Zeitung nach Stellenausschreibungen.

„Du wirst die drei Monate bis Oktober nicht hier herumhängen", hörte ich sie immer wieder zwischen zwei Zügen an ihrer Menthol-Zigarette sagen, als sei dies ein Mantra, das zu irgendeiner Räucherzeremonie gehörte.

„Wer glaubst du denn, wird das alles bezahlen?" Sie blies den Rauch bei dieser Frage aus, wie ein Drache aus einem meiner alten Kinderbücher. „Ich habe dich achtzehn Jahre durchgefüttert, jetzt ist Schluss!"

Solche Sätze flogen mir um die Ohren, während ich lustlos durch die Anzeigenteile blätterte und dabei die Augen zusammenkniff, weil sie mir im Qualm des fauchenden Drachens zu tränen begannen.

Lagerist, Zeitungsausträger, Umzugshelfer, „Wir machen Inventur!" Immer wieder las ich die gleichen Dinge, von denen ich genau wusste, dass ich es hassen würde, sie zu tun. Hin und wieder rief ich bei einer der Nummern an; nicht weil ich den Job wirklich wollte, sondern weil ich den Drachen besänftigen musste.

„Klar, kommen Sie morgen vorbei!", war meist die Antwort, die ich bekam. Und immer legte ich auf, machte ein bedrücktes Gesicht und murmelte, „schon vergeben", in die Nikotinschwaden der Küche hinein. Meine Mutter verdrehte stets nur die Augen. Ich schätze, sie wusste ganz genau, was vor sich ging.

Ich hatte mich schon fast mit dem Gedanken angefreundet, einfach die Zähne zusammenzubeißen und mich ein paar Wochen durch irgendeinen miesen Job zu quälen, als ich eines Morgens die Art von Anzeige las, nach der ich wohl die ganze Zeit gesucht haben musste.

Sind Sie ein Mensch, der bereit ist Angst und Schrecken zu verbreiten? stand dort in einem kleinen Kasten, fast unsichtbar zwischen den zahllosen anderen Stellenausschreibungen. Außer dieser Frage beinhaltete der Kasten nur eine Telefonnummer und einen Namen. Als ich beides las, wurde mir klar, dass es sich um einen Scherz handeln musste, und ich lachte so laut auf, dass meine Mutter, die gerade ein Kreuzworträtsel löste, zusammenzuckte und mich düster durch eine Wand aus blauem Dunst anstarrte.

Ich ignorierte sie, stand auf und ging zum Telefon. Ich dachte noch immer an einen Scherz, aber ich musste es einfach ausprobieren. Die Vorwahl kannte ich nicht, doch die letzten drei Ziffern der Telefonnummer lauteten *666*.

Als sich am anderen Ende der Leitung eine Stimme meldete, musste ich mir ein erneutes Auflachen verkneifen. Es war zu absurd.

„Höllmann am Apparat. Was kann ich für Sie tun?"

Am nächsten Tag stand ich um halb acht vor dem Eingang zum Festplatz und beobachtete, wie vor mir ein Jahrmarkt in den wolkenlosen Sommerhimmel wuchs. Unzählige Stände und Buden, von Planen bedeckte Karussells, und über allem ragte das unfertige Skelett einer Achterbahn.

Ich hatte den Jahrmarkt als Kind geliebt. Die aufregenden Geräusche und Düfte, die vielen Lichter, die sich auf und ab oder im Kreis bewegten. All die unbekannten Menschen, die sich wie ein willenloser Strom durch die engen Gassen wanden, und die geheimnisvollen Schausteller, deren Augen Funken sprühten, als seien sie Wesen aus einem fantastischen Film.

Jetzt war der Jahrmarkt nicht mehr als eine Kulisse. Man hörte Baulärm und es stank nach Staub und Öl. Die Schausteller waren nur schwitzende und fluchende Männer mit trüben Augen.

Einer von ihnen hockte auf einem Stapel Paletten. Eine abgebrannte Zigarette hing in seinem Mundwinkel und er schien irgendetwas Wichtiges unter seinen Fingernägeln zu suchen.

„Entschuldigen Sie!", rief ich und klang dabei wie ein kleiner Junge, der fragen wollte, ob er einmal umsonst Karussell fahren dürfe. Der Mann reagierte nicht. Also rief ich noch einmal.

Erst als ich mich ihm zögerlich näherte und mein schmaler Schatten auf ihn fiel, hob er langsam den Kopf. Ein Lächeln lag auf seinem unrasierten Gesicht. Ein mieses Lächeln, das bitter schmeckte. Er spuckte mir die Zigarette vor die Füße und die Muskeln unter seinem schmutzigen T-Shirt begannen irgendwie zu leben, als seien es Tiere, die gerade aus dem Schlaf erwachten.

„Was soll ich dir denn entschuldigen, Kleiner?", fragte er mit einer Stimme, die nach zwei Schachteln Roth-Händle am Tag klang. „Hast du mir etwas getan? Mir etwas geklaut? Etwas kaputt gemacht, das mir gehört?"

„Ich..."

„Oder willst du dich dafür entschuldigen, dass du mir in der Sonne stehst? Verzieh dich!"

Das Schlimme war nicht einmal, was er sagte und auch nicht wie. Seine Stimme klang ruhig und wurde nicht wesentlich lauter. Was mir in diesem Moment wirklich Angst machte, war die Tatsache, dass der Kerl nicht eine Sekunde aufhörte, sein widerliches, bitteres Lächeln zu zeigen.

„Was glotzt du denn so dämlich?" Langsam stand er auf. Er war noch größer, als es im ersten Moment gewirkt hatte. Mindestens ein Meter fünfundneunzig. Nun roch ich auch die Alkoholfahne, die zwischen seinem Lächeln hervorquoll.

„Hören Sie!", ich hatte die Hoffnung noch nicht aufgegeben irgendwie heil aus dieser Situation herauszukommen. „Ich will keinen Ärger. Ich suche nur Herrn Höllmann und ich dachte mir, Sie wüssten vielleicht..."

„Willst du mich verarschen, Kleiner?" Das bittere Lächeln wurde breiter, doch an seiner Stimme erkannte ich, dass der Kerl nun wirklich sauer wurde. Seine Hände schossen nach vorn und packten meine Schultern wie Schraubzwingen.

„Es gibt hier keinen verdammten Herrn Höllmann!" Er drückte fester zu und ich wartete darauf, meine Schlüsselbeine brechen zu hören.

„Aber ich habe gestern mit ihm telefoniert.", stammelte ich - und im nächsten Moment erwischte ein Vorschlaghammer meinen Unterkiefer. Kurz wurde alles schwarz, dann bemerkte ich, dass ich auf dem Boden lag und etwas Warmes meine Lippe hinunterlief. Hatte er mich wirklich geschlagen? Ich spürte das unbändige Bedürfnis ihn zu fragen, ob er verrückt sei, doch ich ahnte, was dann passieren würde. Der Kerl stand nun breitbeinig über mir. Seine rechte Faust ragte in den blauen Sommerhimmel. Sie zitterte.

Sind Sie ein Mensch, der bereit ist Angst und Schrecken zu verbreiten? hatte in der Anzeige gestanden. In diesem Moment war ich lediglich ein Mensch, der bereit war loszuheulen und um Gnade zu flehen.

„Ich arbeite seit über zehn Jahren auf diesem beschissenen Jahrmarkt und es gibt hier keinen Herrn Höllmann. Erzähl mir also nicht, du hättest mit ihm telefoniert!" Den letzten Satz schrie er.

Das Lächeln war inzwischen aus dem unrasierten Gesicht verschwunden und ich stellte fest, dass mich das irgendwie beruhigte. Nur deswegen schaffte ich es, überhaupt noch etwas zu sagen.

„Ok, ok. Es tut mir leid. Es gibt hier keinen Herrn Höllmann. Ich habe mich geirrt. Entschuldigen Sie bitte, entschuldigen Sie!"

Langsam ließ er die Faust sinken und ich entspannte mich ein wenig.

„Na also, jetzt hast du wenigstens einen Grund, dich zu entschuldigen.", murmelte er, und dann schnürte es mir die Kehle zu, weil sich einer seiner schweren Arbeitsschuhe über mein Gesicht erhob. Ich schloss die Augen, als das Lächeln auf seine Lippen zurückkehrte.

„Hör auf!"

Die Stimme kam von links neben mir. Sie klang ruhig. Vorsichtig öffnete ich wieder die Augen. Anstelle des Lächelns verzerrte nun blankes Entsetzen das Gesicht des Schaustellers. Er sah jetzt tatsächlich so aus wie der Wahnsinnige, der er war. Seine Füße standen wieder beide auf dem Boden. Doch nicht lange, denn plötzlich begannen sie zu laufen und verschwanden aus meinem Blickfeld.

Hände ergriffen meine Arme und halfen mir dabei, aufzustehen.

„Mieser Typ.", sagte die Stimme, die mir irgendwie bekannt vorkam. Als ich wieder stand, blickte ich in das Lächeln eines jungen Mannes. Es war ein gutes Lächeln, kein bitteres, das nach Alkohol stank.

Der Mann, der es trug wie einen maßgeschneiderten Anzug, hatte strahlende Augen, ein glatt rasiertes Gesicht und auf dem Kopf einen ziemlich großen Zylinder.

Er reichte mir die Hand. „Hallo Daniel, mein Name ist Lucius. Lucius Höllmann."

Der Wohnwagen war nicht gerade geräumig, doch das war auch nicht notwendig. Schließlich enthielt er nicht mehr als einen Schreibtisch, zwei Stühle und ein Aktenregal. Die Lamellen vor den Fenstern waren heruntergelassen, so dass die Sonne nur einzelne Streifen auf die Wände des trüben Raums warf. Höllmann hatte sich in seinem Stuhl zurückgelehnt. Er musterte mich. Die Stirn unter seinem seltsamen Zylinder zog tiefe Falten.

„Ich muss mich entschuldigen", sagte er schließlich und die Falten verschwanden wieder. „Es gibt Personen auf diesem Jahrmarkt, die nicht wissen, was sich gehört."

„Schon in Ordnung, können Sie ja nichts dafür.", antwortete ich. Meine Zunge fuhr über die brennende Stelle, an der meine Unterlippe aufgeplatzt war.

Höllmann begann zu lächeln. „Die kleine Schramme wird dir bei deiner Tätigkeit helfen, Daniel. Ich darf dich doch Daniel nennen?"

„Natürlich." Der Mann gefiel mir. Ich war mir nun sicher, das Richtige getan zu haben. Klar, ich würde arbeiten müssen, während andere den Sommer genossen.

Doch ich würde es aushalten. Es würde vielleicht sogar gut werden.

„Ich denke, es wird dir Spaß machen.", sagte Höllmann, so als hätte er meine Gedanken gelesen. Sein Lächeln hatte sich in ein zufriedenes Grinsen verwandelt.

„Es ist zwar eine ziemlich dumme Frage, aber was werde ich eigentlich genau machen? Gestern am Telefon erwähnten Sie nur eine Geisterbahn."

Höllmann begann zu lachen. Es klang ein wenig zu laut in dem engen Wohnwagen, doch es war ein herzliches Lachen.

„Was wohl, Daniel?", gluckste er. „Leute erschrecken natürlich."

„Was werde ich sein? Die Mumie oder der Werwolf?" Ich begann ebenfalls zu lachen, auch wenn der Gedanke, den Sommer in Verbände eingewickelt oder in ein Fell gehüllt zu verbringen, nicht besonders verlockend war.

Höllmanns Lachen verstummte, so plötzlich wie es gekommen war. Nun lächelte er wieder.

„Nein, die haben wir schon", sagte er ernst. „Du wirst sein, was du bist: ein Mensch."

„Verstehe...", sagte ich, obwohl ich mir nicht sicher war, ob ich das wirklich tat. „Mehr so eine Art Axtmörder oder Psychopath." Ich dachte an den Schausteller vom Eingang. Er hätte diesen Job vortrefflich erledigt.

„Morgen, zwölf Uhr geht's los", erwiderte Höllmann und streckte mir seine Hand entgegen. „Ich nehme an, du bist dabei." Ich nickte und ergriff die Hand.

„Wunderbar", sagte Höllmann und begann wieder zu lachen. Dieses Mal noch ein wenig lauter und fast schon ein bisschen schrill.

Mein erster Blick fiel auf den Stapel Paletten, als ich am nächsten Tag um viertel vor zwölf den Festplatz betrat. Ich war mir fast sicher gewesen, wieder den unrasierten Schausteller mit einem bitteren Lächeln dort sitzen zu sehen. Er war mir nicht wie ein Mann vorgekommen, der unbezahlte Rechnungen offenließ. Auch wenn ich in Höllmanns Nähe wahrscheinlich vorerst sicher war, musste ich in den nächsten Wochen vorsichtig bleiben. Zu meiner Erleichterung waren die Paletten jedoch leer.

Überhaupt hatte sich einiges verändert. Der Jahrmarkt, der am Tag zuvor noch wie eine Baustelle ausgesehen hatte, schien nun bereit, die ersten Besucher zu empfangen. Hier und da leuchteten schon bunte Glühbirnen an den Ständen. Von irgendwoher tönte klimpernde Musik und tatsächlich, es roch bereits ein wenig nach Zuckerwatte. Ich atmete tief ein. Das hier könnte tatsächlich gut werden, dachte ich.

„Daniel?"

Überrascht drehte ich mich zu der Stimme um. Was ich sah, erschreckte mich zunächst und dann breitete sich ein warmes Gefühl in meinem Bauch aus.

Sie konnte nicht viel älter als ich selbst sein. Ihr schwarzes Haar war glatt und fiel glänzend auf ihre schmalen Schultern. Die kleine Nase und der lächelnde Mund, der Grübchen in ihr Gesicht zauberte, ließen den Jahrmarkt verschwinden.

„Bist du Daniel?"

„Ja, ich...äh...ich..."

Sie lachte nur.

„Ja, Daniel. Also bin ich."

Ich kam mir vor wie der letzte Idiot. Doch sie ging wie selbstverständlich auf mich zu und nahm mich in den Arm. So, als sei ich ein alter Freund, den sie lange nicht mehr gesehen hatte. Mein Herz raste.

„Schön, dass du da bist. Ich heiße...ach, nenn mich einfach Urd."

„Urd? Ist das eine Abkürzung?"

Sie lächelte.

„Komm mit!"

Erst jetzt bemerkte ich, woher der Schreck im ersten Moment gekommen war, als ich Urd gesehen hatte. Es musste ihre seltsame Verkleidung gewesen sein. Sie trug ein langes schwarzes Kleid, das hier und da mit dunklen Flicken bedeckt war. Schwarze Stiefel schauten unter dem Kleid hervor. In ihr Haar war ein schwarzes Tuch geflochten.

„Du spielst die Hexe in der Geisterbahn, stimmts?", fragte ich, als wir in Richtung des Wohnwagens gingen, in dem Höllmann und ich am Tag zuvor gesessen hatten. Urd blieb stehen und berührte sanft meinen Arm. Sie schien etwas sagen zu wollen, doch dann lächelte sie nur wieder.

Als wir den Wohnwagen erreichten, blieb ich erstaunt stehen. Am Tag zuvor hatte er noch isoliert auf einer Grünfläche gestanden. Nun übersah man ihn fast, denn er ging unter im Schatten einer gewaltigen Geisterbahn. Ein riesiger roter Teufel grinste von ihrer Fassade. Er hielt einen Dreizack in den Krallen, der sich durch irgendeine verborgene Mechanik hin und her bewegte. Dieselbe Mechanik ließ die gelben Augen in regelmäßigen Abständen rollen. Während Urd und ich näher kamen, dröhnte ein höllisches Lachen aus zwei Lautsprechern an den Seiten der Geisterbahn.

„Sieht klasse aus.", bemerkte ich. Urd nickte, sie hatte diesen Anblick wahrscheinlich schon hunderte Male gesehen.

„Erst zu Herrn Höllmann?", fragte ich. Die Hexe ging nun etwas schneller.

„Lucius ist nicht da. Er muss etwas...äh, Geschäftliches erledigen. Komm mit!", sie packte meinen Arm und zerrte mich zu einer Tür an der Seite der Geisterbahn.

„Hier ist der Personaleingang.", sagte sie und schob mich hinein. Im ersten Moment sah ich nur Schwärze, doch langsam erkannte ich einige Umrisse: Plastikfledermäuse, die von der Decke baumelten, Gummiskelette, Pappgespenster. Es roch nach alten Socken und Schmieröl.

Urd zog mich weiter. Wir überquerten die Gleise, auf denen später wahrscheinlich die Wagen mit den Besuchern fuhren. Nach einigen Metern hatten wir eine kleine Nische am Rand der Gleisanlage erreicht. Urd stellte mich hier ab, als sei ich irgendein Dekorationsgegenstand.

„Dann viel Spaß!", sagte sie und lächelte mich an. „Zur Pause hol' ich dich ab." Sie gab mir einen Kuss auf die Wange. Ich hatte so viele Fragen gehabt: *Be-*

kam ich kein Kostüm? Was sollte ich eigentlich tun? Doch alle Fragen ertranken in diesem Kuss. Und als ich wieder zu mir kam, war Urd in der Dunkelheit verschwunden.

Ich sah mich um. Die Nische, in der ich stand, war wie die Gosse in irgendeinem Ghetto einer amerikanischen Großstadt gestaltet. Ein Ölfass, in dem eine Lampe den Schein eines Feuers simulierte, eine Pappziegelmauer, die mit Graffiti besprüht war, alte Zeitungen auf dem Boden und im Hintergrund eine Pappskyline, wahrscheinlich New York.

Ich sollte also scheinbar einen Mörder spielen, der in einer versifften Gosse auf seine Opfer wartete. Ich fühlte mich nicht wie ein Mörder, im Gegenteil, ich war vollkommen hilflos. Mir blieb noch etwa eine halbe Stunde über meine absurde Lage nachzudenken, dann ging das Spektakel los.

Zunächst erhob sich das Dröhnen eines Motors und eine Kette, die die Wagen über die Schienen beförderte, begann zu rattern. Als nächstes wurden die Soundeffekte eingeschaltet. Man hörte Poltern, Rasseln und leises Stöhnen. Ich hatte Geisterbahnen als Kind immer albern gefunden, aber das hier klang ziemlich gut. Es machte mir Mut, dass mein Auftritt doch kein vollkommenes Desaster werden würde.

Fünf Minuten später hörte ich irgendwo in der Dunkelheit die ersten Schreie, die mir in diesem Moment und von da an noch unzählige Male verrieten, dass es an der Zeit war, zu arbeiten.

Ich stellte mich unsagbar dämlich an. Bei den ersten Gästen stand ich einfach nur da und riss die Arme nach oben, sobald ihre Wagen vorbeirollten. Die meisten sahen mich nur verwirrt an. Knutschende Pärchen beachteten mich gar nicht. Zwei junge Mädchen kreischten, doch ich glaube, das taten sie nur, weil es ihnen Spaß machte und es ja irgendwie von ihnen erwartet wurde.

Irgendwann brüllte ich noch, während ich die Arme nach oben riss. Es klang jedes Mal wie ein Gorilla im Stimmbruch, jedoch verstärkte es die erschreckende Wirkung, die ich auf die Menschen hatte, nur unmerklich. Zwei Rotzlöffel, die kaum älter als acht waren, lachten mich aus und bewarfen mich mit Schokolinsen. Es war frustrierend.

Ich weiß gar nicht, wie lange ich dort stand und die Arme nach oben riss, als plötzlich das Motorengeräusch erstarb und die Soundeffekte verstummten. Urd, oder wie auch immer sie wirklich hieß, stand neben mir.

„Keine Angst, es wird einfacher mit der Zeit." Sie musste an meinem Blick erkannt haben, was mit mir los war.

„Kannst du mir nicht ein paar Tipps geben?"

„Jetzt nicht", antwortete sie und zog mich aus meiner Nische. „Erstmal machen wir Pause."

Sie führte mich durch die dunklen Gänge der Geisterbahn. Ich sah ihr schwarzes Haar vor mir im Zwielicht. Schließlich erreichten wir eine Tür, die als verstaubtes Bücherregal getarnt war. Urd zog an einem der oberen Bücher, es klickte leise und das Regal schob sich zur Seite. Sie verschwand in der Öffnung und ich folgte ihr.

Der Raum, den wir betraten, sah auf den ersten Blick aus, wie ein Pausenraum aussehen musste. Ein Kaffeeautomat an der Wand, daneben ein weiterer Automat mit Kaltgetränken und Snacks. In der Mitte des Raums standen einige Tische und Bänke. Was den Raum in etwas Groteskes verwandelte, waren die Gestalten, die an den Tischen saßen. Ich erkannte einen Werwolf, eine Mumie, Frankensteins Monster, einen Vampir und etwas, das wie ein mit Moos bewachsener Kobold aussah.

„Ein Waldschrat", sagte Urd, die meinen wahrscheinlich dämlichen Gesichtsausdruck richtig gedeutet hatte. „Wir haben ihn unter einer Autobahnbrücke gefunden." Ich lachte, da ich es für einen Scherz hielt, doch Urd sah mich nur nachdenklich an. Die anderen lachten ebenfalls nicht und so verging es schließlich auch mir.

„Tut mir leid.", murmelte ich. Ich schaute in die Runde. Leere Augen starrten auf die Tische. Niemand sagte ein Wort.

„Tolle Kostüme, Leute.", rief ich und setzte mich neben den Werwolf. Er stank schrecklich. Keiner antwortete, keiner zog sein Kostüm aus, und so sollte es die nächsten sechs Wochen bleiben.

Ich wurde mit jedem Tag ein wenig besser. Irgendwann kam ich auf die Idee, Großvaters alten Mantel anzuziehen. Ich brachte ein Küchenmesser mit und bemalte mir das Gesicht mit Schuhcreme. Das alte Ölfass erwies sich als hervorragendes Versteck, hinter dem man im richtigen Moment hervorspringen konnte. So schaffte ich es bald tatsächlich einige Leute zu erschrecken und ich war nicht wenig Stolz, wenn ich das Entsetzen in ihren Gesichtern sah.

Jeden Tag kam Urd und führte mich in den Pausenraum. Wir redeten ein wenig, aber sie blieb irgendwie distanziert. Die anderen sagten nichts. Sie saßen nur da, starrten auf ihre Tische und kauten auf irgendwelchen Dingen herum. Höllmann sah ich in dieser Zeit nie und ich fragte auch nicht nach ihm.

Erst an meinem letzten Tag in der Geisterbahn sah ich ihn wieder. Er saß an einem der Tische im Pausenraum, als Urd und ich hereinkamen. Er trug seinen seltsamen Zylinder und sein wunderbares Lächeln.

„Daniel!", rief er, als er mich sah. Er stand auf und kam auf mich zu. „Wie ich höre, hast du dich gut geschlagen. Ich habe nichts anderes erwartet." Er reichte mir die Hand.

„Hab mein Bestes gegeben", antwortete ich und wollte das Küchenmesser auf einen Tisch legen, um seinen Gruß zu erwidern.

„Nein, nein, nein.", lachte er und deutete auf das Messer. „Das wirst du gleich noch brauchen."

Ehe ich nachfragen konnte, hatte er mich zum Kaffeeautomaten geschoben. Er drückte auf einen der Knöpfe, ich bin mir sicher, es war der mit der Hühnersuppe, und der Automat schob sich zur Seite.

„Noch eine Geheimtür...", begann ich, dann spürte ich einen heftigen Schlag auf meinem Kopf und die Welt versank in Dunkelheit.

Als ich die Augen öffnete, saß ich auf einem Stuhl. Grelles Neonlicht blendete mich, und ich musste die Augen sofort wieder schließen. Mein Kopf pochte und dröhnte.

„Sieh hin!", hörte ich eine Stimme hinter mir. „Sieh hin, Daniel!"

Es war Höllmann. Der Klang seiner Stimme hatte sich verändert. Sie war nun irgendwie dunkel.

„Sieh hin!"

Etwas riss mir die Augen auf und ich sah. Zunächst nur Umrisse, die Neonröhre blendete mich noch immer. Doch aus den Umrissen formte sich eine Gestalt. Es war ein Mann. Er war mit Ketten an die Wand gefesselt. Sein Mund war geknebelt und er blutete aus der Nase. Mir wurde schlecht, als ich ihn erkannte. Es war der Schausteller. Jener Mann, der mir an meinem ersten Tag auf dem Jahrmarkt fast ins Gesicht getreten hatte. Süße Wut pulsierte in meinem Hals.

„Für dich.", sagte Höllmann hinter mir. „Mein Abschiedsgeschenk."

„Ich verstehe nicht...", stammelte ich, doch eigentlich verstand ich recht gut. Ich spürte das Küchenmesser angenehm schwer in meiner Hand liegen. Die Wut stieg ein wenig höher.

„Ich dachte mir, du möchtest ihm vielleicht noch etwas mit auf den Weg geben", lachte Höllmann.

„Ich kann nicht.", murmelte ich. „Ich kann doch nicht...", und dann blitzten Bilder in mir auf: eine Faust, die in den Sommerhimmel ragt, ein Stiefel über meinem Gesicht und dieses Lächeln, dieses bittere Lächeln. Und mir wurde klar, dass ich doch konnte.

Ich weiß heute nicht mehr genau, was ich mit dem Mann tat und ich bin dankbar dafür. Ich erinnere mich nur noch an den Ausdruck in seinem Gesicht, den ich bis zum Ende meines Lebens nicht mehr vergessen kann. Würden Sie mich heute fragen, ob ich ein Mensch bin, der bereit ist, Angst und Schrecken zu verbreiten, dann würde ich versuchen, Ihnen jenen Ausdruck zu beschreiben und Sie würden wahrscheinlich nie wieder danach fragen.

Als ich fertig war, ließ ich das rote Messer fallen und drehte mich zu Höllmann um. Er stand direkt vor mir und grinste.

„Vielen Dank.", sagte er und verbeugte sich, wobei er seinen Zylinder vom Kopf hob. Tatsächlich war ich kaum überrascht, als ich Hörner darunter erkannte.

„Sie sind der Teufel.", flüsterte ich.

„Und du hast für mich gearbeitet."

Höllmann lachte, doch dieses Mal klang es wie das Kreischen eines Orkans. Er packte meinen linken Oberarm. Ich hörte ein Zischen, wie wenn man ein frisches Steak auf den Grill legt, ein schrecklicher Schmerz durchfuhr meinen Körper. Nach Schwefel stinkender Qualm stieg mir in die Nase, und ich musste mich übergeben.

Als ich wieder aufblickte, standen die anderen Kreaturen der Geisterbahn um Höllmann herum. Sie blickten mich aus müden Augen an, und in dem Moment erkannte ich, dass sie alle echt waren.

Keine Schauspieler, keine Kostüme. Die Mumie war eine lebendige Mumie, der Waldschrat ein Wesen, das ich nur aus Sagen kannte und die Hexe...

„Urd", sagte ich und dann trat ich einen Schritt zurück, als ich sie erkannte. Ihr Gesicht war alt und zerfressen, ihr schwarzes langes Haar war fast vollständig ausgefallen. Etwas wie eine Made kroch aus ihrem Mundwinkel und verschwand wieder darin.

„Tut mir leid, Süßer.", sagte sie mit einer Stimme wie zersplitterndes Glas. „Vielleicht jetzt noch einen Kuss?" Sie brach in kreischendes Gelächter aus. Mir wurde schwarz vor Augen.

„Was machen die hier?", keuchte ich. „Was ist das hier?"

„Dies, mein Freund", antwortete Höllmann, „ist die letzte Zuflucht für diejenigen, für die in der wirklichen Welt kein Platz mehr ist. Niemand fürchtet sich mehr vor diesen Kreaturen. Niemand glaubt mehr an sie und darum haben sie ihr Grauen verloren. Ein trauriger Gedanke, wie ich finde. Doch hier, in der Geisterbahn, können sie noch ein wenig Angst verbreiten. Und ein wenig Angst ist immer besser als gar keine."

Ich starrte auf meinen linken Arm. Er stank noch immer nach Schwefel, und er würde nie wieder wirklich aufhören, es zu tun. Unter meiner verbrannten Kleidung sah ich ein Zeichen auf meiner Haut, das wie drei Sechsen aussah.

„Was mache ich dann hier?", fragte ich schließlich. „Warum stehe ich hier zwischen all diesen schrecklichen Kreaturen? Ich bin doch nur ein Mensch."

Höllmann lächelte. Nun war es wieder ein herzliches Lächeln. Er deutete hinter mich, wo noch vor einiger Zeit ein lebendiger Mann gehangen hatte.

„Genau deswegen.", sagte er und seine Stimme brannte in meinen Ohren. „Ihr seid die schrecklichsten Kreaturen von allen. Und eines Tages wird auch für euch kein Platz mehr da sein!"

Veröffentlichungen:

Th. Backus (Hrsg.) u. a. - Verbotene Bücher
ISBN: 978-3-940036-34-6

YouTube: Johliest
eigene Hörbücher und Vertonungen alter Horror Klassiker

Eileen Grunert

Strandgut

Schlaflosigkeit treibt John immer in die Natur: nach draußen, raus an die frische Luft und hinab an den steinigen Strand. Die salzige Luft atmen, die Meeresbrise im zerzaustem Haar und die Einsamkeit genießen. Nur der raue Seewind, der unentwegt über das wilde Nass weht und es zu steten Wellen formt, gibt John das Gefühl, ein Stück von der Freiheit ergattern zu können. Niemand anderes liebt die Küste und den Ozean mehr als er – zumindest nicht hier.

„Um vier Uhr am frühen Morgen ist die Welt wie frisch geboren", murmelt John vor sich hin, legt seinen Kopf in den Nacken und nimmt einen tiefen Atemzug. Dabei schließt er die Augen voller Genuss und analysiert den Geruch der Luft. Er riecht das salzige Wasser, Algen, die an den Strand gespült wurden und nasses Treibholz.

Nach einer gefühlten Ewigkeit erinnert er sich wieder seines Vorhabens und geht gemächlich seinen Weg weiter vom Haus weg, runter zum Steinstrand. Sein Spaziergang folgt immer derselben Route: hinüber zu den steilen Abhängen der Klippen, dann den schmalen Pfad hinab zum Steinstrand und parallel entlang der Gischt, des unbändigen Ozeans.

John war nicht immer so melancholisch. Erst seit seiner Schreibblockade vor vier Monaten, seinem neununddreißigsten Geburtstag. Ein Autor sollte schreiben und nicht vor strahlend weißen Blättern sitzen und sie nur anstarren. Seine persönliche Frustration droht ihn von innen heraus zu zerfressen, ihn gänzlich von der Bildfläche zu tilgen. Es nagt innerlich an ihm und er wird bald daran verzweifeln.

Der Vollmond erhellt in dieser frühmorgendlichen Stimmung erschreckend klar seinen Weg, und obwohl die Sonne bald aufgeht, ist er dennoch dankbar für jeden Lichtersatz. Ab und zu schaut John hinüber zum Horizont, doch die Dunkelheit lässt keine Klarheit zu. Er schlendert gemächlich über die abgerundeten Steine am Strand, überschreitet hier und da einen kleinen Haufen von Strandgut. Altes Holz, Wasserpflanzen, Plastiktüten, oft auch tote Seebewohner und wieder Industriemüll. Die Welt ist voller Müll und irgendwann landet es an der einen oder anderen Küste. Frustration hierüber breitet sich im Kopf des Autors aus.

In naher Entfernung erregt ein etwas größerer Haufen Johns Aufmerksamkeit. Große Findlinge sind hier nicht zu finden und gestern war dieses Ding noch nicht hier, sinniert er vor sich hin. Dieses Objekt scheint noch halbwegs im Wasser zu liegen und wiegt sich tänzelnd auf den kleinen Wellen.

Als der Schriftsteller näher kommt, visualisiert er das Treibgut genauer, das sich dort Millimeter für Millimeter über den steinigen Strand schiebt. Zielgerichtet schlendert er auf das Fundstück zu, seine Neugier ist geweckt und seine ihm eigene Fantasie bastelt bereits schon Traumwelten von Ereignissen zusammen.

Als er stetig näher kommt, wird der Anblick noch

verworrener: eine triefend nasse Schiffsplanke, vielleicht von einem havarierten Segelboot, umwickelt von Tau und Plankton, vielleicht auch Seegras. Relikte von chemischem Abfall, den ein Riesentanker auf offener See verklappt hat? Etwas Helles schimmert durch den Unrat hindurch und John vermutet einen metallischen Ursprung. Vielleicht doch Müll, der über Bord eines Kutters geworfen wurde? Nein, kein Metall, eher schmal und lang, mit geschnitzten Formen.

Seine Autoren-Natur schlägt Purzelbäume und wähnt schon einen wertvollen Schatz, von einem antiken Schiffsuntergang oder einem Schiffbruch durch die letzte stürmische Nacht, vorgestern.

Die Oberfläche des Treibgutes wird deutlicher, nuancierter, als er noch näher heran kommt. Nun beträgt der Abstand nur noch wenige Meter und steifbeinig bleibt John erschrocken stehen; sein Blick fokussiert sich auf das chaotische Objekt. Verbogen und dennoch geradlinig erstreckt es sich vor ihm: nasse Oberfläche und auch trockene Teile schimmern abwechselnd im Zwielicht des noch jungen Morgens durch den wilden Haufen.

Ungläubig rasen tausend Schreckensszenarien durch seinen Kopf, sein Puls dröhnt in seinen Ohren und sein Herz hämmert von innen gegen seine Brust.

Ein innerer Impuls drängt ihn, noch näher heran zu gehen, und so stolpert er auf das vermeintliche Strandgut zu, bis er genau davor stehen bleibt. Sein Verstand weigert sich zu erfassen, was seine Augen ihm zeigen, doch sein Bewusstsein akzeptiert bereits diese Tatsache. Umwickelt von all dem Unrat liegt ein Mensch.

Hier liegt ein Mensch. Eine Frau! Eine tote Frau, hämmert es in seinem Schädel.

Mit Schwung stürzt er schmerzhaft mit seinen Knien auf den steinigen Untergrund, seine Arme schnellen nach vorn und hastig befummelt er die kalte Frau, versucht sie aus ihrem Gefängnis zu befreien, sie vielleicht doch noch retten zu können. Niemand soll sie so sehen. Auch nicht die Polizei. Nein, keine Polizei.

Während seinen ungelenken Versuchen sie zu befreien, durchströmt John pure Verzweiflung. Seine Hände beginnen zu zittern, und en masse rasen nun absurde und selbst wahnwitzige Ideen durch seine literarischen Hirnwindungen. Winzige Einzelheiten prägt er sich ein: der blonde Haarschopf, nach rechts verdreht, die Arme angewinkelt wobei die Hände beinahe die Körperseite berühren, die Hüfte leicht nach links gekantet und das rechte Bein über das linke geschlagen. Unterschenkel und Knöchel sind im Tauwerk hoffnungslos verheddert, ihre Jeans sind stark verschmutzt, mit einer schwarz-grünen Substanz überzogen und ein ehemals weißer Pullover ist teilweise zerrissen und durchlöchert. Kein Schmuck, nicht einmal eine Armbanduhr…

Dampfende Wolken steigen schwer vom heißen Wasser der Badewanne auf und wabern gequält durch das alte, gelb gekachelte Badezimmer. Auf dem Läufer vor der Wanne steht ein grauer Plastiksack, darin liegen die schmutzigen Kleidungsstücke des Mädchens, welche John für Abfall erachtet und sie somit auch entsorgen will.

Vollends entkleidet liegt die tote Frau in der geräumigen Badewanne, umhüllt von Lavendelwasser. Gut, das Johns Mutter letzten Monat hier für zehn Tage verweilte und dieses Duftwunder zurück gelassen hat, genau wie die Rosenblütenseife. Herbe Kernseife ist wohl kaum die richtige Wahl für die Körperpflege einer Frau. John war immer der Meinung, dass weibliche Geschöpfe nach Blüten riechen sollten, so wie seine Mutter Rosen- und Lavendeldüfte bevorzugt.

Am Kopfende der Wanne hockend, zupft John mit größter Sorgfalt Meerespflanzen aus ihren blonden Strähnen, entheddert kleine Holzstückchen und Plastikfetzen aus ihrem Haar. Als es grob gereinigt ist, beginnt John, es zu shampoonieren, massiert ihr dabei sanft die Kopfhaut und achtet darauf, dass der Schaum ihr nicht über das Gesicht läuft. Nach dem Ausspülen ist er zufrieden mit seiner Arbeit und wickelt ihr behutsam einen Turban aus Frottee um den Kopf.

Nun kann er sich ihrem Körper widmen; so wie er es bei den Ohren, dem Mund, den Nasenlöchern getan hat, schaut er nun auch in den anderen Körperöffnungen nach derlei Getier. Schnecken, Krebse, Würmer und Larven verstecken sich gern in kleinen Höhlen und der menschliche Körperbau bietet ihnen viele Unterschlupfmöglichkeiten. Nichts soll zurück bleiben, nichts soll an ihre nasse Odyssee noch erinnern.

So nah war John einer Frau schon lange nicht mehr (und einer toten Frau noch nie). Doch den nekrophilen Beiklang seines Handelns hatte er mental völlig beiseitegeschoben, als er sie entkleidete und in die Badewanne hob. Seine Gedankenwelt dreht sich nur noch um die Wiedergutmachung für das, was ihr widerfahren ist. Ganz gleich was es war. Denn eines kann er mit Bestimmtheit sagen; Menschen können überaus grausam sein, zu jedem Lebewesen.

Mit Bedacht nimmt John ihren linken Arm, streicht mit dem nassen Waschlappen langsam und sanft darüber, begutachtet fasziniert wie der feine Schaum duftende Schlieren hinterlässt auf ihrer weiß bläulich schimmernden Haut. Sanft fährt er mit dem Lappen über ihr Schlüsselbein, den Hals und zum anderen Arm. Vorsichtig und bedächtig geht er dabei vor, als handele es sich um eine kranke Person.

Noch immer vor der Badewanne kniend, taucht er von Zeit zu Zeit den Waschlappen ins warme Wasser und wäscht ihr die Seifenreste von der Haut. Mit neuer Rosenblütenseife gewappnet, reinigt er nun ihr Dekolleté, die Brust mit ihren leicht hervortretenden Brustwarzen und den flachen Bauch. Um sie herum greifend, schenkt er auch ihrem festen Rücken die gleiche Andacht und reinigt ihn sorgfältig. Dann folgen die Hüften, der hervorstehende Beckenkamm, ihr Venushügel und die schlanken Beine, mit den runden Oberschenkeln, geschmeidigen Waden und filigranen Knöcheln.

Ohne anrüchige Hintergedanken widmet John ihrem Körper seine größte Aufmerksamkeit, wobei ihm die perfekten Körperproportionen auffallen und ihm klar wird, dass er ein perfektes Geschöpf vor sich hat. Alles pure Natur, keine chirurgischen Nachkorrekturen. Nur Gott allein hatte hier seine Hände im Spiel. Sie ist eine Schönheit.

Als der Schriftsteller auch noch ihre Finger- und Fußnägel gereinigt hat, liegt ein elfengleiches Wesen vor ihm im Wasser. Zufrieden betrachtet er seine Muse; marmorne Haut, perfekt gezeichnete Augenbrauen in sonnigem Blond, blass lila Lippen, der schlanke Hals…er setzt sich auf den Badewannenrand und sein rechter Zeigefinger zeichnet die Konturen ihres Körpers nach, der dank des heißen Badewassers wieder warm ist.

'Und jetzt, du Blödmann?', fragt herausfordernd sein Unterbewusstsein barsch und prompt kommt dessen Antwort zurück: 'Haare frisieren, ankleiden und hübsch machen fürs Dinner'.

John hat ihr die gekämmte, blonde Haarfülle am Hinterkopf hoch gebunden, die Füße stecken in feinen Stoffschuhen und das weiße Sommerkleid seiner letzten Freundin, das seit zwei Jahren bei ihm im Kleiderschrank hing, ziert ihren schlanken Körper.

Sein Unterbewusstsein lacht schelmisch auf und kontert: 'Steht dem blonden Engel besser als der eigentlichen Besitzerin, und Blondchen ist immerhin tot! Das sollte dir zu denken geben, mein lieber John!' Kritisch beäugt der Schriftsteller sein fertiges Produkt. Seine Muse; nach Rosenwasser duftende Haut, die ebenen Lippen in einem zarten Pastellton, natürlich wirkendes Make-Up, was den bläulichen Schimmer ihrer Haut überdeckt.

John's Fantasie beginnt sich zu entfalten. Er stellt sich vor wie das 'Mädchen in Weiß' sich fließend durch die Zeit bewegt, der glockenhelle Ton ihrer

Stimme, wie sie zierlich lacht und wie kleine Grübchen sich auf ihrem Antlitz bilden, wenn sie schmunzelt.

Sein Gesicht überzieht ein schelmisches Grinsen und aus seinem Grinsen wird ein liebevolles Lächeln, als John plötzlich zu ihr springt und sie vom Stuhl in seine Arme zieht. Die Kühle ihrer Haut ignoriert er, als er so mit ihr im Esszimmer steht. Seine oft unerträgliche Einsamkeit ist durch diesen toten Körper wie weggespült. Er fühlt sich so lebendig wie schon lange nicht mehr.

Nach kurzem Innehalten löst sich John von ihr, schaut ihr schnell noch in ihr feingeschnittenes Gesicht und an der Taille haltend, setzt er die Frau wieder auf den Stuhl, um sie am Esszimmertisch wirkungsvoll zu drapieren.

Flink stellt der aufgewühlte Schriftsteller ein kleines Menü in der Küche zusammen und kehrt eiligst mit dem Essen an den Tisch zurück. Er legt dem Mädchen die halb gefaltete Serviette auf den Schoss, zündet mit ruhiger Hand den Kandelaber mit seinen fünf Kerzen an und setzt sich dann links von ihr auf den dunkelbraunen Holzstuhl.

Die anfängliche Befangenheit dieser absurden Szenerie ('Dinner für eine Tote'), weicht bald der eines entspannten Mahls. John erzählt kleine Begebenheiten aus seiner Kinderzeit, der Schulzeit, dem Studium und seine Träume, Wünsche und Hoffnungen. Er beichtet dem Mädchen, das stumm am Tisch sitzt, seine Leidenschaften, gesteht ihr illegale Handlungen und genießt dabei sein Gekochtes. Anekdote folgt auf Anekdote, genau wie der stete Fluss des trockenen Rotweins, der seine Kehle passiert.

Am späten Abend gelüstet es John nach etwas Bewegung. 'Ein Spaziergang am Strand ist wohl eher das verkehrte Vergnügen', protestiert sein Unterbewusstsein und so schlendert er zum Wohnzimmerregal, das eine ansehnliche Musiksammlung bietet.

Als die ersten musikalischen Töne erklingen, schreitet er auf die unterkühlte Dame zu und zieht sie vom Stuhl in seine Arme. Der Autor wiegt sie im Klang der Musik an seiner rechten Hüfte und nichts scheint mehr absurd, oder gar abstoßend. Er genießt die Zweisamkeit mit seiner Muse, und nur das zählt im Augenblick. Durch sie wurde er herausgerissen aus seiner Lethargie und ist nun fern jeder Betrübnis. Der Schreiberling fühlt sich endlich mal wieder frei, unbeschwert und leichtfüßig, wie in ihrem Tanze.

Das die Füße seiner Tanzpartnerin dabei zehn Zentimeter über dem Boden schweben und ihre Arme schlapp an ihrer Seite herab baumeln, hat John erfolgreich verdrängt. In diesem Moment hat ihn das kleine Glücksgefühl völlig im Würgegriff. Genießend tanzt er mit dem leblosen Körper durch das Esszimmer in den eigentlichen Wohnbereich, über den schweren Teppichboden. Eine Drehung, eine kleine Verbeugung zu ihr, dann ein Schritt wieder nach rechts, wieder eine Drehung... er redet, tanzt, lacht...

Das morbide Spiel endet erst, als dem Autor die Gesprächsthemen ausgehen und die Flasche Rotwein ihren Tribut zollt. Seine Beine sind schwer vom Tanzen, seine Arme bleiern vom Halten seiner Partnerin, und sein Kopf schwirrt ihm von allen Ereignissen heute.

„Oh Lilly, Liebes, wir sollten zu Bett gehen. Ich danke dir für diesen unvergesslichen Tag.", spricht John offen zu dem blonden Geschöpf, wobei er ihr sanft einen keuschen Kuss auf die kühle Wange drückt.

Müde nimmt der Schriftsteller seine Muse in die Arme und trägt sie den Flur entlang, die Treppe hinauf und geradewegs ins Schlafzimmer, eingehüllt in einen Duftschleier von Rosen und Lavendel genießt er den engen Körperkontakt, die pure Anwesenheit einer anderen Person.

Vorsichtig legt er das zarte Geschöpf auf die linke Betthälfte und kniet sich lächelnd neben sie, noch immer eine Hand haltend. Mit federnder Leichtigkeit streichelt er ihr über den Handrücken und liebkost sie mit seinen warmen Lippen.

Nach diesem kurzen Verharren löst er ihr den letzten Schuh, da der andere während des Tanzes verloren ging und irgendwo im Wohnzimmer liegen muss. Das hat Zeit bis morgen, genau wie der Abwasch, denkt sich John und setzt sich langsam aufs Bett. An den Schultern zieht er die Frau an seine Brust, wobei ihr Gesicht an seinem Schlüsselbein ruht und löst ihr die Hochsteck-Frisur. In großen Wellen fällt das blonde Haar ihr über den Rücken und ergießt sich auch über seine Hände.

Wieder erfasst ihn der Duft von Rosenblüten und ein Schauer jagt ihm über den Rücken, als John ihr den Reißverschluss des Kleides öffnet. Am unteren Saum raffend, zieht er ihr langsam das Stoffstück über ihren bleichen Leib, bis hin, über den Kopf.

Kurze Augenblicke später hat er ein dunkelblaues T-Shirt aus seinem Kleiderschrank gefischt, denn der Schriftsteller findet diese Farbe ideal passend zu ihren blonden Haaren. Gemäß aller Frauen, und das was John über Frauen zu wissen glaubt, stülpt er seiner Lilly auch noch weiße Tennissocken über ihre kleinen Füße, denn Frauen leiden immer unter kalten Füssen. 'Sie aber besonders', trötet sein von Wein umnebeltes Unterbewusstsein sarkastisch dazu.

Der Autor betrachtet, vor dem Bett stehend, seine Muse und entkleidet sich dann selbst bis auf Shirt und Shorts. Bedächtig läuft er um das Metallbett herum, fixiert dabei seine nächtliche Partnerin, lüftet die leichte Bettdecke und schlüpft flink darunter um sich an des Mädchens linke Körperseite zu betten. John deckt sie beide routiniert zu, geradeso als täte er dies jede Nacht. Als er das Licht gelöscht hat, tastet er noch mit seiner rechten Hand nach ihrer linken, reckt seinen Kopf und gibt ihr einen zärtlichen Kuss auf ihre linke Wange – und schlummert friedlich ein.

Ein schmaler Lichtpegel fällt durch den dicken Schlafzimmer-Vorhangstoff und John fragt sich im Halbschlaf: 'Habe ich den nicht dicht gezogen?'

Mit einem schiefen Grinsen im Gesicht, dreht er sich auf seine rechte Seite und schlagartig reißt er die noch müden Augenlider auf, als ihm bewusst wird, was gestern war, und was oder wer neben ihm liegt. Verunsichert hebt er leicht seinen Kopf und erspäht untersuchend die andere Betthälfte. Das Kopfkissen, das Bettlaken. Nichts! Nicht nur, dass es leer ist – nein, es ist so glatt wie ein Kinderpopo. So, als hätte niemand darin gelegen!

Seine Gedanken rasen durch sein noch verkatertes Hirn: 'Habe ich alles nur geträumt? Der gestrige Tag nur ein nächtlicher Traum? Ein Albtraum? Wie war das doch; ich habe sie gebadet, habe mit ihr gegessen und wir haben getanzt'.

Verschlafen blinzelt John auf seine Armbanduhr; kurz vor zwölf, Mittags?! 'Jesus, acht Stunden geschlafen! Das ist das erste Mal seit…seit etlichen Zeiten, dass das passiert ist', faselt sein Unterbewusstsein. Kopfschüttelnd und wacher als zuvor springt er aus dem kuschelig warmen Bett, zieht die dicken Samtvorhänge auf und blinzelt verklärt in die Mittagssonne, die hoch am Zenit steht.

Alles scheint wie die Tage zuvor: Möwen ziehen kreischend ihre akrobatischen Flugbahnen, sanft streichelt Meeresluft das Küstengras. Zweifel durchziehen wieder Johns Hirnwindungen. War alles nur ein Traum? War Lilly niemals hier? Gab es nie das Treibgut am Strand?

Traurig trottet der Autor ins alte Badezimmer. Seine Gedanken kreisen immer noch um die kalte Lady, und seine Erinnerungen daran sind nur allzu deutlich in seinem Schädel gespeichert.

Dann stoppt er abrupt, als ihm der Unrat und die zerschlissene Kleidung von seiner unterkühlten Freundin einfallen. John dreht sich einmal um seine eigene Achse, rennt aus dem Badezimmer, sprintet die schmale Treppe hinunter und springt geradewegs zur hinteren Verandatür, wo er gestern den Abfallsack mit all dem Unrat deponiert hatte.

Und ja: da steht er, unberührt, jungfräulich. Sein Herz schlägt ihm wild gegen die Brust und ungläubig stiert er auf den grauen Plastiksack. John geht in die Hocke, gierig greifen seine Hände nach dem Abfall und hektisch reißt er ihn auf, kontrolliert fix, aber penibel mit seinen Augen den Inhalt.

Verhalten und irritiert kippt er den kompletten Inhalt der Tüte auf der Veranda aus: Pulli, Jeans, Seetang, Getier und Holzreste – alles noch da. Nur seine Muse selbst ist entschwunden!

Geschockt über seinen Verlust lässt sich John von der Hocke auf den Hintern plumpsen und bleibt so regungslos sitzen; für lange Zeit. Für sehr lange Zeit.

Veröffentlichungen:

Eileen Grunert – Die Gärten der Dämonen
ISBN: 9783752956764

Michael Aufleger

Schauernebel

Es vergeht kein Tag, an dem mir nicht das Schicksal der USF Greendale durch den Kopf geht, auch wenn meine Erinnerungen mit jedem Tag mehr und mehr verblassen. Aber meine Ängste, meine Befürchtungen, ja meine schlimmsten Vorstellungen - sie bleiben mir stets erhalten. Ich glaube auch nicht, dass ich zeitlebens über dieses Erlebnis hinwegkommen werde.

Nicht viele von uns wünschen sich eine Amnesie oder gar den Tod. Das Schreckliche, das Unfassbare, das Unglaubliche, was uns allen damals widerfuhr, ist kaum mit Worten zu beschreiben. Man kann versuchen es zu malen, so verblassen sämtliche Farben. Man kann versuchen es mit Worten einzufangen, so fehlen einem doch dafür die entsprechenden Beschreibungen.

Seit jenen Tagen ringe ich mit mir und eben solchen Worten, mit selbigen Bildern - und habe es nie wirklich gewagt, diese niederzuschreiben, da ich befürchtete - wie andere meiner Freunde und Kameraden - einem Wahn zu verfallen, und mir von einem Moment auf den Nächsten nichts Sehnlicheres mehr zu wünschen als den Freitod.

Doch selbst wenn das nun mein Schicksal sein sollte, dann möchte ich nicht von dieser Welt gegangen sein, ohne ihr von den schauderhaften Begebenheiten der USF Greendale berichtet zu haben.

Es begann am 12 April 1946. Nachkriegszeit, sowohl in Europa als auch hier in Amerika, wenngleich unser nun so siegreiches und stolzes Land nicht so sehr dem Erdboden gleichgemacht worden war, wie das Festland jenseits des Ozeans.

Ich hatte schon zu Kriegszeiten auf der USS Idaho angeheuert. Ein stolzes Schlachtschiff mit etwas über 200 Mann Besatzung, das – und davon ahnten wir noch gar nichts – schon im Laufe der nächsten Monate stillgelegt werden sollte. Noch immer galt es, den strengen Nachschubanforderungen aus dem vom Krieg zerrissenen Europa nachzukommen, Verwundete zurück nach Hause zu transportieren und Grenzgebiete zu Japan zu sichern.

Zwar hatten die Japaner längst kapituliert, aber noch immer gab es versprengte Einheiten, die wohl bis zum heutigen Tage noch gar nichts von der offiziellen Kapitulation wussten.

Es galt in diesem Zusammenhang auch eine strikte Anordnung von absoluter Funkstille. Man sprach auch davon das „Meeresrauschen" einzuhalten, wie man die monotonen Geräusche aus den Apparaten gerne betitelte.

Die Sicht war an jenem Tag so klar und deutlich wie eh und je – was zu der entsprechenden Jahreszeit keineswegs ungewöhnlich war. Das spannendste Ereignis der letzten Tage war ein kreisender Möwenschwarm gewesen, der sich in Küstennähe gütlich um die Fischbestände gestritten hatte. Somit waren wir von größeren Aufregungen bisher verschont geblieben. Davon hatte es im letzten Jahr um diese Zeit ohnehin ausreichend gegeben.

An dieser Stelle sei erwähnt, dass ich kein eigentlicher Seemann war und auch niemals einer geworden bin. Ich konnte mich ohne Boot oder andere Behelfsmittel vielleicht auch gerade einmal zehn Minuten über Wasser halten – selbst ohne Wellengang. Auch die Befehlskette oder gewisse seemännische Begriffe waren mir äußerst fremd. Ich war froh, wenn ich gerade mal den Bug vom Heck unterscheiden konnte. Man hatte mir sogar erklären müssen, was das „Kielholen" denn eigentlich bedeutete.

Ich war kein Seemann, nein. Ich war nicht einmal ein richtiger Soldat, auch wenn ich eine entsprechende Grundausbildung genossen hatte. Meine Bezeichnung war die eines Kriegsberichterstatters. Jedenfalls möchte ich gerne behaupten, ein solcher gewesen zu sein. Allerdings war ich kaum an direkten Konfrontationen des Krieges beteiligt gewesen, um tatsächlich vom wahren Krieg berichten zu können. Wohl zu meinem Glück. Und jetzt war es meine simple Aufgabe, den Rücktransport glorreicher Helden zu dokumentieren und womöglich die ein oder andere heroische Geschichte aufzuschnappen.

Meine Funktion, die schon zum damaligen Zeitpunkt eine gewisse Form der Pressefreiheit gestattete, erlaubte es mir, zu beinahe allen Räumlichkeiten freien Zugang zu erhalten. Mein beliebtester Platz befand sich somit auf der Brücke, denn hier war es nur halb so langweilig wie an sämtlichen anderen Orten der USS Idaho. Ich konnte auch vereinzelte, durchwegs interessante Gespräche mit Kapitän Joseph Edward Ross führen, der mir stets bereitwillig die Antworten lieferte, die ich suchte.

So geschah es, dass ich eben an jenem 12. April wieder auf der Kommandobrücke stand und mich mit Kapitän Ross unterhielt. Es schien ein allgemeiner Zeitvertreib für meine schier kümmerliche Erscheinung zu sein, und ich spürte hier an Bord der USS Idaho auch nicht dieselbe militärische Strenge, wie man sie üblicherweise erwartete. Vermutlich eine Nachwirkung des nun vergangenen Krieges und ebenso ein Vorbote der anstehenden Ausmusterung des Kriegsschiffes.

An jenem Tage knackte es mehrmals im Funkgerät und der zuständige Offizier machte sich sofort daran, die Nachricht entgegenzunehmen. Es musste ja schließlich auch einen Grund dafür geben, warum die Funkstille überhaupt erst gebrochen worden war. Neugierig beobachtete ich seine geübten Hantierungen, in der Hoffnung darauf, dass nun endlich etwas passieren würde, was eine ausführliche Berichterstattung wert wäre.

Das zunächst entspannte Gesicht des Funkoffiziers verfinsterte sich von einem Moment auf den anderen, so als ob er soeben erfahren hätte, dass sämtliche Speisen rationiert werden müssten. Er rief Kapitän Ross zu sich, welcher unser Gespräch schon zuvor unterbrochen hatte.

„Funkspruch von der USF Greendale, Sir.", sagte er

mit finsterer Miene. „Klang wie ein Notruf, Sir.", fuhr er dann fort.

„Was haben die denn gesagt?", erkundigte sich Kapitän Ross, und es klang wie eine Mischung aus Langeweile und Überraschung.

„Sir, der Funker meinte, es passiere irgendetwas Verrücktes an Bord, aber ich konnte ihn kaum verstehen. Er klang allerdings sehr besorgt."

Kapitän Ross nickte und befahl dann:

„Bestätigen Sie den Empfang und bitten Sie um Wiederholung."

Das tat der Funkoffizier auch. Meine Füße erwiesen sich als ebenso neugierig wie meine Ohren, darum trat ich auch näher heran, um das Geschehen besser verfolgen zu können.

„Antwort folgt, Sir.", sagte der Funkoffizier kurz darauf. „Aber...da ist was nicht in Ordnung, Sir!"

Kapitän Ross trat näher und beugte sich über das Pult seines Funkoffiziers. Dieser betätigte ein paar Schalter und entstöpselte dann die Kopfhörer vom Steuerpult. Jetzt konnten alle Anwesenden auf der Brücke das vernehmen, was er hörte. Es waren vereinzelte Summ- und Pieptöne. Manche länger, manche kürzer.

„Sind das...Morsezeichen, Sir?", erkundigte sich der 1. Offizier aus dem Hintergrund.

„Schreiben Sie mit, schnell!", forderte Kapitän Ross den Funkoffizier auf. Doch dieser hatte seine Aufgabe bereits frühzeitig erkannt. Mit flinken Fingern notierte er Strich für Strich und Punkt für Punkt. Dann verstummte das Gerät wieder. Seine umfangreiche Ausbildung ermöglichte es ihm, das eben notierte auch sogleich zu entschlüsseln.

„Ich...habe leider nicht alles notiert, Sir.", entschuldigte sich der Funkoffizier.

„Lesen Sie vor!", befahl Kapitän Ross unverdrossen.

„...es umschlingt uns...es durchdringt...sehe Männer sterben...warum...sind verrückt...drehen durch...Blut auf der Brücke...Körper schwimmen im Wasser...die Sonne...es ist...

Dann bricht es ab, Sir."

„Haben Sie deren Position?", fragte Kapitän Ross.

„Ja, Sir. Die hat er als Erstes genannt, bevor er überhaupt etwas von sich gegeben hatte."

Der Kapitän ließ sofort Kurs auf die entsprechende Position nehmen, aber es würde wohl noch eine Weile dauern, ehe wir die USF Greendale erreichten.

„Was hatte der Mann denn vorher zu ihnen gesagt?", erkundigte sich Kapitän Ross unterdessen.

„Er sprach sehr...verworren, Sir. Er gab die Position durch und verlangte anschließend sofort nach einem Bombardement. Ja, Sir - das hat er tatsächlich! Dann sagte er den Namen und sogleich wurde die Verbindung wieder unterbrochen. Und dann kamen eben besagte Morsezeichen..."

Ich stand als stummer Beobachter daneben. Warum verwendete der Funker der USF Greendale Morsezeichen statt eines uncodierten Funkspruchs, gerade wenn es ihm eilig zu sein schien? Kapitän Ross schien diese Frage in meinem Gesicht gelesen zu haben:

„Vermutlich ist deren Funkgerät beschädigt. Anders kann ich mir dieses sinnlose Morsen nicht erklären..."

Es sollte gar nicht allzu lange dauern, bis wir die Position der USF Greendale erreichten. Wenn wir zuvor noch strahlenden Sonnenschein im hellen Tageslicht hatten genießen können, so umgab uns allmählich ein seichter, schleierartiger Nebel. Er tauchte mitten auf dem Ozean auf, ohne dass sich die Wetterlage änderte oder zuvor geändert hatte. Es sah aus, als säße mitten auf dem Meer ein nebelartiger Fleck.

Damals schenkte ich diesem Phänomen keine allzu große Beachtung, da ich es mehr meiner Unwissenheit in puncto Seefahrt zuschrieb und daher auch keine naiven Fragen stellen wollte. Der Funkoffizier versuchte weiterhin die USF Greendale zu erreichen, sowohl per Morsezeichen als auch über den normalen Funk. Aber wir erhielten keine Antwort mehr.

Und dann – nachdem wir immer tiefer in die Nebelwand eingetaucht waren - sahen wir das Schiff. Es war ein stolzer, langgezogener Schlachtkreuzer. In Größe und Bewaffnung stand er der USS Idaho in Nichts nach. Aber dennoch hatte all diese Imposanz irgendwie etwas eingebüßt. Etwas, das ich mir nicht erklären konnte. Noch nicht...

Kapitän Ross ließ das Schiff zum Stillstand kommen, während wir noch etwa 300 Meter Abstand zur USF Greendale hielten. Schon jetzt waren wir an einen Punkt gelangt, an dem wir überaus misstrauisch wurden. Man musste in Zeiten wie diesen mit Vielem rechnen.

Kapitän Ross, der 1. Offizier und ich traten hinaus aus der Kommandobrücke und der Kapitän zückte dort ein Fernglas. Beide Schiffe, sowohl unser eigenes als auch die USF Greendale, lagen in einem solch dichten Nebel, dass vieles nur noch schemenhaft zu erkennen war.

„Seltsam.", sagte Kapitän Ross. „Es ist tatsächlich die USF Greendale."

„Und...was ist daran nun seltsam, Kapitän? Abgesehen von ihrem Hilferuf?", fragte ich schließlich. Wahrscheinlich war ich der Einzige an Bord, dem es erlaubt war, dämliche Fragen zu stellen. Er reichte mir wortlos das Fernglas und deutete in Richtung der Fregatte. Zunächst sah ich nichts Auffälliges. Auf dem Deck oder sonstigen Stationen war kein Mensch zu sehen. Das allein mochte selbst einen Kriegslaien wie mich schon stutzig machen. Doch erst, als ich die Bordwände genauer betrachtete, sah ich das, worauf mich Kapitän Ross hatte aufmerksam machen wollen.

„Ist das...Rost, Sir?", fragte ich und setzte das Fernglas mit ungläubigem Blick ab.

Der Kapitän zuckte mit den Achseln:

„Das ganze Schiff sieht aus wie eine Jahrhunderte alte Sardinenbüchse. Aber diese Fregatte ist im selben Jahr gebaut worden wie unsere. Und selbst bei äußerst nachlässiger Instandhaltung würde ein Schiff dieser Klasse niemals so heruntergekommen aussehen!"

Niemand sagte etwas dazu. Aber es bestand kein Zweifel an der Tatsache, dass es sich bei dem ausgemachten Schiff trotzdem um die USF Greendale handelte.

Sogleich ließ Kapitän Ross eine kleine Mannschaft unter dem Kommando von Bootsoffizier Henrikson zusammenstellen, die zu dem Schiff übersetzen sollte.

Wir beobachten von der Kommandobrücke aus, wie sich das kleine Beiboot rasch dem in Not geratenem Schiff näherte, alsbald jedoch im dichten Nebel nicht mehr zu sehen war. Wir warteten einige Zeit – und obwohl es nur eine knappe halbe Stunde war, in der wir nichts, rein gar nichts von den Männern hörten, drängte sich in uns die Ungeduld auf. Ich hatte schon überlegt, gleich mit dem ersten Beiboot zur USF Greendale überzusetzen, aber dafür sollte später noch genug Zeit sein. Leider, wie ich bald erfuhr.

Nach einer halben Stunde kehrten die Männer zurück. Jedoch nicht alle. Und ohne Boot...

Sie paddelten über das offene Meer und ruderten dabei mit Armen und Beinen in heller Panik, als würden sie von einem Schwarm Haie verfolgt werden. Von den acht ausgesandten Männern kehrten nur vier zurück. Rasch wurden sie an Bord geholt und man wollte sofort wissen, was denn nun mit den Anderen geschehen sei. Doch in ihrem verstörten, sinnesverwirrten, absolut zu Tode verängstigtem Zustand waren diese Männer keine Hilfe.

Sie stammelten irgendwelche unverständlichen Worte und gestikulierten wild, während ihre von Kälte und Furcht gebeutelten Gliedern zuckten und zitterten. Ihre Augen waren vor Aufregung groß wie Bullaugen, als hätten sie soeben erfahren, dass sie jeglichen Anspruch auf ihre Heuer verloren hätten.

Sofort schaffte man sie in das Lazarett und ließ sie eingehend untersuchen. Währenddessen begab ich mich mit Kapitän Ross und einigen seiner Offiziere zum Bug, um von dort aus einen besseren Blick auf die USF Greendale erhalten zu können. Natürlich hatten wir bisher auch weiterhin keinen Funkkontakt herstellen können.

Dann geschah etwas, was ich mir nicht erklären konnte. Ich wusste zunächst auch nicht, ob nur ich es hörte, es mir vielleicht sogar nur einbildete. Aber mit einem Mal drangen seltsame Stimmen an mein Ohr. Es klang wie das Geflüster aus tausend Kehlen, fast so als ob jene Stimmen uns wie lästige Mücken umschwirren würden.

Während ich dabei durch den Nebel zur USF Greendale spähte, glaubte ich, dass es das Schiff selbst wäre, das mit seinen zahllosen Stimmen zu mir flüsterte – oder aber die Tropfen des Meeres. Die Stimmen lagen in der Luft, hörten sich aber gleichzeitig so an, als ob sie aus südwestlicher Richtung zu uns dringen würden. Eben aus Richtung der USF Greendale.

Anhand der verwirrten Blicke der Offiziere und deren suchender Blicke rundherum, glaubte ich feststellen zu können, dass sie diese Stimmen ebenso vernahmen. Nur Kapitän Ross stand unbeeindruckt und still auf seinem Fleck, das Fernglas vor der Brust und blickte mit zusammengekniffenen Augen zur USF Greendale.

Niemand sprach darüber, aber nach nur wenigen Minuten klang dieses Geflüster ohne Worte in unseren Ohren so abscheulich, dass wir uns rasch in die

Kommandobrücke zurückzogen. Auch einige der Matrosen hatten diese seltsamen Stimmen vernommen. Hätte man mir dies nur erzählt, so hätte ich es als reinen Seemansgarn abgetan. Noch bevor wir wieder auf der Kommandobrücke waren, verstummten die Stimmen. Aber nicht mit einem Male! Es war vielmehr so, als entfernten sie sich und würden sich langsam von unseren Ohren zurückziehen, bis sie schließlich nicht mehr zu hören waren.

„Totenstimmen...", sagte einer der Offiziere, der ebenso wenig wie ich glauben und verstehen konnte, was wir soeben gehört hatten. Kapitän Ross beschloss daraufhin, einen Funkspruch absetzen lassen. Nur zur Sicherheit.

Aber das gelang nicht. Irgendetwas störte unsere Kommunikation, doch was dies sein mochte, wussten wir nicht. Leider waren wir zu diesem Zeitpunkt noch nicht beunruhigt genug, um entsprechende Maßnahmen zu ergreifen. Vom heutigen Standpunkt aus betrachtet, hätten wir sofort die Motoren in Gang gesetzt und wären in den Heimathafen zurückgekehrt – oder hätten uns zumindest so weit entfernt, bis wir wieder Funkkontakt hatten. Aber ich würde niemals jemand Anderem zumuten wollen, zu jenem Ort zurückzukehren, an welchem wir diesem Grauen begegnet waren.

Weder Kapitän Ross noch irgendjemand sonst sprach über diese Stimmen. Vermutlich wollten wir unsere bereits von Seemannsgarn beeinflussten Gedanken nicht noch mehr beunruhigen. Kapitän Ross wollte nun endlich die Männer verhören, welche von der USF Greendale zurückgekehrt waren.

Indessen hatte man unlängst zwei weitere Boote zu Wasser gelassen, um nach den verschollenen Seemännern Ausschau zu halten. Vielleicht schwammen sie ja noch auf dem offenen Meer.

Der Kapitän versuchte nun mithilfe der Ärzte aus seinen Männern herauszubekommen, was sie denn dazu bewogen hatte, schwimmend zur USS Idaho zurückzukehren. Und vor allem, was sie derart in Panik versetzt hatte.

Es dauerte geschlagene zwei Stunden, ehe man ihnen überhaupt ein vernünftiges Wort entlocken konnte – und dafür waren jede Menge Beruhigungsmittel und noch mehr von Kapitän Ross′ Geduld erforderlich gewesen. Doch das, was die Männer erzählten, stand für mich in keinerlei Zusammenhang.

Der Eine erzählte, sie hätten an Bord nichts gesehen. Keine Menschenseele und auch keine Spuren von dem, was einst eine Schiffsbesatzung gewesen sein musste.

Der Andere erzählte, dass überall auf den Schiffsplanken seltsame Pilzgewächse sprossen und das Schiff stellenweise wirkte, als habe es Jahrhunderte unter Wasser verbracht.

Der Dritte meinte, an Deck haben sich jede Menge Leichen befunden. Tote Matrosen, die mit schreckgeweiteten Augen darniederlagen und sie anstarrten, als ob sie noch im Todeskampf um Gnade und Hilfe gefleht hätten. Einer dieser Toten habe in schwerfälligem Tempo seine kalte, knochige, tote Hand von sich gestreckt und um Erbarmen gebeten.

Der vierte Matrose hier an Bord starb, noch ehe ihm

Kapitän Ross die erste Frage stellen konnte. Die Ärzte meinten, es sei eine Art Herzversagen gewesen, doch für sein Alter wäre es äußerst ungewöhnlich. Außerdem war von einem Herzleiden nichts bekannt gewesen.

Aber was von dem, was die Männer erzählten, stimmte nun? Sie mussten wegen irgendetwas Schrecklichem vollkommen durchgedreht sein. Das war der erste Gedanke, der mir in dieser Hinsicht rein logisch vorkam. Nur so konnte ich es mir überhaupt erklären, warum die Männer so vollkommen unterschiedlich von ihrem Besuch auf der USF Greendale berichteten.

Kapitän Ross schien einer ähnlichen Idee nachzugehen. Und was waren es dann für Stimmen gewesen, die wir gehört hatten?

Wir kamen ziemlich rasch auf den Gedanken, dass dem Nebel irgendein Unheil innewohnte. Kapitän Ross befahl der gesamten Mannschaft, in ihren Kojen oder zumindest unter Deck auszuharren, und jeder Mann, der sich nicht in diesen, vor dem Nebel schützenden, Räumlichkeiten aufhielt, solle seine Gasmaske aufsetzen. Es gab an Bord nicht ausreichend davon, aber zumindest genügend, um einen Teil der Mannschaft, den Offiziersstab und nun auch das zweite Erkundungsboot damit auszustatten.

Wir beobachteten das Eintauchen des zweiten Beibootes in den dichteren Nebel um die USF Greendale wieder von der Kommandobrücke aus und warteten gespannt darauf, was diese Männer nun wohl zu berichten hatten. Wir warteten geschlagene anderthalb Stunden, und noch immer drang kein Lebenszeichen von den sieben entsandten Matrosen zu uns.

Dann jedoch entdeckte man etwas, das auf dem Wasser trieb. Ich hatte bereits eine Vorahnung, wagte aber nicht diese auszusprechen. Man holte das „Etwas" rasch aus dem Wasser heraus, und es war eigentlich schon lange zuvor identifiziert.

Es war der Bootsoffizier Henrikson! Er hatte in Bauchlage auf dem Wasser getrieben und war trotz fehlendem Wellengang zu uns geschwappt worden. Er war tot. Das war keineswegs anzuzweifeln.

Die Ärzte schleppten ihn dennoch ins Lazarett, um ihn zu untersuchen. Das, was sie dort feststellten, beunruhigte mich und alle anderen so sehr, dass wir uns bald für die Heimfahrt entscheiden sollten. Oder vielmehr: Für die Flucht!

Henriksons Leiche war vom Salzwasser bereits angegriffen worden. Selbst als unerfahrener Nicht-Seemann war mir dennoch klar, dass das nur bei jemandem der Fall sein konnte, der schon über sehr lange Zeit im Wasser trieb.

Die Ärzte konnten rasch die Todesursache festzustellen. Er war eindeutig ertrunken, aber auch für sie war der Zustand der Leiche äußerst rätselhaft. Eigentlich wussten die Ärzte ebenso, dass dieser Mann niemals tagelang auf dem Wasser hätte treiben können, da er erst vor wenigen Stunden mit dem ersten Beiboot entsandt worden war. Aber es bestand kein Zweifel daran, dass es Henrikson war, der Bootsführer des ersten Trupps, den wir aus dem Wasser gefischt hatten.

Und was war nun mit dem zweiten Beiboot geschehen? Auch dieses Mal gab es keine Spur vom Rest der Bootsbesatzung. Nicht einmal eine weitere Leiche, was uns allerdings auch nicht glücklicher gestimmt hätte.

Kapitän Ross war klug genug, jetzt die Entscheidung zur Umkehr zu treffen. Doch es blieb allein bei der Entscheidung.

Nachdem sich das Schiff auch nach Ablauf von 20 Minuten immer noch nicht in Bewegung gesetzt hatte, kam eine unerfreuliche Nachricht aus dem Maschinenraum. Ungläubig lauschte ich den Worten des Maschineningenieurs, der höchstpersönlich auf der Brücke erschienen war, um Bericht zu erstatten.

„Sie müssen sich das selbst ansehen!", beteuerte er immer wieder, „Sie müssen es sich selbst ansehen!"

Da seine Worte tatsächlich nicht der Wahrheit entsprechen *konnten*, schickte Kapitän Ross den 1. Offizier mit dem Ingenieur unter Deck in den Maschinenraum, wo dieser sich von dem überzeugen konnte, was ihm der erfahrene und kompetente Ingenieur soeben berichtet hatte. Nach einer halben Stunde kehrte der Offizier zurück und erstattete leichenblass Bericht. Der Ingenieur hatte offenbar nicht gelogen. Alles, was er erzählt hatte entsprach der Wahrheit.

In weiten Teilen des Maschinenraums sei dieser ungeheuerliche Nebel zu sehen, berichtete er 1. Offizier. Vorrangig dort, wo einige der Heizkessel und die kräftigen Motoren standen. Als die Männer den dichten, undurchschaubaren Nebel betreten hatten und sich voran tasteten, stießen sie dabei auf keinerlei Widerstand.

Dort, wo eigentlich die gesamte Maschinerie stehen und lautstark vor sich hin lärmen sollte, befand sich: Nichts! Als sie dann auf der anderen Seite des Nebels wieder herausgekommen waren, hätten sie bereits den halben Maschinenraum durchquert.

Weder der 1. Offizier, noch der Ingenieur konnte irgendeine vernünftige Erklärung dafür finden.

Kapitän Ross erkundigte sich ungläubig, was denn mit den anderen Männern des Maschinenraums geschehen sei. Der Ingenieur meinte, zwei von ihnen wären unauffindbar, und die anderen hätten fluchtartig den Maschinenraum verlassen, und zwar in dem Moment, als der schauerliche Nebel dort eingedrungen wäre.

Sie hatten daraufhin die Bordwände noch rasch auf irgendwelche undichten Stellen oder Risse untersucht, denn keiner konnte sich erklären, wie dieser verdammte Nebel überhaupt in das Innere des Schiffes hatte eindringen können. Aber gefunden hatten sie nichts. Andernfalls wäre wohl auch Wasser eingedrungen, aber auch davon gab es keinerlei Anzeichen.

Nach der Berichterstattung des 1. Offiziers erreichte uns die Nachricht, dass ein weiterer der Überlebenden verstorben sei. Und dessen Tod sei noch merkwürdiger, als der des Mannes, welcher an Herzversagen gestorben war. Die Ärzte teilten uns mit, dass der zweite Überlebende nun ebenfalls die Todesanzeichen eines Ertrunkenen zeigte. Jedoch hatte er fast die ganze Zeit über unter ärztlicher Aufsicht verbracht, doch nachdem man die Patienten nur für wenige Minuten allein gelassen hatte, musste man kurz darauf feststellen, ein weiteres Opfer beklagen zu müssen.

Tod durch Ertrinken? Die rätselhaften Geschehnisse hier an Bord der USS Idaho nahmen mehr und mehr zu...

Auf der Kommandobrücke versuchte der eifrige Funkoffizier unablässig Kontakt zur Außenwelt herzustellen. Der Tag neigte sich nun langsam dem Ende zu, und mit dem Ausfall sämtlicher Maschinen drohte uns wohl auch bald der Verlust von Licht und Wärme. Der Offiziersstab beriet sich nun auf der Kommandobrücke und man wägte ab, ob man nicht eines der Boote in die entgegengesetzte Richtung der USF Greendale, einfach hinaus aus dem Nebel entsenden und so Hilfe holen sollte.

Dieser Vorschlag wurde rasch in die Tat umgesetzt und somit wurden Bootsmann Henry Simons und vier weitere Männer mit einem kleinen Boot ausgesandt, welches rasch dem Nebel und unserem Sichtfeld entschwand, in die Richtung, aus der wir in den Nebel vorgestoßen waren. Unsere Hoffnung auf rasche Hilfe ruhte nun auf diesen Männern.

Während das Tageslicht langsam zu schwinden begann und wir uns auf eine unangenehme Nacht vorbereiteten, wagte ich noch einmal den Versuch, ohne Gasmaske über das Deck zu spazieren.

Diesmal hörte ich keine dieser Stimmen, und auch sonst keine der zahlreichen Laute, welche mich und Teile der Mannschaft derart verängstigt hatten. Also hielt ich meine Theorie, dass der Nebel etwas damit zu tun hatte, nun für hinfällig. Aber ich war mir doch so sicher gewesen, dass dieser verdammte Nebel irgendetwas mit all dem zu tun hatte!

Ich kehrte also nach diesem Selbstexperiment zur Kommandobrücke zurück, wo ich im Augenblick des Betretens die Mitteilung erhielt, dass soeben der dritte Gerettete verstorben sei und ebenfalls wie ein Ertrunkener aufgefunden worden war.

Allerdings hatte es auch bei ihm den Anschein, als habe er tagelang im Wasser getrieben. Sein aufgequollener Körper habe derart übel gerochen, dass einer der Ärzte einem Schwächeanfall erlegen war.

Den letzten Überlebenden des ersten Beibootes wollte man nun keine Sekunde aus den Augen lassen. Als wäre er der Heiland persönlich, lag dieser Mann nun unter der Beobachtung von mehreren Marines und sich abwechselnden Ärzten. Dieser letzte Überlebende, mit Namen Crowbird, befand sich in einem Zustand fieberhafter Krämpfe. Es schien so, als schliefe er, aber gleichzeitig war er auch hellwach, riss die Augen auf, blickte verstört umher und schloss sie dann krampfartig wieder und wieder. Dann verfiel sein Körper erneut in ein Zucken, als ob er die ganze Zeit über von Stromstößen geplagt werden würde. Danach sollte er für ein paar Minuten zur Ruhe kommen – nur um nach kurzer Zeit wieder von vorne mit seinem schrecklichen Schauspiel zu beginnen.

Während all dieser neuerlichen Hiobsbotschaften hatten wir die USF Greendale völlig außer Acht gelassen, doch schon im nächsten Moment gellte ein Aufschrei durch die Kommandobrücke. Der 1. Offizier starrte mit vollkommen entsetztem Gesicht durch das Glas, deutete mit dem Zeigefinger in eine Richtung und gab uns zu verstehen, was er denn entdeckt habe. Er versuchte es jedenfalls, brachte jedoch vor Angst und Schaudern kein vernünftiges Wort über die Lippen.

Dann sahen wir es selbst. Aber wir wussten noch nicht, dass das, was wir sahen, keineswegs der eigentliche Grund für das Entsetzen des 1. Offiziers war. Dennoch erschraken auch alle anderen!

Die USF Greendale hatte ihren Bug gewendet.

Wir hatten diese Bewegung überhaupt nicht registriert. Es musste innerhalb weniger Sekunden geschehen sein, was eigentlich nicht möglich war.

Jetzt bewegte sich das Schiff in schleppendem Tempo auf uns zu - jedenfalls sah es so aus. Vielleicht spielten uns aber auch die Nebelschwaden einen Streich, doch die USF Greendale befand sich eindeutig auf Kollisionskurs. Und obwohl kein Wellengang zu sehen, kein Lufthauch zu spüren und auch keinerlei Motoren zu hören waren, so bewegte sie sich direkt auf uns zu.

Es wurde zunehmend dunkler und wir ließen ein paar der Scheinwerfer zur USF Greendale hinüber leuchten, und nun sollten auch einige Andere das sehen, was den 1. Offizier tatsächlich so erschreckt hatte. Sogleich schrien ein paar der Männer auf und gaben entsetzliche Laute voller Furcht von sich. Erwachsene, erfahrene Männer, die sich nun wie kleine Kinder benahmen, die sich vor einem harmlosen Marienkäfer fürchteten! Kapitän Ross befahl Ruhe – und verlangte eine Erklärung für dieses hysterische Benehmen. Denn weder er noch ich hatten das gesehen, was die Männer so entsetzt hatte, weswegen sie nun so in Panik gerieten.

Zum gegenwärtigen Zeitpunkt gingen wir noch davon aus, dass die Männer Angst davor hatten, dass die USF Greendale wirklich mit uns kollidieren würde. Zugegeben, dieser Gedanke löste in mir auch nicht unbedingt Wohlbefinden aus, aber dennoch hatte ich dieses verrückte Verhalten der vom Alter geprüften Offiziere nicht verstehen können. Endlich jedoch konnte uns der Funkoffizier mitteilen, was ihn und wohl auch die anderen Männer so in Angst und Schrecken versetzt hatte: Dasselbe, was auch der 1. Offizier zuallererst gesehen hatte. Die Männer behaupteten, auf dem Schiff habe sich etwas bewegt. Etwas Menschliches. Und als einer der Scheinwerfer über das Deck der USF Greendale strich, so haben sie dort Gestalten gesehen, die sich bewegt hätten.

Sie mussten offenbar menschliche Maße besitzen, aber deren Verhalten und Bewegungen seien derart grotesk gewesen, dass man sie nicht für real hatte halten können. Der Zustand der Männer verbesserte sich auch nicht in dem Moment, als der Funkoffizier sagte, er habe an einem der Bullaugen ein menschliches Gesicht gesehen. Das Gesicht von Bootsmann Simons! Ein totes, blasses, ausdrucksloses Gesicht – ohne jegliche Regung.

Unterdessen kam die USF Greendale immer näher und näher. Da die Nacht mittlerweile komplett hereingebrochen war, fürchteten viele der abergläubischen

Seemänner das Herannahen der Geisterstunde. Aber diesen Gedanken hegte ich zu diesem Zeitpunkt noch nicht, denn nach meinem Verständnis und Ermessen kannte das Schauerliche und Angsteinflößende keine Uhrzeit. sondern nur Tatsachen; und davon gab es derzeit reichlich.

Dann kehrten sie wieder zurück: Die Stimmen!

Ebene jene Stimmen, welche wir bereits vor einigen Stunden vernommen hatten. Nur klangen sie diesmal viel deutlicher als beim ersten Mal, und lösten bei einigen Männern furchtbare Kopfschmerzen aus. Zwei der Offiziere sanken in die Knie, pressten ihre Fäuste an die Schläfen, und begannen dabei jämmerlich zu wimmern.

Die USF Greendale war nun so dicht an uns herangekommen, dass wir schon bald zu ihr hätten hinüberspringen können. Aber das würde niemand freiwillig wollen. Ich glaubte zu erkennen, dass, je näher uns die USF Greendale kam, umso mehr verdichtete sich der Nebel. War das ein Zeichen dafür, dass dieser eigenartige Nebel möglicherweise von der USF Greendale ausging? Aber wie konnte das sein?

Ich konnte jedoch keine weiteren Gedanken mehr daran verschwenden, denn im nächsten Moment fuhr ein kräftiger Ruck durch unser Schiff. Die USF Greendale hatte uns gerammt!

Einige Augenblicke lang knirschte und ächzte Metall gegen Metall, die USS Idaho wurde noch ein Stück zurück geschoben und dann kam schließlich alles zum Stillstand. Noch konnten wir es nicht ganz genau erkennen, aber die beiden Schiffe hatten sich scheinbar ineinander verkeilt wie zwei tollwütige Hunde.

Der Bug der USF Greendale war fast exakt in der Mitte der USS Idaho eingedrungen, wie die Schneide eines Messers durch Butter. Wir hatten keinen Gedanken daran verschwendet, auch nur einen Schuss abzufeuern, um eben dies zu verhindern. Aber ich glaube, es wäre ohnehin sinnlos gewesen. Vermutlich hätten die Geschütze gar nicht erst funktioniert.

Jetzt sagte keiner der Männer etwas – und wieder waren die Stimmen verschwunden, ebenso schleichend, wie sie zuvor noch an unsere Ohren gedrungen waren.

Wir blickten zu den Fenstern hinaus. Die aufgestellten Scheinwerfer standen nun still und beleuchteten die USF Greendale. Sie sah wirklich aus wie ein völlig verrostetes, altes Wrack aus dem vorigen Jahrhundert. Aber an Deck des Schiffes war nichts zu sehen. Weder von dem, was die Offiziere erblickt hatten, noch irgendein anderes Lebenszeichen.

Kapitän Ross war in dieser Situation wohl der Einzige gewesen, der immer noch einen klaren Kopf behalten hatte. Tatsächlich wollte er nun hinübergehen und herausfinden, was es mit der USF Greendale wirklich auf sich hatte. Dieser Gedanke mag einem völlig verrückt erscheinen, aber Kapitän Ross dachte in jenem Moment wohl genau das gleiche wie ich: Es wäre sinnlos einfach nur dazusitzen und auf ein möglicherweise schlimmes Ende tatenlos zu warten.

Er erkundigte sich nach Freiwilligen, die ihn begleiten wollten. Ich sollte der Einzige sein. Kapitän Ross ärgerte sich gar nicht erst darüber, sondern akzeptierte die Feigheit seiner Männer und den Mut eines Pazifisten.

Ich hatte gerade noch Zeit, mir meine Kamera zu schnappen, ehe er mich aus der Brücke zerrte und wir gemeinsam hinaus auf das Deck in den Nebel traten, der nun dichter war, als eine Rauchwolke. Er trug einen Handstrahler bei sich, der wohl ebenso nutzlos war wie eine Sonnenbrille bei Nacht. Ich hielt mich an seiner Schulter fest, damit wir uns nicht verlieren würden. Ein weitaus amüsanteres Bild wäre es wohl gewesen, hätten wir uns an den Händen gefasst, um wie ein Liebespärchen am Strand zu spazieren.

Aber die Umstände waren weitaus weniger komisch. Wie ein Führender, der einen blinden Krüppel hinter sich herzog, stolperte Kapitän Ross voran über das Deck, mit meiner Hand fest auf seiner Schulter.

Schon bald erreichten wir die Stelle des Decks, an der die USF Greendale uns gerammt hatte. Es war seltsam: Der Bug dieses mysteriösen Schiffes hatte sich so in der Bordwand der Idaho verkeilt, dass man sie beinahe für zusammengeschweißt halten könnte. Vielleicht war dieser Umstand auch etwas, das man als „Glück im Unglück" bezeichnen konnte, denn wir hofften inständig, dass somit auch kein Leck in unserer Bordwand entstanden war, durch welches Wasser ins Innere der Schiffe drang, wodurch Beide dem Untergang geweiht gewesen wären.

Dass diese Hoffnung natürlich vollkommen falsch war, sollte sich erst später herausstellen. Jedenfalls war es für uns ein Leichtes zur USF Greendale überzusetzen. Es war sozusagen mit einem einzigen Schritt getan, und nach wenigen Augenblicken standen wir beide auf dem Bug der USF Greendale.

Kapitän Ross richtete den Handstrahler nach allen Seiten und zu Boden. Was uns zuallererst auffiel, war, dass wenigstens einer der Überlebenden, welche Kapitän Ross vor wenigen Stunden noch verhört hatte, die Wahrheit gesagt haben musste. Das, was uns an der USF Greendale so sehr ins Auge gestochen war: Es war kein Rost - nein!

Tatsächlich befanden sich überall auf dem Boden und auch an den Seitenwänden, kleine, flechtenartige, übelriechende Pilzgewächse. Müsste man eine Beschreibung dafür finden, wie denn der Tod riechen könne – der Gestank dieser Pilzgewächse wäre zumindest eine Andeutung dessen.

Wir schritten weiter voran und vermieden es, diesen Pilzgewächsen allzu nahe zu kommen, wenngleich dies ein sehr schwieriges Unterfangen war, denn sie verteilten sich wie ein Teppich über das gesamte Deck. Dabei ähnelten sie einem Gemisch aus Seetang, Algen und Waldpilzen.

Nachdem wir die ersten Schritte getan hatten, stießen wir auf das erste Lebenszeichen der einstigen Besatzung der USF Greendale. Kapitän Ross wäre wohl blind daran vorbeigelaufen, hätte ich ihn nicht an seiner Uniform gepackt und ihn darauf aufmerksam gemacht. Er richtete seinen Handstrahler auf den Boden. Eben dorthin, worauf ich deutete. Dann sahen wir uns beide ungläubig an.

Auch an dieser Stelle befand sich dieses wie ein Teppich ausgebreitetes, pilzartige Gewächs. Aber diesmal sah es aus, als läge etwas darunter. Es waren die exakten Umrisse einer menschlichen Gestalt. Sie lag am Boden und die Hände lagen, wie von sich gestreckt, neben dem Kopf. Der Pilzteppich hatte die Gestalt so eng umschlungen, dass sie den Mann am Boden wie eine zweite, grünliche und stinkende Haut umgab. Der Rachen des Mannes war weit aufgerissen. Es sah so aus, als habe sich der Teppich über den Mann geworfen und dieser habe sich dagegen zu wehren versucht. Erfolglos, wie es schien.

Kapitän Ross drückte mir den Strahler in die Hand, riss ein Messer aus seinem Gürtel und begann, an der Gestalt zu schneiden – oder vielmehr an dem Teppich, welcher den Mann eingeschlossen hatte. Es sah aus, als würde er den Matrosen aus seinem grünen Gewand schälen, und als schließlich das Gesicht des Matrosen zum Vorschein kam, schreckte Ross zurück!

Zum ersten Mal sah ich nun auch denselben entsetzten Ausdruck in seinem Gesicht, wie ich es bei den anderen bereits erlebt hatte. Der Tote am Boden starrte uns mit seinen leeren, weit aufgerissenen Augen an und Ross konnte, trotz der grauenhaften Aufgedunsenheit des toten Gesichts, erkennen, um wen es sich hier handelte: Es war Bootsführer Henry Simons. Der Mann, den der Kapitän mit einigen Anderen ausgesandt hatte, um Hilfe zu holen.

Ich hätte mir in jenem Moment viele Fragen stellen können. Zum Beispiel: Wie, zum Teufel, war Henry Simons hierher auf die USF Greendale gelangt, wo er doch in die entgegensetzte Richtung entsandt worden war? Oder ob er uns vielleicht eine Antwort darauf hätte liefern können, was hier überhaupt vor sich ging. Aber in diesem Moment fragte ich mich nur eines: Wer sollte uns aus diesem furchtbaren Albtraum befreien?

Kapitän Ross hatte sich schnell wieder gefangen und forderte mich auf, weiterzugehen. Er war fast davon überzeugt, hier irgendwo Antworten auf all jene Fragen zu finden, die in den letzten Stunden aufgekommen waren. Wir gingen also weiter und stolperten über das Deck der USF Greendale, vorbei an, von Grünzeug umschlungenen, Geschützen und der ebenso verzierten Reling.

Simons war nicht der einzige Tote dieser Art gewesen. Je weiter wir vordrangen, umso mehr dieser erbarmungswürdigen Toten fanden wir. Mein Gott, was musste dies für ein grausamer Tod sein! Erstickt unter einem übelriechendem Mantel des Grauens! Ohne jede Chance auf Rettung. Und wenn dieses Gewächs nun auf die USS Idaho übergriff? Was, wenn wir von dieser furchtbaren Pflanze ebenfalls befallen würden?

Je weiter wir uns auf dem Schiff fortbewegten, umso dichter wurde der Pflanzenteppich. Ich hatte es in der Dichte des Nebels zunächst gar nicht bemerkt, aber wenn wir auf dieses Gewächs stapften, was mittlerweile unvermeidlich war, dann trat eine scharlachrote Flüssigkeit aus ihr heraus. Und gleich darauf, als ob die Pflanzen es wieder einsaugen würden, versickerte diese wieder inmitten der Gewächse.

Auch Kapitän Ross war es aufgefallen, aber er wagte ebenso wenig wie ich, dies zu untersuchen. Vermutlich hatten wir beide denselben Gedanken - ich wollte mir nicht ausmalen, welche Art von Flüssigkeit diesem abscheulichen Rot innewohnte...

Und ehe ich noch weiteren solchen Gedanken nachgehen konnte, stießen wir bereits auf die Kommandobrücke der USF Greendale.

Wir waren ohne nennenswerte Probleme bis hierher gelangt und nur die Zugangstür erwies sich als widerspenstig. Doch das Bild, welches sich uns hier überall bot, warnte uns davor, allzu leichtsinnig zu handeln.

Von draußen konnten wir nicht in die Kommandobrücke hineinsehen, da dieses eigenartige Gewächs die komplette Fensterfront verdeckte – beinahe wie ein zugezogener Vorhang. Dennoch wollten wir in das Innere gelangen. Kapitän Ross hatte mit Sicherheit vor, sich die Logbucheinträge der USF Greendale anzusehen, um irgendwelche Rückschlüsse daraus ziehen zu können, was hier geschehen war.

Wir machten uns an der Tür zur Brücke zu schaffen, aber sie schien wie verrammelt. Wir machten uns gerade auf, einen anderen Eingang zu suchen, als wir aus dem Innern eine schwache Stimme hörten. Ich verstand die Worte kaum, aber sie forderte uns auf weiterzumachen, da wir es laut des Fremden gleich geschafft haben würden, diese Tür zu öffnen.

Wie blind vertrauten wir diesen Worten und stemmten uns erneut gegen die verbarrikadierte Tür. Tatsächlich! Im nächsten Augenblick ließ der Widerstand nach und wir konnten die Tür so weit öffnen, um hindurch schlüpfen zu können. Auf der Brücke war es gespenstisch dunkel, da durch die Fensterscheiben aufgrund dieser Gewächse keinerlei Licht der aufgestellten Scheinwerfer, die von der Idaho bisher schwach herüber geleuchtet hatten, dringen konnte. Lediglich mit Kapitän Ross´ Handstrahler verschafften wir uns etwas Helligkeit.

Als erstes fanden wir, sowohl erschrocken als auch verstehend heraus, was oder wer uns den Eingang versperrt hatte. Ein Mann lag neben der Eingangstür, offensichtlich einer der Offiziere der USF Greendale. Das konnten wir nur anhand der Überreste seiner Uniform und deren Abzeichen erkennen.

Der Mann hatte direkt hinter der Eingangstür gelegen und sich wohl unter größter Mühe zur Seite geschleppt. Er war für mich im ersten Moment kaum als Mensch zu identifizieren gewesen. Sein Gesicht sah zunächst aus, als wäre es schlimm vernarbt, aber als ich genauer hinsah, erkannte ich, dass in seinem Gesicht dasselbe algenartige Gewächs wucherte, wie es auch mit den Fensterscheiben und wohl auf dem gesamten Schiff geschehen war. Sein gesamter Körper war von diesem furchtbaren Gewächs befallen wie von einer Seuche. Wir hielten Abstand zu dem Mann, als ob wir jetzt schon wüssten, welche Schrecklichkeit seinem Dasein innewohnte.

„Ich...Ich...bin...“, begann er, aber der Name und sein Rang auf der USF Greendale ging in kläglichem Ächzen über.

„Gehen...Sie. Verbrennen Sie...dieses Schiff...“, sagte er.

„Nicht bevor Sie uns darüber Auskunft gegeben ha-

315

ben, was zum Teufel hier im Gange ist! Und wo zum Henker ist der Rest meiner Mannschaft, die hier zur Rettung ankam?", rief Kapitän Ross bestimmt. Der Mann am Boden keuchte schwer und es kostete ihn unsägliche Mühe, sein Wort an uns zu richten:

„Es ist... diese... Pflanze.. sie... der... der... Nebel... er... er macht alles... alles..."

„Von welcher Pflanze sprechen Sie?"

Ich war nur stummer Zuhörer dieser Konversation. Aber ich hätte ohnehin nicht die richtigen Fragen über die Lippen gebracht. Ganz im Gegensatz zu Kapitän Ross:

„Was ist hier passiert? Und wo sind meine Männer?"

„Es war ein Fehlschlag, Sir. Ein fürchterlicher Fehlschlag. Diese Pilze... diese Pflanzen... sie sind alle...mutiert! Das Resultat zahlloser Atombombentests. Hier, mitten auf dem Pazifik! Wir sollten diese Seuche... eindämmen. Wir dachten... es würde reichen einen Ölteppich zu legen...und alles zu verbrennen. Aber diese Pflanze... ist ungeheuer...intelligent, und ihr Überlebensinstinkt äußerst ausgeprägt. Sie hakte sich am Schiffsrumpf fest, arbeitete sich unter Deck weiter und weiter... und übernahm schließlich... eine Art... Kontrolle. Wir konnten die Seuche nicht eindämmen.

Diese Pflanze ist absolut... dämonisch, Sir. Sie... sie arbeitet... wie ein... Vampir. Sie setzt sich an ihren Opfern fest... saugt ihnen das Blut zu einem Großteil aus... und... ersetzt es... durch Wasser. Eine Art... Austausch. Und dann... entsteht... fast wie bei einer Fotosynthese... dieser... halluzinöse Nebel. Er ist imstande, den menschlichen Geist gänzlich zu verwirren und zu ängstigen. Der Nebel ist es auch, über den die Pflanze ihre Sporen entsendet. Und er gaukelt uns Bilder vor, die nicht existieren..."

Der Mann hustete und spuckte dabei etwas aus. Es sah aus wie ein Grasbüschel. Und während er das tat, erinnerte er mich an eine Katze, die ein Fellknäuel aus dem Magen hervorwürgte. Ich dachte darüber nach, ob denn dieser Nebel uns wohl auch vorgegaukelt hatte, dass die Motoren verschwunden waren. Hätte ich nur selbst im Maschinenraum nachgesehen!

„Wollen Sie also behaupten...", sagte Kapitän Ross, „dass diese Flüssigkeit, die aus den Pflanzen am Boden austritt... das Blut ihrer Besatzung ist? Und ein Teil davon aus meiner Crew?"

Der Offizier nickte. Das Gespräch und jedes einzelne Wort davon schien ihn unheimlich anzustrengen. Die jetzt auftretenden Schweißperlen auf seiner Stirn, die sich mehr zu Wasserströmen wandelten, waren ein deutliches Zeugnis davon.

„Wir hatten... keine Chance. Dieses... Ding... es frisst... es verleibt sich alles ein... gna-den-los..."

„Aber warum sind wir verschont geblieben? Warum hat uns dieses verdammte mutierte Gewächs nicht angegriffen oder so vereinnahmt, wie es wohl mit den anderen geschehen ist?"

„Wir... das heißt... die einstigen Wissenschaftler... haben herausgefunden, dass diese... Pflanze... nur auf bestimmte Blutgruppen anspricht. Alle Blutgruppen vom Typ AB, Rhesus-Faktor negativ... sind für sie beinahe... unsichtbar."

Das leuchtete mir ein. Ich wusste, dass ich tatsächlich diese äußerst seltene Blutgruppe besaß. Und bei Kapitän Ross musste es genauso sein. Andernfalls hätten wir nicht dort stehen können.

„Wir müssen zurück zur Idaho. Die Crew warnen, ehe es zu spät ist!", rief ich aus.

„Es ist bereits zu spät...", sagte der Offizier.

„Sobald der Nebel sie erreicht hat... atmen Sie die Sporen ein... und wenn Sie nicht das Glück haben, die richtige Blutgruppe zu besitzen..."

Er ließ den Satz unbeendet. Mehr brauchte er auch nicht zu sagen.

„Was ist mit Ihnen? Kann man Ihnen noch helfen?", fragte Kapitän Ross ernst und ich hörte Bedauern in seinen Worten.

„Verbrennen... Sie das Schiff. Ich möchte... nicht... zur... Symbiose... mit diesem ekelhaften Gewächs... werden. Und... machen Sie es schnell. Je länger... Sie hier verweilen, desto größer ist die Gefahr, dass Ihre Immunisierung gegen diese Sporen... die während der... Fotosynthese dieser Pflanze freigesetzt werden... Sie irgendwann... doch überwältigen. Ich dachte anfangs... ich würde es schaffen... dieses Schiff... irgendwie in Brand zu setzen. Ich habe nur... diese... seltsamen Stimmen... gehört... Es... es sind die Pflanzen... sie... kommunizieren... untereinander... aber wir können Sie nicht... verstehen... und dann... irgendwann... ergreifen sie Besitz... von uns... Es begann alles... mit einem kleinen grünlichen Fleck... hier... an meinem Handgelenk... und jetzt... jetzt sehen Sie mich an..."

Er ächzte schwer und stöhnte, als hätte er soeben die

USF Greendale alleine als Motor angetrieben. Kapitän Ross fasste einen raschen, aber weisen Entschluss. Die Pistole war geschwind in seiner rechten Hand, und mit einer einzigen, gezielten Kugel erlöste er den Offizier von seinem Leid und bewahrte ihn wohl vor einem qualvollen Tod. Dennoch stand ich entsetzt immer noch am selben Fleck und konnte das eben Gehörte kaum glauben.

„Gehen wir! Rasch! Wir müssen zur Idaho in eines der Rettungsboote – bevor diese Pilze oder Algen, oder was auch immer es ist, davon Besitz ergreifen! Kommen Sie, schnell, verdammt!"

Er trieb mich so sehr zur Eile an, dass ich kaum bemerkte, wie meine Füße über die, wie aus menschlichen Adern bestehenden, blutgefüllten Algengewächse platschten, als wären es kleine Tümpel. Dabei wurde meine Kleidung so stark mit der üblen Flüssigkeit durchtränkt und vollgesogen, dass ich bald das Gefühl hatte, einen Metallklotz am Bein mit mir herum zu schleppen.

Wir kamen auf der USS Idaho an, und stellten mit Entsetzen fest, dass dieses bereits von den Parasiten befallen war, die auch die USF Greendale vollkommen vereinnahmt hatten. Wir rannten zum anderen Ende des Schiffes, riefen dabei vereinzelte Namen. Aber niemand antwortete uns. Wir sahen keine eindeutigen Beweise dafür, aber wir wussten: Für die Besatzung der USS Idaho war es bereits zu spät!

Vielleicht waren wir die Einzigen gewesen, denen das Schicksal von Geburt an so wohlgesonnen war, dass es sie wohlweislich mit der Blutgruppe AB ausgestattet hatte.

Beinahe am Heck angelangt, ließen wir dort eines der letzten Beiboote zu Wasser, welches noch nicht von der eigenartigen Seuche befallen war. Kapitän Ross wollte noch einen Augenblick zurückbleiben, um die Schiffe mitsamt all dem Unheil, welches ihm innewohnte, in die Luft zu jagen. Er ließ mich mit dem Beiboot hinab und befahl mir, weiter hinaus aufs offene Meer zu rudern. Aber nur so weit, dass er mich noch schwimmend erreichen könne. Ich tat, wie mir geheißen, und ruderte ein gutes Stück blind in den Nebel hinein.

Dort wartete ich. Die Sekunden verronnen dabei wie Stunden, während ich angespannt und nervös zu den kollidierten Schiffen im Nebel blickte. Irgendwann sah ich, wie in weiter Ferne Flammen in die Höhe züngelten. Kapitän Ross hatte es geschafft!

Und wie von Zauberhand geleitet, löste sich eine halbe Ewigkeit später völlig unerwartet der Nebel auf! Hoffentlich mitsamt der Abscheulichkeit dieser mutierten Pflanze. Doch in der Dunkelheit konnte ich kaum etwas erkennen, bis auf die Flammen selbst, die mir ein schauerliches Bild zeigten und mir nur die Ahnung einer Vorstellung schenkten, wie wohl beide Schiffe gerade in den Tiefen des Meeres versinken mussten. Jedenfalls hoffte ich, dass ebendies geschah: Dass sich das Wasser des Ozeans irgendwie einen Weg ins Innere bahnte, wenn das Feuer es nicht schaffen sollte, diese Seuche gänzlich zu vernichten. Und weiter, dass dieses

Gewächs unter Wasser nicht überlebensfähig war! Und dass Kapitän Ross endlich prustend und schnaubend aus dem Meer auftauchen und mich verfluchen würde - so wie ich es von ihm gewohnt war.

Ich dachte nun daran, dass meine gesamte Kleidung von dieser furchtbaren Seuche befallen sein musste, entledigte mich dieser und schleuderte sie hinaus aufs Meer. Mit einem der Laken im Beiboot umwickelte ich meinen gänzlich entblößten Körper.

Aber dann fiel mir etwas Schreckliches auf: Am Handgelenk meiner rechten Hand - *Nein!* Das konnte nicht sein! Dort befand sich ein schwarz-grünlicher, länglicher Fleck, und auch durch Reibung oder mithilfe von Meerwasser war er nicht zu entfernen!

Ein Schauer durchfuhr mich.

Und ich wartete immer noch darauf, dass Kapitän Ross endlich in dieser Dunkelheit auftauchen und sich in das Beiboot retten würde.

Irgendwann war ich wohl eingeschlafen und erst wieder erwacht, als mich die Sonne an der Nase kitzelte. Erschrocken fuhr ich hoch und sah hinaus aufs offene Meer.

Es war heller Tag und weder von der USF Greendale, noch von der USS Idaho waren irgendwelche Spuren zu entdecken. Entweder war ich sehr weit abgetrieben worden oder die Schiffe waren tatsächlich gesunken. Auch das weiß ich bis heute nicht.

Ebenso, was aus Kapitän Ross geworden ist. Ob ich zu weit hinaus gerudert war und er das Rettungsboot schwimmend nicht mehr erreichen konnte? Womöglich wegen seines Alters? Oder vielleicht war er auch in den Sog eines der sinkenden Schiffe geraten. Oder aber, was ich für ebenso wahrscheinlich hielt, er hatte an sich Zeichen der Verseuchung festgestellt und seinem Leben dann ein Ende gesetzt...

Damit wurde ich sogleich an die grünliche Verfärbung an meinem Handgelenk erinnert. Und sie sollte mich noch sehr lange verfolgen. Dieser Fleck von besagtem Ereignis hat sich bis heute augenscheinlich nicht verändert.

Man stieß einen Tag später auf mich, aber meiner Geschichte glaubte man nicht so recht. Man unterstellte mir, ich sei aus irgendeinem Grund wahnsinnig geworden. Und diese seltsame grünliche Verfärbung, welche ich als Beweis für die Tatsachen jenes Ereignisses anbrachte, waren für sie Humbug oder eben nichts von Bedeutung. Nicht mehr als ein blauer Fleck, eine verschwommene oder verunstaltete Tätowierung – meine Retter und späteren Zuhörer fanden tausend Begründungen, um nicht akzeptieren zu müssen, dass dieser Fleck in Verbindung mit meinem Erlebnis stand.

Was zudem noch seltsamer erschien, war folgende Tatsache: Ich hatte während meiner Erkundung mit Kapitän Ross auf der USF Greendale mehrere Fotos geschossen – unbewusst dessen, dass ich sie als Beweismittel brauchen würde. Jedoch zeigte man mir einen Tag später die Ablichtungen, auf welchen nur absolute Schwärze zu sehen war und ich mir anhören musste, dass ich sehr stümperhaft arbeiten würde. Aber tief in meinem Inneren wollte ich meine Professionalität nicht in Frage stellen.

Ich bin mir nicht sicher, ob es ein Akt der Regierung war, die dieses Ereignis so vertuschen wollte. Aber hätten sie mich dann nicht besser erschießen oder einfach wegsperren sollen? Oder mich einfach mitten auf dem Meer verhungern und verdursten lassen?

Nun, ich hüllte mich später in Schweigen, damit ich mich nicht weiter der Lächerlichkeit preisgab und redete mit kaum jemanden über das, was sich in jener Nacht ereignet hatte. Glauben schenkte man mir sowie niemals. Da ich kurz nach meiner Rettung hohes Fieber bekam, nahm man an, dass diese Geschichte nur ein Produkt meines fieberhaften Zustands gewesen wäre.

Warum allerdings die Schiffe wirklich gesunken waren, das fand man nie heraus. Bis heute glaubt die Öffentlichkeit daran, dass eines der wenigen, versprengten feindlichen U-Boote die Fregatten in eine Falle gelockt hatte. Eine heimtückische Attacke der Russen oder ein Überbleibsel der zur See fahrenden Achsenmächte, die immer noch an eine Art Endsieg glaubten. Irgendetwas davon hielten sie für viel wahrscheinlicher, als meine wahrhaft erlebte Geschichte.

Mir glaubte niemand. Meistens wurde es mit einem einzigen Wort abgetan: Seemannsgarn. Und bis heute plagt mich stets eine einzige Angst: Was, wenn eines Tages diese Seuche in mir aus irgendeinem Grund doch ausbricht? Was, wenn sie sich am Festland ausbreitet?

Ich darf nicht darüber nachdenken. Bis heute ist dem nicht so geschehen. Aber was, wenn morgen...?

Veröffentlichungen:

Michael Aufleger – Unknown Soldier
ISBN: 978-1723960208

YouTube: Lauschecke
(selbst verfasste und vertonte Hörbücher)

Christopher Schuch

Das Ticken in den Wänden

Gewidmet H. P. Lovecraft und Edgar Allen Poe, den wahren Meistern allen Schreckens, die unsere Phantasie beflügeln und unseren Ängsten wahre Form geben.

Finsternis legte sich in jener Nacht wie ein schwarzer Schleier um das Anwesen meiner Vorväter, die zu gleichen Teilen der greifbaren, irdischen Dunkelheit eines mondlosen Nachthimmels entsprang, wie auch eines außerweltlichen, kosmischen Schreckens, der jenseits aller menschlichen Vorstellung liegt und der mit unsichtbaren Fingern in jedem wachen Moment aus den Ritzen einer fernen, unbegreiflichen Dimension nach unseren Kehlen tastet.

Welche Verrücktheit auch immer zwischen den glitzernden Sternen dort draußen in den wirbelnden Nebeln der Leere wohnen mag, sorgt mit ihrer allgegenwärtigen, schleichenden Präsenz dafür, dass mir das Blut gefriert und mein Atem stockt, wann immer ich den weiten, offenen Nachthimmel über mir sehe, der so erfüllt ist von dem sardonischen Blitzen weit entfernter und unbekannter Welten.

Und wenn ich dann noch das dröhnende Schlagen der großen Kirchturmglocken oder das leise Ticken einer Taschenuhr höre, so kauere ich mich mit an die Ohren gepressten Händen auf dem Boden zusammen und schließe die Augen, bis auch der letzte Schlag und das letzte Ticken verstummt ist. Denn sie rufen mir Bilder ins Gedächtnis, die so entsetzlich sind, dass ich seither versuche, das Vergessen in starkem Alkohol und harten Drogen zu suchen.

Doch selbst in den lichtlosesten, betäubendsten Träumen des Opiumrausches, höre ich zuweilen dieses gottlose, verhöhnende Ticken, das aus den finsteren Abgründen zwischen den Sternen dringt und mich mit seinen quälenden Implikationen heimsucht.

Wie schon so oft, starre ich nun auf den Revolver, welcher allein mir wohl noch Hoffnung auf die Stille und das Vergessen geben kann. Doch ob der Tod mir endlich Trost und Zuflucht schenken wird, kann ich nicht sagen. Zu viel ist bereits geschehen, als dass ich mir dessen noch sicher sein könnte. Denn wer kann schon sagen, in welche, dem Menschen unbekannte, Sphären mich dieser seelenzerreißende, wahnsinnige Klang noch verfolgen wird?

Einen anderen Ausweg sehe ich jedoch nicht mehr, und so schreibe ich meine Geschichte im schwachen Schein der Lampe nieder, denn ich wage es nicht, die Vorhänge zurück zu ziehen, um das irre Licht der Sterne und des unheilvollen Mondes zu nutzen. Möge der Allmächtige meiner gepeinigten Seele gnädig sein und möge er seine Lämmer vor den unnennbaren Schrecken zwischen den Sternen behüten.

Mein Name ist Henry Jacob Wittham und ich stamme aus einem Geschlecht, dass bis in die vorchristliche Zeit der Römer zurückreicht. Mit der Besiedelung der neuen Welt, gelangten meine Vorfahren schließlich von Europa nach Nordamerika, wo sie nun schon seit einigen Generationen leben.

Legenden erzählen von Mitgliedern meiner Familie, die wegen Hexerei und Teufelsanbetung verfolgt wurden und um dem Feuer der Inquisition zu entgehen, ihre Heimat verlassen mussten. Diese Gerüchte wurden umso mehr durch die Tatsache geschürt, dass mein Urgroßvater, Arthur Morgan Wittham seinerzeit ein riesiges Anwesen auf dem Auburn Hill, nahe dem Dorf Ashwood, errichtete und sich keiner der Einwohner das gewaltige Vermögen, das dazu nötig war, erklären konnte. Es wurde gemunkelt, dass mein Urgroßvater seine Seele an den Teufel verkauft habe, der ihm im Austausch Reichtum und Einfluss gewährt habe, denn obwohl die Dörfler Arthur mit Abscheu und Misstrauen begegneten, unternahmen sie nichts.

Diese Tatsache jedoch, schien den hochgewachsenen Mann mit den tief blauen Augen und dem dichten Bart, die seither an jedes männliche Mitglied der Familie weitervererbt wurden, in keinster Weise zu stören. Im Gegenteil – er schien die Abgeschiedenheit und die Ruhe einem gesellschaftlichen Leben vorzuziehen, und so waren nicht wenige überrascht, als er nach einer langen Reise ins Ausland mit einer jungen, bildschönen Frau an seiner Seite zurückkehrte.

Diese Frau, die meine Urgroßmutter werden sollte, verblüffte durch ihre ausgesprochene Herzlichkeit und ihre häufigen Besuche im Dorf. Ihr Engagement in der Gemeinde, sowie die offene und freundliche Art, passte so gar nicht zu dem eigenbrötlerischen Verhalten ihres Gatten, und sorgte daher für einiges Getuschel und Gemurmel. Über die Jahre schaffte sie es beinahe im Alleingang, die hartnäckigen Gerüchte über meinen Urgroßvater zu zerstreuen, und als die Neuigkeit ihrer Schwangerschaft die Runde machte, war das Dorf im Allgemeinen entzückt darüber, dass diese ungewöhnliche Ehe nun Früchte tragen sollte.

Vielleicht war man doch zu hart mit dem grüblerischen Arthur Wittham ins Gericht gegangen, denn welche liebreizende Frau, die so herzlich im Umgang mit ihren Mitmenschen war, könnte jemals mit einem seelenlosen Hexenmeister eine solche Verbindung eingehen?

Auch mein Urgroßvater lies sich nun öfter in dem kleinen Dörfchen sehen und machte ganz den erfreuten Eindruck, den man von jedem anderen werdenden Vater erwarten würde.

Mit Feuereifer ließ er von den Bediensteten des Hauses ein geräumiges Kinderzimmer einrichten und scheute weder Kosten noch Mühen, um seinem noch ungeborenen Spross alle nur erdenklichen Annehmlichkeiten und Komfort zu bieten. Im Ostflügel entstanden nach und nach Zimmer, die ganz und gar den verschiedenen Bedürfnissen eines heranwachsenden Kindes entsprechen sollten.

So gab es beispielsweise ein eigenes Zimmer für Spielsachen, in dem sich das Kind vergnügen sollte, sowie eine umfangreich bestückte Bibliothek, die einmal ein Studierzimmer werden sollte, das seinesgleichen suchte. Seltene Bücher wurden aufwendig aus anderen Ländern importiert, um schon früh eine allumfassende Bildung zu ermöglichen und viele Wochen lang, sah man Zimmerer und Handelsleute im Anwesen meiner Vorfahren ein und ausgehen.

Doch in den folgenden Jahren sollten grausige Ereignisse für eine Neuentfachung der alten Gerüchte um meine Familie sorgen.

In der Nacht, in der das Kind endlich zur Welt kommen sollte, schlug mit einem Mal das Wetter um. Obwohl die Äste der Bäume sich nicht bewegten und sich auch der rostige Wetterhahn oben auf der Kirchturmspitze nicht drehte, klärte der von eisengrauen Wolken durchzogene Nachthimmel plötzlich auf und gab ein höchst sonderbares Bild frei. Die Sterne schienen mit einer sonderbaren Intensität zu glühen, fast so als flackerten tausende bleiche Totenfeuer in den weit entfernten schwarzen Sphären des Weltraums. Sie wirkten ungewöhnlich hell, und einige der gebildeteren Dorfbewohner schworen später, etwas an der Anordnung der Sterne sei ihnen fremd und unheimlich erschienen, ganz so als hätten sie ihre Position vertauscht.

Diesem unheimlichen, stygischen Bild folgte gegen 2 Uhr nachts ein lauter Schrei, der bis ins Dorf hinunter zu hören war. Am nächsten Tag sollte sich herausstellen, dass meine Urgroßmutter eine Fehlgeburt gehabt, und beim Anblick des toten Kindes den Verstand verloren hatte.

Reverend Smithers bestattete das kleine Bündel, das in Ballen schweren Stoffs gehüllt worden war, in der Familiengruft des angrenzenden Totenackers hinter dem Anwesen, die mein Urgroßvater ursprünglich für sich selbst und alle folgenden Generationen errichtet hatte.

Noch viele Jahre später beteuerte Smithers, dass etwas Dunkleres als die Natur der Sache an der Beerdigung des Kindes gewesen war, doch konnte er das beklemmende Gefühl nie in Worte fassen. Was ihn besonders mitzunehmen schien, war der Gesichtsausdruck meiner Urgroßmutter, als das kleine Bündel in der Gruft beigesetzt wurde. Denn keiner Mutter sollte ein derart erleichterter Blick in die Augen treten, wenn man ihr eigenes Kind zu Grabe trägt.

Volle sechs Mal sollten sich diese verstörenden Ereignisse in den nachfolgenden Jahren wiederholen, bis meine ausgezehrte und früh ergraute Urgroßmutter schließlich ein gesundes und lebendiges Kind zur Welt brachte. Meine Familie wurde schon längst wieder gemieden und war zurück in dem schwarzen Sumpf bösartiger Gerüchte versunken, aus dem sie zuvor so mühsam hervorgekommen war.

Reverend Smithers sollte nach dem ersten Begräbnis kein zweites Mal zu der Beisetzung der toten Kinder erscheinen, und so trug mein Urgroßvater jedes einzelne Bündel direkt nach der Geburt selbst unter dem unheimlich leuchtenden Sternenhimmel hinab in die kalten Mauern der Familiengruft, denn die Bediensteten hatten vor Jahren schon den Dienst quittiert und das Anwesen meiner Ahnen, das inzwischen als verflucht galt, verlassen.

Meine Urgroßmutter sollte ihr einziges lebendes Kind niemals aufwachsen sehen, denn auch wenn grausamer Tod den Säugling dieses Mal verschont hatte, fiel ihm doch seine Mutter zum Opfer, die bleich und ausgezehrt im Kindbett starb und noch in derselben Nacht bestattet wurde.

Mein Großvater, nach dem ich einst benannt werden sollte, wuchs als stiller, schmächtiger Junge auf und wurde, auch als er älter war, nicht wirklich selbstständig. Unter der ununterbrochenen Aufsicht meines Urgroßvaters, lernte er die Geschichte unserer Familie, die er eines Tages selbst weitergeben würde. Aufgrund der unheimlichen Vergangenheit meiner Ahnen und besonders der, der letzten Jahre, wuchs mein Großvater allein in der Abgeschiedenheit des Hauses auf, wo er weder mit anderen Kindern, noch mit irgendjemandem außer seinem Vater Kontakt haben sollte, bis dieser ihn im Alter von achtzehn Jahren mit ins Ausland nahm.

Zum Schrecken der verängstigten Dorfbewohner kehrten die beiden erneut in Begleitung einer jungen Frau zurück, die mein Großvater bereits wenige Wochen nach ihrer Rückkehr ehelichen sollte.

An dieser Stelle jedoch sollte sich eine Veränderung in der düsteren Geschichte meiner Familie ereignen. Denn obschon sich die unheimlichen Vorkommnisse des plötzlich hell erleuchteten Nachthimmels und die seltsame Anordnung der Sterne wiederholten, blieb die mit Schrecken erwartete Serie an Fehlgeburten aus, und ein rosawangiger, gesunder Knabe – mein Vater, Edgar Howard Wittham – erblickte das Licht der Welt.

Nachdem mein Urgroßvater gestorben und in der Familiengruft beigesetzt worden war, kehrte beinahe so etwas wie Normalität im Leben meiner Familie ein, denn mit dem Tod meines Urgroßvaters schien die

Angst und die Verachtung ein wenig nachzulassen. Allerdings sollten diese niemals vollständig verschwinden, denn auch bei meiner Geburt sollte der offene Sternenhimmel wieder sein wahnwitziges, sardonisches Leuchten über dem Anwesen meiner Väter offenbaren.

Ich erinnere mich gut an das verwinkelte Innere des alten Hauses. Als Knabe verbrachte ich unzählige Stunden damit, all die Gänge und Zimmer zu durchsuchen und mich in den düsteren, aber dennoch anziehenden Korridoren zu verlieren. Bei meinen Streifzügen durch das altehrwürdige Gemäuer glaubte ich stets ein gedämpftes Ticken zu hören, wann immer ich innehielt, um eine Nische oder ein Gemälde näher zu betrachten.

In den folgenden Jahren sollte sich jede noch so kleine Einzelheit dieses Hauses in mein Gedächtnis brennen, denn wie schon meine Väter vor mir, hatte ich nur selten die Gelegenheit nach draußen zu gehen und etwas anderes als die weiten Korridore meines Zuhauses zu sehen.

Dort gab es dunkle, hölzerne Treppen, die tief in die Eingeweide des Hauses hinein führten. In dunkle, geräumige Keller, in denen sich schwere Weinfässer stapelten. Oder hinauf, in schwindelerregende Höhen bis unters Dach, wo sich dichte Spinnweben über die Balken sponnen und ein bedrückendes Gefühl unendlichen Alters ausstrahlten.

Es gab kleine, beengende, kahle Räume, in denen sich nichts weiter befand als eisenbeschlagene Kisten und Kästen. Im Westflügel fanden sich geräumige Schlafzimmer, ausgestattet mit schweren, dunklen Möbeln und bestückt mit Porträts längst verstorbener Verwandter, die mein Urgroßvater aus der alten Heimat mitgebracht hatte. Und wie schon bei meinem Vater und dessen Vater und allen Vätern davor, waren die kantigen Züge in die Gesichter aller männlichen Vorfahren gemeißelt.

Als Kind kam es mir oft so vor, als starrten mich die eisblauen Augen aus den Porträts mit verschlagenen Blicken an, als läge ein boshaftes, finsteres Wissen um meine Zukunft in den Pinselstrichen, das ich nicht kannte. Ich konnte das erhebliche Alter dieses Hauses wie eine schwere Decke, die sich um meine Schultern legte, auf mich herabdrücken fühlen, das Gewicht von tausend unheimlichen Geheimnissen in ihre Fasern eingewoben.

Und immerzu hörte ich dieses schwache, kaum vernehmliche Ticken aus dem Inneren des Anwesens dringen, als würden die Wände unablässig in einer mir unbekannten Sprache flüstern, wenn ich an ihnen vorüberging.

Einzig und allein zwei Bereiche wagte ich selbst in meinen kühnsten Erkundungstouren nicht zu betreten, nicht zuletzt deshalb, weil mein Vater es mir strikt verboten hatte.

Der Erste lag im hinteren Teil des Hauses und war mit einer schweren Holztür vom restlichen Flügel abgetrennt. Dahinter lag, wie ich wusste, das Arbeitszimmer meines Vaters, welches für mich, bis ich alt genug wäre, tabu war.

Den anderen Bereich, den ich nicht aufzusuchen wagte, lag viel weniger im Haus selbst, als daneben, und das war die alte angrenzende Familiengruft, in der so viele meiner toten Ahnen schlummerten, die nie die Wärme dieses Hauses spüren durften und nichts anderes kannten, als die kalte Finsternis und traumlosen Schlaf. Wie weit und wie tief sich die labyrinthartigen Gänge der Gruft unter die Erde erstreckten, konnte ich nur vermuten, doch ich vermied es, so gut ich konnte, über die düsteren Geheimnisse, die in ihnen verborgen sein mochten, nachzudenken. Die bloße Vorstellung von dunklen Steinsockeln, auf denen meine winzigen toten Verwandten aufgebahrt sein mochten, erfüllte mich mit Grauen.

Wann immer ich nicht die Geheimnisse des Hauses auskundschaftete, las ich in dem alten Studierzimmer im Ostflügel oder lernte über die Geschichte der Familie. Unterbrochen wurden diese Aktivitäten lediglich von dem Studienpensum, das mir von meinem Vater auferlegt worden war, um mich auf die Welt da draußen und meine bevorstehende Reise in die Heimat meiner Vorfahren vorzubereiten, wie es die Tradition unserer Familie verlangte.

Bald schon verfügte ich über ein umfangreiches Wissen in den Bereichen der Geschichte, der Geographie, der Physik, der Mathematik und der Chemie. Erstaunt und erschrocken stellte ich fest, dass sich meine nachfolgenden Studien mit Themen befassen sollten, die für die konventionellen Wissenschaften von nur geringer Bedeutung sind, die aber, wenn man sie zueinander in Beziehung setzt, den Einblick in eine beunruhigende, ja beinahe blasphemische Welt außerhalb unseres Verständnisses von Raum und Zeit liefern.

Im Alter von siebzehn Jahren beinhaltete mein Studium Bücher, deren bloßer Titel mich mit Grauen erfüllte, denn ich war bereits während meiner Auseinandersetzung mit den Geschichtswissenschaften geflüsterten Andeutungen diverser dieser Titel begegnet.

Darunter befanden sich Werke wie das *Cultes des Goules* des Comte d'Erlette von 1702, das schreckliche *Buch Eibon,* und sogar eine Kopie jenes unaussprechlichen Buches, das einst von einem verrückten arabischen Hexenmeister verfasst worden war und vor dem sich selbst die tollkühnsten Okkultisten hüten, zu tief einzudringen. Sogart einige handgeschriebene Seiten des *Buchs von Ûhn* , über das auch nur geflüsterte Andeutungen allein in den schwarzmagischsten aller Folianten zu lesen ist, zierten die Regale dieser Bibliothek des Grauens.

Wie weit mochten meine Vorfahren in die unauslotbaren Tiefen dieser unheiligen Geheimnisse eingedrungen sein, und welche Abgründe des Tartaros mochten sich in den Hallen dieses Gemäuers zur Zeit meines Urgroßvaters aufgetan haben?

Mit jeder Zeile, die ich las, wuchs die Angst vor der Reise in die Heimat meiner Vorfahren, die ich bis dato so sehr herbeigesehnt hatte, und mir graute vor dem Tag, da ich endlich die Volljährigkeit erreichen sollte. Mit jedem Tag, der verstrich, erschien mir das unheimliche Ticken, das aus den Wänden zu dringen schien, lauter und sardonischer, als messe es die Zeit, die mir noch blieb, da ich mich in einem Zustand brüchiger Sicherheit und geistiger Gesundheit befand.

Nicht einmal in meinen Träumen fand ich noch Ruhe. Die alptraumhaften Gespenster fürchterlicher Nachtmahre suchten mich in jeder Nacht heim, stahlen sich wie schwarze Schatten in meinen Schlaf und marterten mein Gehirn mit Visionen schrecklicher, uralter zerfallener Orte, deren Landschaften und Beschaffenheit von einer so unwirklichen Art waren, dass ich sie nur mit Mühe in Worte fassen kann.

Einmal befand ich mich in einer trostlosen Weite aus schwarzem Obsidian, das unter einem ebenso schwarzem Himmel wirkte, wie ein Meer aus flüssigem Teer, aus dem hier und da Obelisken von der Höhe von Bergen in das finstere Nichts herauf ragten.

Ein anderes Mal sah ich fremde, blockartig geformte Städte, die sich unter einem endlosen Purpurhimmel über weite Hügel erstreckten, deren Beschaffenheit rieselndem Sand in einem Stundenglas glich.

Ich sah Wüsten aus rot gesplittertem Kristall, durch die Prozessionen vieläugiger Mischwesen scheinbar unsichtbaren Zielen entgegen krochen, robbten und staksten.

Zu jedem dieser Orte folgte mir dieses durchdringende Ticken, wie von einer großen Uhr – richtungslos und allgegenwärtig. Das Ticken, das mich zu rufen schien, das mir bedeutete, dass ich mich jenen Mischwesen anschließen müsse, das mich in entsetzliche, ferne Welten beorderte, das mir zuzuschreien schien: *„Komm, sei froh und sei verrückt! Tanze auf dem Sternenwind und folge uns! Streife die beschränkenden Fesseln der Vernunft ab und gib dich der Verrücktheit hin!"*.

Und als eines der widernatürlich geformten Wesen seinen hässlichen Kopf mir zuwandte und ich in den wild angeordneten Augen das eisige Blau erkannte, mit dem jedes männliche Mitglied meines Geschlechts seit so vielen, unzähligen Generationen gezeichnet ist, fuhr ich wie wahnsinnig schreiend aus dem Schlaf.

In der Dunkelheit und von Schweiß gebadet, hörte ich das hämmernde, unerbittliche teuflische Ticken, das die Wände meines Schlafzimmers tränkte und wie eine greifbare, verflüssigte Kakophonie des Wahnsinns auf mich herab träufelte. In jener Nacht wusste ich, dass ich diesem Alptraum, der meine Ahnen seit undenklichen Zeiten fest in seinen Klauen hielt, um jeden Preis entrinnen musste.

Daher stürzte ich mit einer Petroleumlampe, die ich zum Lesen später Lektüre auf meinem Nachttisch aufbewahrte, aus meinem Zimmer und in die Finsternis des Anwesens meiner Familie hinein. Das schwache Licht geisterte wild flackernd über die dunklen Wände, die in der beinahe undurchdringlichen Schwärze zu atmen schienen, und warf verzerrte, gespenstische Schatten, die mir durch die endlosen Korridore folgten.

Tiefer und Tiefer lief ich in die lebendig gewordenen Eingeweide des Hauses, das Ticken in den Wänden bedrohlich donnernd. Eine Intuition, ja fast schon ein über Generationen vererbtes Wissen, führte mich zum einzig möglichen Ursprung dieses satanischen Orchesters.

Die Tür zum Arbeitszimmer meines Vaters war nicht verschlossen und mit einem Herz, das so laut pochte, als wolle es das sardonische Ticken übertönen, trat ich in einen kleinen, spärlich eingerichteten Raum. Ich musste nicht lange Suchen, um zu sehen, woher das Geräusch stammte, das mich schon so lange geängstigt und gequält hatte.

Hinter dem Schreibtisch meines Vaters war in der Wand zwischen zwei schweren Bücherregalen eine schmale Tür eingelassen. Sie stand offen und dahinter erkannte ich kahle Steinwände, die tiefer unter das Gebäude führten. Aus dem gähnenden schwarzen Schacht drang unaufhörlich ein Ticken, wie von einer großen Uhr, und nun, da ich direkt vor der Öffnung in der Wand angelangt war, hörte ich, wie sich etwas Anderes, Melodisches mit dem stygischen Klang vermischte.

Zitternd tastete ich mich weiter nach vorn, bis meine Füße nackte Steinstufen berührten. Ich leuchtete in den Geheimgang hinein und folgte zögerlich dem Pfad, der sich, wie eine Schlange windend, vor mir erstreckte. Mit jedem Schritt wurden die Geräusche lauter und hallten unheimlich wie ein Echo von den kahlen Felswänden wieder.

Auch wenn das spärliche Licht meinen Weg kaum erhellte, wusste ich doch wohin er führte, und eiskalte Furcht lähmte meine Schritte. Welchem unsäglichen Schrecken war ich mein Leben lang ausgeliefert gewesen, das nur auf den richtigen Moment gewartet hatte, mich zu verschlingen, wie es einst schon so viele meiner Ahnen verschlungen hatte? Welche wahnsinnigen Pforten hatte meine Familie in der Vergangenheit zu öffnen versucht und welche dunkelkosmischen, verdrehten Dinge waren aus ihr hervorgedrungen?

Ich gelangte an eine Biegung, aus der grünliches Flackern hervordrang und an die gegenüberliegende Wand geworfen wurde. Inzwischen waren der Boden und die Wände flacher, gerader und aus einem anderen Gestein geformt.

Mir war klar, wo ich mich befand. Der Gang, den ich entlang gekrochen war, verband das Haus mit der angrenzenden Familiengruft, in der mein Urgroßvater, meine Urgroßmutter, die toten Geschwister meines Großvaters und all die anderen Schrecken aus vergangenen Zeiten ruhten.

Vorsichtig schob ich mich näher an der Felswand entlang auf das Licht zu. Ich erkannte das melodische Geräusch als eine Art makaberen Singsang und die verfluchten Worte, die er formte. Zu oft hatte ich sie in meinen okkulten Studien gelesen und zu oft hatten sie meine Eingeweide zu Eis erstarren lassen, als dass ich sie nicht erkannt hätte.

Und mit einem gewaltigen Schlag einer schweren Wanduhr, die sich in dem angrenzenden Raum befinden musste, stürzte die ganze Wahrheit über mich hinein, erfasste meinen Geist wie die Fluten eines sturmgepeitschten Meeres und rissen meinen Verstand mit sich hinfort in einen Strudel der abgrundtiefen Verzweiflung.

Ich wagte es nicht, hinein in das Grab meiner Vorfahren zu spähen, wagte es nicht auf die allzu vertraute Klangfarbe der Gestalt zu lauschen, die die unaussprechlichen Verse wie in Trance vor sich hin sang, und ich wagte es auch nicht, auf die Schatten an den Wänden zu achten, die das grüne Leichenlicht an die Wände warf. Die Schatten, die sich im kränklichen Schein aus der Gruft hin und her wiegten. Die Schatten, die so eine groteske Ähnlichkeit zu längst verwesten Leichen haben und die in ihrer Größe doch kaum mehr sein können, als gerade erst geborene Kinder.

Ich weiß nicht, wie ich es schaffte den dunklen Gang zurück zu hasten, die Stufen hinauf und durch das Arbeitszimmer des Mannes, den ich Vater genannt hatte. Wer dort unten dieses grauenhafte Ritual ausgeführt hatte, wusste ich nicht.

War es nicht mein Urgroßvater, der mit seiner Frau die ersten Versuche unternommen hatte, sich selbst in der Zeit voraus zu schicken, um sein Leben endlos auszudehnen, indem er es auf jede Folgegeneration übertrug, wenn die Zeit gekommen war? Die er von Kindesbeinen auf die Grundlagen der schwärzesten Magie führte, damit er sich sein Wissen bewahrte? Hatte er nicht jedem männlichen Mitglied der Familie seine eisigen blauen Augen verliehen? War es überhaupt mein Urgroßvater oder ein noch viel älterer Ahne der Familie, den die Zeit schon vor hunderten von Jahren zwischen ihren Zähnen zermalmt und ins Vergessen hätte verbannen sollen?

Was war in dem Bündel gewesen, das Reverend Smithers einst die kalten Steinstufen in die Gruft hinabgetragen hatte? Was hatte meine Urgroßmutter dazu veranlasst, erleichtert darüber zu sein, dass ihr eigenes Kind tot und begraben war? Hatte sich Smithers denn nie wieder auch nur in die Nähe des Anwesens begeben und hatte mein Urgroßvater nicht weniger als sechs Mal seine Nachkommen in die tiefen Abgründe der Gruft getragen?

Warum war der Himmel in jenen Nächten plötzlich von einem irrwitzigen Leuchten erfüllt gewesen und warum hatten die Sterne ihre ursprüngliche Position im Kosmos verlassen, wann immer ein Kind in dieses Haus geboren wurde?

Musste die Uhr in der Gruft doch schon bei der Geburt des ersten toten Kindes laut geschlagen haben und getickt, getickt immer weiter und weiter, unaufhörlich für jede Stunde, jedes Jahr, das diese Kreatur aus der Vergangenheit gestohlen hatte.

In panischer Angst raste ich die Treppe des Ostflügels hinauf in das Studierzimmer, das angefüllt war mit all den teuflischen Folianten und Schriften, die die Wahnsinnigen aus tausenden Epochen niedergeschrieben hatten und zerschlug die Lampe auf einem der Bücherregale.

Mit einer grimmigen Genugtuung beobachtete ich, wie sich die Flammen gierig ausbreiteten und nach den Einbänden der unheiligen Bücher leckten, um sie zu verzehren.

Danach stolperte ich nach unten, hastete den Flur zum Eingangstor entgegen und rannte in die Finsternis hinaus. Über mir lag der klare, weite Nachthimmel, der mit seinen unnatürlich angeordneten Sternen und dem irrwitzigen, kosmischen Leuchten hämisch auf mich herabblickte, während sich das Feuer weiter im Haus meiner Ahnen ausbreitete.

Wie wahnsinnig stürzte ich ins Dorf hinunter, an den durch das Feuer aufgescheuchten Bewohnern vorbei in die Dunkelheit, fort von dem unaussprechlichen Grauen, das, so hoffe ich, in dieser Nacht verbrannte.

Was reitet auf den kosmischen Nebeln jenseits unserer Welt? Welche Verrücktheit lodert dort, wie bleiche Grabesfeuer auf uns herab und verspottet uns, die wir glauben alle Geheimnisse dieser Erde zu kennen?

Möge die Kugel, die ich mir in den Kopf jagen werde, mir die Gnade gestatten, niemals eine Antwort auf diese Fragen zu erhalten. Möge sie den Sternenhimmel und all seine verborgenen Schrecken, die dort draußen liegen, hinwegfegen.

Und möge sie das Ticken, das durch die Wände dieses Zimmers dringt, endlich verstummen lassen.

Veröffentlichungen:

YouTube: Lucifers Dream
selbst verfasste und vertonte Hörbücher / Hörspiele

Robert Grains

Unsere Stadt bei Nacht

Ja, wir waren Waisen jener ältesten Metropole. Möglicherweise nannte man sie einst Heliopolis, ihr ursprünglicher Name ist mir jedoch bis zum heutigen Tage unbekannt geblieben. So, wie das Schicksal ihrer Gründungsväter, zu deren Ehren geschaffene Hochreliefs von bleifarbenen Fassaden kolossaler Plattenbauten blind auf die zumeist verlassenen Flanierplätze der Stadt herabstarrten.

Am Tage und bei Nacht.

Es fiel nicht schwer, ihre Abstammung von den Göttern anzunehmen. Zu verwittert zeigten sich die stark konturierten Gesichtszüge und ohne Frage hatte eine Potenz unbekannter Invasoren, fremder Missionare oder geheimer Ordnungen einst Spuren im Erbgut ihrer Stammbäume hinterlassen.

Wenn das Tagesgestirn samt seinem solaren Schein hinter den Säulen des Herakles in die Tiefen des Atlantiks hinabtauchte, um den dort Ruhenden zu schmeicheln, verging die Welt, die meine Spielgefährten und ich in Kindertagen Heimat nannten.

Sie wich sodann in großem und besonderem Maße einer nicht minder trostlosen, wenn auch tiefgründigeren Variante ihrer selbst, und bis heute frage ich mich von Zeit zu Zeit, ob manche jener Merkwürdigkeiten, die sich uns offenbarten, bei Tage ebenso vorhanden gewesen waren, oder ob sie bloß in der Abwesenheit des Lichtes erfahrbar wurden, sie für unsere Sinne dann wahrnehmbarer hervortraten.

Ja, ich bin mir sicher, etwas war wahrhaftig verändert. Etwas, für das es kaum Worte gibt und das einen ungestörten Schlaf für all jene bereithielt, die sich, stumme Übereinkünfte berücksichtigend, einen Blick auf die von Geheimnisvollem angerührten Straßenzüge bei Nacht in vorauseilendem Gehorsam verwehrten.

Bereits in den frühen Abendstunden verließ kaum noch jemand seine Unterkunft. Und ja, die meisten Wohnhäuser, Villen, Gartenpalais, wie auch die enormen Plattenbausiedlungen im Norden der Stadt waren ohnehin weitestgehend verlassen.

Wohin brachen ihre Bewohner einst auf? Trieb sie die Einsamkeit aus, jene die Seele daselbst verzehrende Gewalt? Zeitgleich potenzierte das Ausbleiben der Schritte jener Personen inmitten enger Gassen, auf breiten Promenaden und schmutzigen Bürgersteigen doch die schändliche Präsenz eben dieser misanthropischen Macht, und so hinterließen jene Verschwundenen baufällige Gemäuer, Zeugnisse von Armut - Wohlstand ohne Bedeutung ihren Erben -, doch vor allem Leere... Einsamkeit!

Oftmals mussten sich mutige Nachtpilger auf vereinzelt entflammte Kerzen und bereitgestellte Quellen künstlichen Lichts in Hauseingängen und hinter von Gardinen verhangenen Fenstern verlassen, wenn die Funken des Sternenzelts und das Nachtgestirn ihren

Schein verwehrten, so wie sie es seltsamerweise stets taten.

Neumond - ewiglich!

Doch dichte Wolkenformationen trieben unentwegt durch den nachtgeweihten Luftraum hoch über der Stadt, während eine geheimnisvolle Lumineszenz verdorrte Hecken, weitläufige Alleen kränklicher Platanen, die von Unrat und wurmbefallenen Holzbuden gleichermaßen belagerten Marktplätze, ja wie so vieles in unserer Stadt fern lichter Tagesstunden aus undefinierbaren Räumen heraus sanft umspielte und einem geübten Auge somit eine probate Orientierungshilfe bot.

Automobile existierten, doch waren sie äußerst selten, so wie ominöserweise die Straßenbeleuchtungen. In ihrem exklusiven, von Petroleum angefachten Schein, fern von Eltern, Urahnen und Pflichten, durchkämmten wir wenigen Mutigen die stygischen Räume unserer Heimat, in denen wir nichts hatten als einander. Ich war dankbar für meine Gefährtinnen und Gefährten, denn vor allen anderen Dingen, fürchtete ich die Einsamkeit. Jene tückische, aushöhlende Lakaiin des Wahnsinns.

Damals nahm ich an, dass es uns allen so erging, wir jenes von unbekannten Göttern ausgebrachte Los der Seele teilten. Ja, mir gefiel die Vorstellung, wonach die altehrwürdige Metropole daselbst eine Frontstadt im Kampfe gegen die Einsamkeit darstellte und ihre wenigen verbliebenen Bewohner, Arbeiter, Milizionäre, Akademiker wie Unternehmer in der festen Absicht zusammenstanden, die unausweichliche Erkenntnis des

Alleinseins, welche in besonders heiklen Stunden selbst in der Gegenwart vertrauter Menschen von verborgenen Schichten einer Seele Besitz zu ergreifen vermag, erträglicher zu gestalten.

Die Utopie eines Kindes? Wer weiß!

Nun, einige jener, während der Nachmittagsstunden anhand alter Karten generalstabsmäßig vorbereiteten, schlussendlich zumeist jedoch spontan gestalteten Abenteuer in den Gassen, auf den Plätzen, entlang Brücken eiserner Art, im Schatten einer ebenso antiken wie modernen Architektur, einer von auf enigmatische Weise verwandelten Nuancen befruchteten Stadt, sind mir bis zum heutigen Tage in guter Erinnerung geblieben.

Manchmal trafen wir auf den weitläufigen Fluren weitere Waisenrotten nachtaffiner Herumtreiber.

Ja, es gab sie ... Und auch andere - jene Anderen!

Heute wie damals verwehrt mir eine höhere Form der Erkenntnis, wie sie nur eine Initiation durch empathiebegabte Geschöpfe der Sterne gebiert, eine Antwort auf die Frage, um wen oder was es sich bei den halb unsichtbaren, als Augenwinkelschatten Erscheinenden, deren formloses Voranpreschen durch das Labyrinth uralter Straßen und Korridore die Häupter empfindsamer Naturen mit eisigen Lufthauchen umspielte, handelte. Waren sie die Schnitter, welche während einer gesegneten Mitternacht die Ähren einer geheimen Saat lasen, oder handelte es sich bei ihnen um die Emissäre dessen, was kommen sollte?

Ein die Konturen des großen Flanierplatzes und seine Ausstattung vor der Bibliothek der Innenstadt mystisch umgebender Schein, war unter den wehenden Fahnen der Nacht jederzeit garantiert. Wir tollten über verlassene Parkbänke und durchwühlten leere Abfallbehälter, spintisierten fantastische Geschichten, auf der Eingangstreppe des säulenflankierten Prachtbaus hockend.

Binnen der tageslichtfernen Phase waren die hölzernen Pforten von rhodinierten Ketten fixiert und es gelang meiner oftmals fünf bis zehnköpfigen Gruppe ohne Weiteres, jenes zu einem Skriptorium finsterer Lehren verwandelte Gebäude in der Stadtmitte zu betreten, uns durch einen Türspalt oder durch ein offenstehendes Fenster hineinzuzwängen.

Besonders während der Wintermonate hielten wir uns gerne in diesem Bereich auf, und die Reflexionen auf den frostbedeckten Kupferdächern der ihn umsäumenden Häuserblocks garantierten ein ganz besonderes Ambiente; es lud ein zu Schneeballschlachten und dem Errichten polarer Befestigungen.

Nun, viel könnte ich berichten, über jene selbst für Kinderaugen gefährlich anmutenden Folianten, Bücher und Pergamentrollen mit ihren unbekannten Lettern und üblen Schriftbildern, die wir in den ausladenden Holzregalen im Inneren des beheizten Baus in mannigfaltigsten Ausführungen bestaunten. Ja, ich war und bin mir sicher, gewiss hätten wir am Tage dort Anderes vorgefunden!

Doch niemals verspürten wir den Drang, diese Annahme zu überprüfen. Ein pulsierender Kerzenschein geisterte regelmäßig durch die Etagen, der bis in die

Nachmittagsstunden als öffentliche Bibliothek genutzten Schreibstube aus zyklopischem Gestein, und wir waren durchaus bereit, Iker zu glauben, dass die Furcht vor dem, was er in besagtem Schein flüchtig erblickt hatte, ihn fortan auf den Stufen des Skriptoriums oder gar auf dem großen Platz vor dem Gebäude warten ließ, während wir aus Mangel an Erkenntnis und Glauben weiterhin, wenn auch möglicherweise vorsichtiger, inmitten jenes unerhörten Palais okkulter Gnosis spielten.

Die Ansicht eines goldgerahmten Ölgemäldes in der Mitte des Bauwerkes blieb mir über all die Jahre hinweg im Gedächtnis verhaftet. Zwischen zwei Treppenaufgängen, an der gemauerten Wand über einem schwarzweiß gefliesten, spiegelglatt polierten Boden, thronte jene, von der lodernden Glut zweier, mit grünspanfarbenen Ketten an der Decke befestigter, brennbare Stoffe tragender Schädelschalen erhellte, besagte Arbeit, von der ich annahm, sie würde am Tage in geheimen Katakomben eines weit entfernten Kosmos verborgen, um zu gegebener Zeit von flinken Händen an diesen Ort gebracht zu werden.

Ein Geschenk, eine Leihgabe an die uralte Metropole, an unsere Stadt bei Nacht!

Das Maß jenes unsignierten Meisterwerks betrug mindestens drei Meter Breite, bei zwei Metern Höhe, den prunkvollen Rahmen nicht mitgerechnet. Staunend erkannten wir auf jener Leinwand eine Art von Stadt, erschaffen unter Berücksichtigung einer Architektur, deren geometrische Ausformungen ich unter Verwen-

dung meines heutigen Vokabulars bloß als „nicht eukli-
disch" bezeichnen kann.

Damals beunruhigten mich jene Ansichten nicht nur
aufgrund des Unvermögens, das Geschaute korrekt zu
beschreiben.

Alles wirkte kriegsverheert, Dinge fehlten, dunkel
wirbelnde Abgründe klafften, und von mit blutenden
Häuten überzogene Säulen chaotischer Formen um-
säumte Versammlungsplätze zeigten sich von Schwär-
men feiernder Grotesken schauerlich erfüllt. Jene Siedlung zeichnete sich vor einem von vulkanischen Aktivitäten durchzuckten Sternenzelt ab. Von links nach
rechts verlaufend, eine Prozessionsstraße weißesten
Gesteins, von Triumphbögen übler Geometrie bestanden, ausgeflaggt mit tiefschwarzen Bannern. Auf diesen wiederum Formen goldfarben gezackter Umrisse,
die ich heutzutage als eine mit einer unbegreiflichen
Kosmologie korrespondierende Heraldik, beziehungs-
weise als fernen Sternenfürsten gewidmete Ritualsie-
gel definieren würde.

Inmitten dieser breiten, optisch verzerrten Straße…
und noch jetzt spüre ich eine ängstliche Beklommen-
heit auf Höhe meines Brustbeins, denke ich an das riesige Geschöpf, diese Bastardansammlung blasphemi-
schen Lebens… ein wesenhaftes Gemenge aus
Schneckenkörper, nach vorne gerichteten Tintenfisch-
armen und sich rückwärts abstoßenden insektoiden
Stelzen. Diese fleischfarbenen Teleskopaugen, so viele! Das titanische, spiralförmige Schneckenhaus von
geschlachteten Trophäen geschmückt, blutbesprengt
und zugleich astrale, aus äonenaltem Kalk hervortre-

tende Schemen in Formen neonfarben zuckender Lichtbögen evozierend.

Eine in ausladende Gewänder gehüllte Landsknecht-garde hellebardenbewehrter Amphibien flankierte das scheußliche Ding während seines triumphalen Voran-kriechens inmitten einer zelebrierenden Stadt fernab irdischer Gefilde und Logik.

Nicht allein erschienen die architektonischen Maß-stäbe und eben jene abgebildeten Kreaturen zu fremd-artig. Nein, auch die allerlei unangenehmes Gewürm verherrlichenden Schnitzereien auf dem goldgefassten Holzrahmen des Gemäldes zeigten sich auf eine Weise gefertigt, deren nötige künstlerische Inspiration aus bloß schwer zugänglichen Werkstuben nichtmenschli-cher Genien stammen musste.

Während des damaligen Besuchs der Stätte und un-ser Staunen, sowie flüsterndes Fabulieren über jene Ansichten unvorbereitet beendend, bemerkten wir eine plötzlich einsetzende energetische Korrumpierung der uns umgebenden Atmosphäre.

Sodann verbargen wir uns in einem engen Hohlraum unter dem linken Treppenaufgang, hielten die Luft an und meine Nerven trotz bedeckter Ohren verheerend, hörte ich die üblen Tritte jenes Nachtwächters, die mit ihrem zahllose Glieder andeutenden Knirschen hypn-agoge Bilder böser Feuerwanzenrudel vor meinen ge-schlossenen Augen aufsteigen ließen, und das Vorbei-ziehen des üblen Kerzenschein auf den Lidern wie einen Hauch glühender Verdammnis erfassend, dankte ich dem Himmel, als uns die Flucht aus jenem Skripto-rium schändlicher Andeutungen hinaus auf den schneebestäubten Vorplatz und zu dem dort nach wie vor wartenden Iker schließlich gelang.

Ein einziger Glockenschlag markierte gleich einem Donnergrollen jeden Morgen aufs Neue das Ende des Schauspiels, das Herannahen des Helios und synchron zu der an blendender Gewalt gewinnenden Regentschaft seiner Lebensstrahlen, trafen wir, kleine Gruppen von frühen Arbeitern und vereinzelte Aufseher passierend, in unserem improvisierten Quartier ein.

Die Gleichgültigkeit mit der Jene, die unsere Eltern hätten darstellen können, uns streiften und das ohne eine Frage unsere Befindlichkeit oder Herkunft betreffend, verstärkte das Gefühl der Einsamkeit bleiern.

Wir verbarrikadierten uns geradezu hinter den schäbigen Mauern unseres mehrstöckigen Refugiums, verwehrten dem störenden Licht des Tages vehement den Einlass in unsere Räuberhöhle, und wenn einmal der Schlaf nicht kommen wollte, so erinnere ich mich, drang der monotone Klang weißen Rauschens aus einem lädierten Radio, das wir während eines unserer Streifzüge akquiriert hatten. Doch meistens schwieg jenes technische Gerät, schien es doch nicht bloß der Einbildung sensibler Naturen geschuldet, wonach sich dem konstanten Rauschen von Zeit zu Zeit böse Befehle implizierende Laute und auf unsere beständige Rebellion gegen die Normen Bezug nehmende, höhnische Andeutungen beizumischen schienen.

Enorme Mengen wertvoller Erze und seltener Edelmetalle lagerten innerhalb der geologischen Schichten unter der Stadt. Am Tage schien das penetrante Summen aus jenen tiefen, subterranen Reservoirs nicht so hörbar an die Oberfläche zu dringen. Ein Grund mehr, den Großteil der hellen Stunden dem Schlafe zu widmen und die Einsamkeit durch Träume von fantastischen Sphären und gutmütiger Gesellschaft zu dämpfen.

Apropos „gutmütige Gesellschaft": das einzige Haustier, das ich während jener Zeit zu Gesicht bekam, war Darios rhönfarbiges Zwergkaninchen.

Wenn ich recht überlege, so sahen wir überhaupt bloß selten Tiere, kannten selbige in erster Linie aus Bilderbüchern oder durch Erzählungen, und es würde mich nicht überraschen, wenn damals sämtliches Schlachtvieh importiert wurde. Es gab nämlich nicht bloß einen Metzger in der Stadt, und Äxte wie auch Auslagen zeigten sich oftmals viel zu blutbeschmiert, als dass ein Mangel an animalischem Nachschub bestanden haben konnte.

Wohl bemerkt bin ich mir im Nachhinein nicht mehr so sicher, was die tatsächliche Herkunft des Fleisches angeht, das hier und dort mit gar großer Hingabe genossen worden war.

Wie dem auch sei, sicher war jenes niedliche Geschöpf seinem Schlachter einst entkommen. Auf irgendeine nachvollziehbare Weise musste das auf den klingenden Namen „Karlchen" hörende Wollknäuel schließlich den Weg zu Dario gefunden haben.

Ja, der Arme... Noch heute reut es mich, ihn damals geneckt zu haben, als sein winziger Begleiter verlustig gegangen war. Ich meinte, er sei vermutlich nicht einfach bloß verschwunden, sondern ganz bewusst ausgerissen, um sich sodann, irgendwo unter einem Laubhaufen versteckt, griesgrämig einen Zwirbelbart wachsen zu lassen. Meiner gewagten Behauptung folgend, war das aber immer noch besser, als das Dahinvegetieren in einer mit kratzendem Stroh ausstaffierten Schreibtischschublade.

Nun ja, bereits in der darauffolgenden Nacht unternahmen wir eine Rettungsaktion, und mit einigem Aufwand organisierten wir Unterstützung durch zwei weitere Gruppen, die sich bereitwillig an der koordinierten Maßnahme beteiligten. Wir durchstreiften Gassen und Parkanlagen, liefen rufend die Alleen im Westteil entlang, leerstehende Gründerzeitvillen wurden gleich den zum Teil bewohnten Arbeitersiedlungen in der Nähe der tiefen Diamantgruben genaustens unter die Lupe genommen. „Karl" hier, „Karlchen" dort. Nichts!

Unter einer steinernen Brücke, nahe dem zwielichtigen Schein einer übel zerkratzten Petroleumlaterne, hauste jener grünäugige Kobold mit der Trinkervisage, von dem manche annahmen, er sei bloß ein gescheiterter Schauspieler.

Nachdem die erfolglose Karnickelsuche uns an die Stufen zu jenem nicht genau lokalisierbaren Schlupfloch aus moosbewachsenen Quadern und gurgelndem Flusswasser geführt hatte, sah Dario während der nächsten Schlafphase in einem Traume jenen bösen Halbling und wurde sodann, in diesem Bewusstseinszustand gefangen gesetzt, von dem schwarzmagischen Alb dazu gezwungen, an der Decke einer leerstehenden Mansardenwohnung in unserer Behausung hin und her zu laufen, Purzelbäume zu schlagen und mit anzusehen, wie das Monstrum von kurzem Wuchs das arme „Karlchen" stets auf ein Neues in Fetzen riss und samt Fell, Haut sowie Knochen genüsslich verspeiste.

Von da an scheute Dario die Brücke am Fluss, während die empfundene Pein über den Verlust seines niedlichen Kameraden die Furchen der Einsamkeit in seinem helläugigen Gesicht verstärkt hatte, und auch der Rest von uns verzichtete fortan darauf, jenes übel beleumdete Koboldrevier in unsere nächtlichen Unternehmungen einzubinden; führten die Schotterwege von dort aus doch ohnehin bloß stadtauswärts, in Richtung jener Wälder, in deren Tannen angeblich die Eulen hausten.

Nach wie vor wich das üble Odeur des geschäftigen Hafenviertels des Nachts einer kristallklaren Brise, und ohne Frage trugen die sodann verlassenen Piers, Magazine, Kneipen und Lagerhallen zu einem besonders gespenstischen Ambiente bei, doch war es nicht unheimlich genug, um unser Gefühl von Gemeinschaft und Zusammenhalt zu brechen. Im Gegenteil!

Zog kein Nebel auf, so war die Sicht von den morschen Wasserstegen aus, vorbei an einer vor Anker liegenden, verdunkelten Flottille, weit, und unserer Fantasie ob der hinter dem grubenfinsteren Horizont verheißungsvoll wartenden Geheimnisse und Abenteuer keine Grenzen gesetzt.

Unter den Waisen der Stadt gingen Gerüchte um, wonach eine alte Vettel mit Spinnengesicht das Areal in der Nacht durchstreife, sowie das bereits kurz hinter der Hafenmole der Meeresgrund enorm steil absinke und eisige Strudel geheime Tore in das dunkle Reich eines vielarmigen Etwas wirbelnd bildeten, das lange bevor der Grundstein der Zivilisation an diesem Flecken Erde gelegt worden war, von den ersten menschenähnlichen Hominiden der Region als wonnebringende Gottheit verehrt wurde. Letzteres war uns allen bekannt, doch aus wessen Munde oder aus welchem Buche wir von jenem Gemunkel erfahren hatten, konnte niemand wirklich sagen.

Weder trafen wir eine bei Nacht durch das Hafenviertel wandelnde Hexe an, noch vermochten wir jene sonderbare Behauptung, den Meeresgrund vor dem südlichen Stadtgebiet betreffend, zu überprüfen. Doch zuweilen gelang es uns, durch Liefergassen schleichend und als Treppen dienende Frachtkisten nutzend, in eine der von morschen Dächern gedeckten Lagerhallen des Hafens einzudringen.

Welch seltsames Leben das Meer beherbergt!

Hier bestaunten wir vieles aus seinen unauslotbaren Tiefen: tot, erschlafft oder wie in Absicht einer kultischen Verehrung von der Decke baumelnd.

In einer rotlackierten Industriehalle mit Glasdach entdeckten wir eines Nachts neun von, mit magischen Symbolen verzierten, Zeltbahnen bedeckte Geheimnisse. Unter einiger Anstrengung hatten wir schon bald drei jener Objekte freigelegt, und aufgrund der sich anschließenden Schau riesiger Panzerfahrzeuge, waren wir damals wahrlich aus dem Häuschen gewesen. Die Bezeichnung „MK.27 - Ägirstochter", prangte auf jeder einzelnen der sichtbar gewordenen, stahlhäutigen Kampfmaschinen in gotischer Minuskelschrift.

Sicher, wir Kinder besaßen damals keine Ahnung von solchen Dingen, noch vermochten wir ihrer korrekten Einordnung oder Benennung. Doch das nicht eines der Kettenfahrzeuge für menschliche Besatzungen geschaffen schien, ja, das erkannte auch unsereins.

Durch eine der acht frontalen Öffnungen mit stattlichem Durchmesser, kletterte ich von poliertem Stahl und glimmenden Symbolen umgeben, wie durch einen Tunnel, in das von arterienartigen Kabeln durchzogene Innere des Gefährts, welches derweil über keinen Gefechtsturm verfügte, vielmehr nach oben hin wie zum Schutze vor einer möglichen Bombardierung verstärkt gepanzert und gleichsam gewölbt abschloss, während das Heck in einer ebenso voluminösen wie torpedoförmigen Ausbuchtung endete.

Nach jener Entdeckung, die Geisterstunde jüngst hinter uns wissend, stolperten wir auf dem Weg aus besagter Lagerhalle über einen alten Herrn, dessen Überraschung ob der Traube junger Herumtreiber, die aus eben jener rostigen Hallentür drang, welche er soeben dabei war aufzuschließen, bloß kurz anhielt. Meine Gefährtinnen und Gefährten entkamen, zerstreuten unsere verschworene Gemeinschaft in alle Himmelsrichtungen. Was mich anging …

Nun, das Klischee eines bärtigen Seebären mit stabilem Mantel und breitkrempigem Hut wirbelte erstaunlich rasch herum, packte meinen Kragen und während ich mich noch aufgrund seiner sonderbar starren Augen und der Reflexionen auf diesen wunderte, strich er mit seiner eiskalten Rechten über die unsichtbare Krone meines Hauptes, um sodann etwas in der Innentasche meiner Jacke zu verstauen und meiner zuvor unterbrochenen Flucht durch einen leichten Stoß erneut Eile zu verleihen.

Wie wir später von unseren Schicksalsgeschwistern erfuhren, lag in berichteter Nacht ein Schiff unvertrauter Bauart an der steinbefestigten Mole des Hafens vor Anker.

Dieses bekam ich nicht zu Gesicht und auch den Herrn der See, jenen geheimnisvollen Reisenden, habe ich nie mehr wiedergesehen. Doch stellte sich besagtes Kleinod, mit dem er mich damals segnete, als ein zerschlissenes Notiz- und Tagebuch mit einem ledergegerbten, äußert seltsam zu betastenden Einband heraus. Die filigranen Eintragungen aus öliger Tinte bereicherten fortan viele meiner Stunden.

Gewiss, der Großteil des Inhalts, jene Formeln, Sigillen und anatomische Studien unbekannte Populationen betreffend, überstieg die damalige Kapazität meines Verstandes bei weitem. Doch bin ich dankbar für die schriftlichen Andeutungen den König in Gelb und seine Natur betreffend, nicht verlegen ob der Kenntnis, was die Beschaffenheit sowie das in Erscheinung treten der Traumwelttore angeht, und auch die Lektüre der abenteuerlichen Reiseberichte, zumeist interdimensionaler gleichsam kriegerischer Art, möchte ich im Nachhinein nicht missen. Nein, gewiss nicht …

Vielleicht sollte ich erwähnen, dass Einiges, was ich jenen Seiten entnahm und meinem damals noch naiven Geist begierig zuführte, nicht bloß das Altern meiner

Seele zu beschleunigen schien, es verstärkte zudem das aushöhlende Gefühl der Einsamkeit in meiner Brust auf eine absonderliche Weise.

Ich war ihnen etwas fremder geworden: den Meinen, der gesamten Menschheit.

Für gewöhnlich trafen wir des Nachts keine erwachsenen Stadtbewohner an. Offenbar waren Jene zu sehr von ihrer, als Tugend getarnten, Sklaverei gebunden, als dass sie Augen für jene Dinge besaßen, deren Natur die Tiefgründigkeit daselbst war.

Die Ausnahme bildete definitiv ein auffälliges Pärchen. Wir hatten uns bereits an es gewöhnt und dieses wohl auch an uns, denn von Zeit zu Zeit nahmen wir Notiz von jener nachtschwärmerischen Dame und ihrem Partner. Das elegante Duo flanierte dann Arm in Arm, ruhigen Schrittes an einer der Flusspromenaden entlang. Nie nahmen wir sie als Bedrohung war, doch mieden wir vorsichtshalber den direkten Kontakt. Zu sehr unterschied sich ihre gesamte Erscheinung von dem Äußeren und vermutlich auch dem Inneren der durchschnittlichen Städter.

Er, hochgewachsen, äußerst schlank. Der lange Hals von dem Stehkragen eines weißen Hemdes mit dunkelvioletter Fliege bedeckt, die gebräunte Gesichtshaut an den Wangen eingefallen. Glattrasiert, schmale Hakennase, der Mund lippenlos, wie von einem Skalpell geschlagen, ein Auge hinter einem schwarzverspiegelten Monokel verborgen, die linke Iris von grünbrauner Farbe. Das angegraute schwarze Haar an den Schläfen komplett ausrasiert, das lange Deckhaar kess nach

Hinten gekämmt. Manchmal mit Hut, zumeist ohne, doch stets einen tropenhölzernen Flanierstock mit silbernem Krokodilkopf dandyhaft führend und einen dunklen Wildlederhalbmantel mit deltaförmigen Knöpfen über einem modern geschnittenen Anzug mit Weste tragend, dazu säuberlich polierte, schwarze Halbschuhe.

Seine Gefährtin mit Modelmaßen kleidete sich im Stil der edwardianischen Epoche. Ein figurbetontes schwarzes Kleid mit Damastmuster, hochgeschlossenem Kragen und dezent vergoldeter Knopfreihe. Unter dem Kreisrock erkannte ich die gefährlich steilen Absätze stramm geschnürter Lederstiefel, die mit ihrem synthetischen Look wie ein Anathema zu den historischen, ihren Körper bedeckenden Stoffen wirkten. Ich bemerkte ein komplexes sigillenmagisches Symbol, in ästhetischer Manier jeweils auf Höhe des linken Fußknöchels hellrot in das schwarz schimmernde Leder getrieben. Die langen Manschettenärmel des eleganten Kleides bedeckten einen geringen Teil ihrer unverbrauchten Hände, deren in Klauen anmutenden Nägeln endende Finger sich von edelstem Schmuck besetzt zeigten.

So wie auch das hüftlange, teilweise geflochtene, hellbraune Haar, in dem ich saphirblaue, zu den mandelförmigen Augen inmitten eines klar gezeichneten Gesichts nobler Blässe mit hohen Wangenknochen, formschöner Nase und symmetrischen Lippen passende Edelsteine in Pendelform kunstvoll eingearbeitet, bestaunte.

Schminke stellte für sie augenscheinlich keine Option dar, vielmehr ihr eine Aura begehrenswerter Schönheit und eine Aureole nie vergänglicher Jugend prätorianisches Geleit waren und darüber hinaus das Schätzen ihres Alters auf jenseits der 33 verboten.

So blieb mir dieses Pärchen in lebendiger Erinnerung, denn ich hatte es nicht nur zuvor bereits ab und zu wahrgenommen. Nein, damals stand ich erschrocken daneben und beobachtete die Situation aufmerksam, als der ohnehin schon durch den Vorfall im Skriptorium traumatisierte Iker eines Nachts auf Höhe der beiden Exoten einfach stehen blieb, während die anderen bereits weit vorgelaufen, und seine haftenden Blicke derweil nicht unbemerkt geblieben waren.

Mit dieser potentiell heiklen Situation wollte ich ihn gewiss nicht alleine lassen und so blieb ich an seiner Seite. Die hellblauen Haifischaugen der Dame fixierten ihn ebenso überrascht wie entzückt und ihrem Gefährten einen Deut mit dem straffen Kinn gebend, unterbrachen die Beiden ihren Spaziergang, wandten sich elegant um und uns zu.

„Oha, was starrst du denn so!?", fragte der während jener trockenen Herbstnacht ohne Kopfbedeckung vor die Tür getretene Gentleman mit Monokel rhetorisch in Ikers Richtung, während er die linke Augenbraue steil hochzog.

Seine Begleiterin flüsterte ihm unterdessen auf eine übertrieben verspielte Art etwas zu, seinen Hinterkopf mit ihren dunkellackierten Fingernägeln gleich einem Wetzstein bearbeitend. Eine Antwort ohnehin nicht erwartend, fuhr er fort:

„Nun, du willst sicher wissen, wieso meine Herzallerliebste und ich… tja, wieso wir beide so fesch ausschauen, was!? So einem kleinen Kerlchen wie dir verrat' ich es, und dein Kamerad darf sogar zuhören. Doch erzählt es nicht weiter! Abgemacht!? Gut. Wir halten eine ganz besondere Diät, stimmt's Seraphina? Haha, sie ist den Essgewohnheiten der Götter nachempfunden. Oh, was diese wiederum ausmacht, willst du nun sicher ebenfalls wissen, was?"

Iker nickte entgeistert, vermutlich tat er es in jenem Moment für uns beide.

„Also, kleiner Freund, vor allem schließen sie Getreide und Salz konsequent aus. Darüber hinaus kommt uns nichts auf den Tisch, was Sterbliche säen, ernten oder domestizieren, um ihre mickrigen Existenzen auch noch unnötig zu verlängern! Ahh, nein, wir nehmen es von den Lebenden, ungezähmt, roh - und süße Früchte aus Gaias feuchtem Schoß gleich wilder Bienenvölker Honig erfreuen unsere edlen Gaumen."

„Komm Iker, wir…" Ich musste es nicht einmal aussprechen, da hatte mich der Feigling bereits stehengelassen und war den anderen Abenteurern in die verwinkelten Räume der Nacht nachgeeilt. Als die schweigsame Dame dann ihren wohlgeformten Körper auf eine mich ängstigende Weise verdrehte und ihrem Liebsten das geschmückte Haupt dekadent an die Schulter legte, hob dieser seinen Flanierstock, warf mir ein Hohnschmunzeln zu und meinte:

„Seid auf der Hut, ihr Racker. Wenn niemand mehr Respekt vor den Dingen haben wird, die er nicht versteht und man Feigheit Tugend nennt, dann haben Dumm- und Frechheit eine Kymische Hochzeit gefeiert. Einstmals wird gesegnet sein, wer bloß Mitleid mit den Gut- sowie Demütigen kennt und anderweitig keine Gefangenen macht. Merk dir das, Chico, in Ordnung!?"

Ich nickte eilig und als ich mich umwand und Fersengeld gab, vernahm ich hinter mir den Klang der akzentuierten Stimme seiner Herzallerliebsten, der meine Annahme bestätigte, wonach es sich bei ihr keineswegs um eine Tochter unserer Stadt handelte: „Wir beide gehen nun auf einen Schmaus, Lazaro und ich. Schick, hmm, galant! Also dann, tschüss, kleiner Freund.", elektrisierend, als ein verspielt gefährliches Seufzen, durch die dunkler werdenden Gassen zischen.

Gerne ruhten wir, wenn die alte Stadt das blasse Gewand des Tages trug. Doch erwachten wir oft zeitig genug, um in der nahegelegenen Mission der Ad Astra Legion jene Lebensmittel zu ergattern, die unser Überleben vereinfachten.

Waren wir nicht schnell und vorsichtig genug, so mussten wir tatsächlich eine volle Unterrichtsstunde aussitzen. Arithmetik, Lesen und Schreiben. Was mich derweil ernsthaft interessierte, etwa Geografie oder die ausführliche Historie der Stadt, hatte nie auf dem Lehrplan gestanden.

Während der Nachtphase fanden wir am Sitz jener Einrichtung jedes Mal eine kleine Gärtnerei ohne Personal, doch mit einer wohlsortierten Auslage so bezeichneter „ruinenfreundlicher Gewächse" vor. Auf einem wasserfleckigen Kartondeckel, der im Inneren des Ladengeschäfts hinter einer zersplitterten Glasfassade an einer Kordel befestigt von der Decke baumelte, konnten wir im unruhigen Schein einer durch wundersame Kräfte stets erneuerten Wachskerze zudem eine geschwungene dunkelrote Aufschrift entziffern:

„Diese Pflanzen sind eine Investition in die Zukunft. Bereits jetzt raunen ihre Triebe von der Zeit, die da kommt, wenn der letzte versprochene Krieg auch unsere Stadt geschliffen und alle unter der Verwendung rechter Winkel konstruierten Gebäude ihrem finalen Zustand überantwortet haben wird."

Ja, oftmals lasen wir diesen Hinweis, ich erinnere mich gut. Da war ein Mädchen, das einer anderen Gruppe abenteuerlustiger Kinder und Heranwachsender angehörte. Jene Schar hatte sich ebenfalls in einem leerstehenden Herrenhaus einquartiert, doch etwas weiter südlich, in Richtung des Hafengebiets. Ich glaube, ihr Name war Acacia. Einst nahm sie eine solch sonderbar beworbene Pflanze samt Übertopf mit nach Hause. Ich sah sie nie wieder, und ebenso vermochten wir nicht länger die Unterkunft ihrer Gemeinschaft bei Tag, bei Nacht oder auf einer der alten Stadtkarten ausfindig zu machen. Ohne Frage hatte die Einsamkeit wieder einmal an Macht gewonnen!

Den Blick aus der Ferne verunsichernde Prozessionen wurden während jener enigmatischen Nachtstunden oftmals sichtbar. Ob die Ketten grün flirrender Lichter von einer einzigen Mitternachtsgesellschaft stammten, ob jene zu Ehren vergessener oder in Erwartung neuer Götter durch die Gassen nahe den nordöstlichen Lichtspielhäusern mit unbekanntem Ziel wallfahrte, entzieht sich bis heute meiner Kenntnis.

Von dem verheerten Bitumendach einer bei Tage von Wahrsagern und Händlern belagerten, bei Nacht jedoch vollends verlassenen und übel heruntergekommenen Kaufhalle, vermochten wir besagte Sensationen zwar zu sichten, auf festem Grund trafen wir sie hingegen niemals an.

Nein, so ganz stimmt das nicht, und auf das verborgene Schwingungsebenen der Schöpfung nicht in Disharmonie geraten, möchte ich unbedingt bei den Tatsachen bleiben.

Wir trafen nie gemeinsam auf eine jener gespenstischen Prozessionen, doch während eines einsamen Nachtstreifzugs von ungleich gesteigerter Anspannung, dem Kindesalter bereits entkommend, doch dem Bild eines Mannes noch nicht vollends entsprechend, durchquerte ich auf eigene Faust eine mit blechernen Müllcontainern, morschen Spalieren und absonderlichen Exekutionsmaschinen bestandene Seitengasse, als eine paralysierende Starre, der größeren Furcht Vorausgeleit, mein Wesen eisig umklammerte.

Aus der Gasse erspähte ich daraufhin eine jener seltenen Kolonnen kuttenverhüllter Fackelträger und gleichsam gewandeter, raunender Wallfahrer mein von zwei Häuserblocks flankiertes Sichtfeld in Richtung auf eine kreuzende Kutscherstraße rasch durchschreiten.

Ich hörte das hypnotische Grollen schwerer Stiefel auf altem Gestein, vernahm unvertraute Choräle in Richtung des wolkenverhangenen Himmelszelt aufsteigen. Dann löste sich eine der Gestalten aus besagtem Schwarme und bewegte sich gleich einer Ansammlung zuckender Antimaterie auf meinen schock-starren Leib zu, bis uns bloß noch wenige Zentimeter trennten.

Sekunden verwehrten ihr Vergehen gleich ewige Zeiträume, und als jene vage Erscheinung athletischen Wuchses schließlich die kosmosfinstere Maske ihres Gesichts lüftete, überkam mich ob der wohlgestalteten Züge jenes im Schatten einer weiten Kapuze sichtbar gewordenen, von einem diffusen Glanz umkränzten Antlitz nephilimer Art, eine tiefe Rührung.

Wie die Fremde ihre Handinnenflächen gegeneinander strich, auf dass die Fingerspitzen ihrer Rechten einen geringen Schattenwurf auf den Kuppen ihrer linkshändigen Glieder edelster Anmut hinterließen und mir sodann abermals nahte, verbannte der wärmende Solarglanz eines neuen Morgens wie ein aufflammendes Sternenmeer die Dunkelheit der jüngst durchwachten Mitternacht vollumfänglich, und ich fand mich ein Stück reifer geworden, der tributfordernden Macht der Einsamkeit für eine kurze Weile entrückt, in der trostlosen Umgebung meines Quartiers wieder.

Unter der hochstehenden Sonnenscheibe, in der bleiernen Hitze eines trockenen Glutsommers, als kühlende Brisen aus Richtung des Meeres ihre Wonne verwehrten, fanden wir in den späten Nachmittagsstunden eines fünften Tages jenen antiken Messingkompass.

Sein zu später Abendstunde einsetzender, violetter Glanz und seine, sich wie von Geisterhand entlang einer mit merkwürdigen Piktogrammen gespickten Kompassrose ausrichtende Magnetnadel, waren uns, bis zu seinem mysteriösen Verschwinden, in vielen Nächten gleich einem Anhauch aus verborgenen Sphären wundersame Leitung.

Diesen fanden wir, ja, doch mir derweil offenbarte sich damals noch etwas vollkommen anderes.

Alleine auf weiter Flur, mir dieses Privileg immer häufiger herausnehmend, durchstreifte ich einige leerstehende Bürogebäude, deren Fassaden bei Tage von großformatigen, funkelnden Parasiten ähnelnden Werbereklamen behangen waren, und die bei Nacht an sturmreifgeschossene Garnisonen erinnerten.

Dort war es, als mich der flackernde Schein einer Kellertreppenbeleuchtung magisch anzog und ich in ihrem orangefarbenen Schimmer endlose Stockwerke in Richtung einer namenlosen Tiefe passierte, bis ich das monotone Summen der Erzablagerungen unter der alten Stadt deutlich hören konnte.

Der Abstieg endete auf einem unebenen Grund aus knirschenden Muschelschalen. Dort angelangt, offenbarte sich ein in den dunklen Felsen getriebener Korridor, von einer silbernen Lumineszenz dezent durchschmeichelt.

Achtsam tastete ich mich vor. Alles was ich kannte, alles mir Vertraute mehr und mehr hinter mir wissend, ein Gefühl ernsthafter Bedrohung durchaus verspürend. Das Tönen der tiefen Gesteinsschichten nahm stetig zu und der artifizielle Gang endete schon bald in einer unterirdischen Kammer, einer Krypta.

Ihre Wände bestanden zwar ebenso aus Stein, wenn auch sie von einer völlig unterschiedlichen Bearbeitungskunst Zeugnis gaben. Auf dem glattschimmernden Boden, entlang der linken sowie rechten Wandseite, ruhten jeweils drei Sarkophage parallel zueinander ausgerichtet. Im schwachen Schein der Umgebung bemerkte ich eine zentimeterdicke Emailleschicht, wie sie von einem jeden der kühlfunkelnden Prunksärge buntschillernd abbröckelte.

In der stickigen Tiefe nahm ich all meinen Mut zusammen und drückte einen der Sarkophagdeckel zur Seite, schob und schob, bis jener krachend gen Boden stürzte und seine bunte Beschichtung ebenso endgültig wie klirrend einbüßte.

So, wie der unvorbereitete Anblick jenes, nekrotische Stäube in die Umgebung entlassenden, mumifizierten Körpers das Gefühl der Einsamkeit in meiner Brust spürbar mehrte, so sehr staunte ich natürlich aufgrund des seltenen Anblicks.

Ich erkannte einen von dunklen Leinwandbinden umschlungenen, viel zu langen Schädel mit hohen Wangenknochen, von ledrigen Lidern verschlossene Augen in tiefliegenden Höhlen, eine überaus merkwürdige Stirnzierde und die löchrigen Stoffreste eines feuerrotgoldenen Gewands.

Den beiden knochigen Pranken mit jeweils sechs Fingern entriss ich den Lohn meines nächtlichen Vorstoßes: einen seltenen Schatz, instinktiv rasch geborgen und an die Oberfläche gebracht. Erst als ich in vertrauteren Gefilden der menschenleeren Metropole angekommen war und ich mir den Schein einer Straßenlaterne gesichert hatte, sichtete ich das Artefakt.

Es handelte sich um einen zwei Handbreit messenden Dolch in einer Scheide aus uraltem Elfenbein, der symmetrische Griff des gewundenen Ritualgegenstands aus eben solch edlem Material gefertigt, von gelbweißer Farbe. Ich schnitt mich an jener übertrieben scharfen Klinge brillantglänzender Substanz, gleichsam ich ihre von flammenden Lettern unbekannter Sprache gebildete Gravur ehrfürchtig betastete.

Zivilisten war es innerhalb der Grenzen unserer Stadt nicht gestattet, Waffen zu tragen und obgleich ich etwas Scham ob eines Gefühls unvertrauter Stärke empfand, verschwieg ich meinen Freunden den sonderbaren Schatzfund.

Ferner führte mich eine weitere Einmannexpedition in das Innere des verwunschenen Skriptoriums, um dort bei Nacht und im Schein der das unheimliche Ölgemälde flankierenden Feuerschalen aus Bein, die altersfleckigen Druckwerke zu studieren, auf deren Rücken ich bereits in der Vergangenheit der Dolchgravur nahekommende Schriftzeichen bemerkt hatte. Gewiss hinterließ ich dem ominösen Wächter der Schriften ein heilloses Durcheinander.

Der sein Nahen anzeigende Schein blieb einstweilen aus, doch wunderte ich mich aufgrund einer bloß als natürliche Bosheit zu beschreibenden Stärke, die ich als neuer Besitzer eines Artefakts aus archaischen Zeiten standesgemäß verspürte, und die keinerlei Furcht vor jenem Unbekannten zuließ. Vielmehr erlebte ich eine schwer zu klassifizierende Form von Verbundenheit mit jenen auf dem überaus bizarren Ölgemälde glorreich vorankriechend und einherschreitend dargestellten Schrecken fremder Sterne.

Anhand einer wasserbeschädigt gewellten Faksimileausgabe des Liber Ivonis gelang es mir zu guter Letzt, die Gravur auf der Dolchklinge zu entziffern. Sodann verließ ich das säulenflankierte Skriptorium finsteren Gelehrtenwissens. Fortan kannte ich den Namen jener Waffe, der da lautet:

„Die Einsamkeit"

Für meine Weggefährten stellte der bereits erwähnte Kompass nach wie vor eine große Sensation dar und gewiss, viele zuvor unbekannte Areale offenbarten sich uns während finsterer Streifzüge.

Sein ätherischer Glanz führte uns zu einem sonderbaren Hochhaus, das wie ein teergetränkter Stock titanischer Bienen weit hinter einer aufgegebenen Laubenkolonie in den Nachthimmel emporragte.

In einige der hölzernen Gärtnerschuppen blickten wir durch zerbrochene Glasfenster hinein und wunderten uns über kleinformatige Saatgutkisten und das, was sich an ihnen nährte.

Ich führte den Trupp Etage um Etage durch das spinnwebenverhangene Treppenhaus, oftmals auf eine Feuerleiter ausweichend, bis auf das Flachdach des baufälligen Bauwerks. Hierauf entleerten wir Rucksäcke sowie Taschen und nahmen einen gemütlichen Mitternachtsschmaus ein, während wir ob der schieren Weite, über die sich unsere Stadt augenscheinlich ausgebreitet hatte, andächtig schwiegen.

Der arme Dario, ich glaubte sein suchender Blick aus jener Höhe galt damals seinem nach wie vor vermissten Kaninchen. Trotz jener unausgesprochenen Hoffnung war unser Nachtpicknick definitiv ein Moment gewesen, der die Einsamkeit zu lindern vermochte, wenn auch bloß für wenige Augenblicke.

Von jener erhöhten Position aus war es, dass wir in der Ferne statische Lichtbündel bemerkten, kräftige Schimmeransammlungen, die uns nie zuvor aufgefallen waren. Das Ziel eines weiteren Abenteuers war somit bestimmt und ja, zwei alte Stadtpläne wiesen den Ort des verheißungsvollen Leuchtens als „Das alte Kapitelhaus" aus.

Wem dieses einst gehörte oder welche Prinzipien dort gottgleiche Verehrung forderten, fand derweil keinerlei Erwähnung. Was wir schon bald überrascht sichteten, war kein Gebäude, sondern eine inmitten der winddurchwehten Weite eines kopfsteingepflasterten Platzes auf einem mächtigen Rundsteinsockel befestigte Bronzestatue.

Die Darstellung eines dornenkranzbekrönten jungen Mannes mit artverwandtem Gesicht, gen Himmel gerichteten Armen und weit geöffneten Händen. Um das Kunstwerk herum: glimmende Kandelaber, ruhig abbrennende Wachsstöcke und in Form pyramidaler Strukturen angeordnete Kerzennester.

Wer hatte diesen Schwarm geringer, sich zu einem Meer gleißender Lichtpracht vereinender Dochte einst entfacht? Brannten sie während jeder Nacht?

Nie zuvor hatten wir vergleichbare Ansammlungen ganz offenbar rituellen Scheins die kalte Dunkelheit zurückdrängen sehen. Licht- und Schattenspiele wechselten sich entlang der übel heruntergekommenen, jenen verlassenen Platz umsäumenden Gebäudefronten gleichsam auf den wie durch stummen Schmerz gefurchten Gesichtszügen des Jünglings delphisch ab, während die grünpatinierten Dornen seines bronzenen Hauptes Kranz wie messerscharfe Fortsätze einem ewigen Jahreskreis Einteilung samt Mahnung waren.

Die Gestalt stand symbolisch für jeden von uns, zumindest empfand ich es so, als wir den seltenen Ort gemessen Schrittes schweigend abgingen. Der gravierte, goldfarbene Text in Versalschrift auf dem Steinsockelrund der Skulptur musste einen gewissen Eindruck in meinem Geiste hinterlassen haben, denn ich erinnere mich, dass er, neben den Worten des makabren Pärchens, das Einzige war, um das ich die Aufzeichnungen des Reisenden damals ergänzt hatte:

„An Jene, die leiden: wie Schafe seid ihr unter die Wölfe gesandt, auf das die Sünden der Mächtigen durch Euch offenbart werden. Ihr seid der Anteil einer anderen Welt, der geheime Adel der diesen. Eines Tages kehrt ihr heim."

Noch manch eine Geschichte könnte ich erzählen, wenn auch einige Details aus heutiger Sicht weniger und andere wiederum mehr Sinn ergeben, doch hierbei möchte ich es nun belassen.

Mit der Zeit wurden wir Waisen immer weniger, und humanoid geformte Schatten, deren Habitat die sich ausbreitende Einsamkeit daselbst zu bilden schien, traten vermehrt in das Sichtfeld nächtlicher Abenteurer.

Eine Zeit brach an, da blieben viele Menschen des Nachts aus Sorge sowie Misstrauen wach, und zahlreiche Bürgersteige leuchteten fortan im Stubenschein ruheloser Städter. Man munkelte von Waffenfunden, kannibalistischen Umtrieben, bevorstehendem Unheil und von etwas, zu fremdartig, als dass man es klar definieren, geschweige denn verstehen könne.

Es gab Gerüchte über Umsiedlungen und ich war Zeuge, als sich diese konkretisierten. Wie jene Maßnahmen organisiert worden waren, ist mir heute nicht mehr nachvollziehbar, doch wurden ganze Straßenzüge, mein damaliges Einzelquartier eingeschlossen, geräumt.

Es gab Unruhen auf den Plätzen und Alleen, Erhebungen in den Arbeitersiedlungen und Sphäreneinbrüche albtraumgeborener, in unsere Realität einsickernder Dinge. Krankheiten, die bloß die Erwachsenen befielen. Seuchen, den Geist und das vegetative Nervensystem verzehrend.

Der Hafen samt seinen Lagerhallen wurde aufgelöst und mit südlichem Kurs sah man in jenen schicksalshaften Tagen und Nächten allerlei Fracht- sowie Kriegsschiffe in See stechen.

Wie so viele andere, verließ auch ich die Stadt auf der Pritsche eines Lastkraftwagens sitzend, einen Koffer mit dem goldenen Signet der Ad Astra Legion und meinem geringen Hab und Gut zwischen den Knien, darunter der von längst verblichenen Mächten einst „Die Einsamkeit" getaufte Elfenbeindolch aus der Krypta, das ledergebundene Büchlein des alten Seefahrers in der Jackentasche, endgültig getrennt von meinen wenigen verbliebenen Freunden.

Nachdem die Fahrzeugkolonne die Stadtgrenze hinter sich gelassen und eine Sammelstelle weit außerhalb der mir bekannten Landschaft erreicht hatte, stieg ich gemeinsam mit vielen anderen Entwurzelten in eine Magnetbahn gen Norden und als ich kurz vor der Abfahrt aus einem der Fenster hinaus spähte … Ja, da erkannte ich inmitten einer Menschenmenge wartend, den helläugigen Dario, sein rhönfarbiges Kaninchen auf dem Arm, den Griff eines Reisekoffers mit der rechten Hand umfassend.

Zumindest glaube ich bis heute, dies damals so wahrgenommen zu haben. Ihn habe ich derweil niemals wiedergesehen.

Oh ja … So war das …

Ein klarer Winterabend
Ich kann den Mond und die Sterne sehen.

Nun sitze ich hier, erwachsen, Kindheit und Unschuld sind unwiederbringlich überwunden. Ja, ich harre der Dinge, nicht mehr in der Lage, auf natürlichem Wege zu sterben - jenseits von Heliopolis!

Von hier aus betrachte ich die Metropole meiner Kindheit und das, was aus dem Kosmos herabkam, um dort zu brüten, um jene alte Stadt einzuhüllen mit seinem Leib aus fleischigem Garn, hinab zu dringen, um sich an den Erzen der Tiefe zu laben.

Der Servitor Spiriti wird erst in den frühen Morgenstunden erneut nach mir schauen … Ich denke … Ja, ich werde bis kurz nach Mitternacht warten, diese Zeit ist mir die heimeligste. Ein letztes Mal werde ich mich an das demaskierte Gesicht jener kuttenumhüllten Edlen, an die seltene Berührung inmitten einer stygischen Gasse, die dunkelbleierne Ängste gleich den Schwingen eines Engels bannte und an jene filigran zu Papier gebrachten Worte der Weisheit aus dem Tagebuch des Herrn der See erinnern.

Für erste bin ich dankbar, letzteren werde ich Folge leisten, da mit ihnen geschrieben steht:

„Umarme die Einsamkeit und sei sodann niemals mehr allein."

Ja, bald schon ist es Nacht - erneut, ewiglich!

Veröffentlichungen:

Robert Grains – Abyssarion (Kurzgeschichten)
ISBN: 9783750246201

Robert Grains – Der Pfad von St. Mephis (Roman)
ISBN: 9783753119816

Robert Grains – Horrorgeschichten aus dem Abyss
www.gm-productions.at
(Hörbuch Download)

Philipp Riedel

Nachtangeln

gewidmet der Narrenschiff – Familie
„Teil des Schiffs, Teil der Crew"

Manuel starrte verdrießlich auf den großen Flachbildfernseher, dessen beeindruckende Bild und Soundqualität das miese Programm an diesem Abend nicht zu kaschieren vermochte. Lustlos spielte er mit der Fernbedienung in seiner Hand und verfluchte die bösartigen Götter neumodischer Technik, dass sie ausgerechnet am Wochenende seinen BluRay Player zu sich in den Elektronikhimmel riefen.

Hätte das Scheißding nicht bis Montag morgen warten können? Dann wäre er rasch losgefahren, um ein neues Gerät zu holen, wenngleich er sich über die unnötigen Ausgaben geärgert hätte. Aber nein, das Teil musste an einem Samstag Abend den Geist aufgeben, keine halbe Stunde nach Ladenschluss.

Da dank der lästigen, aber leider notwendigen Einschränkungen wegen der immer noch andauernden Corona Pandemie auch keinerlei andere Freizeitaktivitäten zur Auswahl standen, hatte er sich damit arrangiert, nach Jahren mal wieder in den zweifelhaften Genuss von Privatfernsehen zu kommen.

Zu seinem Entsetzen hatte sich dessen Qualität noch einmal massiv verschlechtert. Schon damals hatte er nur wenig Freude am Angebot der aberhundert verschiedenen Sender gehabt, aber er hätte nicht damit gerechnet, dass man das Niveau derart absenken konnte. Vorhin war er für ein paar Minuten bei einer Sendung namens „Love Island" hängen geblieben und hatte ungläubig feststellen müssen, dass es sich dabei *nicht* um Satire handelte. Die meinten diesen Blödsinn tatsächlich ernst.

Er warf einen Blick hinüber zu dem Bücherregal, um vielleicht doch noch ein Buch zu finden, dass er noch nicht gelesen hatte, oder dessen Lektüre so weit zurück lag, dass es sich lohnen würde, es nochmal zu lesen. Als sein suchender Blick jedoch erfolglos blieb, und er zum wiederholten Male darüber nachdachte, über seinen Schatten zu springen, und sich doch eine E-Reader App auf sein Tablet zu laden, da klingelte sein Telefon. Als er den Namen auf dem Display las, huschte ein kurzes Grinsen über sein Gesicht und er hob ab.

„Ah, da ist die Kavallerie!" meldete er sich fröhlich.

„Hä?" erklang Timos Stimme wenig geistreich aus dem Apparat. „Wieso Kavallerie?"

„Ich langweile mich zu Tode, und wenn du um diese Zeit anrufst, hast du entweder eine Idee, was man machen könnte, oder wenigstens eine lustige Weibergeschichte, die mir den Abend versüßt."

Timo schnaubte in gespielter Empörung.

„Kackvogel!" sagte er liebevoll. „Ich hab schon seit Monaten keine 'Weibergeschichten' mehr. Ich bin fest mit Carina zusammen... du erinnerst dich?"

„Ach ja." erwiderte Manuel. „Da war ja was... Aber wenn du so glücklich liiert bist, wieso rufst du dann um diese Uhrzeit an, statt dich mit deiner Herzaller-liebsten in den Laken zu wälzen?"

„Sie besucht übers Wochenende ihre Oma in Frankfurt. Das darf man ja jetzt wenigstens wieder." sagte Timo. „Und da ich somit ein freies Wochenende habe, hatte ich überlegt, dass ich diese schöne Sommernacht am Teich verbringen könnte. Hast du Bock, mitzukommen?"

„Mit oder ohne Angel?"

„Mit Angel, natürlich. Sonst können wir uns doch nachher nicht gegenseitig die Ohren volljammern, dass nichts angebissen hat."

„Der Plan klingt brauchbar." antwortete Manuel. „Ich sagte ja, die Kavallerie ist im Anmarsch. Holst du mich ab?"

„Ist dein Wagen noch in der Werkstatt?"

„Japp." sagte Manuel seufzend. „Spätestens gestern hätte er fertig sein sollen. Aber vermutlich haben sie bei der Inspektion noch ein halbes Dutzend Schäden gefunden, um mir dann eine hohe dreistellige Summe auf die Rechnung schreiben zu können."

„Lohnt sich das überhaupt noch, die alte Kiste zu reparieren? Das Wertvollste daran ist doch das Autoradio."

„Rede Er nicht so abfällig über mein kostbares Gefährt!" eiferte sich Manuel. „Er war mir stets ein treuer Gefährte und Wegbegleiter, hat mich durch alle Höhen und Tiefen getragen, und..."

„Ja, ich hol dich ab." unterbrach Timo den pathetischen Vortrag. „Passt dir 23 Uhr?"

Manuel warf einen Blick auf die altmodische Uhr an der Wand. Es war kurz nach 22 Uhr.

„Passt." antwortete er. „Mein Angelkram ist zwar eingestaubt, aber ich muss nicht lange suchen. Und für dich muss ich mich auch nicht schick machen."

„Das würde mich auch zutiefst verstören." sagte Timo lachend. „Also dann, bis gleich."

Manuel beendete das Gespräch und grinste über beide Ohren.

Nachtangeln. Da hätte er auch selber drauf kommen können. Es war Sommer, und es war warm und trocken. Allerbestes Wetter, um die Nacht am Teich zu verbringen, auf die Geräusche des nahen Waldes zu lauschen und ein, zwei Fische zu erbeuten.

Früher hatten sie so etwas regelmäßig gemacht, aber irgendwie war diese Tradition im Laufe der Zeit eingeschlafen. Umso mehr freute er sich nun darauf. Der Abend war gerettet.

Rasch griff er nach der Fernbedienung und schnitt der schwatzenden Moderatorin irgendeiner weiteren scheußlichen Reality TV Sendung mitten im Satz das Wort ab. Dann machte er sich daran, seine Angelutensilien zusammen zu suchen.

90 Minuten später saß Manuel auf dem Beifahrersitz von Timos altem, türkisfarbenen Opel Corsa, der mindestens genauso rostzerfressen und verbeult war wie Manuels eigene Kiste, aber offensichtlich an den entscheidenden Stellen noch intakt war. Anders war die neue TÜV Plakette nicht zu erklären.

„Zwei weitere Jahre, Baby!" hatte Timo gejubelt.

„Und nur die Bremsklötze waren hinüber!" Manuel hatte sich den Kommentar verkniffen, dass die Bremsklötze vermutlich nicht nur hinüber, sondern schlichtweg komplett verschwunden gewesen sein mussten, so sehr wie die Karre beim Bremsen geächzt und gequietscht hatte. Aber er freute sich, dass Timos „Korsar", wie sie ihn liebevoll nannten, noch ein wenig länger leben durfte. Der Wagen hatte sie schon heil nach Spanien, nach Süditalien und auf mehrere Festivals gebracht, und sie nie im Stich gelassen.

„He, da ist die Einfahrt!" deutete Manuel auf einen kaum noch sichtbaren Feldweg, der von der Hauptstraße in den Wald führte. Timo bremste scharf, fuhr aber trotz der schnellen Reaktion an der Einfahrt vorbei.

„Verdammt!" brummte er, während er langsam wieder Gas gab, um sich einen geeigneten Platz zum Wenden zu suchen. „War der See nicht mal ausgeschildert?"

„Ich glaube schon." überlegte Manuel und warf einen Blick über die Schulter. „Aber dass ist die Einfahrt. Der Baumstamm war unverkennbar."

„Auf den habe ich gar nicht geachtet." erwiderte Timo.„Ich habe die ganze Zeit auf das Schild gewartet."

„Das muss umgefallen sein." überlegte Manuel. „Oder abmontiert."

„Hoffentlich ist der See nicht mittlerweile in Privatbesitz oder sowas." brummte Timo, der inzwischen eine kleine Einbuchtung gefunden hatte, in der er den

Wagen wenden konnte, ohne in den Straßengraben zu rutschen.

„Wer sollte denn am Arsch der Welt einen siffigen Tümpel kaufen wollen?" fragte Manuel.

„Was weiß ich?" Timo setzte schwungvoll in die Einbuchtung und wendete in zwei schnellen Zügen, um wieder zurück zu fahren. „Wenn man nicht mehr weiß, wohin mit der Kohle, kauft man sich halt auch schon mal Grundstücke im Nirgendwo."

„Glaub ich nicht. Das Schild wird nur umgefallen sein."

„Hoffentlich." sagte Timo. „Ich wäre beleidigt, wenn mein Masterplan an einem Maschendrahtzaun scheitert."

Sie fuhren einige hundert Meter zurück, dieses Mal deutlich langsamer, um die schlecht sichtbare Einfahrt nicht ein zweites Mal zu verpassen.

„Du hättest vorhin auch einfach rückwärts fahren können." witzelte Manuel. „Es ist außer uns niemand unterwegs."

„Hätte ich. Aber genau dann kommen die Jungs in Grün vorbei und wollen wissen, wieso ich auf einer Bundesstraße rückwärts fahre."

„Die tragen jetzt Blau."

„Was auch immer..."

Timo setzte den Blinker und bog in den Feldweg ab.

„An der lausigen Straße hat sich jedenfalls nichts geändert." beschwerte er sich, als sein Auto von den ersten Schlaglöchern malträtiert wurde. „Mein armer Korsar!"

„Der hat Wacken überlebt." beruhigte ihn Manuel.

„Wacken war nur Schlamm und Matsch. Keine Schlaglöcher wie Mondkrater!" maulte Timo weiter.

„Hey, es war deine Idee. Also heul nicht rum. Die Karre wird es überstehen."

Sie fuhren einige Minuten durch den Wald, wobei sie den Pfad teilweise eher erahnten als dass sie ihn tatsächlich sahen. Hier war schon lange niemand mehr entlang gefahren, aber das konnte für ihr Vorhaben nur Gutes bedeuten. Die Gefahr, vor einem Privatgrundstück zu landen, wurde dadurch deutlich geringer.

Als sie den Wald hinter sich gelassen hatten, offenbarte sich ihnen ein Blick auf blühende Maisfelder.

„Nanu." sagte Manuel überrascht. „Die sind neu."

Timo nickte und verzog skeptisch das Gesicht. „Hoffentlich endet der Weg nicht mitten im Maisfeld. Von dieser Seite werden sie nämlich nicht angefahren. Dann würden wir Traktorspuren sehen. Und spüren..."

„No shit, Sherlock!" erwiderte Manuel grinsend. „Fahr weiter, dann finden wir es heraus."

„Ich sehe mich den ganzen Mist schon wieder rückwärts fahren." seufzte Timo, fuhr aber gehorsam weiter. Hier unter dem freien Himmel wurde der Weg sogar ein wenig besser, was bedeutete, dass die Schlaglöcher kleiner und seltener wurden.

„Das sieht doch ganz gut aus." meinte Manuel. „Der Weg scheint noch frei zu sein, die Nacht ist warm und wolkenlos, und.. oh hey, sieh mal! Eine Sternschnuppe." Er grinste. „Wir dürfen uns was wünschen!"

„Sternschnuppen sind meist nur verglühter Weltraumschrott." sagte Timo trocken. „Der erfüllt keine Wünsche."

„Du bist so ein Romantiker. Kein Wunder, dass dir das Weibsvolk in Scharen hinterher rennt."

„Keine Frechheiten!" erwiderte Timo grinsend. „Sonst gehst du zu Fuß."

Wenige Minuten später hatten sie auch die Maisfelder hinter sich gelassen und endlich erstreckte sich vor ihnen das Ziel ihrer Reise.

„Was hab ich gesagt?" meinte Manuel, öffnete die Beifahrertür, stieg aus und streckte sich ächzend. „Da sind wir. Keine Sackgasse, kein Zaun, keine Security mit Wachhunden."

Timo stieg ebenfalls aus, warf einen kurzen Blick auf die schwarz glänzende Oberfläche des stillen Gewässers und nickte zufrieden. Dann umrundete er das Fahrzeug und öffnete den Kofferraum. Sofort verdüsterte sich seine Miene.

„Bitte sag nicht, dass du deine Angel vergessen hast!" sagte Manuel flehend.

„Nein." knurrte Timo. „Das nun nicht."

„Was dann?"

„Die Getränke..."

„Die..." Manuel ächzte. „Alter... du fährst Angeln und lässt die Getränke zuhause? Da hättest du besser wirklich die Angel vergessen!"

„Scheiße!" fluchte Timo laut. „Ich hatte sie extra raus gestellt, aber dann hat Carina nochmal angerufen, wir haben uns verquatscht und dann hatte ich es eilig."

„Und nun?" fragte Manuel. „Willst du die ganze Strecke zurück fahren?"

„Bist du verrückt, das dauert ja ewig!" Timo schüttelte den Kopf. „Nein, an der Kreuzung war doch 'ne

Tanke. Da fahr ich eben hin und hole was. Scheiß auf die Wucherpreise."

„*Du* fährst dahin? Willst du mich hier etwa alleine zurück lassen?" Manuel legte die Stirn in Falten. „Ist das irgendein verrückter Plan, mich in der Wildnis auszusetzen, damit mich Wölfe und Bären fressen?"

„Hier fressen dich höchstens Eichhörnchen." lachte Timo. „Nein, ich bin gleich wieder da. Ich bring dir deine Lieblingschips mit. Die gehen dann auf mich."

„Das ist ja auch wohl das Mindeste." sagte Manuel und seufzte. „Also schön... ich baue dann hier derweil schon mal alles auf und genieße die Einsamkeit unter dem Sternenzelt."

„Mach das. Vielleicht siehst doch noch ein paar Sternschnuppen."

„Ja ja..." schimpfte Manuel gespielt beleidigt, während er seine Utensilien von der Rückbank holte. „Beeil dich gefälligst. Und fahr dieses Mal nicht wieder an der Einfahrt vorbei."

„Ich dich auch." sagte Timo und zeigte Manuel den Mittelfinger. Beide grinsten. Dann wuchtete Timo seine eigenen Sachen aus dem Kofferraum und drückte sie Manuel in die Hand. „Bitte sehr. Geh sorgsam damit um."

„Sieh zu, dass du Land gewinnst." Manuel hob mahnend den Zeigefinger. „Und denk an meine Chips."

„Zu Befehl, Sir!" Timo salutierte, schlug den Kofferraumdeckel mit einem Knall zu, der vermutlich sämtliche Tiere im Umkreis von einem halben Kilometer aufschreckte, und setzte sich wieder hinter das Steuer. Dreißig Sekunden später hatte er gewendet und zuckelte über den Feldweg davon. Manuel blickte ihm hinterher und schüttelte ungläubig den Kopf.

Getränke vergessen... unfassbar!

Er sah den roten Rücklichtern so lange nach, bis sie im nahen Mais verschwanden, dann wandte er sich zum See, stellte die zwei Klappstühle auf und begann, die Angeln auszupacken und zusammen zu setzen.

Entgegen der Weisheit eines anderen guten Freundes („Man verbringt von acht Stunden Angeln mindestens sieben Stunden damit, die ganzen Schnüre auseinander zu fummeln") brauchte er gerade einmal ein paar Minuten, um seine und Timos Angel zusammenzubauen und die Angelschnüre einzufädeln. Es war lange her, dass er dies zuletzt getan hatte, aber die Handgriffe waren ihm so in Fleisch und Blut übergegangen, dass er damit selbst in dem herrschenden Halbdunkel keinerlei Schwierigkeiten hatte.

Manuel legte Timos Angel sorgsam zur Seite, griff sich einen der Klappstühle und begab sich zum Ufer des dunkel und ruhig daliegenden Teichs, auf dessen Oberfläche sich die Sterne und der fast volle Mond spiegelten.

Als sein Schuh mit einem schmatzenden Geräusch in matschigen Boden trat, hielt er überrascht inne. Wie konnte es hier nass sein? Er war noch mehr als drei Meter vom Ufer entfernt, und es hatte vor über einer Woche zuletzt geregnet. War er in einen kleinen Zulauf getreten?

Er sah nach unten und bemerkte, dass das komplette Ufer so aussah, als hätte es tagelang wie aus Kübeln geschüttet oder als wäre der Teich erst kürzlich über die Ufer getreten. Hier und da konnte er sogar noch das schwache Glitzern von kleinen Pfützen erkennen, in denen sich die blassen Himmelslichter schwächlich abzeichneten.

Verstehe, wer will, dachte er achselzuckend, und legte die letzten Schritte zum Ufer zurück, wo er seinen Stuhl in den nassen Boden pflanzte. *Am Ende ist hier noch Timos 'Weltraumschrott' in den Teich gestürzt.*

Er grinste. Wenn dem so war, konnten sie sich das Angeln wahrscheinlich sparen, denn dann wären sämtliche Bewohner dieses Tümpels in heller Aufruhr und hätten vermutlich keinerlei Interesse an irgendwelchen Ködern, die lockend im Wasser trieben.

Ihm sollte es egal sein. Beim Nachtangeln ging es ja nur in zweiter Linie um die Fische. Wer angelte, um fette Beute zu machen, der ging auch zu einem Kreisligaspiel, um große Fußballkunst zu sehen. Nein, man angelte um des Angelns und um der Atmosphäre willen. Wenn man dabei was Schönes fing, umso besser. Wenn nicht, auch egal.

Manuel ließ sich in dem Stuhl nieder. Er konnte spüren, wie dieser einige Millimeter in den nassen Boden einsank, und streckte die Beine aus, als sicher war, dass er nicht im Morast versinken würde.

Die Tankstelle war etwa sechs oder sieben Kilometer entfernt gewesen. Wenn Timo sich beeilte, würde er in etwa einer halben Stunde wieder zurück sein.

Getränke vergessen... Manuel schüttelte erneut den Kopf. Da konnte man auch ohne Badehose ins Freibad fahren. Wobei selbst das nicht so dramatisch gewesen wäre. Im Freibad lag man ohnehin die meiste Zeit auf der Wiese herum, futterte Pommes und beobachtete anderen Menschen.

Manuel schob den Gedanken beiseite. Schließlich musste Timo jetzt zwei Mal mehr über den lausigen Feldweg holpern. Er selbst konnte hier sitzen, die Wärme der Sommernacht genießen und die Sterne am Himmel beobachten. Hier, mindestens zehn Kilometer von der nächsten nennenswerten Ortschaft entfernt, war der Himmel schon sehr viel klarer als in der Stadt, wo der nächtliche Lichtschein und die immer präsente Dunstglocke aus Smog, Abgasen und wusste der Teufel, was sonst noch, den Blick auf die Sterne stets verschleierten.

Zu seinem Bedauern konnte er die Milchstraße nicht erkennen, aber die unzähligen Lichtpunkte und der helle Mond machten den Ausflug jetzt schon lohnenswert. Wenn dann gleich noch der Stoffel mit den Getränken zurückkehrte, stand einer schönen Nacht im Freien nichts mehr im Wege. Noch schöner hätte er es nur gefunden, wenn er, anstelle von Timo an seiner Seite, eine hübsche Frau in seinen Armen gehalten hätte. Aber sein eigenes Liebesglück war zur Zeit ein wenig launisch. Kein großes Drama, aber schon irgendwie schade.

Sein Blick fiel auf den Teich, der so still und glatt da lag wie eine Glasscheibe. Nichts bewegte sich. Keine nächtlichen Insekten tanzten über dem Wasser, keine noch so kleine Welle kräuselte auf der Oberfläche. Nirgends war das Quaken von Fröschen zu hören, oder das Platschen von Fischen, die sich an Insekten oder kleineren Wasserlebewesen gütlich taten.

Das war ungewöhnlich. Sicher, es war beinahe windstill, und das Mondlicht reichte nicht aus, um derartige Kleinigkeiten zu erkennen, aber vollkommene Stille gab es an einem nächtlichen Teich nie.

Vielleicht war das Gewässer im Laufe der vergangenen Jahre umgekippt, dachte er verwirrt. Das würde die Abwesenheit jeglichen Lebens erklären. Aber nein, dann wäre das Wasser nicht so klar, sondern trüb und voller Algen.

Manuel stand behäbig aus seinem Klappstuhl auf, der bei der Bewegung ein wenig schaukelte, und trat direkt ans Ufer. Er beugte sich hinab und warf einen Blick auf die still daliegende Oberfläche. Keine Spur von Algen oder anderen Anzeichen eines sterbenden Gewässers. Im Gegenteil. Das Wasser war so klar, dass er sich selbst darin spiegelte, und zwar so deutlich, dass er sogar Gesichtszüge und andere Details wie die etwas wirr abstehenden Haare und die gewölbte linke Schulterklappe seines Hemds erkennen konnte.

Verblüfft machte er einen Schritt zurück. Sein Spiegelbild vollzog eine absolut synchrone Gegenbewegung, blieb aber selbst im Abstand von mehr als einem Meter unglaublich detailliert. Eigentlich hätte er nicht viel mehr als eine Silhouette sehen dürfen.

Bemerkenswert, dachte er verwirrt und fuhr sich über seine kurzen Bartstoppeln. *Tatsächlich wie ein richtiger Spiegel.*

Aus dem Mais hinter ihm erklang ein leises, aber deutlich hörbares Knacken.

Manuel fuhr herum, wobei er beinahe auf dem feuchten Untergrund ins Trudeln geriet, und starrte zu dem dunklen Rand des Maisfeldes, dass sich etwa einhundert Meter vom Ufer des Teichs entfernt erhob und in der nächtlichen Schwärze wie eine drohende Mauer wirkte. Eine Mauer, hinter der sich alles Mögliche verbergen konnte; ihm auflauern konnte.

Dummes Zeug! schalt er sich selbst. Da lauerte gar nichts. Er war hier im langweiligen Westfalen, da gab es keine wilden Tiere, die ihm gefährlich werden könnten.

Aber gab es nicht seit kurzer Zeit wieder Wölfe in dieser Gegend? Er schüttelte energisch den Kopf. Es gab zwar Wölfe, aber die griffen keine Menschen an. Schon gar nicht im Hochsommer, wenn Futter im Überfluss durch die Wälder lief, kroch oder hoppelte. Wahrscheinlich hockte da nur ein Reh zwischen den Maispflanzen, und starrte entweder ängstlich zu ihm herüber oder scherte sich erst gar nicht um die Anwesenheit irgendwelcher schreckhafter Zweibeiner.

Manuel fluchte leise, erhob sich ganz und ging zurück zu seinem Klappstuhl. Angst vor einem Reh... wie lächerlich! Gut, dass Timo das nicht mitbekommen hatte. Das würde er ihm ewig aufs Brot schmieren.

Wo blieb der Vogel eigentlich? Manuel sah auf die Uhr und verzog das Gesicht zu einem freudlosen Grinsen. Timo war erst seit fünfzehn Minuten weg. Vermutlich hatte er die Tankstelle gerade erst erreicht und verzweifelte nun an der Auswahl überteuerter Getränke.

Er seufzte und streckte wieder faul die Beine aus. Sein Blick wanderte wieder hinauf zum Sternenhimmel. Zwischen den abertausenden flackernden Himmelskörpern zogen zwei kleine, parallele Lichtpunkte ihre Bahn über das Firmament. Ein Flugzeug auf dem Weg in exotische Länder, vielleicht Ägypten oder in den Fernen Osten. Heutzutage waren Flugzeuge ein deutlich seltenerer Anblick als noch im letzten Sommer. Dieses Jahr flog kaum jemand in den Urlaub, dafür hatte die verdammte Pandemie gesorgt.

Wieder knackte es hinter ihm. Er fuhr zusammen, sprang hastig aus seinem Stuhl und sah sich um. Nichts...

Das Maisfeld lag unverändert hinter ihm in der Dunkelheit, und er konnte keinerlei Bewegungen ausmachen. Aber irgendwie erschien es ihm, als sei die Mauer aus Pflanzen noch finsterer und abweisender als vorhin, so als hätte sich die Schwärze verdichtet. Um etwas darin zu verbergen, dass ihm auflauerte, dass sich unbemerkt an ihn heranschleichen konnte, und...

Schluss jetzt! Was war nur los mit ihm? Seit wann fürchtete er sich im Dunkeln? Es war ja nicht so, dass er hier in einem gefährlichen Dschungel oder einem der endlosen skandinavischen oder nordamerikanischen Wälder hockte, wo es Bären, Wölfe, Berglöwen und bei seinem Glück wahrscheinlich auch Trolle und Riesen gab. Nein, das hier war ein ganz ordinärer Teich in einem verlassenen Fleckchen Erde zwischen den wohl langweiligsten Städten des Universums. Hier gab es nichts, was ihm gefährlich werden konnte. Er hatte einfach nur in letzter Zeit zu viele Horrorfilme gesehen.

Manuel seufzte, sah auf die Uhr und verzog das Gesicht zu einer Grimasse, als er sah, dass seit seiner letzten Kontrolle gerade einmal drei Minuten vergangen waren. Er hätte mitfahren sollen.

Mach dich nicht lächerlich, schalt er sich selbst. *Du wirst ja wohl eine halbe Stunde alleine im Dunkeln an einem harmlosen Teich überleben!*

Dennoch war ihm die Atmosphäre hier nicht geheuer. Es war zu still, der See war zu glatt und dieses beeindruckende Spiegelbild, dass die Oberfläche des Gewässers erschuf...

Dann fiel ihm noch etwas auf, und er warf wieder einen Blick zum Himmel. Die beiden Lichter des Flugzeugs hatten sich deutlich sichtbar weiter bewegt, aber noch immer war der Schall nicht bis hierher gelangt. Gewiss, manchmal verklang das Geräusch vorbeifliegender Flugzeuge ungehört, aber hier in dieser Abgeschiedenheit, wo es keinerlei andere Geräusche gab, hätte Manuel längst etwas hören müssen. Wenigstens ein leises Brummen. Aber irgendetwas hier schien sämtliche Geräusche zu schlucken.

Und was genau sollte das sein? So langsam ging seine Fantasie mit ihm durch. Nichts 'schluckte' die Geräusche hier, es war einfach nur ungewöhnlich still. Vielleicht hatten sich die Tiere anderswohin verzogen, ohne einen besonderen Grund dafür zu haben. Ein seltsamer Zufall, aber sicherlich nichts Übernatürliches.

Dafür, dass er das Flugzeug nicht hörte, gab es auch hunderte vernünftige Gründe. Wahrscheinlich war es weiter oben nicht so windstill wie hier, so dass die Luftströmungen den Schall in eine andere Richtung wehten. Wenn schon ein bisschen Wind die ganze

Akustik eines Open Air Festivals verderben konnte, sollte er auch in der Lage sein, den Schall eines zehn Kilometer entfernten Motors zu zerstreuen.

Ja, das alles klang vernünftig und sinnvoll. Leider änderte das gar nichts an dem Gefühl, beobachtet und belauert zu werden.

Wieder fiel Manuels Blick auf die Wand aus Schwärze, welche die Grenze des Maisfeldes markierte. Irgend etwas war dort, sah zu ihm herüber, beäugte ihn misstrauisch. Gierig. Hungrig.

Energisch zog er sein Handy aus der Tasche, löste rasch die Tastensperre und suchte sich ein paar Sekunden durch die Apps, bis er diejenige gefunden hatte, die für das Abspielen von Musik zuständig war. Er hatte die Nase voll von seiner unbegründeten Angst. Bis Timo zurückkehrte, würde er diese seltsame Stille hier mit lautem Gitarrensound und wummerndem Schlagzeug durchbrechen. Und wenn er damit sämtliche Fische des Teichs an den Grund des Sees verscheuchte, war ihm das momentan auch egal. Er wollte etwas anderes hören als nur seinen eigenen raschen Atem und das gelegentliche Knacken hinter ihm.

Sobald er die Scheinwerfer von Timos leidgeprüftem Kleinwagen im Wald aufleuchten sähe, würde er die Musik rasch wieder ausmachen und so tun, als hätte er hier in aller Seelenruhe gewartet und die Ruhe genossen.

Etwas platschte. Manuel schrie erschrocken auf, und das Handy entglitt seinen Fingern, bevor es auch nur einen einzigen Ton hatte von sich geben können. Mit einem leisen, saugenden Geräusch fiel es neben dem Klappstuhl in den feuchten Matsch.

„Scheiße!" fluchte Manuel und tastete nach seinem Telefon, fand es nach kurzem Suchen und befreite es hastig vom Dreck. Dann aktivierte er mit einigen raschen Bewegungen die integrierte Taschenlampe und leuchtete in Richtung des Teichs.

Das Wasser lag so still und friedlich da wie zuvor. Aber das konnte nicht sein! Das Platschen war gerade einmal ein paar Sekunden her, und es war so laut gewesen, als wäre ein Stein von der Größe eines Fußballs hinein geworfen worden. Es *musste* Wellen geben!

Langsam stand er auf und machte einige zögerliche Schritte auf den Teich zu, dabei stets das Licht seiner provisorischen Taschenlampe auf die Oberfläche des Teichs gerichtet, die sich glatt und makellos vor ihm erstreckte.

Das Gefühl, beobachtet zu werden, schwoll wieder an, und es kam Manuel so vor, als wolle dieses stille, scheinbar friedliche Gewässer ihn verspotten.

Etwas war in diesen Teich gefallen oder gesprungen, vielleicht war auch etwas aus dem Teich heraus gekommen. Die Oberfläche hätte Wellen schlagen müssen, sich wenigstens kräuseln oder wusste der Teufel was. Aber da war nichts. Gar nichts... nur Stille und sein eigenes Spiegelbild auf dem dunklen, glatten Wasser.

Manuel ging am Ufer in die Hocke und betrachtete sich selbst in diesem seltsamen Spiegel. Sein kläglicher Versuch eines Grinsens zeichnete sich als deutliches Abbild auf dem Wasser ab. Was war nur los mit ihm? Hörte er Gespenster? Seit wann machte ihn die Dunkelheit so nervös? Hatte ihn die momentane soziale Isolation derart empfindlich gemacht?

Er zuckte mit den Schultern, und sein Spiegelbild vollzog die Bewegung in stiller Zustimmung.

„Schön, dass wir einer Meinung sind." sagte Manuel zu seinem Zwilling im Wasser, zuckte erneut mit den Schultern und löschte dann das Licht seiner Taschenlampe, um den Akku zu schonen.

Die Dunkelheit schien ihn anzuspringen wie ein Raubtier, doch es gelang ihm, sich zusammen zu reißen. Alles war in bester Ordnung. Keine wilden Tiere, keine unheimlichen nächtlichen Besucher, nur er und sein stummes Abbild auf dem Wasser.

Er winkte sich selbst dümmlich grinsend zum Abschied, und wollte sich gerade aufrichten, als er in der Reflexion auf dem Teich direkt hinter sich einen diffusen, hoch aufgerichteten Schatten sah, der sich mit ausgestreckten Armen über ihn beugte.

Er fuhr herum, riss die Arme in einer instinktiven Abwehrbewegung nach oben, und wäre beinahe rücklings ins Wasser gestürzt, als er den Schlag abwehren wollte.

Doch es gab nichts abzuwehren. Hinter ihm war nur die Dunkelheit der Nacht und zwei harmlose Klappstühle, die zwar etwas fehl am Platz wirkten, aber so bedrohlich waren, wie eine schlafende Feldmaus.

Manuels Herz hämmerte von innen gegen seinen Brustkorb. Aber er hatte es doch gesehen! Den Schatten, die ausgestreckten Arme, die rot leuchtenden Augen in Gestalt gewordener Finsternis.

Nein... da war nichts gewesen. Seine Fantasie hatte ihm einen Streich gespielt. Vielleicht war es auch die plötzliche Abwesenheit des Lichtes seiner Taschenlampe gewesen, die seinen Sinnen etwas vorgegaukelt hatten.

Er richtete sich unsicher wieder auf, und sah dann etwas aus dem Augenwinkel, dass sein Blut in flüssiges Eis verwandelte. Er hatte es eben schon gesehen, aber der Schock über das Ding hinter ihm hatte alles andere überlagert. Doch schon vorhin... als er sich zu der vermeintlichen Bedrohung umgewandt hatte... da hatte sein Spiegelbild im Wasser die Bewegung *nicht* mitgemacht.

Langsam und mit wachsendem Grauen wandte er sich um und starrte ungläubig auf sein Spiegelbild, dass nicht mehr sein Spiegelbild war.

Sein Abbild auf der stillen Wasseroberfläche hatte die rechte Hand immer noch zu einem spöttischen Gruß erhoben, die Zähne waren zu einem bösen Grinsen gefletscht. Die Hand winkte einmal, zweimal, dreimal, dann schloss sie sich langsam zu einer Faust.

Manuel wich zurück, unfähig einen Laut von sich zu geben und ganz sicher, nun vollkommen den Verstand zu verlieren. Das konnte nicht sein! Das konnte nicht sein! Das konnte nicht...

Im Gesicht seines Zerrbilds leuchteten zwei rote Augen wie glühende Kohlen auf, er hörte ein Geräusch wie das Reißen von dünnem Stoff. Die Oberfläche des Teichs begann von einem Lidschlag auf den Anderen zu brodeln und zu kochen, ein düsteres rotes Leuchten erfüllte das gesamte Gewässer, dass vor Sekundenbruchteilen noch friedlich und dunkel vor ihm gelegen hatte, und etwas Formloses, Schwarzes katapultierte sich mit ungeheurer Wucht und Gewalt aus dem Teich und prallte gegen Manuels Brust.

Sämtliche Luft wurde mit einem einzigen Schlag aus seinen Lungen gepresst und entwich mit einem schmerzhaft verzerrten Keuchen. Er taumelte zurück, sein linker Fuß verfing sich in einem der Klappstühle, und er stürzte rückwärts in den feuchten Matsch.

Etwas landete hart und schmerzhaft auf seiner Brust, und selbst durch seinen verschleierten, von Schmerz und Überraschung getrübten Blick, konnte er ein schrecklich vertrautes Gesicht mit rot leuchtenden Augen und weiß gefletschten Zähnen über sich erkennen.

Beute! Die unmenschliche, kalte Stimme zischte durch seinen Kopf. *Futter!*

Das schwarze Ding auf seiner Brust, dass die Gestalt eines Menschen und Manuels eigenes Gesicht trug, stieß ein schrilles Fauchen aus, hob die linke Hand, deren Finger nun in messerscharfen Krallen ausliefen, und holte zu einem Hieb gegen Manuels Gesicht aus.

Instinktiv und ohne darüber nachzudenken, schlug Manuel zu. Seine geballte Faust traf die verzerrte Fratze, und ein greller Schmerz schoss durch seine Hand bis hinauf zu seinem Oberarm. Es war, als hätte er gegen eine Mauer geschlagen.

Dennoch schien sein Hieb Wirkung gezeigt zu haben, denn das dämonische Grinsen verschwand aus dem Gesicht des Ungeheuers und machte einem Ausdruck Platz, der so voller Hass und Zorn war, dass Manuel beinahe das Herz stehen blieb.

Doch die kurze Ablenkung hatte genügt, sein Gesicht vor der Skalpierung zu retten, denn der Schlag der krallenbewehrten Hand ging fehl und traf nur das nasse Erdreich neben Manuels linkem Ohr.

Das Ding mit seinem Gesicht fauchte vor Wut, hob die andere Klaue und holte zum Schlag aus. Manuel rammte ihm das Knie in die Magengegend. Auch dieses Mal fühlte es sich an, als träfe er auf eine massive Mauer, doch auch sein Tritt blieb nicht ohne Folgen. Die Kreatur wankte, und die Krallen zischten wenige Millimeter vor Manuels Augen vorbei durch die Luft.

Lästiges Insekt! Das Monstrum sprach nicht durch seinen halb geöffneten Mund, sondern direkt in Manuels Kopf, schnitt sich wie ein scharfes Messer durch seinen Verstand. *Gute Beute! Gute Jagd!*

Manuel trat erneut zu, dieses Mal mit dem anderen Knie, und das Ding kippte fauchend von seiner Brust und landete seinerseits im Schlamm. Was immer es war, es konnte Schmerzen spüren.

Er rappelte sich auf, versuchte den eigenen pochenden Schmerz in seinen Knien zu ignorieren und griff nach dem umgekippten Klappstuhl, der zwar nicht allzu stabil war, dessen Gestänge aber immerhin aus Metall bestand.

Aber das Ding war schneller. Er hatte sich gerade soweit aufgerichtet, dass er auf beiden Knien lag, da war sein Gegner schon wieder auf den Beinen und stürzte sich auf ihn. Manuel holte mit seiner provisorischen Waffe aus, und war selbst wohl am meisten überrascht, dass er das unheimliche Wesen direkt am Kopf traf.

Es zischte wütend, verlor kurz das Gleichgewicht und verfehlte dadurch seine Beute um Haaresbreite. Reflexartig streckte Manuel den Arm aus, um die Kreatur am Knöchel zu packen, und es zu Fall zu bringen, doch sein Griff ging fehl.

Nein... das stimmte nicht. Er erwischte den Fuß dieser Kreatur, aber anstelle von Fleisch oder Muskeln ertastete er nur eine nachgiebige, widerlich klebrige Masse, die sich ohne großen Widerstand zwischen seinen Fingern hindurch wand. Es fühlte sich an, als hätte er in zähen Schlamm gefasst.

Erschrocken riss er die Hand zurück, von der eine widerliche, schwarze Masse herab tropfte. Boshaftes Lachen peitschte durch seinen Verstand. *Gute Beute! Guter Jäger!*

Er wandte sich zu seinem unheimlichen Gegner um. Dieser hatte sein Gleichgewicht wieder gefunden und grinste boshaft. Weiße Reißzähne blitzten im hellen Mondlicht auf, die roten Augen glühten auf.

Doch das Ding sah nicht mehr aus wie sein Ebenbild, hatte nicht einmal mehr die Gestalt eines Menschen. Nur noch der Oberkörper glich entfernt einer menschlichen Gestalt, der Unterleib war eine formlose, blubbernde schwarze Masse, die wie ein viel zu schnell schlagendes Herz zuckte und pulsierte. Schmierige Fangarme formten sich aus dem grausigen Plasmaklumpen, krochen über den Boden, krallten sich darin fest, oder schlängelten auf Manuel zu.

Fressen!

Die schwarze Gallerte setzte sich in Bewegung, und bei diesem Anblick rissen gleich mehrere der dünnen Seile, die Manuels Verstand in der Realität verankert hatten. Er schrie gellend auf, wirbelte herum und begann zu rennen.

Geiferndes, schrilles Lachen kreischte hinter ihm auf, dieses Mal nicht in seinem Kopf, sondern von überall her kommend. Er spürte, wie das Ding näher kam, wie es, einer schwarzen Welle gleich, heran wogte. Es würde ihn erwischen, ihn verschlingen, ihn in sich aufnehmen. Was geschah dann mit ihm? Würde er sterben? Würde er ein Teil dieses Ungeheuers werden? Oder nahm dieses Wesen dann endgültig seine Gestalt an?

Er rannte weiter, der vollkommenen Sinnlosigkeit seiner Flucht zum Trotz. Die dunkle Wand des Maisfeldes lag jetzt dicht vor ihm. Vielleicht konnte er dieses Ding ja in dem Gewirr aus Maispflanzen abschütteln und sich weiter Richtung Straße flüchten.

Im gleichen Augenblick, in dem ihm die Absurdität dieses Gedankens klar wurde (wie sollte er eine Kreatur abschütteln, die solche lächerlichen Hindernisse einfach niederwalzen konnte?), packte ihn etwas am rechten Fuß. Er schrie auf, geriet ins Stolpern und schlug der Länge nach hin.

Hinter ihm erscholl ein triumphierender Schrei, und Manuel rollte sich blind zur Seite. Dort, wo er eben noch gelegen hatte, erklang ein widerliches Platschen und Sabbern, als der aufgedunsene Leib des Ungeheuers landete. Der Triumph verwandelte sich in Wut und Enttäuschung, als das Wesen laut zischte und fauchte.

Manuel kroch hastig davon, rappelte sich wieder auf und sah zu dem Monstrum.

Es hatte sich wieder verändert. Anstatt auf unzähligen blubbernden Fangarmen umher zu kriechen, stakste das Wesen nun auf einem Dutzend vielgliedriger Spinnenbeine hinter ihm her. Auch der Leib war der einer fetten aufgeblähten Spinne. Nur das Gesicht erschien noch halbwegs menschlich, eine groteske Symbiose aus Manuels eigenem Antlitz und dem schauerlichen Kopf eines Arachnoiden.

Er rannte.

Zischend und klickend nahm das Ungeheuer die Verfolgung auf, und ein rascher Blick über die Schulter verriet Manuel, dass es an Masse zugenommen hatte. Das Ding wuchs! Bei Gott, es war beinahe doppelt so groß wie noch vor wenigen Sekunden.

Fressen! Die schreckliche Stimme schnitt durch seine Gedanken, die nun unzusammenhängend rasten. Er musste weg, musste zur Straße! *Fressen!*

Aber was dann? Konnte er dort diesem Wesen entkommen? Wie weit war es bis zur Straße? Sie hatten beinahe zehn Minuten mit dem Auto gebraucht. Das schaffte er nie. Ohne Hoffnung, aber von seinem Überlebensinstinkt weiter angetrieben, rannte er weiter.

Das schreckliche Rasseln und Klicken hinter ihm wurde lauter.

Fressen! Futter! Beute!

Er hatte den Waldrand erreicht und brach ohne Rücksicht durch das Unterholz. Nur einen Atemzug später erklang hinter ihm erneutes Bersten und Splittern. Das Ungeheuer war direkt hinter ihm.

Fressen! Futter! Beute!
Fressen! Futter! Beute!

Manuel griff im Laufen nach einem dicken, hängenden Ast und brach ihn mit einem kräftigen Ruck ab. Dann bremste er ab, machte sofort einen mächtigen Satz nach Rechts und stürzte sich ins Unterholz.

Hinter ihm raste das Ungeheuer mit der Wucht eines fahrenden Zuges heran, zischte vor Wut, und schlitterte an ihm vorbei. Sofort wandte sich das Ding zu ihm um, bäumte sich auf und stürzte sich auf ihn.

Manuel schlug zu. Der Ast zerbrach, als er den entsetzlichen Schädel – halb Mensch, halb Spinne – genau in der Mitte traf, doch auch die grausige Fratze des Ungeheuers verformte sich zu einem unbestimmbaren Klumpen aus Dunkelheit.

Der Schrei des Monstrums ließ den ganzen Wald erzittern. Dann begann es erneut, sich zu verformen. Es schmolz in rasender Geschwindigkeit zu einem großen Klumpen schwarzer Masse zusammen, und begann sofort damit, eine weitere Gestalt zu formen.

Manuel wollte gar nicht wissen, was nun auf ihn zukam. Er warf die kümmerlichen Reste des Astes davon und begann wieder zu rennen.

Hinter ihm zischte es, als hätte jemand heißes Wasser auf eine kochende Herdplatte geschüttet.

Tod! Schmerz! Beute!

Nun schien das Ding ihn nicht nur töten, sondern auch leiden lassen zu wollen.

Schmerz! Angst! Tod!

Immer wieder droschen die hasserfüllten Gedanken der Bestie auf Manuels Verstand ein, und er spürte, wie sie wieder näher kam. Mühsam widerstand er dem Drang, sich nach dem Ding umzusehen. Es war gleichgültig, welche Gestalt es nun angenommen hatte. Es würde ihn leiden lassen, wenn es ihn erwischte.

Kein Entkommen! Schmerz! Futter!

Manuel rannte. Seine Beine schmerzten von den Tritten, die er dem Ungeheuer verpasst hatte, und von zahllosen Schrammen, die ihm seine Flucht durch das Unterholz beschert hatte, aber das war nichts im Vergleich mit dem, was diese Kreatur ihm antun würde.

Ein Geräusch erklang direkt über ihm. Knackende Äste, raschelndes Laub. Er schlug einen Haken nach Rechts und wieder ertönte das wütende Fauchen des Ungeheuers. Dort, wo er ansonsten entlang gelaufen wäre, landete ein riesiger Schatten. Aus den Augenwinkeln erkannte Manuel einen muskulösen, sehnigen Leib, vier kräftige Beine und einen ganzen Wald aus Hörnern und Tentakeln.

Voller Grauen wandte er sich ab. Er wollte gar nicht wissen, wie sein Verfolger nun aussah. Es hatte ihm gereicht, zu sehen, dass er weiter gewachsen war. Das Ding hatte die Größe eines ausgewachsenen Ochsen.

Gute Jagd! Gute Beute!

Klang da so etwas wie Anerkennung durch das Zischen und Fauchen dieser entsetzlichen Stimme? Das war völlig absurd. War dies ein verdammter Wettlauf?

Ein Wettlauf mit dem Teufel, dachte Manuel verstört, als er einen erneuten Haken schlug und einen mächtigen Baum zwischen sich und das Wesen brachte. Und er würde ihn verlieren, mochte er sich jetzt noch so gut schlagen. Seine Beine schmerzten, seine Lunge pochte vor Anstrengung und sein Verstand wurde nur noch von wenigen, äußerst fragilen Fäden in der Realität festgehalten.

Das hier war der reinste Wahnsinn! War dies vielleicht alles nur ein kranker Alptraum? War er in dem Klappstuhl eingenickt und träumte diese ganze Scheiße einfach nur?

Hinter ihm zerbarst der Baum, den er eben noch als Deckung benutzt hatte. Holzsplitter schossen durch die Luft, trafen ihn an der Schulter, am Rücken und im Nacken, und er konnte spüren, wie sie ihm die Haut aufrissen und Blut aus den Wunden hervor sprudelte.

Kein Traum, dachte er. *Sonst wäre ich längst aufgewacht.*

Plötzlich lichtete sich vor ihm der Wald und er taumelte auf den Feldweg, auf dem sie vorhin zum Teich gerumpelt waren. Das war noch keine halbe Stunde her, doch Manuel kam es wie eine Ewigkeit vor.

Blindlings wählte er eine Richtung und rannte los. Sein ganzer Leib war ein einziger, schrecklicher Schmerz, doch wenn er jetzt aufgab, würde ihn dieses Ding erwischen. Und es würde sich Zeit lassen. Für einen glatten, schnellen Tod hatte er das Biest zu oft verärgert.

Ein dumpfer Aufschlag hinter ihm machte deutlich, dass auch sein Verfolger den Wald verlassen und auf den Pfad gesprungen war. Zischen, Fauchen, dann der Laut schwerer Pfoten, die sich tief in den Waldboden drückten.

Während Manuel noch einmal an Tempo zulegte,

wandte er sich wider besseren Wissens zu dem Ungeheuer um.

Hinter ihm war eine Kreatur auf den Pfad gesprungen, die einer Wildkatze sehr ähnlich sah, aber so groß war wie ein Pferd. Ein muskulöser Leib, getragen von vier kräftigen Beinen, stacheliges schwarzes Fell und ein langer, zuckender, spitz zulaufender Schwanz. Und der Kopf...

Voller Grauen wandte er sich wieder ab. Er hatte nicht alles im Mondlicht erkennen können, aber die groteske Symbiose aus einem menschlichen Gesicht (*seinem* Gesicht!), einer Raubkatze und einer Spinne drohte ihn durch ihren bloßen Anblick in den Wahnsinn zu treiben.

Mit stechenden Schmerzen in der Seite und keuchendem Atem rannte er weiter. Es war Jahre her, dass er zuletzt Sport getrieben hatte, und nur seine körperliche Arbeit hatte verhindert, dass er fett und unbeweglich geworden war. Aber dieses Tempo konnte er nicht mehr lange durchhalten. Doch wie sollte er dieses Ding abschütteln?

Für einen kurzen Moment verließ ihn endgültig der Mut, dann aber erklang hinter ihm erneut dieses grässliche Fauchen, und er legte nochmal an Tempo zu, den schreienden Schmerz in seinen Muskeln ignorierend.

Wenn er die Straße erreichte, dann...

Etwas traf ihn mit der brachialen Wucht einer heranrasenden Lokomotive im Rücken. Er verlor den Halt, seine Füße hoben vom Boden ab und er flog mehrere Meter durch die Luft, bevor er bäuchlings auf den weichen Boden stürzte.

Irgendwie gelang es ihm, sich einigermaßen abzufangen, so dass er nicht mit dem Gesicht voraus in den Dreck geschleudert wurde, doch als er sich wieder aufrappeln wollte, raste ein entsetzlicher Schmerz durch seine Wirbelsäule.

Manuel schrie und in seinem Kopf dröhnte das triumphierende Fauchen des Monstrums zur Antwort.

Futter! Schmerz!

Eine riesige Pranke krallte sich in seine Schulter, zerriss das Hemd und schnitt tiefe Wunden in seine Haut. Er stöhnte vor Schmerz und schnappte ob der noch größeren Pein in seinem Rücken nach Luft, als die Kreatur ihn brutal herumdrehte, so dass er nun direkt in die geifernde Fratze starrte.

Entsetzt schloss er sofort die Augen, doch die Dauer eines Lidschlags, während der er des Dings komplett ansichtig geworden war, genügte, um den Schutzschild, den er um seinen Verstand errichtet hatte, zu zertrümmern.

Der Schädel der Bestie war so groß wie der Kopf eines Nashorns, dabei jedoch annähernd menschlich geformt. Aus der schwarzen Haut wanden sich unzählige dünne Fäden oder Tentakel, die vor Aufregung und Gier zu zucken schienen. Und die Augen, bei Gott, die Augen! Schwarz glänzende, aufgedunsene Säcke mit hunderten Pupillen, von denen jede einzelne sein eigenes vor Grauen verzerrtes Gesicht widerspiegelte.

Gute Jagd! Gute Beute! Ein Schmaus aus Fleisch und Angst!

Langsam, und ein unverkennbar zufriedenes Knurren ausstoßend, näherte sich das Maul des Ungeheuers

Manuels Kopf. Um dies zu wissen, brauchte er die Augen gar nicht zu öffnen. Das Knurren wurde lauter, und ihm schlug ein bestialischer Gestank entgegen, der nach Sumpf, Schimmel und Schlachthaus roch. Eine grausige Mischung aus Blut, Verfall und Tod.

Ein völlig absurder und komplett schwachsinniger Gedanke schoss Manuel durch den Kopf: Hätte er sich doch bloß mit dem beschissenen Fernsehprogramm abgefunden!

Beinahe hätte er trotz seiner verzweifelten Situation laut aufgelacht, aber dann stieß das Ding über ihm plötzlich ein zorniges Grollen aus, und der schreckliche Gestank verflüchtigte sich. Die schwere Pranke, die ihn vorhin noch erbarmungslos zu Boden gedrückt hatte, hob sich von seinem Brustkorb und er konnte wieder atmen.

Grelles Licht flammte auf, und über den zornigen Aufschrei des Monstrums hinweg hörte Manuel das Brummen eines aufheulenden Motors.

Instinktiv rollte er sich zur Seite, ignorierte den stechenden Schmerz so gut er vermochte, und rettete sich an den Wegesrand.

Mit einem dröhnenden Scheppern wurde das Ungeheuer wie von der Faust eines Riesen getroffen und niedergewalzt.

Ungläubig starrte Manuel auf den Kleinwagen, der das Ding mit voller Wucht gerammt und, trotz der enormen Größe des Wesens, unter sich begraben hatte. Der Wagen setzte zurück und Manuel erkannte zu seiner grenzenlosen Freude den nun ziemlich ramponierten Corsa von Timo.

Stöhnend richtete er sich auf und warf einen ängstlichen Blick auf das Ungeheuer. Das Ding hatte seine Gestalt verloren, und war zu einer blubbernden, formlosen, schwarzen Masse zusammengefallen. Die grässliche Gallerte zischte und brodelte wie kochendes Wasser, und begann schon wieder, Fangarme und andere unaussprechliche Gliedmaßen auszubilden.

Es formte sich neu!

Keuchend hinkte Manuel zum Auto, riss die Beifahrertür auf und ließ sich mit einem unterdrückten Schmerzensschrei auf den Sitz fallen. In seiner Brust explodierte ein sengender Schmerz. Mindestens eine Rippe war gebrochen und er betete zu allen bekannten und unbekannten Göttern, dass sich gerade keine davon in seine Lunge bohrte.

„Fahr los..." keuchte er kaum hörbar.

„Was... was ist..." stammelte Timo entsetzt. „Ich dachte, das wäre ein Bär oder ein... aber was..."

„Fahr los, verdammt!" ächzte Manuel. „Es kam aus dem Teich. Weiß der Teufel, was es ist! Und ich will auch nicht wissen, was es gleich sein wird."

Er deutete kraftlos nach vorne. Im Scheinwerferlicht sahen sie deutlich, wie sich die schwarze Masse zu einem zitternden Berg erhoben hatte, aus dessen schrecklichen Leib hunderte und aberhunderte Fangarme, Fühler und Klauen entwuchsen. Auf der pulsierenden Oberfläche öffneten sich kränklich gelbe Flecken und Manuel begriff angewidert, dass es sich dabei um Augen handelte.

Das ist seine wahre Form, dachte er voller Grauen. Kein Mensch, kein Raubtier, sondern eine riesige formlose Gallerte aus geronnener Finsternis. Eine grässliche Lebensform aus den schwarzen Abgründen des Wahnsinns, für die auf dieser Welt eigentlich kein Platz war. Ihre bloße Existenz verspottete die Schöpfung und die bekannte Realität.

Aber dieses Ding war dennoch nur allzu real. Und es wuchs. Der pulsierende Klumpen war nun so groß wie ein Kleintransporter, einige der Fangarme hatten bereits eine Länge von mehreren Metern und waren so dick wie ein menschlicher Oberschenkel. Immer mehr gelb schimmernde Augen öffneten sich auf der blasenschlagenden Haut des Monstrums und in jedem Einzelnen loderten Hass, Gier und Mordlust auf, drohten die beiden lächerlichen Sterblichen in ihrem albernen Blechkasten zu verbrennen.

„Fahr!" schrie Manuel und endlich reagierte Timo. Er hämmerte den Rückwärtsgang ein, das Auto gab einen ächzend gequälten Laut von sich, dann trat er aufs Gas und der Wagen schoss zurück.

Während Timo nach hinten blickte, um allen möglichen Hindernissen ausweichen zu können, starrte Manuel weiter ungläubig auf die schwarze Masse, die im Scheinwerferlicht immer noch wuchs und anschwoll, wie ein rasend schnell schlagendes Herz pulsierte und immer mehr Fangarme und Mäuler ausbildete. Mittlerweile musste es die Größe eines Elefanten erreicht haben.

Was, wenn es immer weiter wuchs? Wenn es den ganzen Wald verschlang?

Manuel schob das Bild entsetzt beiseite. Er wollte nur fort von hier, scheiß auf den Wald! Wenn er diesen

Gedanken weiter dachte, würden auch die letzten dünnen Fäden reißen, die seinen angeschlagenen Verstand in der Wirklichkeit hielten.

Timo erhöhte noch einmal das Tempo, und das Ding verschwand aus dem Lichtkegel, den die Scheinwerfer in die Dunkelheit schnitten.

Manuel atmete erleichtert aus, wenngleich die Vorstellung, dieses Wesen nun nicht mehr im Auge behalten zu können, ihn sofort wieder erschreckte. Wie schnell konnte es sein? Wie lange würde es brauchen, um sie einzuholen?

Mit quietschenden Reifen setzte Timo zurück auf die Bundesstraße, nahm den Rückwärtsgang heraus und gab Vollgas.

„Was... was war das?" stammelte er wieder. Sein Gesicht war aschfahl, und er schien nur mit Mühe die Fassung zu bewahren.

Manuel schüttelte den Kopf. „Ich weiß es nicht... bei Gott, ich weiß es nicht." flüsterte er. „Es kam aus dem Teich. Zuerst war es nur ein Spiegelbild, aber dann... zum Teufel, ich weiß es nicht."

Timo gab weiter Gas, schaltete rasch alle Gänge durch und holte die letzten kläglichen Pferdestärken aus seiner alten Kiste heraus. Immer wieder warfen sie beide einen ängstlichen Blick in den Rückspiegel, doch hinter ihnen war nur die leere Dunkelheit der Straße, weder von anderen Scheinwerfern noch von Straßenlaternen unterbrochen. Nur Dunkelheit. Endlose, allumfassende Dunkelheit.

Manuel schloss für einen Moment die Augen, und

schüttelte auch diesen Gedanken ab. Er führte nur wieder zu dem Grauen, dem sie gerade entkommen waren.

Aber sie *waren* entkommen, und dafür war er unendlich dankbar. Ob er jemals wieder ruhig schlafen konnte, nachdem er einen Blick in die lichtlosen Tiefen nachtschwarzen Wahnsinns geworfen hatte, wusste er nicht. Aber er lebte, und das genügte ihm für diesen Augenblick.

Erneut warf er einen ängstlichen Blick in den Rückspiegel und stieß einen überraschten Schrei aus. Timo sah ebenfalls hin und seine Gesichtszüge verloren jeglichen Halt. Er nahm den Fuß vom Gas und starrte entgeistert auf das, was er durch den Rückspiegel sah, ohne auf die Straße vor sich zu achten. Hätte die Straße an dieser Stelle eine Kurve gemacht, wären sie beide vermutlich in Zukunft nur noch Zahlen in einer Unfallstatistik gewesen.

Der Wagen rollte aus und kam schließlich zum Stehen. Ungläubig starrten die beiden Freunde weiter in den Rückspiegel, dann sahen sie sich entgeistert an und stiegen schließlich langsam aus dem Auto.

Hinter ihnen glühte der gesamte Wald in einem schrecklichen, düsteren Rot, ganz so, als stünde der Horizont selbst in Flammen, oder als wäre mitten in der Nacht eine feurige Sonne aus der Schwärze empor gestiegen, um die Welt zu verschlingen.

Das dunkle Licht pulsierte, loderte zu schmerzhafter Intensität auf, um dann wieder beinahe vollständig zu verschwinden, nur um erneut wie ein gleißender Stern aufzuflammen. Wie das Schlagen eines schrecklichen Herzens.

„Was ist das?" fragte Timo mit zitternder, beinahe flüsternder Stimme, doch Manuel konnte nicht antworten. Er hatte dieses düstere Leuchten schon gesehen, doch vorhin war es nur in dem unseligen Teich gewesen. Jetzt aber schien die ganze Welt in Flammen zu stehen, und er musste unwillkürlich an die vielen Filme und Dokumentationen denken, die Aufnahmen von Atombombenexplosionen zeigten.

Wieder verblasste das Licht beinahe bis zur Unkenntlichkeit, dann loderte es noch greller und furchtbarer wieder auf.

Geblendet schloss Manuel die Augen und rechnete beinahe fest damit, nun von der Druckwelle einer Explosion oder der entsetzlichen Feuerwalze erfasst und in Stücke gerissen zu werden.

Doch nichts dergleichen geschah. Zögernd öffnete er die Augen.

Der Wald unmittelbar vor ihnen war wieder in vollkommene Dunkelheit gehüllt. Das schreckliche, pulsierende Licht war verschwunden.

Als er jedoch einen Blick zum Himmel warf, stockte ihm der Atem und er taumelte entsetzt zurück, bis er gegen den Wagen stieß.

Hoch über ihnen, und das Licht aller Sterne verschluckend, loderte ein dunkelroter Feuerball, der sich rasend schnell durch die Nacht fraß und einen brennenden Schweif hinter sich herzog. Das Ding wurde rasch kleiner, verblasste zusehends und wurde schließlich von der endlosen Leere des Weltraums verschlungen.

Es war fort... Das Ding, dass von den Sternen zu ihnen herab gestürzt war, um zu fressen, hatte den Heimweg angetreten. Seiner eigentlichen Beute war es beraubt worden, aber Manuel zweifelte nicht daran, dass der Wald und das Erdreich es ausreichend gesättigt hatten.

Die Sternschnuppe. Es war tatsächlich die verdammte Sternschnuppe gewesen. Sie war vom Himmel gefallen und hatte einen entsetzlichen Besucher aus den Abgründen der Leere mitgebracht. Vielleicht war auch das Ding selbst der fallende Stern gewesen.

Manuel wusste es nicht. Eines jedoch wusste er ganz genau. Wenn man sich beim Anblick einer Sternschnuppe etwas wünschen durfte, dann wünschte er sich jetzt, *nie wieder* eine sehen zu müssen.

Veröffentlichungen:

Philipp Riedel (Hrsg) – Jenseits der Sterne
ISBN: 978-3750414044
(erster Teil des Fantastic Aid Projekts)

Die Akranos Trilogie:
Philipp Riedel – Das Vergessene Volk (Roman)
ISBN: 978-3738630411

Philipp Riedel – Feuer und Knochen (Roman)
ISBN: 978-3738652154

Philipp Riedel – Der Flug des Drachen (Roman)
ISBN: 978-3739244907

Alexander Blumtritt

Der Cerithiolith

Als freier Journalist recherchiere ich seit einigen
Monaten in einem mehrfachen Vermisstenfall, bei dem
bis heute große Unklarheiten bestehen. Die nachfol-
gend geschilderten Ereignisse haben sich im Zeitraum
von 1995 bis 2007 abgespielt.

Ihre Wiedergabe basiert zum größten Teil auf den
persönlichen Aufzeichnungen von Paul Clark und Dr.
Simon Loades. Darüber hinaus habe ich Überwa-
chungsvideos aus dem archäologischen Institut von
Plymouth sowie dem Anwesen des norwegischen Bankiers Matthias Edvardson ausgewertet. Die sich ab-
zeichnende Geschichte ist so ungewöhnlich in ihrer
Natur, dass ich mich entschieden habe, sie der Öffentlichkeit zugänglich zu machen.

Im Mai 2007 kehrte Clark nach einer archäologischen Expedition in Sibirien in einem Zustand extre-
mer geistiger Verwirrung zurück und wurde der Ner-
venheilanstalt von Edinburgh zugeführt. Abgesehen
von unartikulierten Schreien bei Nacht, sprach er von
diesem Zeitpunkt an kein Wort mehr und wurde drei
Monate später, in denen sich sein Zustand nicht besser-
te, erhängt in seinem Zimmer aufgefunden. Er war 37
Jahre alt, als er starb.

Dr. Loades sowie die vier weiteren Teilnehmer der
Forschungsreise – Matthias Edvardson, Thomas Ho-

ward, Adrian Smith und Alexej Kurtschow – werden bis heute vermisst.

Im Zuge der Ermittlungen wurden Tagebücher, Akten und Feldnotizen gesichtet, anhand derer rekonstruiert werden konnte, was den offensichtlich tiefgreifenden Begebenheiten in Russland vorausging. Die letzten Eintragungen jedoch sind derart widersinnig, dass davon ausgegangen werden muss, dass sie bereits im Zustand höchster mentaler Unzurechnungsfähigkeit verfasst worden sind.

Der gesunde Menschenverstand lässt keinen Zweifel daran, dass verschiedene befremdliche Schilderungen gewisser Orte und Dinge nicht der Wahrheit entsprechen können. Dennoch werden sie in dieser Niederschrift berücksichtigt, damit sich der Leser ein eigenes Urteil bilden kann. Welche wirklichen Umstände letztlich zum Verschwinden der fünf Männer und die im Suizid gipfelnde geistige Umnachtung von Paul Clark führten, bleibt nach wie vor unbekannt.

Die bis heute nicht befriedigend geklärten Naturphänomene, die im Text erwähnt werden, haben sich meinen Recherchen zufolge jedoch tatsächlich alle an den besagten Orten und zu besagten Zeiten zugetragen.

I

Wer je im Traum erfahren hat die Stimmen der amorphen Götter, die schädlich nagend sich verbergen hinter Chaosdimensionen, unnennbar schreiend, Pestwind nährend, im Zentrum aller Ewigkeit, der folgt dem Ruf, bis sein Verstand noch vor dem Ziel verderblich stirbt!

Gott, dieses Nichts! Die bodenlose Tiefe, der Schlund hinab in die Dunkelheit der inneren Höhlen... Der Sturz in die Leere, die taube Berührung leibloser Hände, die vielstimmigen Schreie schizophrener Verzweiflung! Abscheuliche Angst, grausiger Schrecken! Jede Nacht kehre ich in meinen Träumen erneut zu jenem verfluchten Winkel der Erde zurück... diese grässliche Hölle, die einen so unverrückbaren Schatten über mein Leben warf. Ist es zwei Jahre her? Drei? Ich habe aufgehört, die Monde zu zählen, und jedes Gefühl für den Lauf der Zeit verloren. In dieser Anstalt finde ich nicht mehr als die Illusion körperlicher Sicherheit, und mein Geist, das weiß ich wohl, ist längst dem Wahnsinn anheimgefallen, diesem Wahnsinn, der unter der Erde brütet – und der mich in jenem Augenblick überkam, den zu durchleben kein Mensch bestimmt ist. Verstörende Tagträume und scheußliche Visionen von uralten Schrecknissen gestalten meine wachen Stunden kaum erträglicher als die lähmenden Alpträume der Nächte.

Versuche ich heute, mich bewusst an jene Zeit zu erinnern, so sehe ich verblasste Bilder, verschwommen und undeutlich. Der Mensch verdrängt vieles, was ihn über die Grenzen seines Verstandes reißt. Doch wie verkommen wäre ein Geist, der imstande ist, sich Dinge jener Art, wie ich sie gesehen habe, auszudenken?

– Aus den Aufzeichnungen von Paul Clark, wenige Tage vor seinem Tod.

Paul Clark war zu seinen besseren Zeiten ein äußerlich recht unauffälliger Mann gewesen. Seit seiner Einlieferung hatte er sich Haare und Bart ungehindert wachsen lassen, sodass bald auch seine äußere Erscheinung seine innere Unruhe widerspiegelte. Er pflegte keinen Kontakt zu den anderen Insassen der Anstalt; auch jeglicher Besuch blieb aus. Er verbrachte die meiste Zeit des Tages in seinem kleinen Zimmer. In einer immer gleichbleibenden, reizarmen Umgebung wie dieser quälten ihn die entsetzlichen Trugbilder zumindest etwas seltener.

Die Wände seines Raumes hatte er im Laufe der Wochen mit einem dichten Netz sonderbarer Zeichnungen übersät, die entfernt an die Zerrbilder menschlicher Gestalten erinnerten. Sie schienen so etwas wie Ritualtänze zu vollführen und waren meist in Gruppen um ein zentrales, oft wiederholtes Motiv angeordnet: einen wirren, schwarzen Fleck, strudelartig und ohne feste Konturen, an die Tapete gekrakelt wie von einem wahnsinnigen Kind. Obwohl Clark nicht sprach, so schrieb er doch viel. Zu diesen Bildern äußerte er sich allerdings nie.

Seine Art des Schreibens zeichnete sich durch einen gehobenen Sprachstil aus und könnte so manchen unwissenden Leser glauben lassen, die Diagnose seines Geisteszustands sei zu pessimistisch gewesen, doch die entsetzlichen Inhalte dessen, *was* er zu Papier brachte, lassen keinen Zweifel an seinem Irrsinn. Dazu gehörten auch die Schilderungen jener letzten Tage in Sibirien.

Je näher der Tag seiner Selbsttötung rückte, desto unbegreiflicher wurden seine Notizen und Skizzen. Es schien, als stürzte Clarks Geist mit jeder Erinnerung unausweichlich in eine noch tiefere Sphäre.

Um nun die Vorgeschichte näher zu beleuchten, muss man das Augenmerk auf eine Reihe bemerkenswerter archäologischer Entdeckungen richten, bei denen Dr. Simon Loades eine Schlüsselrolle spielte. Als die ersten Zusammenhänge zwischen den einzelnen Fundstücken deutlicher wurden, begann eine Zusammenarbeit von Fachleuten, zu denen auch Paul Clark gehörte.

Clark lebte seit Beginn seines Studiums der Archäologie in Edinburgh und lernte dort den zehn Jahre älteren Dr. Simon Loades, gebürtig und tätig im südenglischen Plymouth, bei einer Tagung kennen. Clarks Wissensstand über das „Rätsel", wie Loades es nannte, war auf das beschränkt, was er und jeder andere aus den spärlichen Pressemitteilungen hatten entnehmen können, und Dr. Loades hielt sich in dieser Hinsicht selbst engen Kollegen gegenüber eher bedeckt. Doch er und Clark fanden Sympathien füreinander und nannten sich bald beim Vornamen. Während einiger tiefgehender Gespräche weihte er ihn schließlich in die Mysterien ein, die er und sein Team aufzudecken suchten.

Clark hatte die einleitenden Worte Dr. Loades' in seinem Tagebuch festgehalten. „Was in unseren Büchern steht, wagen wir in keiner Silbe anzuzweifeln", hatte er gesagt, als sie an einem regnerischen Novemberabend in Clarks bescheidener Bleibe in der Altstadt Edinburghs bei einer Flasche Wein saßen. „Aber seit wir dem Rätsel auf der Spur sind, sehe ich mich gezwungen, alles, was ich je zu wissen glaubte, in Frage zu stellen. Wir sind auf etwas gestoßen, was die Geschichte der Menschheit und der Zivilisation auf den Kopf stellt und dennoch keinen Zweifel an seiner Realität lässt. Unsere Aufgabe ist es nun, ein ganz neues Bild zu zeichnen und die Geschichte neu zu formulieren. Bis heute aber tappen wir in völliger Dunkelheit."

In den mittleren Neunzigerjahren war Loades bei seinen Reisen durch den mexikanischen Dschungel auf eine bislang unbekannte Ruinenstätte der Maya gestoßen, die er auf die mittlere Präklassik, etwa 900 bis 400 vor Christus, datierte. Zu dieser Zeit waren dort auf der Halbinsel Yucatán die ersten großen Siedlungskomplexe und Tempelbauten entstanden. Überraschend war der Fund eines gewaltigen monolithischen Obelisken etwas außerhalb der Siedlungsgrenzen, der sich sowohl stilistisch als auch durch sein augenscheinlich wesentlich höheres Alter von den bekannten Mayarelikten unterschied.

Er hatte eine konische, schraubenartige Form, ganz ähnlich dem Gehäuse einer hoch aufgewundenen Schnecke, maß gute zwei Meter an der Basis und war ursprünglich – die Spitze war durch Erosions- oder Gewalteinwirkung abgebrochen – wohl zwischen sieben und acht Meter hoch gewesen. Große Teile der grauschwarzen Oberfläche waren mit seltsam geschwungenen, erhabenen Glyphen verziert, bei denen ebenfalls Spiralformen überwogen. Sie ähnelten keiner bekannten Schriftform, so dass jeder Übersetzungsversuch an fehlendem Vergleichsmaterial scheiterte.

Der völlig überwucherte Stein stand noch immer aufrecht, als Loades ihn nahe der Siedlungsreste entdeckte. Die äußerliche Fremdartigkeit des Artefakts wurde nach den ersten Untersuchungen beinahe von der Erkenntnis überschattet, dass es aus einem extrem harten Tiefengestein gefertigt war, das in dieser Form lediglich in den Anden, Südafrika und Zentralasien zu finden ist. Welches präkolumbianische Volk sich zu welchem Zeitpunkt, zu welchem Zweck und – vor allen Dingen – mit welchen Mitteln der monumentalen Aufgabe gestellt hatte, einen 25 Tonnen schweren Steinbrocken an die 3.000 oder 4.000 Kilometer weit zu transportieren, blieb in jeder Hinsicht ein Rätsel.

Der Monolith von Yucatán wurde eingehend vermessen, die Hieroglyphen wurden abgezeichnet, doch einer Lösung kam man damit nicht näher. Weder in den Überlieferungen der Mayanachkommen noch in den nur mehr spärlich vorhandenen Mayaschriften stieß man auf Erwähnungen oder auch nur einen Hinweis auf das Stück.

Die Untersuchungen wurden auf Eis gelegt und Publikationen der Entdeckung knapp gehalten, als man erkannte, dass die Fragen nicht zu beantworten waren. Die Geschichte erhielt jedoch frischen Aufwind, als gut zehn Jahre später einige Fotos auftauchten, die ein Reisender in Grönland gemacht hatte. Der Mann war in den Watkins-Bergen im Osten der Insel unterwegs gewesen, als er während eines Aufstiegs die Spitze einer schraubenartigen Gesteinsformation aus der Schneedecke ragen sah, die ihn an einen künstlichen Ursprung denken ließ. Die Bilder gelangten auf Umwegen zum Archäologen Loades, der innerhalb weniger Wochen ein entsprechend ausgebildetes Forschungsteam zusammenstellen konnte, um der Sache auf den Grund zu gehen.

Am Ostrand des Nordost-Grönland-Parks, dem weltweit größten Nationalpark, liegt die isolierte Siedlung Ittoqqortoormiit. Dort traf Loades' Truppe im Juni 2005 auf den Entdecker des Steins, einen kanadischen Freizeitbergsteiger namens Lars Dunnell. Das Team umfasste einen weiteren Kollegen vom Fach, Thomas Howard, sowie den Fotografen Adrian Smith und zwei ausgebildete Alpinisten.

Die Fotos, die Loades' Aufmerksamkeit geweckt hatten, waren an einer Wand des Gunnbjørns Fjeld entstanden, dem höchsten Gipfel der Arktis. Flankiert von weiteren Bergriesen, ragt er weit über 3.500 Meter in die Höhe. Seine Spitze und ein Teil seiner Hänge sind eisfrei.

Die Forscher mieteten einen Transporter und drei Motorschlitten. Zudem mit Steigeisen, Seilen und Skiern ausgestattet, machten sie sich am frühen Morgen nach ihrer Ankunft auf den Weg zur Watkins-Bergkette am Rande des Inlandeises.

Das Wetter und die Temperatur waren erträglich. Jeweils zu zweit bewältigten sie einen Großteil des Aufstiegs mühelos mithilfe der Schlittenfahrzeuge. Dunnell führte sie über Firn und Schneefelder den Südgrat hinauf, bis sie in etwa 3.000 Metern Höhe zu Fuß weitergehen mussten. Eine gute Stunde stiegen sie den immer steiler werdenden Hang in Richtung des nackten, schwarzen Gipfels hinauf. Dann, rund 500 Meter unterhalb der Bergspitze, erreichten sie den Fundort.

Für einen langen Moment starrten Loades und seine Begleiter regungslos auf das Bild, das sich ihnen bot. Die Erschöpfung des Aufstiegs und der beißende arktische Wind waren längst nicht die einzigen Gründe für ihre Atemlosigkeit. Dieser Anblick und die unbeschreibliche Bedeutung, die ihm beigemessen werden musste, verschlugen ihnen die Sprache.

Gute drei Meter des Objekts lagen an der Oberfläche. Die Berglandschaft hier war zwar tief verschneit, jedoch frei von Packeis, so dass es den Männern gelang, einen weiteren großen Teil mithilfe von Schaufeln und Hacken ans Tageslicht zu befördern.

Die Verwunderung, Überraschung, ja unheimliche Berührung der Anwesenden – ganz besonders von Dr. Loades – ist wohl nachvollziehbar, ähnelte doch dieser Stein seinem Gegenstück in Mittelamerika fast bis ins letzte Detail.

Auf den ersten Blick erkannte Loades, dass die Schriftzeichen demselben kryptischen Alphabet angehörten wie die des Yucatánmonolithen. Dazu dasselbe Material, dessen Heranschaffung so unbegreiflich schien, sowie dieselbe schraubenartige Gesamtform – und das alles in einem über 6.000 Kilometer von Mexiko entfernten Winkel der Erde. Die Spitze dieses Exemplars, gleichsam nicht ganz vollständig, ragte in einem leicht schrägen Winkel in die eisige Höhenluft Grönlands hinauf.

Grönland, ging es Loades durch den Kopf – einer der unwirtlichsten Orte des Planeten, seit Anbeginn der Zeitrechnung nur an den Küstenstreifen besiedelt und der Lehrmeinung zufolge frei von Anzeichen jeglicher Megalith- oder Hochkulturen… Doch vor den Augen der gestandenen Archäologen erhob sich nun ein unverrückbarer Beweis für die Existenz eines urzeitlichen, nicht zuletzt transporttechnisch hochentwickelten Volkes, dessen Einflussbereich sich ganz offensichtlich über einen großen Teil der Erde erstreckt hatte!

Der Stein wurde im Detail fotografiert und in jeder möglichen Form dokumentiert. Im Vergleich mit dem ersten Exemplar stellte sich heraus, dass die sonderbaren Glyphen hier anders angeordnet waren, anscheinend also einen anderen Text bildeten. Einer Deutung war man damit allerdings keinen Schritt nähergekommen.

Eines Abends im März 2006, erreichte Clark ein Telefonanruf. Loades' angenehme, tiefe Stimme begrüßte ihn mit einem Unterton, in dem er sofort eine gewisse Euphorie erkannte. Soweit Clark es seinen kurzen Nachrichten hatte entnehmen können, die ihn in regelmäßigen Abständen erreicht hatten, investierte Loades zu dieser Zeit fast jede freie Minute in Vergleichsarbeiten zu den rätselhaften Steinen.

„Du weißt, Paul", sprach er nach einer eiligen Begrüßung, „dass du einer der wenigen Menschen bist, denen ich offen von meiner Arbeit erzähle, weil ich von dir ernst genommen werde. Ich weiß das sehr zu schätzen. Deshalb möchte ich dir einen Platz in meinem Forschungsteam anbieten. Es gibt ein neues Ziel."

Clark war überrascht, gleichzeitig wuchs seine freudige Erregung. Natürlich nahm er die Einladung an und erfragte die Hintergründe. Wie er erfuhr, hatte der Ranger einer abgelegenen nordatlantischen Hebrideninsel Kontakt zu Loades' Forschungsgruppe aufgenommen, da er der Ansicht war, ein dritter Monolith befände sich auf diesem Eiland.

Wenige Tage nach der Meldung steuerte ein kleines gechartertes Schiff die abgelegene Küste von St. Kilda an. Die winzige Inselgruppe liegt ein gutes Stück westlich der schottischen Küste. Neben dem Kapitän, Dr. Loades und Clark umfasste das Team erneut den Archäologen Howard und Smith, den Fotografen.

St. Kildas Hauptinsel Hirta ist nur knappe drei Kilometer lang, weist aber die höchsten Steilklippen des Vereinigten Königreichs auf. Bewohnt wurden die Inseln selten von mehr als 100 Menschen zugleich, bis sie schließlich völlig der Natur überlassen worden waren. Einzig das Verzeichnen des Tierbestands und archäologische Untersuchungen früher Siedlungen werden bis heute durchgeführt.

Als der Steuermann mit einigen Schwierigkeiten in einer südöstlichen Bucht anlegte, wurde das Team von Glynn Rowe begrüßt, dem Inselranger. Er war ein freundlicher, etwas wortkarger Mann in den mittleren

Dreißigern. Außer ihnen befand sich kein weiterer Mensch auf den Inseln – dafür eine Vielzahl an Vögeln, eine kleine Herde Schafe und ein paar endemische Feldmäuse, wie den Männern ausführlich erläutert wurde.

Jede Entfernung auf der Hauptinsel war problemlos zu Fuß zu bewältigen, also nahmen sie alle nötigen Geräte mit von Bord und ließen sich von Rowe zu jenem Fundort führen, den sie sich als weiteres Puzzlestück des großen Ganzen erhofften.

Die Insel hinterließ in ihrer unberührten Einsamkeit einen bleibenden Eindruck bei Clark. Die vollkommene Abgeschiedenheit dieses Ortes war in den Geistestiefen derjenigen, die ihn besuchten, noch nachhaltig spürbar. Raue, stürmische Brandung traf auf zerklüftete Steilküsten, mächtige Felsnadeln und steinige Buchten; meterhohe Wellen brachen sich an schroffen Klippen und kreischende Möwen segelten im Aufwind über ihre Köpfe hinweg.

Es war kalt, regnerisch und stürmisch, doch in einer ungeahnten Weise fügte sich das schlechte Wetter in einem solchen Maße in die ursprüngliche Atmosphäre dieses verlassenen Ortes ein, dass es keinem der Besucher als störend erschien.

Der Inselranger erzählte während des Marsches über die aufgeweichten, graugrünen Wiesen, dass er den Stein, den er ihnen zeigen wollte, schon vor etwa drei Jahren entdeckt, ihn jedoch für eine natürliche Form gehalten habe – von den Gezeiten erschaffen. Dann habe er zufällig von den Funden in Mexiko und Grönland gelesen und sich seinen Stein noch einmal näher angesehen. Dabei seien ihm einige bemerkenswerte Übereinstimmungen aufgefallen. Das Objekt befände sich in einer kleinen, versteckten Bucht im Norden der Hauptinsel und sei über einen unbefestigten Pfad aus alten Siedlerzeiten erreichbar.

Sie erreichten die windige Bucht nach einem glitschigen Abstieg entlang der steil abfallenden Nordküste. Steinbrocken verschiedenster Größe und Gestalt lagen kreuz und quer im Brandungsbereich verstreut und brachen riesige Wellen, die den Männern salzige Gischt ins Gesicht warfen. Auf den ersten Blick war das gesuchte Stück nicht zu erkennen.

Rowe führte die Gruppe um einige der Felsen herum, von denen aus sie ein Schwarm Seemöwen misstrauisch beobachtete, und präsentierte ihnen schließlich einen sehr großen, länglichen und sich verjüngenden Stein, der nicht ganz bis zur Hälfte aus dem schaumigen, ufernahen Wasser ragte.

Clark hatte intuitiv zwar einen aufrecht stehenden Monolithen erwartet, erkannte jedoch schnell, dass es sich hierbei tatsächlich ohne Zweifel um eine weitere Kopie der ersten beiden Fundstücke handelte. Und obwohl Wind, Wasser und Steinschlag an der Oberfläche dieses Exemplars stärkere Spuren hinterlassen hatten, waren sowohl die gewundene Formgebung als auch viele der eingearbeiteten Schriftzeichen noch recht gut als solche zu erkennen. Die Kollegen und er gerieten allesamt in helle Aufregung.

Ungeachtet der tosenden Brandung versuchten sie, sich dem Objekt aus jeder denkbaren Richtung zu nähern. Der Empfehlung des Rangers folgend, die Exkursion nicht ohne Wathosen durchzuführen, konnten sie sich ein Stück weit ins Wasser begeben, waren jedoch allesamt schon nach wenigen Augenblicken völlig durchnässt.

Die Spitze des Obelisken ragte in Richtung des Ufers und befand sich gut anderthalb Meter über der Wasseroberfläche, während die gesamte Basis darunterlag. Große Teile des Steins trugen eine Kruste aus Seepocken, Miesmuscheln und Napfschnecken; Tang wucherte in schleimig-grünen Büscheln und Vogelkot bedeckte die Oberseite.

Bei voller Flut lag das Objekt vermutlich ganz oder größtenteils unter Wasser; Rowe hatte für sie jedoch eine günstige Zeit abgepasst.

Soweit es ihnen möglich war, machten die Männer Aufnahmen aus verschiedenen Perspektiven und von allen Details des Abschnitts, der sichtbar war. Loades, der in seinem überschäumenden Entdeckerfieber jede Behinderung durch die eiskalten Wellen ignorierte, gelang es, die Oberseite des Steins zu erklimmen, wo er sich daranmachte, sie zumindest oberflächlich von den Möwenexkrementen zu befreien.

Smith, der Fotograf, folgte ihm und schoss einige Nahaufnahmen der zutage tretenden Hieroglyphen. Loades forderte Clark auf, zu ihm zu stoßen und selbst einen Blick auf die Zeichen zu werfen, doch dieser lehnte ab und stieg zurück ans steinige Ufer. Während er dem Treiben zusah, rann ihm ein Schauer über den Rücken, der nicht in der feuchten Kälte begründet lag. Ihm wurde plötzlich beinahe körperlich schlecht. Unlösbare Fragen stürzten auf ihn ein.

Wie viele Äonen lag dieses Zeugnis einer untergegangenen Kultur bereits zwischen den zerklüfteten Felsen dieser sturmgepeitschten Bucht? Wie viele Epochen mochten vergangen sein, seit der Monolith auf dieser gottverlassenen Insel errichtet und wieder gestürzt worden war? Oder, so ging es ihm durch den Kopf – war der Stein womöglich von den Gletschern der Eiszeit hierhergetragen worden, weit entfernt von seinem unbekannten Ursprung? Mit welchen unvorstellbaren Abgründen der Zeit hatten sie es hier zu tun?

Sie alle wussten, dass jeder Versuch fruchtlos bleiben musste, auf Basis der herkömmlich anerkannten Menschheitsgeschichte über die möglichen Hintergründe zu spekulieren. Anstatt klarer zu werden, näherte sich das Gesamtbild mit jeder neuen Erkenntnis ein Stück weiter dem Unbegreiflichen.

II

Da es in der Natur des Menschen liegt, den Dingen Namen zu geben, etablierte sich unter Fachleuten bald eine spezielle Bezeichnung für die schraubenförmigen Rätselsteine: die „Cerithiolithen". Während das griechische *líthos* nichts anderes als „Stein" bedeutet, ist der erste Teil des Wortes der biologischen Nomenklatur entlehnt und verweist auf eine Gruppe von Wasserschnecken, deren gestreckte Gehäuseform den Obelisken teils recht nahekommt, den *Cerithioidea.*

Mit ihrer Taufe änderte sich allerdings nichts an ihrer allumfassenden Seltsamkeit. Niemand ahnte, zu welcher Zeit, mit welchem Ursprung und bis zu wel-

cher Entwicklungsstufe die unbekannte Kultur aufge-
blüht war, die die Cerithiolithen erschaffen hatte. Unzweifelhaft war nur, dass sie interkontinental aktiv
gewesen war.

Offen blieb auch die Frage, wie diese Zivilisation
wieder verschwunden war und ob womöglich noch
weitere Hinterlassenschaften existierten – eine Überlegung, die angesichts der größtmöglich denkbaren Abgeschiedenheit der bisherigen Fundorte durchaus plau-
sibel erschien.

Tatsächlich stieß Loades' Forschungsgruppe bei ihren Recherchen auf Berichte über einen großen,
schraubenförmigen Kultstein im australischen Out-
back, verfasst von einem europäischen Reisenden im
achtzehnten Jahrhundert; die ungenauen Angaben über
den Standort verhinderten jedoch vorerst eine Über-
prüfung.

Unbestätigt blieb auch die Behauptung eines Sportpiloten, bei einem Tiefflug irgendwo über der ägyptischen Sahara ein ähnliches, vielleicht identisches Objekt gesehen zu haben, das einige Meter aus dem Sand
ragte. Bei seinem Versuch, es wiederzufinden, schien
es von den Wanderdünen verschluckt worden zu sein.

Hatten die namenlosen Schöpfer des Monolithen-
rätsels womöglich auch andere Spuren auf der Erde
hinterlassen? War es denkbar, dass eben jenes uralte
Volk auch die mächtigen Steinwächter der Osterinseln,
die kolossalen Fundamente von Baalbek oder die un-
mögliche Festung von Pumapunku erschaffen hatte?
Waren sie die vergessenen Baumeister der unverstan-
denen Pyramidenstadt Teotihuacán oder der versunke-

nen Monumente von Yonaguni? Lagen die Zeugnisse ihrer überlegenen Kultur vielleicht direkt vor unseren Augen – seit Menschengedenken fehlgedeutet?

Nur zu gern hätte Dr. Loades einen der Steine in die Zivilisation geschafft, doch fehlten seinem Team die finanziellen Mittel für Bergung und Transport.

Jeder Versuch, die Zeichen auf den Steinen zu übersetzen, war von Beginn an zum Scheitern verurteilt, da aus keinem Winkel und aus keiner Epoche der Welt eine ähnliche Schriftform bekannt war. Doch etwa ein Jahr nach der Entdeckung auf St. Kilda gelang ein Durchbruch auf dem Weg zum Verständnis.

Im Februar 2007 erreichte ein schwergewichtiges Paket die archäologische Sammlung von Plymouth zu Händen von Dr. Loades. Die vernagelte Holzkiste maß einen guten Meter in der Länge und jeweils einen halben Meter in der Höhe und Tiefe. Über den Inhalt wusste er zu diesem Zeitpunkt noch nichts; lediglich die nahende Übersendung irgendeines Artefaktes war ihm in einem Telefongespräch von einem ahnungslosen Universitätsangestellten in Mexiko angekündigt worden.

Loades beschrieb Clark einige Tage später am Telefon, was er empfand, als er die Kiste aufstemmte. Es handelte sich um die verlorengeglaubte Spitze des Cerithiolithen, den er zwölf Jahre zuvor im Dschungel Yucatáns entdeckt hatte.

Er war nach seiner Entdeckung der Mayastätte bereits einige Male neuerlich dort gewesen, um die Bauwerke und Artefakte zu katalogisieren. Natürlich hatten sich inzwischen auch andere Archäologen der Sache angenommen und weitere Grabungen und Untersuchungen durchgeführt.

Die Ruinen waren nach und nach dem Wald entrissen, von Schlingpflanzen und Moosen befreit, vermessen und auf ihre Funktion hin interpretiert worden. Die Arbeiten waren nach wenigen Jahren größtenteils abgeschlossen gewesen, aber von Zeit zu Zeit wurden Studentengruppen zur Veranschaulichung der Feldforschung in den Komplex geführt – entweder, ohne ihnen den Obelisken vorzuführen, oder man speiste sie mit der banalen Erklärung ab, es handle sich dabei um ein „religiöses Kultobjekt".

Einer jener Studenten nun, so hieß es in dem beiliegenden Schreiben von Loades' mexikanischem Kollegen, sei bei der Exkursion förmlich über einen größeren, überwucherten Stein gestolpert, an dem ihm Spuren künstlicher Bearbeitung aufgefallen seien. Bei genauerer Betrachtung erkannte man, dass der sich verjüngende Block dieselben Schriftmuster aufwies wie das gewaltige „Kultobjekt" außerhalb des Ruinenfeldes, ebenso wie dieses schraubenartig geformt war und sich die Bruchkanten offenbar passend zusammenfügen ließen.

Mithilfe einiger einheimischer Helfer wurde der Stein in die nächste Siedlung getragen, von dort in die Nationale Universität in Mexiko-Stadt befördert, fotografiert, vermessen und anschließend nach Plymouth an Simon Loades versandt, denn der Heimatstadt des Entdeckers wurde adäquaterweise der Besitz einiger Artefakte aus der Ruinenstätte zugestanden.

Loades war außer sich vor Begeisterung. Die gesamte Oberfläche war einwandfrei erhalten, anders als die vom Salzwasser verwaschene Spitze des schottischen Exemplars oder die zerbröckelte Spitze des Steins in den grönländischen Bergen. Zum ersten Mal konnte der Archäologe die tatsächliche Gestaltung des Obeliskengipfels betrachten. Es vergingen allerdings einige Wochen, bis er bereit war, Clark gegenüber mit einer Vorführung aufzuwarten.

Mitte März wurde Clark nach Plymouth eingeladen. Loades führte ihn in die Kellerräume der archäologischen Sammlung, durch lange Archivkorridore bis in einen steril ausgeleuchteten Raum, in dessen Mitte ein metallener Tisch stand, der das Bruchstück trug.

Das etwa armlange Objekt faszinierte den Besucher von der ersten Sekunde an. Die so absonderlichen Hieroglyphen – dicht gedrängt auf der spiralig gewölbten, dunklen Oberfläche – erweckten Assoziationen in ihm, die er nicht zuordnen, jedoch in Form eines seltsamen Schauers erahnen konnte.

Es war dieser Hauch aus Äonen, die Begegnung mit dem Uralten, die ihn bereits in der Bucht von St. Kilda überwältigt hatte. Diese Berührung eines Artefakts aus einer unbekannten Zeit... Unwillig, sich der beruhigenden Einordnung in unsere sorgsam errichteten und doch so erbärmlich fehlerhaften Gedankenkonstrukte zu beugen... Jener Lehrmeinung, die wir hochmütig als unser „gesichertes Wissen" bezeichnen, ohne auch nur die Überlegung in Betracht zu ziehen, dass wir womöglich nicht die einzigen Geschöpfe dieser Erde sind

– nicht die ersten denkenden Wesen – die danach streben, die Welt und alles, was in ihr vorgeht, zu katalogisieren und zu verstehen!

Loades atmete tief durch, bevor er begann, Clark seine Erkenntnisse der letzten Wochen zu erläutern. Zunächst jedoch ging er mit ihm um den Tisch herum, sodass sie sich die abgerundete Spitze des Steins ansehen konnten. Clark erkannte einige ineinander liegende, elliptische Umrisse, die den Scheitelpunkt umschlossen. Genau in der Mitte, auf dem ehemals höchsten Punkt des Monolithen, befand sich die erhabene Prägung eines neunzackigen Sterns. Als er genauer hinsah, fiel ihm auf jeder der Kreisbahnen jeweils eine runde Punktmarkierung auf. Insgesamt waren es acht Kreise.

Clark musste schlucken und sah seinen Kollegen für einen Moment entgeistert an. Dieser nickte nur. Dann erklärte er ihm, was Clark in Ansätzen bereits erahnte.

„Die Ellipsen stellen die Umlaufbahnen unseres Sonnensystems dar, und zwar die Bahnen *sämtlicher* Planeten – inklusive Uranus und Neptun, die der moderne Mensch erst sehr spät entdeckt hat. Die verschiedenen Durchmesser der Markierungen erlauben die genaue Zuordnung der Planeten. Pluto fehlt im System; offensichtlich haben ihn die Schöpfer des Obelisken nicht gekannt oder nicht als Planeten eingeordnet."

Dass jene Kultur über detailliertes astronomisches Wissen verfügte, erschien in Anbetracht der zahllosen anderen ungeklärten Merkwürdigkeiten kaum noch verwunderlich. Dr. Loades' Deutung des Planetenreliefs ging allerdings noch ein Stück weiter. Er hatte einen Gelehrten der Astronomie in seine Arbeit eingeweiht und anhand der Himmelskörperpositionen das genaue Datum feststellen lassen, das zu der Konstellation passte. Die Wiederholung von exakt ein- und derselben Konstellation aller Planeten zueinander erfolge in so großen Zeitabständen, erklärte er Clark, dass sich der Astronom auf ein einziges Ergebnis festgelegt hatte.

„Sofern die Künstler in grauer Vorzeit also tatsächlich auf ein bestimmtes Datum hindeuten wollten, dann verweist die Darstellung aller Wahrscheinlichkeit nach auf den 30. Juni des Jahres 1908 – vielleicht mit drei oder vier Tagen Abweichung."

Clark sah Loades an, als hielte er seine Worte für verrückt. Doch nach einigen Augenblicken wich seine Skepsis. So wenig nachvollziehbar es auch erscheinen mochte, dass ein Datum des 20. Jahrhunderts eine Bedeutung für eine Kultur gehabt haben könnte, deren Zeit etliche Epochen zurücklag – es wäre in der Geschichte kein Einzelfall einer solchen Voraussicht gewesen; prophezeiten doch beispielsweise die Maya schon vor Hunderten von Jahren weitreichende Veränderungen ab dem 21. Dezember 2012, dem Tag, an dem die Sternenkonstellation ihres mythologischen Schöpfungstages erstmals wieder eintreten wird.

Im Gegensatz zur Prophezeiung der Maya jedoch, deren Erfüllung noch in der Zukunft lag, war das offensichtliche Schlüsseldatum jener fremden Kultur bereits auf alle erdenklichen Ereignisse hin überprüfbar. Wie sich im weiteren Verlauf des Gesprächs schnell herausstellte, war Dr. Loades auch diesen Schritt bereits gegangen, und je mehr er Clark davon berichtete, desto erregter bebte seine Stimme.

Am 30. Juni 1908 nämlich, so sprach er, trug sich in einer der entlegensten Regionen Sibiriens etwas zu, das seitdem im Allgemeinen als das „Tunguska-Ereignis" bekannt ist.

Clark hatte davon gehört. Augenzeugen berichteten damals von einer gewaltigen Explosion am Morgenhimmel über der Taiga. Auf den Donnerschlag folgte eine 20 Kilometer hohe Lichtsäule, die kurz darauf einer pilzförmigen Wolke wich. Auf einer Fläche von gut 2.000 Quadratkilometern wurden Bäume aus dem Erdreich gerissen und verbrannt, umgeknickt wie Streichhölzer. Die bewaldete Flusslandschaft verwandelte sich binnen Sekunden in eine brennende Wüste. Noch 500 Kilometer weiter bebte die Erde und grollte der Donner. Ein seltsames atmosphärisches Leuchten war für mehrere Nächte bis nach Europa zu sehen. Menschen kamen kaum zu Schaden, da die Region nur spärlich besiedelt war, doch die Zerstörung der Wälder war verheerend.

Erste Expeditionen zum Ort des Geschehens fanden, verzögert durch den Ersten Weltkrieg, erst in den Zwanzigerjahren statt. Wissenschaftler vermuteten schnell, dass der Einschlag eines Asteroiden oder Kometen für die beispiellose Verwüstung verantwortlich gewesen war, doch fand man weder am Ort des Geschehens noch in der weiteren Umgebung einen Krater oder Bruchstücke, noch nicht einmal kosmischen Staub im Erdreich.

Genaue Untersuchungen aller Faktoren erbrachten nichts als weitere offene Fragen, und so überschlugen sich im Laufe der Zeit die verschiedensten Erklärungsansätze – von Gasausbrüchen aus dem Erdinneren über konspirative Bombentests bis hin zum Einfluss eines winzigen Schwarzen Loches. Spätestens nach der Entdeckung radioaktiv verstrahlter Pflanzen in der Tunguskaregion wurden Vermutungen laut, es könne sich um den Absturz eines außerirdischen Flugkörpers gehandelt haben – untermauert von den Berichten verschiedener Zeugen, vor der Explosion sei etwas in einer *Kurve* vom Himmel herabgesunken.

„Du glaubst also, die Steine wurden in Voraussicht auf das Tunguska-Ereignis geschaffen?", versicherte sich Clark.

„Was damals in der Taiga geschehen ist, kann kein Mensch mit Gewissheit sagen.", erwiderte Loades. „Fast hundert Jahre später ist die Ursache heute noch immer so unklar wie damals. Nun stehen wir vor diesen Steinen, einem echten Jahrhunderträtsel, und finden darauf einen Verweis auf ein anderes großes Geheimnis. Vielleicht haben wir eine Spur entdeckt, die uns dem Verständnis beider Dinge näherbringt."

„Und was planst du? Feldforschung in Sibirien?"

Loades schüttelte den Kopf. „Ich würde, wenn ich könnte. Die finanziellen Mittel fehlen einfach."

Clark blieb noch einige Tage bei seinem Kollegen, bevor ihn die Arbeit zurück nach Edinburgh rief. Kurz nach seiner Abreise erhielt die Universität von Plymouth eine weitere Postsendung zu Händen von Loades, diesmal jedoch lediglich einen Brief – wenngleich dieser durch das edle Papier und eine Absenderadresse in Norwegen aus der Reihe des Üblichen fiel. Das Schreiben war kurz, jedoch in einer schwungvollen Handschrift und mit Bedacht gewählten Worten verfasst.

Geschätzter Dr. Loades,

mit großer Aufmerksamkeit habe ich in der letzten Zeit Ihre Veröffentlichungen über die außergewöhnlichen schraubenförmigen Obelisken verfolgt – die „Cerithiolithen", wie Sie sie nennen.

Ich bin so frei, gleich mein Anliegen vorzutragen, von dem ich glaube, dass es Ihr Interesse wecken wird. Mein Name ist Matthias Edvardson und ich lebe in einem Haus in den Fjorden bei Ålesund. Hier verwahre ich gewisse Erbstücke, die in Verbindung mit Ihrer Arbeit stehen.

Ich möchte nicht zu viel in diesem Schreiben preisgeben. Ich hoffe jedoch sehr, dass Sie meinem Angebot nachkommen, mir einen Besuch abzustatten, damit wir über einige Dinge sprechen können. Welche Fragen Sie auch immer haben, Sie werden Antworten erhalten.

Bitte kontaktieren Sie mich unter der Telefonnummer im Briefkopf. Sämtliche Reisekosten werde ich übernehmen.

Mit besten Grüßen
M. Edvardson

Loades war unentschlossen, ob er der merkwürdigen Zuschrift Glauben schenken sollte. Weder hatte er den Namen Matthias Edvardson jemals gehört, noch war er in seinem Leben schon einmal in Norwegen gewesen. Dennoch wählte er umgehend die besagte Nummer.

Edvardson persönlich meldete sich, und Loades konnte am Tonfall seiner Stimme hören, dass er sehr erfreut über die Kontaktaufnahme war. Loades fragte ihn ohne Umschweife, worum es sich bei seinen ominösen Erbstücken handelte und inwiefern sie ihm bei seiner Arbeit behilflich sein sollten. Offensichtlich wollte der Mann ihm auch jetzt noch nichts Genaueres mitteilen. Doch die freundliche Art, in der Edvardson mit ihm sprach, erweckte Loades' Vertrauen. Nur drei Tage später stieg er in ein Flugzeug nach Norwegen.

III

Er erreichte das Anwesen des reichen Skandinaviers in den Abendstunden des 22. März mit einem Wagen, der samt privatem Chauffeur eigens für ihn zum Flughafen geschickt worden war.

Die grandiose Kulisse der tiefblauen Fjorde, die sich hier im Herzen Norwegens in beispiellosen Verzweigungen ins Inland fraßen, beeindruckte Loades mehr als jedes andere Gesicht der Natur, dem er bislang begegnet war. Und in einer kleinen, verwinkelten Bucht am Fuße einer gewaltigen Steilküste stand, nur einen Steinwurf vom Ufer entfernt, ein zweistöckiges Blockhaus, das in seiner wunderschönen Schlichtheit höchst einladend wirkte. Rauch stieg in weißen Schlieren in die kühle Luft des nordischen Frühlings hinauf. Das war das Haus von Matthias Edvardson.

Edvardson war ein Mann in den Fünfzigern, dabei von erwartungsgemäß gepflegter Erscheinung. Seine breiten Schultern, die silbrig-weißen Haare sowie der gekämmte Kinnbart verliehen ihm den Eindruck eines durchaus ehrwürdigen Herren, der zugleich sehr sympathisch wirkte.

Bei seinem Anblick wich jedes Misstrauen aus Loades. Sein Gastgeber begrüßte ihn in beinahe akzentfreiem Englisch und drückte seine Freude darüber aus, dass er der Einladung nachgekommen war. Nachdem Edvardson ihn hereingebeten und ihm einen Platz am Kamin sowie einen Tee angeboten hatte, begann er ohne Umschweife mit seinen Ausführungen.

„Natürlich sind Sie sich absolut nicht im Klaren darüber, inwiefern ich zu Ihrer Arbeit einen Beitrag leisten kann. Sie müssen verstehen, Dr. Loades... Sie und Ihre Mitarbeiter sind beileibe nicht die Ersten, die das Rätsel der schraubenförmigen Steine zu lösen versuchen."

Loades' Herz schlug schneller. Bevor er fortfuhr, erhob sich Edvardson und nahm ein Buch zur Hand, das er offensichtlich griffbereit auf einer Kommode platziert hatte.

„Ich entstamme einer Familie von Handelsreisenden. Viele meiner Vorfahren haben es zu einigem Wohlstand gebracht. Ich persönlich bin, eher zeitgemäß, ins Bankgeschäft gegangen. Doch der Tradition folgend, wurde mir von meinem Vater dieses Buch weitergereicht. Er hatte es von seinem Vater, dieser von seinem und so fort. Wenn Sie es durchblättern, werden Sie feststellen, dass die Einträge unterschiedlichen Alters sind."

Er reichte seinem Gegenüber das Buch. Es erweckte den Eindruck hohen Alters, der lederne Einband war fleckig und abgewetzt. Loades schlug es in der Mitte auf. Eine zittrige Handschrift umfasste einige grobe Zeichnungen.

Nur einen Augenblick später stieß Loades überrascht Luft aus.

Er starrte auf die Abbildungen. Die farblosen Tintenskizzen, umfasst von gedrungen geschriebenem, norwegischem Text, stellten nichts anderes dar als die unverständlichen Hieroglyphen, die auf den rätselhaften Monolithen für die Ewigkeit festgehalten worden waren.

Ohne ein Wort zu sprechen blätterte Loades weiter. Etwa auf jeder vierten Seite prangten die Kartenumrisse irgendeines Winkels der Erde. Es folgte stets ein Text, der von verschiedenen Skizzen durchsetzt war – darunter nicht nur Abschnitte der fremden Schriftzeichen, sondern auch grobe Wiedergaben von Planetenkreisbahnen in jener symbolischen Art, wie sie Loades auf der Spitze des mexikanischen Steins gefunden hatte. Schnell wurde ihm klar, dass es sich bei dem Buch um eine detaillierte Auflistung mehrerer, wenn nicht gar *sämtlicher* Steine handelte, die auf der Erde existierten. Und ganz offensichtlich trug jeder dieser Steine die Darstellung einer *anderen* Planetenkonstellation.

Fassungslos schlug Loades die vorderste Seite auf.

„Die Kreiselsteine und ihre Botschaften", übersetzte Edvardson den Titel. „Niedergeschrieben von meinen Vorvätern, im Zeitraum von 1830 bis 1940."

„Das ist nicht zu fassen.", fand Loades die Worte wieder. Er hatte tausend Fragen und stellte die Bohrendste von allen. „Woher stammt dieses Wissen?"

„Meine Händlervorfahren sind um die ganze Welt gereist. Sie haben viel gesehen und viel gehört. Im Jahre 1724 erhielt Niklas Edvardson von einem Inselvolk irgendwo in Polynesien zwei runde Platten aus Metall, wohl im Austausch für gewisse Waren. Sie selbst hatten sie wohl schon Jahrzehnte zuvor gefunden und nie etwas damit anzufangen gewusst. Für sie fungierten die Platten nun als Zahlungsmittel oder Dankesgeschenk, da sie hofften, das Material habe einen Wert für die Europäer. Und damit lagen sie richtig, denn sie bestehen aus purem Gold."

„Diese Platten...", unterbrach Loades die Ausführungen, „was ist mit ihnen passiert?"

Edvardson schien mit dieser Frage gerechnet zu haben und lächelte. „Ich werde sie Ihnen zeigen. Aber lassen Sie mich zunächst noch ein paar Worte verlieren."

„Natürlich." Loades' Stimme zitterte vor Erregung. Noch immer hielt er das offene Buch in Händen.

„Niklas nahm die Artefakte nicht nur des Goldwertes wegen gern entgegen.", fuhr Edvardson fort, „Er hegte auch ein reges Interesse an der Geschichte versunkener Kulturen und zog verschiedenste Menschen aus seinem beachtlichen Bekanntenkreis heran, um die Gravuren darauf zu entschlüsseln."

„Was für Gravuren?"

„Eine der Platten trägt Symbole, die Niklas zwar nicht lesen konnte, die ihm jedoch nicht völlig unbekannt waren. Auf der Anderen sind hingegen Zeichen verewigt, die weder er noch irgendeiner seiner Anvertrauten jemals zu Gesicht bekommen hatte. Die Platten haben die Obhut meiner Familie niemals verlassen."

Edvardson stand erneut auf und ging an einen Tresorschrank, der Loades bis zu diesem Augenblick noch gar nicht aufgefallen war. Man hatte ihn diskret mit einer Tischdecke getarnt. Der Norweger öffnete ihn, bückte sich tief und zog mit sichtlicher Anstrengung ein massives Stück Metall daraus hervor, um es zwischen sich und seinem Besucher auf den Tisch zu legen.

Obwohl sein Gastgeber ihn bereits in seinem Brief darauf hingewiesen hatte, dass er Gegenstände besaß, die in Zusammenhang mit den Spiralsteinen standen, war Loades noch immer völlig fassungslos. Über ein Jahrzehnt war er nun schon nahezu ergebnislos einem archäologischen Rätsel auf der Spur, und plötzlich saß er einem Norweger aus dem Bankgewerbe gegenüber, der ihm eine golden schimmernde Metallplatte zeigte, die *dieselben Symbole* trug wie die Monolithen.

Loades beugte sich über das Objekt und untersuchte jeden Quadratzentimeter. Es hatte etwa das Format einer Schallplatte und war etwa zehn, vielleicht zwölf Millimeter dick. Er hob das schwere Stück vorsichtig an und drehte es um. Beide Seiten waren mit den uralten, gekrümmten Schriftzeichen bedeckt, die – kaum überraschend – in Form einer Spirale zum Zentrum der Platte hin einen Text bildeten.

Während Loades das Artefakt betrachtete, nahm Edvardson das zweite Exemplar aus dem Tresor und brachte es zum Tisch. Es war von derselben Gestalt und trug ebenfalls eingeritzte Schriftsymbole von spiraligem Verlauf, doch Loades erkannte auf den ersten Blick, dass er bei diesem Stück eine gänzlich andere Textsprache vor sich hatte.

„Ägyptische Hieroglyphen!", rief er aus.

„Diese zwei Platten, Dr. Loades", sprach Edvardson, als er sich wieder setzte, „sind der Schlüssel zur Übersetzung der Steine. Die beiden Stücke enthalten denselben Text – das eine in Form der vergessenen Symbole, das andere in Form altägyptischer Zeichen."

„Das heißt, die alten Ägypter hatten Kontakt zum Schöpfervolk der Steine!"

„Der Verdacht liegt nahe."

„Und Ihren Vorfahren ist eine Übersetzung gelungen?", fragte Loades aufgeregt.

„Niklas und seine Zeitgenossen wussten auch mit der ägyptischen Schrift noch nicht viel anzufangen. Erst 75 Jahre darauf wurde die Steintafel von Rosetta gefunden, dank der – weitere 22 Jahre später – erstmals die korrekte Übersetzung der ägyptischen Hieroglyphen gelang. 1830 schließlich übertrug Niklas' Urenkel Magnus den Text auf den Platten in unsere Sprache. Von ihm stammt die erste Eintragung im Buch."

Loades blätterte an den Anfang. Die Übersetzung war erwartungsgemäß norwegisch, doch Edvardson trug den Text auswendig in bestem Englisch vor.

Acht Steine sind auf dem Antlitz der diesseitigen Welt verborgen, die Gestalt gleich dem Gehäuse der gewundenen Meeresschnecke, die Bestimmung zu bezeichnen der acht Götter Niederkunft. Acht Prophezeiungen sind es, die von jenem, der dieser Schrift folgt, erfahren werden.

Einer am Fuße des höchsten Gipfels. Einer in der Brandung des Nordmeers. Einer in der ewigen Kälte des Nordens. Einer in der ewigen Kälte des Südens. Einer in den Wäldern der Federschlange. Einer bei der höchsten Festung der Federschlange. Einer im glühenden Sand des Apophis. Einer am roten Stein der Regenbogenschlange.

Wer die Steine sucht und liest, wird wissen um das Schicksal des Lebendigen und all dessen, was noch kommen mag.

Loades ließ die Worte auf sich wirken. Acht Steine existierten auf der Erde. Drei hatte er bereits gefunden.

Einer in den Wäldern der Federschlange – das musste auf den Regenwald Mittelamerikas hindeuten, wo *Kukulcán* verehrt worden war, der Schöpfergott der Maya in Gestalt einer gefiederten Schlange.

Einer in der ewigen Kälte des Nordens – das war der Stein von Grönland.

Einer in der Brandung des Nordmeers – das war jener, der an St. Kildas Küste lag.

Er ließ sich die anderen Umschreibungen durch den Kopf gehen.

Im „höchsten Gipfel" vermutete Loades das Dach der Welt im Himalaya.

Die „ewige Kälte des Südens" bezeichnete mit einiger Sicherheit die Antarktis. Womöglich, so dachte er, hatten die Schöpfer der Monolithen auch diesen Kontinent besiedelt, als er noch nicht vollständig vom Eis bedeckt gewesen war.

Mit der „höchsten Festung der Federschlange" konnte er nur die alte Inkahauptstadt Cuzco assoziieren, wo dieselbe Gottheit, die auch die Maya ehrten, unter dem Namen *Viracocha* bekannt war.

Apophis war der altägyptische Schlangengott des Bösen und verwies offenbar auf einen Stein in Ägypten, so wie es auch der Bericht des Sportpiloten nahelegte, den Loades erhalten hatte.

Der „rote Stein der Regenbogenschlange" schließlich konnte nichts anderes als den *Uluru* bezeichnen, den heiligen Berg der australischen Aborigines, deren bedeutendste Sagengestalt *Wanambi* in Gestalt einer vielfarbigen Schlange auftrat. Der Rest der Welt kennt diesen Berg als Ayers Rock. Loades erinnerte sich an den alten Bericht des Reisenden, der im Buschland Australiens offenbar einen der Steine gesehen hatte.

Die Existenz der beiden Goldplatten war mit Sicherheit ein starkes Indiz für einen einstmaligen Kontakt zwischen dem Urvolk und den alten Ägyptern. Die Tatsache, dass sich vier der acht Angaben auf eine mythologische Schlangengestalt bezogen, brachte Loades zu der Frage, ob die ausgeprägte Schlangensymbolik zahlloser vorzeitlicher Kulturen womöglich auch auf Überlieferungen oder Einflüsse dieser Zivilisation zurückzuführen war. Wie groß mochte das Vermächtnis der Unbekannten sein – in Mythologie, Kunst, Architektur und Wissenschaft?

„Einige meiner Vorfahren haben es sich zur Lebensaufgabe gemacht, den Angaben der Goldplatten zu folgen", fuhr Edvardson fort. „Es nahm über ein Jahrhundert in Anspruch, doch mithilfe von mythologischen Überlieferungen, eingeweihten Ortsansässigen und einem unerbittlichen Forscherdrang gelang es ihnen, sämtliche Steine ausfindig zu machen."

Edvardson sah, dass Loades' fassungsloser Gesichtsausdruck einem ungläubigen Kopfschütteln gewichen war.

„Lassen Sie mich Ihnen erzählen, was wir dank der Inschriften auf den Obelisken heute über ihr Schöpfervolk wissen, bevor wir über die einzelnen Steine sprechen", fuhr der Gastgeber fort.

Loades lauschte angespannt und prägte sich jede Einzelheit ein. Das Ganze klang nach reiner Mythologie, und doch wirkte jedes Detail für sich genommen im Zusammenhang mit den steinernen Fundstücken nachvollziehbar.

Vor ungezählten Äonen, so erzählte ihm der Norweger, herrschte die mächtige Rasse der *Yaggla* über einen Großteil der Erde. Niemand weiß heute noch, ob es sich dabei um eine ungeahnt frühe Hochkultur menschlicher Wesen oder um eine gänzlich fremde Art gehandelt hat; fest steht nur, dass dieses Volk über ungeahnte Fähigkeiten verfügte, die unseren heutigen wohl nur in wenigen Punkten nachstanden.

Irgendwann stießen Abgesandte der Yaggla im Gebiet des Himalaya auf ein Wesen, das sie *Shiel'ogath* nannten. Es schien älter als die Berge selbst zu sein, älter als der Himmel und älter als das Wasser, ganz so, als hätte es schon seit Anbeginn der Zeit dort gelegen. Über die Gestalt dieser Lebensform wird in keiner Niederschrift ein Wort verloren. Die Yaggla aber erkannten ihre eigene Nichtigkeit gegenüber *Shiel'ogath* und begründeten, nachdem sie bislang niemals so etwas wie religiöse Vorstellungen gehabt hatten, die erste kultische Lehre ihrer Geschichte auf diese alte Wesenheit.

Im Zuge der immer weiter fortschreitenden Ausbreitung des Volkes wurden weitere Geschöpfe desselben Alters gefunden – sieben an der Zahl. Der Kult um die „Acht Anfänglichen Götter" wuchs weltweit immer weiter an. Mittels gewisser heute vergessener Rituale gelang es den Priestern der Yaggla, mit dem kollektiven Geist der Götter in Kontakt zu treten. Von ihnen erlangten sie großes Wissen über die Natur des Universums, des Raumes und der Zeit. Sie verstanden, dass der Planet erst durch die Präsenz dieser Wesen in jene Bahnen geleitet worden war, die die komplexen Vorgänge der Natur ermöglicht hatten. In nebelhafter Vergangenheit hatten sie den Ursprung, den Keim, das Leben mit sich gebracht.

Nach Jahrhunderten schließlich trug es sich zu, dass die Anfänglichen binnen einer einzigen Nacht spurlos verschwanden. Die höchsten aller Priester jedoch wurden von kolossalen Träumen heimgesucht, die ihnen die nun zwischenweltlichen Götter sandten. Sie sahen eine Zeit der Wiederkehr, die in ferner Zukunft lag, und eine Epoche, in der die Wesen die Erde in eine neue Ära führen und den Zyklus des Lebens von Neuem anstoßen würden. Sie erträumten, dass dieser Wandel erst nach der Ankunft des achten und letzten Gottes einsetzen würde. Und so befahlen die Propheten den anderen Kultisten, acht ewige Steine zu errichten, auf denen die Geschichte der Anfänglichen und der Tag der erneuten Niederkunft eines jeden einzelnen festgehalten werden sollten. Doch durch vergessene Umstände wurde das Volk der Yaggla vom Angesicht der Erde getilgt, lange bevor die Zeit der Wiederkehr auch nur in annähernd greifbare Nähe rückte.

„Acht Steine wurden geschaffen – einer für jeden Gott", sprach Edvardson. „Die Gravur an der Spitze verschlüsselt das Datum der Wiederkehr. Jeder Stein wurde dort platziert, wo das ihm zugehörige Wesen einstmals gelegen hatte."

Er setzte sich neben Loades und blätterte zum zweiten Eintrag des Buches, verfasst im Jahre 1847 von Magnus Edvardson selbst. Ein grober Kartenumriss zeigte Vorderindien mit der ausgedehnten Kette des Himalaya als nördliche Begrenzung. Im Nordosten des Gebirges war eine Kreuzmarkierung.

„Magnus folgte dem Hinweis des 'höchsten Gipfels' bis in die entlegensten Täler rund um den Mount Everest. Einheimische führten ihn schließlich zu dem Objekt, das er ihnen als 'gleich dem Gehäuse der gewundenen Meeresschnecke' beschrieb. Der Stein steht in einer Höhle an der Nordseite des Berges. Die Planetenkonstellation auf der Spitze konnte Magnus zu seiner Zeit noch nicht deuten – das geschah erst viel später –, er hinterließ jedoch eine sinngemäße Übersetzung der Inschriften."

Edvardson erzählte, blätterte dann weiter und sprach nach und nach von den weiteren Cerithiolithen. Mit jedem Wort baute sich für Loades ein sagenhaftes Bild auf, an das zu glauben er sich jedoch nur weigern konnte. Acht übersinnliche Lebensformen, älter als die Zeit? Träume, die ihre Wiederkehr prophezeiten? Das schien vielmehr der Stoff einer Legende zu sein als die Antwort, nach der er sich so sehnte.

Doch ergab nicht alles auch einen schwer zu fassenden und zugleich unbestreitbaren Sinn? Stimmten denn nicht gerade die Mythologien der Ägypter sowie der Maya, Azteken und Inka darin überein, dass machtvolle, gottgleiche Wesenheiten einstmals vom Himmel herabgesunken waren, um die Erde mit Leben und Weisheit zu befruchten?

Im Himalaya fanden die Yaggla das Wesen *Shiel'ogath*. Sein Datum ist der 13. August 1930. An diesem Tag stürzten im Amazonasgebiet brennende Objekte vom Himmel, deren Überreste niemals gefunden wurden.

Im Wasser bei einer Insel im Nordmeer, die heute als St. Kilda bekannt ist, fanden sie das Wesen *Ts'oqqutaph*. Sein Datum ist der 22. September 1979. An diesem Tag kam es im Südatlantik zwischen der Bouvetinsel und den Prinz-Edward-Inseln zu einer gewaltigen Explosion unbekannter Ursache.

Im damals noch gemäßigt temperierten Grönland fanden sie das Wesen *Thyle'qqoth*. Sein Datum ist der 17. September 1966. An diesem Tag brannte der Himmel über dem Huronsee, ohne dass Anzeichen eines Meteoritenabsturzes entdeckt wurden.

In der heute eisbedeckten Antarktis fanden sie das Wesen *Sh'ol-Uqqagh*. Sein Datum ist der 5. Dezember 1945. An diesem Tag verschwanden vor der Ostküste Floridas fünf amerikanische Kriegsflugzeuge. Schiffsbesatzungen sahen seltsame Flammen am Himmel. Auch ein Flugzeug der Suchmannschaft ging auf unbekannte Weise verloren. Keine der Maschinen wurde bis heute wiederentdeckt.

Im Regenwald Yucatáns fanden sie das Wesen *Gluth-Naggath*. Sein Datum ist der 30. Juni 1908, der Tag des Tunguska-Ereignisses.

Bei den zyklopischen Ruinen der schon damals uralten Megalithfestung, die heute als Cuzco bekannt ist, fanden sie das Wesen *Rh'aigh'yoth*. Sein Datum ist der 28. Mai 1993. An diesem Tag wurde über Südwestaustralien ein riesiger orangeroter Feuerball mit einem bläulichen Schweif gesehen, dessen Absturz in einer mächtigen Explosion gipfelte und ein mittelschweres Erdbeben nach sich zog. Weder ein Krater noch Hinweise auf Herkunft oder Ursache des Phänomens wurden gefunden.

Im australischen Busch nahe dem Ayers Rock fanden sie das Wesen *Oth-Naph'talagh*. Sein Datum ist der 18. Januar 1994. An diesem Tag ging über einem kleinen spanischen Dorf eine große Feuerkugel nieder, die Felder verwüstete, jedoch keine Überreste hinterließ.

Im Sand der ägyptischen Wüste fanden sie das Wesen *Aph'na-Keph*. Sein Datum ist der 26. Dezember 2004. An diesem Tag traf einer der stärksten Tsunamis seit Beginn der Aufzeichnungen die Küsten Südostasiens und raubte über 200.000 Menschen das Leben. Einige Fischer behaupteten, kurz vor Beginn des Seebebens ein riesiges, schwarzes Objekt am Horizont gesehen zu haben, das über dem Meer vom Himmel fiel.

„Die unaussprechlichen Namen sind natürlich das Resultat mühsamer Versuche, die kryptischen Zeichen in unser Alphabet zu übertragen", fügte Edvardson seinen Ausführungen hinzu. „Ob sie auch nur im Ansatz dem Vokabular der Yaggla entsprechen, ist fraglich. Sämtliche mit den Göttern verbundenen Daten liegen, wie Sie sicher bemerkt haben, bereits in der Vergangenheit, und an jedem dieser Tage kam es irgendwo auf der Welt zu einem Phänomen, das niemals befriedigend erklärt werden konnte. Feuerbälle, Flammen und Explosionen am Himmel – die Parallelen sind unverkennbar. Verknüpfen wir die Überlieferung mit den Ereignissen, wissen wir nun also auch, welcher Gott der Sage nach an welchem Ort auf der Erde niedergegangen sein soll."

„Und alles trug sich innerhalb der letzten 100 Jahre zu", stellte Loades fest. Er musste sich eingestehen, dass all diese Übereinstimmungen mit Zufall nicht erklärbar waren. Ob die göttliche Deutung des Ganzen nun der Wahrheit entsprach oder nicht, so schienen die vorzeitlichen Propheten doch etwas gewusst zu haben, was jenseits reiner Mythologie anzusiedeln war.

„Die Übersetzung des letzten Monolithen erfolgte im Jahre 1940", erklärte Edvardson weiter. „In den Wirren des Zweiten Weltkriegs wurde die Thematik jedoch in den Hintergrund gedrängt und geriet dann mehr oder minder in Vergessenheit, da sich die Eingeweihten in alle Welt verstreuten. Bis heute wurde zu keinem der ermittelten Orte eine Expedition durchgeführt – zumindest nicht auf Basis unseres Wissens. Und an dieser Stelle, Dr. Loades, möchte ich Ihnen gerne die wahre Absicht meiner Einladung offenbaren."

Loades ahnte, was Edvardson ihm sagen wollte, und er lag damit ganz richtig.

„Ich möchte, dass Sie und Ihre Mitarbeiter mich zu dem Ort begleiten, an dem der Prophezeiung nach am 30. Juni 1908 das göttliche Wesen *Gluth-Naggath* auf die Erde herabstieg. Das Tunguska-Ereignis mag bereits unzählige Untersuchungen durch Wissenschaftler nach sich gezogen haben, doch muss ich davon ausgehen, dass sie alle nicht wussten, wonach sie tatsächlich hätten suchen sollen."

IV

Der Flug nach Moskau ging am 27. April. Von dort startete eine kleinere Maschine, die die Gruppe um Dr. Loades und Matthias Edvardson nach Bratsk brachte, einer wenig einladenden Industriestadt rund 500 Kilometer nordwestlich des Baikalsees. Etwa dieselbe Wegstrecke bis ins Flusstal der Steinigen Tunguska lag nun noch vor ihnen.

Edvardson, der die Expedition finanzierte, hatte zwei Geländewagen gemietet, die am Flughafen von Bratsk bereitstanden. Die Archäologen Clark und Howard waren ebenso ein Teil des Teams wie der Fotograf Smith, sowie ein russischer Kollege namens Alexej Kurtschow, der in Moskau dazugestoßen war, und nicht zuletzt über die sprachlichen Hürden hinweghelfen sollte. Er hatte bereits an einer früheren Expedition nach Tunguska teilgenommen.

Was Edvardson sich erhoffte, vor Ort zu finden, war dem Rest der Gruppe ebenso unklar wie die Vorgehensweise, die ihm vorschwebte.

Am späten Abend erreichten sie Wanawara, eine kleine Handelssiedlung am Ufer der Steinigen Tunguska, wo sie die Nacht in einem heruntergekommenen Gasthaus verbrachten. Es wurde um diese Jahreszeit auch nachts nicht völlig dunkel und es herrschten angenehme Temperaturen. Das Epizentrum der historischen Explosion lag noch gute 65 Kilometer nördlich von hier, doch gab es keine Ortschaft, die näher gelegen hätte.

Ihr Gastgeber, ein mürrischer, verlebt wirkender Mann von geschätzten 70 Jahren, funkelte die Männer sehr distanziert an, war jedoch bereit, sich auf ein Gespräch mit Edvardson, Loades und dem russischen Begleiter einzulassen.

Wie der allergrößte Teil der spärlichen Bevölkerung dieses Landstrichs gehörte er den Ewenken an, dem indigenen Volk Sibiriens, und es war selbst für den Dolmetscher nicht einfach, ihn zu verstehen. Doch mit einem guten Maß an Geduld entwickelte sich das Gespräch sehr interessant.

Der alte Mann meinte, er empfinge in seinem Haus nur ausgesprochen selten Besucher. Jedoch wusste er, sobald ein ausländischer Reisender oder eine Gruppe auftauchte, dass man mit einiger Sicherheit des Ereignisses wegen gekommen war. „Katastrophentouristen" nannte er sie, obgleich die Katastrophe bereits weit in der Vergangenheit lag.

Sein Großvater sei Augenzeuge gewesen, erzählte er. An jenem Morgen habe er gerade die Hunde versorgt, als sich der Himmel plötzlich blutrot gefärbt und er eine gewaltige Feuerkugel gesehen habe, die nach Norden über das Firmament geschossen sei und einen brennenden Pfad in der Luft hinterlassen habe. Sekunden später habe der Horizont so hell aufgeblitzt, dass seine Augen für Minuten erblindet seien. Ein betäubender Donnerschlag sei über das Land gerollt und eine Druckwelle habe ihn zu Boden gerissen, die in der ganzen Siedlung Fenster und Türen eingedrückt habe. Nach der Katastrophe habe eine gewaltige Wolke den Himmel verdunkelt und schwarzer Regen sei über der Taiga gefallen.

Immer wieder seien Männer aus der ganzen Welt nach Tunguska gekommen, erzählte er uns, gebildete Menschen aus aller Herren Länder, und ein jeder meinte, seine eigene Theorie zur Ursache des Ganzen sei die einzig Richtige. Trugschlüsse allesamt, urteilte der alte Mann – niemand könne sich auch nur im Entferntesten eine Vorstellung davon machen, was damals tatsächlich geschehen sei. Er wisse es selbst nicht, betonte er. Doch er habe Dinge gehört, über die er nicht sprechen wolle, und Dinge gesehen, die selbst der nicht begreife, der vor ihnen steht.

Loades hob den Kopf bei dieser Bemerkung und blickte zu Edvardson, der ihm wiederum zunickte. Daraufhin öffnete Loades seine Tasche und zog einen Stoß Fotografien heraus, die er vor sich auf dem Tisch ausbreitete. Es waren Fotos der Obelisken, Gesamtansichten sowie Detailaufnahmen der Hieroglyphen. Der Alte warf einen flüchtigen Blick darauf, starrte sein Gegenüber kurz an und setzte plötzlich eine Miene der Abscheu auf. Die Männer hielten unwillkürlich den Atem an.

„Hört", murmelte er ungehalten, „ihr wisst nicht, was in diesen Wäldern vor sich geht. Woher auch immer ihr diese Bilder habt, ich rate euch, sie in diesem Landstrich niemandem zu zeigen. Man erzählt sich hier die sonderbarsten Geschichten. Strebt nicht danach, in etwas verwickelt zu werden, dem ihr nicht gewachsen sind."

Der alte Mann erhob sich und verließ den Raum. Jede Bereitschaft, mit seinen Gästen zu sprechen, schien plötzlich verflogen.

Verwirrung machte sich breit; keiner konnte etwas mit der seltsamen Warnung des Wirtes anfangen. Die Andeutung aber, dass er mit den Aufnahmen der Fundstücke etwas assoziierte, war unmissverständlich gewesen.

Am nächsten Morgen fuhr die Gruppe weiter in Richtung Norden. Eine schmale, unbefestigte Straße, die bald nicht mehr als ein holpriger Waldweg war, führte sie durch den immer dichter werdenden Nadelwald der Taiga. Clark saß neben Loades, der das vorausfahrende Fahrzeug steuerte, und genoss die Sicht aus dem Wagenfenster.

Sein Blick verlor sich zwischen den Nadelhölzern, und als sie etwa vierzig Kilometer hinter sich gelassen hatten, fiel ihm auf, dass so ehrwürdige, uralte Bäume von jener Größe, wie er sie während der ersten Hälfte der Fahrt noch bewundert hatte, hier nicht mehr zu sehen waren. Die Explosion vor einem Jahrhundert hatte die Wälder derart niedergewalzt, dass in einem Radius von gut 30 Kilometern kein einziger Baum aus dieser Zeit mehr stand.

Nach einer weiteren halben Stunde der gemächlichen, holprigen Fahrt über Wurzeln und Steine war es schließlich nur noch zu Fuß möglich, voranzukommen. Der Waldweg hatte sich inzwischen im Nichts verloren. Der Navigationshilfe nach zu urteilen befanden sich die Männer etwa fünf Kilometer östlich des Epizentrums, das sie zwecks einer ersten Bestandsaufnahme besichtigen wollten.

Der Fußmarsch durch die lichtdurchfluteten Nadelwälder dehnte sich deutlich, doch als sie eine riesige, unregelmäßig umrissene Lichtung erreicht hatten, wussten sie, dass sie am Ziel waren.

Die Bezeichnung „Lichtung" war jedoch kaum noch angemessen, war das annähernd baumlose Areal doch fast fünf Kilometer lang und nahezu zwei Kilometer breit. Hier, am unmittelbaren Ort der Explosion, wuchs bis heute kaum eine höhere Pflanze. Doch Clark entdeckte nach kurzer Zeit einen verkohlten, entwurzelten Stamm gewaltigen Umfangs, der wohl zu den letzten noch auffindbaren Zeitzeugen des Phänomens gehörte. Auf dem Gebiet verstreut fanden sie eine ganze Reihe solcher Hölzer. Smith lichtete einige davon ab.

Außer diesen Baumruinen ließ nichts an die Idylle der Natur heute noch an das unvorstellbare Chaos denken, das hier an jenem Augustmorgen geherrscht hatte.

„Seht!", sagte Loades und deutete auf ein paar Baumwipfel in westlicher Richtung. „Ich wusste nicht, dass hier Menschen leben."

Alle folgten seinem Blick und sahen eine dünne Rauchfahne in den Himmel steigen. Jenseits der Lichtung schien eine kleine Siedlung oder zumindest eine Behausung zu liegen. Sie wussten, dass in der Nähe des Epizentrums einige Hütten standen, die während der ersten Untersuchungen des Zwischenfalls von Forschern gebaut worden waren, jedoch standen sie ihren Informationen nach schon lange leer.

Sie fanden einen schmalen Pfad, der sich zwischen den Bäumen entlangschlängelte und folgten ihm in Richtung der vermuteten Wohnstätte. Nach ein paar Minuten passierten sie eine verwitterte Steinmauer und erkannten, dass es sich tatsächlich um eine kleine Siedlung handeln musste.

Auf einer geräumigen Lichtung standen, kreisförmig um einen Platz mit einer Feuerstelle angeordnet, ein gutes Dutzend niedrige Holzhütten. Irgendjemand schien hinter seiner Behausung etwas zu verbrennen, denn von dort quoll der dunkle Rauch in die Höhe, der aus der Ferne zu sehen gewesen war.

Keinem der Männer war bekannt gewesen, dass es dieses Dorf gab. Clark fiel auf, dass die Dächer der Hütten mit Stroh, Moos und Flechten bedeckt waren, was deutlich werden ließ, weshalb selbst auf den Luftaufnahmen der Region nichts davon zu sehen gewesen war.

Als sie den Dorfplatz betreten hatten – er maß nicht mehr als zehn Meter im Durchmesser – war keine Menschenseele sichtbar gewesen, doch es dauerte nur einige Augenblicke, bis sich die Tür einer der Hütten auftat und sich ein abstoßender, in schmutzige Leinenkleider gehüllter Mann in gebührendem Abstand vor den Besuchern aufbaute. Ungehalten riss er die Arme in die Höhe und stieß üble Beschimpfungen aus. An den trüben Fenstern der Hütten erschienen andere Gesichter, die sie argwöhnisch anstarrten.

Der Mann wirkte auf eine beunruhigende Weise verkrümmt und degeneriert, ganz wie die verzerrte Karikatur eines Hinterwäldlers, der jegliches Klischee erfüllte. Er funkelte die Männer aus schmalen, schwarzen Augen an, das bärtige Gesicht zu einer feindseligen Fratze verzogen. Smith hob seine Kamera, doch Edvardson hinderte ihn mit einer Geste am Fotografieren.

Der russische Begleiter Kurtschow gewann als erster die Sprache wieder, ging ein Stück nach vorn und wagte eine Kontaktaufnahme.

„Wir sind Wissenschaftler aus Europa. Wir kommen, um das Tunguska-Ereignis zu untersuchen...", setzte er an, doch seine Worte gingen in den aufgebrachten Rufen des Einheimischen unter. Er schien weder eine Erklärung hören noch jegliche Anwesenheit tolerieren zu wollen.

Bevor der Dolmetscher einen zweiten Versuch starten konnte, ihn zu beruhigen, trat eine Handvoll weiterer Männer auf den Dorfplatz. Auch ihnen war eine gewisse körperliche und geistige Degeneration anzusehen. Clark war sich sicher, dass die Abgeschiedenheit dieses Ortes mehr als einmal zu Inzest geführt hatte. Die Männer schienen gerade ihre Mahlzeiten eingenommen zu haben; einer von ihnen hielt noch ein Stück gebratenes Fleisch in der bloßen Hand, während er ihnen mit erbosten Gesten befahl, das Dorf wieder zu verlassen.

Sie entschieden sich, die Gastfreundschaft dieser Menschen nicht weiter auf die Probe zu stellen, und machten geschlossen kehrt. Kopfschüttelnd folgten sie dem Pfad zurück zur großen Lichtung.

Bisher hatte Loades darauf vertraut, dass Edvardson wusste, was er tat und wie er das zu finden gedachte, was er suchte. Just in dem Augenblick, als er nun zu der Frage ansetzte, wie man weiter vorgehen wolle, vernahmen sie hinter sich schnelle Schritte, die sich näherten.

Sie fuhren herum und sahen, wie ein junger Mann von geschätzten 25 Jahren den Pfad entlang auf sie zu eilte und außer Atem vor ihnen zum Stehen kam.

Seiner zerschlissenen Kleidung war sofort zu entnehmen, dass er dem winzigen Dorf entstammte, aus dem sie eben so kompromisslos verwiesen worden waren. Er wirkte jedoch bei Weitem nicht so feindselig wie die anderen Einheimischen, mit denen sie zu sprechen versucht hatten. Auch körperlich schien diese Gestalt, sah man von ihrer leicht humpelnden Gangart ab, eher im Bereich des Normalen zu liegen. Kurtschow begrüßte den Mann im Namen aller.

„Geht noch ein Stück", erwiderte dieser und hieß der Gruppe, ihm zu folgen. „Ich will nicht, dass man uns sieht."

Er führte sie unter ständigen Schulterblicken ein Stück abseits des Weges in den Wald hinein.

„Die Bewohner des Dorfes sind Fremden gegenüber sehr abweisend.", sprach er dann. Seine Stimme tendierte hörbar zu einem seltsamen Singsang. „Sie wollen nicht, dass man sich in ihre Angelegenheiten einmischt. Sie haben ihre eigenen, sehr seltsamen... Vorstellungen."

„Und was ist mit dir?", fragte Kurtschow.

„Ich stamme nicht von hier. Ich wurde in Wanawara geboren. Mein Name ist Sergej. Vor drei Jahren kamen ein paar Amerikaner in die Stadt und suchten einen einheimischen Führer für eine Expedition zum Epizentrum. Ich ging mit und wir stießen auf dieses Dorf. Die Menschen hier sind anders... aber ich blieb bei ihnen. Es gibt etwas, das mich hier hält."

„Wie kommt es, dass sie dich akzeptieren?"

„Ich habe niemals viele Fragen gestellt. Ich mische mich nicht ein und ich helfe ihnen bei der Jagd und der Arbeit. Außerdem bleibt mir keine andere Wahl, als hier zu bleiben. Sie würden es nicht zulassen, dass ich mit allem, was ich weiß, wieder gehe."

Allen lag wohl die Frage danach auf der Zunge, was er damit meinte. Doch bevor der Dolmetscher weitersprechen konnte, öffnete Loades seinen Rucksack und zog die Fotos der Cerithiolithen hervor. Er ging einen Schritt auf den jungen Mann zu und reichte sie ihm.

„Sagen dir diese Bilder etwas?", fragte Kurtschow.

Sergej sah sich jede Fotografie im Einzelnen an. Seine Augen weiteten sich. Nach einem Moment hob er den Kopf und sah die Gruppe mit einem seltsamen Ausdruck zwischen verwirrter Überraschung und wissender Zustimmung an.

„Sie wurden also gefunden.", murmelte er.

„Er weiß von den Steinen?", stieß Loades hervor.

Edvardson machte eine beschwichtigende Geste. „Hätte ich mit so etwas nicht gerechnet, hätte ich doch nicht diese Expedition finanziert."

Der junge Mann schien zu verstehen. „Ich habe solche Zeichen gesehen. Ich kann sie euch zeigen."

Er gab die Bilder zurück und fügte hinzu: „Man sollte uns nicht dabei beobachten."

Die unbändige Aufregung war Dr. Loades leicht anzusehen. Der Besuch bei Matthias Edvardson hatte ihm bereits die Illusion geraubt, er sei bei der Suche nach Antworten allein auf sich und seine jahrelange Arbeit gestellt. Doch nun traf er zu allem Überfluss mitten in den sibirischen Wäldern einen einheimischen Mittzwanziger, der behauptete, er wüsste um die Existenz und den Standort weiterer Hieroglyphen.

Geschlossen folgten sie Sergej einem kaum sichtbaren Trampelpfad zwischen den dichten Nadelbäumen entlang. Man solle sein Humpeln entschuldigen, meinte er, er habe sich vor kurzem am Bein verletzt. Der Ort sei jedoch nicht weit vom Dorf entfernt, und er hoffe, sie hätten Lampen dabei.

Nach kaum zehn Minuten Fußmarsch hügelaufwärts lichteten sich die Bäume ein wenig und sie blieben stehen. Alles, was ihnen auf der kleinen Lichtung ins Auge fiel, war ein flacher Stein genau in ihrer Mitte. Der junge Einheimische deutete darauf und sagte, sie hätten ihr Ziel erreicht. Mit wenigen Gesten machte er verständlich, dass alle dabei helfen sollten, den Stein ein Stück beiseite zu hieven.

Mit einigem Kraftaufwand gelang das Verschieben des Felsens, der, wie schnell deutlich wurde, nichts anderes als die Deckplatte eines verborgenen Schachtes darstellte, den irgendjemand zu unbekannter Zeit und zu unbekannten Zwecken senkrecht in den felsigen Boden getrieben hatte. Mit Erstaunen untersuchten die Männer die Öffnung, die zweifelsfrei nur einzelnes Passieren ermöglichte. Clark beugte sich darüber und richtete den Strahl seiner Taschenlampe in die Tiefe. Offensichtlich von Hand ins Gestein geschlagen, tauchten die Wände kerzengerade in den Untergrund hinab. Der Lichtkegel erfasste gemeißelte Stufen und Griffe, doch er erreichte nicht den Boden des Schachtes.

„Nach allem, was ich erfahren habe, ist er älter als alle hiesigen Siedlungen", erklärte Sergej. „Auch die Bewohner des Dorfes sind erst darauf gestoßen, als er schon sehr lange existierte. Die Abdeckung stammt jedoch von ihnen. Was ihr sucht, befindet sich dort unten."

Sergej gab zu verstehen, dass er selbst aufgrund seiner Verletzung nicht mit hinab kommen könne. So teilte sich die Gruppe auf: Edvardson, Loades, Clark und Smith würden den Abstieg für eine erste kurze Besichtigung wagen, während Kurtschow und Howard oben bei ihrem einheimischen Führer blieben.

Clark kletterte voran in die Schwärze, die ihn bald völlig umschlang. Als er nach einer gefühlten Minute des Abstiegs in die Tiefe leuchtete, konnte er noch immer keinen Grund sehen. Einige Dutzend Stufen weiter meinte er jedoch, im Schein der Lampe eine steinige Fläche zu erkennen.

Einer nach dem anderen betraten sie den harten Boden. Sie mussten etwa 20 oder 30 Meter unter der Oberfläche sein. Vor ihnen lag ein schmaler, aber gerade ausreichend hoher Gang, der nach wenigen Schritten um eine Biegung führte. Einige alte, verkohlte Fackeln primitivster Machart steckten in metallenen Halterungen an den rußgeschwärzten, grob behauenen Wänden. Doch offensichtlich waren sie vor kürzerer Zeit verwendet worden, denn sie wirkten noch immer ölig. Smith zog sein Feuerzeug hervor und entzündete eine davon.

Einige Meter weiter betraten die Männer einen Raum, der etwa die Maße einer kleinen Wohnstube hatte. Sein Boden war mit grobem Sand bedeckt. Der Fotograf entfachte auch hier einige Fackeln. Im Lichtschein sahen sie, dass der untere Bereich der Wände rundum stufenartig ein Stück nach vorne versetzt war, sodass etwa in Hüfthöhe eine Art Ablagefläche entstand. Offenbar war diese in vergangenen Zeiten auch für jedes erdenkliche Utensil verwendet worden, denn die ursprünglich wohl recht glattpolierten Flächen waren zerkratzt und abgenutzt.

Etwa in der Mitte des Raumes stand ein großer Steinquader, der in einem Stück in den Untergrund überging. An der hinteren Wand war eine kleine Nische eingehauen worden, die jedoch leer war. Sonst war in dieser Kammer nichts zu sehen. Keine weitere Öffnung führte hinaus, hier war die Gruft zu Ende.

Smith machte einige Fotos und die anderen suchten mit ihren Blicken die Wände ab, als plötzlich ein sehr gedämpftes, sehr entferntes und dennoch unverkennbares Geräusch von der Oberfläche herabstürzte. Es musste ein Schuss gefallen sein.

Alarmiert stürzten die Vier den Gang zurück und blickten den Schacht hinauf. Hoch oben leuchtete das kleine Quadrat des blauen Himmels. Ganz gleich, welcher der drei Männer draußen den Schuss auch abgefeuert hatte – er bedeutete Gefahr, vielleicht einen Angriff des Fremdlings, und niemand wusste, ob er noch immer dort oben war und womöglich nur darauf wartete, dass sie zurückkehrten.

Die Männer sahen sich aufgebracht an, und Loades beschloss schließlich, als Erster emporzusteigen und einen Blick ins Freie zu wagen.

Als er etwa die Hälfte der Leiter hinter sich gelassen hatte, vernahm er über sich ein steinernes Schaben. Erdbrocken prasselten ihm ins Gesicht, dann wurde es dunkel. Kein blaues Quadrat wies mehr den Weg hinauf, kein Lichtstrahl drang mehr in die Tiefe, und Panik schnürte allen die Kehle zu. Jemand hatte den Deckstein wieder auf die Öffnung geschoben.

V

Rufe verhallten ungehört, verzweifelte Schläge gegen die Unterseite der schweren Steinplatte verblieben ohne jeden Nutzen. Loades stürzte bei seinen vergeblichen Versuchen, sie im Alleingang zu bewegen, beinahe in den Tod. Resigniert und halb unter Schock stiegen sie im Licht der Taschenlampen wieder hinab und sanken in der Kammer am Ende des Ganges mutlos zu Boden.

Was eigentlich offensichtlich war, brauchte einige Augenblicke, um jedem vollends ins Bewusstsein zu sickern. Sie waren in eine Falle getappt. Niemand wagte eine Vermutung über die Absichten jener Menschen aufzustellen, die sie in diesem Raum festhielten – darüber, ob sie zurückkehren würden oder was mit Howard und Kurtschow geschehen war – und ganz sicher wollte sich niemand einfach so seinem Schicksal fügen. Doch jedem standen Fragen ins Gesicht geschrieben, auf die keiner eine Antwort wusste.

Das Licht der einsamen Fackel, die sie hatten brennen lassen, tauchte die Kammer in ein schwaches, trostloses Flackern, in dem die Männer Stunden klaustrophobischer und paranoider Ängste durchlebten.

Wie viele Stunden es schon waren, vermochte irgendwann niemand mehr zu schätzen. Clark saß immerfort schweigend in einer der hinteren Ecken und zeichnete Muster in den Sand, während Loades und Edvardson die panische Befangenheit durch Gespräche über berufliche Belanglosigkeiten zu verdrängen suchten. Smith versuchte offensichtlich dasselbe, indem er sich sämtliche seiner bisher geschossenen Bilder auf dem Display seiner Kamera ansah.

Mit einem Mal stieß Clark ein überraschtes Keuchen aus. Seine Finger, mit denen er unentwegt durch den Sand gefahren war, waren auf Grund gestoßen, der entgegen jeder Erwartung hölzern erschien. Augenblicklich seiner Apathie entrissen, schob er mit den Händen den Sand vor sich zur Seite und legte eine in den Felsboden eingelassene Falltür aus hartem, versiegeltem Holz frei.

Alle sahen sich die Tür an. Ein metallener Ring stellte ihren Griff dar. Zwar führte der neu entdeckte Weg noch weiter in die Tiefe, doch die Männer machten sich Mut. Die Möglichkeit, dass dieser Durchlass einen Ausweg aus der Gefangenschaft darstellte, war verlockend. Vielleicht existierten weitere Ausgänge.

Die Kraft von vier Händen war nötig, um die Falltür zu öffnen. Schwer schlug sie auf dem Sandboden auf und gab den Blick auf kontrastlose Schwärze frei. Ein weiterer Schacht, der unerbittlich umweglos in die innersten Eingeweide der Erde führte.

Ihre leuchtenden Taschenlampen am Gürtel, stiegen die Vier durch die Öffnung. Sie kletterten lange; so lange, dass die Hoffnung, auf diesem Weg einen zweiten Ausgang zu finden, bald schwand. Doch mehr als diese Chance blieb ihnen nicht.

Nach einiger Zeit hatten sie wieder Boden unter den Füßen. Ihre Glieder schmerzten vom langen Abstieg, und jeder fürchtete, dass er für einen Weg nach oben kaum noch Kraft haben würde.

Wieder öffnete sich vor ihnen ein schmaler Gang mit einer leichten Krümmung, doch er verlief etwas abschüssig. Sie folgten ihm im Schein einer Fackel, die Smith von der Wand genommen und entzündet hatte. Jedoch verbreitete sich dieser Gang nicht nach wenigen Metern zu einer Kammer, sondern führte immer nur noch weiter hinab, stets in einer Biegung, schmucklos, beklemmend.

Bald wurde ihnen bewusst, dass sie sich im Inneren einer riesigen, in den Fels getriebenen Spirale nach unten bewegten. Die mühevolle Errichtung dieses unterirdischen Gangsystems mit Handwerkzeugen musste Jahrzehnte, wenn nicht Jahrhunderte in Anspruch genommen haben.

Gut zehn Minuten Wegzeit waren verstrichen, doch den Männern erschienen sie wie eine halbe Ewigkeit. Die immer gleichbleibende Linkskrümmung des Ganges führte bei denen, die ihn durchquerten, schnell zu Schwindel, und keiner mehr konnte auch nur eine grobe Schätzung darüber anstellen, wie tief sie inzwischen waren. Stärker werdende Kopfschmerzen und ein stetig wachsendes Unbehagen quälten jeden einzelnen, je weiter sie in die Tiefe vordrangen.

Schließlich endete der Gang vor einem großen, offenen Durchgang in Rundbogenform, der im vollen Gegensatz zu den grob behauenen Wänden der Kammer und der Gänge aufwendig mit verworrenen Mustern verziert war.

Dahinter öffnete sich eine regelrechte Halle im Fels. Das Licht der Taschenlampen durchdrang nur die ersten Meter und verlor sich dann in der Dunkelheit. Ein leichter Luftzug erfasste sie.

„Von hier aus muss es einen Ausweg geben!", rief Edvardson hoffnungsvoll und suchte nach Fackeln an den Wänden. Doch er fand noch nicht einmal Halterungen.

Vor ihnen lag schwärzeste Finsternis. Langsam gingen die Vier Schritt für Schritt nach vorn. Bald fielen ihre Lichtkegel auf etwas, das wie ein breiter Brunnen aussah. Die Männer traten an den hüfthohen Ring aus Mauerwerk, beugten sich über die Öffnung und leuchteten hinunter. Bodenlose Schwärze.

„Wie tief mag das hier noch reichen?", sprach Loades, nur wenige Augenblicke, bevor ihn eine neue Welle bohrender Kopfschmerzen in die Knie zwang. Mit jedem Schritt in die Tiefe war seine Verwirrung gewachsen. War er tatsächlich in einer uralten Anlage tief unter der sibirischen Erdoberfläche oder durchlebte er einen makabren Tagtraum? Alles erschien ihm absolut surreal, und er bemerkte, dass es den anderen ähnlich erging.

Smith deutete über das Loch hinweg und hieß alle, ihre Lampen zu löschen. Als sie in Dunkelheit gehüllt waren, sah jeder das schwache, quadratische Glimmen, das von der gegenüberliegenden Wand der Höhle ausging. Sie liefen darauf zu und stellten mit aufkeimender Hoffnung fest, dass es sich um einen Durchgang handelte, hinter dem ein Tunnel nach oben führte. Ein müdes Flackern drang daraus hervor.

Einer nach dem anderen betraten sie den Gang, der kaum höher und breiter war als anderthalb Meter. Sie fühlten sich wie Ratten in einem Abwasserrohr, als sie mühsam gebückt den immer steiler werdenden Weg hinaufkletterten. Das Licht wurde heller, und als sie nach einigen Minuten eine Leiter erreichten, die sie senkrecht nach oben durch eine offene Falltür in eine weitere Kammer führte, erkannten sie seinen Ursprung: eine brennende Fackel in einer Halterung. Da war ein großer Steinquader in der Mitte des Raumes. Eine leere Nische in der Wand und rundherum ein abgenutzter Vorsprung. Der Boden war mit Sand bedeckt, der ihre Fußspuren trug.

„*Nein!*", rief Clark aus. „Das ist völlig unmöglich!"

Jeder dachte dasselbe, und jeder zweifelte nun endgültig an seinem Verstand. Nachdem sie dieses verfluchte Gefängnis durch die Bodenklappe verlassen hatten, waren sie gefühlte Meilen in die Tiefe gegangen. Dass sie nun nach nur wenigen Minuten des Aufstiegs durch *dieselbe* Falltür in *denselben* Raum zurückgekehrt waren, lag nicht mehr im Bereich des Erklärbaren.

Clarks Geisteszustand begann zu diesem Zeitpunkt, ernsthaft gestörte Züge anzunehmen. Er sank in sich zusammen, in derselben Ecke der Kammer, in der er schon einige Zeit zuvor gesessen hatte, und stieß ein irrsinniges Lachen aus, das minutenlang nicht verebben wollte.

Auch Loades war an einem Tiefpunkt angelangt. Woher, so fragte er sich, war der Luftzug gekommen, den sie gespürt hatten? Was war das für ein falscher Ort?

Weitere Stunden verharrten sie machtlos in der stickigen Kammer. Irgendwann riss sie ein Geräusch aus ihren wirren, ziellosen Gedanken. Alarmiert horchten die Vier auf.

Da waren Schritte und gedämpfte Stimmen, die langsam näherkamen. Schnell dämmerte es ihnen: Jemand hatte die Steinabdeckung an der Oberfläche entfernt und stieg zu ihnen herab in die Tiefe. Mit Panik in den Augen blickten sich die Männer an. Die Entscheidung, sich in die unbegreiflichen Abgründe der unterirdischen Gänge zu flüchten oder sich dem zu fügen, was da kommen mochte, fiel nicht leicht – doch sie eilte.

Clark entschloss sich als erster, sprang zur Falltür und hastete die Leiter hinab. Edvardson folgte ihm. Die Schritte wurden lauter und schneller; die Fremden hatten den Grund des Schachtes erreicht und würden jeden Augenblick die Kammer erreichen.

Gerade, als Loades und Smith den anderen durch die Öffnung folgen wollten, stürmten sechs mächtige Gestalten in den Raum und packten die beiden. Schreiend und tretend versuchten sie, sich den kräftigen Griffen zu entziehen, doch die Männer waren ihnen an Muskelkraft weit überlegen. Ihrer Erscheinung nach zu urteilen, gehörten sie dem degenerierten Eingeborenenvolk an, dem sie bereits begegnet waren. Sie banden

Loades und Smith die Arme und Beine zusammen, knebelten sie brutal und trugen sie zurück zum Ausgang.

Clark und Edvardson, die wie besessen die Leiter hinabgestiegen waren, hatten nur gehört, wie einer der Fremden die Falltür über ihnen mit einem verächtlichen Lachen zugetreten hatte.

Waren sich diese Menschen der unerklärlichen Eigenart des Gangsystems bewusst, die jeden Eindringling immer wieder an seinen Ausgangspunkt zurückzuführen schien, und würden sie zu späterer Gelegenheit holen? Oder wollte man sie in den Gewölben verrotten lassen? Die beiden Männer waren von Angst geschüttelt und zutiefst verzweifelt. Hier unten war kein Platz mehr für Optimismus.

Niemand stieg ihnen nach. Schweißgebadet erreichten sie den spiralförmigen Gang und folgten ihm ein zweites Mal hinab bis in den großen Raum mit dem brunnenartigen Mauerwerk im Zentrum.

Schreckliche Kopfschmerzen plagten sie, und immer wieder wurden sie von unwillkürlich auftretenden Phasen größter Verwirrtheit heimgesucht, gerade so, als übe die Atmosphäre dieses unseligen Ortes eine krankmachende Wirkung auf seine Besucher aus.

Clark entsann sich des Moments, als er vor dem Stein in der Brandung St. Kildas gestanden und dabei wahrgenommen hatte, wie ihn der Geist des Uralten berührt hatte. Ebenso erging es ihm hier, jedoch um ein Vielfaches stärker, und durchsetzt von plötzlichen Eindrücken der schauerlichsten Art, die vor seinem inneren Auge aufblitzten. Er und Edvardson waren sich nicht sicher, ob ihre geistige Gesundheit – sollten sie jemals einen Ausweg finden – den Aufenthalt in diesen Höhlen ohne größere Schäden überstehen konnte.

Sie entzündeten zwei Fackeln, die sie aus dem Tunnel mitgenommen hatten, und traten an das ummauerte Loch heran. Diese Öffnung war der einzig denkbare Weg, der ihnen noch blieb. Sie leuchteten hinein und suchten nach einer Möglichkeit, hinabzusteigen. Sprossen oder Griffe gab es nicht, einzig ein paar Vorsprünge und Kerben im Fels würden wohl leidlichen Halt bieten. Plötzlich kam wieder ein schwacher Wind auf, der nach wenigen Sekunden verebbte.

„Der Luftzug kommt nicht von oben, sondern von unten!", sagte Clark. „Wir müssen hinunter, das ist unsere einzige Chance."

Er hielt seine brennende Fackel über das Loch und ließ sie fallen. Nach gut zwei Sekunden schlug sie unten auf und offenbarte feuchten Boden. Hochkonzentriert und mit ihren leuchtenden Taschenlampen in den Gürtelschlaufen machten sich die beiden an den Abstieg.

Nach einigen Minuten der kräftezehrenden Suche nach Halt und der nervenaufreibenden Angst, abzustürzen, wurde ihnen bewusst, dass sie sich auf einem Weg ohne Wendemöglichkeit befanden. Sie würden alles Glück der Welt brauchen, um unversehrt unten anzukommen – aber diesen Schacht noch einmal in umgekehrter Richtung zu erklimmen, war ein Ding der Unmöglichkeit. Doch der Luftzug, den sie wahrgenommen hatten, gab ihnen die leise Hoffnung, dass von irgendwo dort unten womöglich ein Weg ins Freie führte. Und wenn es ihnen gelang, aus dieser unterirdischen Hölle zu entkommen, würden sie es vielleicht auch schaffen, ihre verschleppten Kollegen zu befreien. Sich auszumalen, was die missgebildeten Fremden mit ihren Opfern anzustellen gedachten, verursachte nichts als Übelkeit. Himmel, hoffentlich waren sie nicht schon längst tot!

Sie erreichten den Boden, ihre Finger brannten vom krampfhaften Festklammern am Fels und ihre Kopfschmerzen näherten sich der Grenze des Erträglichen. Sie waren am Ende ihrer Kräfte. Clark hob die noch brennende Fackel vom Boden auf. Vor ihnen öffnete sich nun ein breiter Gang, der nach wenigen Metern in einen größeren Raum zu münden schien, aus dem ein diffuses Licht drang. Wieder erhob sich für einige Augenblicke ein Luftstoß, der nun etwas stärker ausfiel.

Als die Beiden die Wände des Tunnelstücks betrachteten, entdeckten sie eine Reihe von primitiven Ritzzeichnungen und Schriftsymbolen. Sie sahen genauer hin.

„Diese Zeichen", sagte Clark, „ähneln den Symbolen auf den Cerithiolithen."

„Es sind dieselben", entgegnete Edvardson. Fassungslos fuhr er mit den Fingern über die geschwungenen Einkerbungen. „Sehen Sie nur. Es ist dasselbe Alphabet. Wenn ich es doch nur lesen könnte."

Sie traten näher an den Durchgang heran, der vor ihnen lag. Dahinter erstreckte sich ein Hohlraum, der ihnen schon ganz allein durch seine überwältigenden Ausmaße den Atem hätte stocken lassen – hätte ihr

Blick nicht auch jene unsägliche *Absurdität* getroffen, die das Zentrum des Saales beherrschte und sie jeder noch verbliebenen Spur vernünftigen Denkvermögens beraubte.

Sie befanden sich in einiger Höhe über dem Boden der gewaltigen Grotte, deren jenseitige Grenzen kaum mehr auszumachen waren. Der Durchgang, unter dem sie schwindelnd standen, lag inmitten einer senkrechten Felswand, und eine schmale, in den Stein gehauene Treppe führte von hier aus hinab. Das flackernde Licht, das den Saal aufgrund seiner titanischen Ausmaße nur schwach ausleuchtete, rührte von einer Reihe großer Feuerschalen her, die weit unter ihnen am Boden kreisförmig um etwas aufgereiht standen, das sich jeder plastischen Beschreibung entzog.

Dort lag ein kolossales, unbegreifliches *Ding,* das nicht mithilfe geometrischer oder anatomischer Begriffe und Gesetzmäßigkeiten, die auf dieser Erde gelten, definiert werden konnte. Die Männer sahen es, ohne es auch nur im Ansatz zu begreifen. Allein der Umstand, dass sie beide zugleich einen Schrei des unmenschlichen Entsetzens ausstießen, versicherte ihnen, dass sie keiner bloßen Sinnestäuschung ihres umnachteten Geistes ausgesetzt waren.

Sie beide sahen dasselbe. Sie sahen, eingebettet in primitiv behauenes Mauerwerk und verwitterte Stufenbauten, *etwas* – und doch zugleich *nichts.* Es war, als würde alles Licht im Zentrum des Hallengrundes von einem bodenlosen Loch verschluckt werden, einem paradoxen Abgrund in Gestalt einer Halbkugel – einer perversen Raumkrümmung, die auf abscheuliche Weise am Leben war. Es gibt schlicht keine Worte, die es treffend beschreiben könnten, denn es widersprach allem, was der Mensch für wahr und richtig hält.

Es zu fixieren, bereitete Schmerzen, und jeder Versuch, es zu begreifen, musste unweigerlich im Irrsinn enden. Im Wechsel blähte und zog es sich zusammen, und den Männern dämmerte eine letzte Erkenntnis. Die Luftstöße, die sie in die Tiefe gelockt hatten, waren keine Winde aus der Freiheit gewesen – *sie waren die Atemzüge des Anfänglichen Gottes Gluth-Naggath.*

In diesem Augenblick unaussprechlicher Bestürzung wich ihr Verstand in fremde Sphären jenseits aller irdischen Logik.

Clark brach im Wahnsinn zusammen, geschüttelt von grausigen Visionen uralter Scheußlichkeiten und namenloser kosmischer Schrecknisse. Er krümmte sich am Boden und schrie entsetzliche Phrasen unbekannter Bedeutung, während seine menschliche Persönlichkeit immer mehr von den unbegreiflichen Gedanken einer fremden, jenseitigen Macht verdrängt wurde.

Edvardson indes begann, in grenzenloser Idiotie zu lachen und stieg in höchster Eile die Treppen hinunter. Clark sah, wie sein Begleiter mit hochgerissenen Armen auf die konträre Unmasse zu wankte und sich mit einem gellenden Schrei geradewegs hineinstürzte.

Dann glaubte er, gebückte Gestalten zu erkennen, kleinwüchsige, abstoßende Zerrbilder menschlicher Wesen, die zwischen den Felsen am Boden auftauchten und in einen wahnwitzigen Tanz um die uralte Wesenheit verfielen. Clark senkte den Kopf. Sein letzter Blick, bevor ihn die Ohnmacht gnädig aus dem Hier und Jetzt riss, fiel auf die flackernd beleuchteten Hieroglyphen an den kalten Wänden des unbegreiflichen Tunnels.

VI

Aus den letzten Aufzeichnungen von Paul Clark:

Und im Traum sah ich, wie der formlose Gott mit seinen sieben Brüdern vor Urzeiten die Erde verlassen hatte, um in den Äther zwischen den Welten einzutreten. Was ich sah, entstammte nicht meiner bewussten oder unterschwelligen Gedankenwelt; es waren die Erinnerungen des Gottes selbst, die er zu mir, der ich halbtot in seiner Grotte lag, entsandte.

In verborgenen Winkeln unbekannter Dimensionen wurden die Anfänglichen neu geboren. Sie trugen den Keim der Schöpfung auf andere Welten. Und nach Äonen, in einer Zeit, die nun gekommen ist, fahren sie erneut auf die Erde nieder, um zu vertilgen, was sie einst schufen, und um den Zyklus des Lebendigen neu zu entfachen.

Ich weiß nicht mehr, wie ich an die Oberfläche zurückkehrte. Vielleicht nahmen mich die schattenhaften Tänzer mit sich. Ich sehe noch, wie sie mich packten – doch ihre Gesichter blieben vernebelt. Waren sie die Letzten der Yaggla? Sie gaben mir von einer Substanz, die mich mit Gleichgültigkeit erfüllte, die mich das Beisein des rasend machenden Gottes ertragen ließ, ohne mich in den Selbstmord zu stürzen.

Auf unbekannten Pfaden taumelte ich im Rausch zurück ans Licht. Ich gäbe vieles dafür, würden auch die letzten verbliebenen Einzelheiten meiner Flucht endlich restlos in den Tiefen der Verdrängung versinken, denn ich glaube, mich eines kurzen Augenblickes jener verblassten Stunden zu entsinnen, der mich bis heute in meinen quälendsten Alpträumen verfolgt.

Diese Lichtung unter der klaren Scheibe des Vollmonds, im lodernden Feuer glühend, beherrscht von der dilettantisch gemeißelten Nachahmung eines schraubenförmigen Obelisken... Umringt von den zuckenden Leibern inzestuöser Einheimischer, die die verstümmelten Gestalten meiner vier verschleppten Gefährten in madenhaften Bewegungen umtanzten und sie als Opfer zugunsten ihres schändlichen Gottes missbrauchten!

Schon längst waren diese ehrlosen Eingeborenen dem Wahnsinn der unterirdischen Säle verfallen, gefangen im kosmischen Schatten jener grausigen Lebensform, in dem kein Mensch bei Verstand zu wandeln vermag...

Und die Acht Anfänglichen Götter brüten unter der Erde und unter den Wassern der Meere und nähren sich im Zwielicht von ihrer eigenen Schöpfung, bis sie die Kraft erlangt haben, ihre amorphen Leiber ein weiteres Mal über den Planeten zu ergießen und alles zu verzehren, was in anderer Gestalt neu gezeugt werden soll!

Wenn das Zeichen der Spirale am Himmel steht, dann wird der letzte Hauch niedersickern aus dem Äther, um die Urkraft der Götter letztgültig zu entfa-

chen... ich sehe es jede Nacht im Traum, und ich weiß,
dass es geschehen wird. Und ist dieser Tag gekommen,
so wird die große Lebenswende ihren Lauf nehmen,
noch ehe die Erde ein weiteres Mal um die Sonne
gewandert ist.

Rh'aigh'yoth – Shiel'ogath - Ts'oqqutaph – Aph'na-
Keph – Sh'ol-Uqqagh – Thyle'qqoth – Oth-Na-
ph'talagh – und Gluth-Naggath!

Erwartet die gleißende Spirale!

Nachdem er diesen Eintrag verfasst hatte, kletterte
Paul Clark auf seinen Stuhl und erhängte sich mit seinem Bettlaken am Deckenventilator.

Ich beendete meine Recherche mit dem Gefühl,
zwar eine faszinierende Geschichte zusammengesetzt
zu haben, jedoch der tatsächlichen Lösung der Ver-
misstenfälle nicht viel nähergekommen zu sein.

Der Zusammenhang zwischen den Cerithiolithen
und gewissen unerklärten Himmelsphänomenen mag
bestechend sein – an prähistorische Gottwesen und unterirdische Tänzer weigerte ich mich dennoch zu glauben.

Doch zwei Jahre später gingen plötzlich Bilder um
die Welt, die mich aufs Tiefste verstörten.

Am 9. Dezember 2009 erschien gegen acht Uhr
morgens eine perfekt gezirkelte Spirale aus weißem
Licht am Himmel über Tromsø in Norwegen. Nach einigen Minuten entwuchs ein bläulicher Strahl aus ih-

lich der Vertuschung weitaus beunruhigenderer Ereignisse diente, ist im Kreise derjenigen, die ich in meine Recherche eingeweiht habe, bis heute Gegenstand hitziger Diskussionen.

Veröffentlichungen:

YouTube: Yuggothian Records
(selbst geschriebene und vertonte Kurzgeschichten, Vertonung der alten Horror Klassiker, v.a. C.A. Smith, sowie Songs seiner diversen Musikprojekte im Heavy Metal Bereich)

rem Zentrum in Richtung Boden, dann löste sich der Wirbel in einer schwarzen, kreisrunden Fläche auf, die schwärzer schien als die Nacht ringsum.

Im Internet sind eindrucksvolle Filmaufnahmen davon zu finden, der Leser kann sich also leicht selbst ein Bild dieses außerordentlichen Phänomens machen. Die Behauptung, es hätte sich um einen fehlgeschlagenen russischen Raketentest gehandelt, wurde von entsprechender Seite entschieden dementiert.

Während niemals eine offizielle Erklärung abgegeben wurde, wurden doch bald auf der Webseite des sogenannten *EISCAT*-Projektes Protokolle über ein Experiment veröffentlicht, das zu exakt jener Zeit an genau diesem Ort stattgefunden haben soll.

Die Funktion des *EISCAT (European Incoherent Scatter)* war es, mittels Radaranlagen Erkenntnisse über die Interaktionen zwischen Sonne und Erde zu gewinnen. Den Protokollen war zu entnehmen, dass am jenem Morgen durch Aufheizen der Atmosphäre sogenannte *ELF*-Wellen sichtbar gemacht werden sollten. Erklärtes Ziel des Projektes war der Nachweis, dass *ELF*-Wellen spiralförmig verlaufen, was vorangehende Simulationen nahegelegt hätten.

Ich war nur zu gern bereit, diese Erklärung anzunehmen und das Ganze als merkwürdigen Zufall abzutun. Doch dann stellte ich fest, dass der Urheber der Versuchsprotokolle zum 9. Dezember ein Mann namens Elias Edvardson war – der einzige Sohn des verschollenen Bankiers Matthias Edvardson.

Ob *EISCAT* tatsächlich verantwortlich für die gleißende Spirale an Norwegens Himmel war oder ledig-

Kontakt

Fantastic Aid Projekt

www.facebook/Fantastic-Aid-Projekt
f.aid@gmx.de

Hier finden Sie aktuelle Informationen über den Verlauf des Projekts, neue künstlerische Tätigkeiten unserer Autoren und regelmäßige Berichte über die erfolgten Spenden an die Deutsche Kinderkrebshilfe

Deutsche Kinderkrebshilfe

Deutsche Krebshilfe
Buschstraße 32
53113 Bonn

www.krebshilfe.de

Spendenkonto für diese Aktion:

Kreissparkasse Köln
IBAN: DE65 3705 0299 0000 9191 91
BIC: COKSDE33XXX
Verwendungszweck: Aktion 49007386

480